KB117079

유지니아

유지니아
ユージニア

온다 리쿠 권영주 옮김

비채

일러두기
• 모든 주는 옮긴이주입니다.

유지니아, 나의 유지니아.

나는 당신을 만나기 위해

줄곧 외로운 여행을 해왔다.

아직 먼 여명에 떨던 날들도

오늘로 끝을 고하리니.

이제 우리는 영원히 헤어지지 않으리.

나의 입술에 떠오르는 노래도,

아침 숲에서 나의 신발이 짓밟는 벌레들도,

쉴 새 없이 피를 내보내는 나의 작은 심장도,

모두 당신에게 바치리.

차례

프롤로그 · 8

1 바다에서 온 것 · 11

2 두 개의 강과 한 개의 언덕 · 51

3 멀고도 깊은 나라에서 온 사자使者 · 83

4 전화와 장난감 · 113

5 꿈이 찾아드는 길 1 · 145

6 보이지 않는 사람 · 177

7 유령 그림 · 207

8 꽃의 목소리 · 239

9 몇 개의 단편 · 269

10 오후의 고서점 거리에서 · 277

11 꿈이 찾아드는 길 2 · 309

12 파일에서 발췌 · 341

13 파도 소리 들리는 마을 · 359

14 붉은 꽃, 하얀 꽃 · 391

옮긴이의 말 · 421

— 뭐 생각나는 게 있니?

"오래되고 어두침침한, 파란 방 앞에 있었어요."

— 어디에 있는 방이니? 누구네 집이지?

"모르겠어요."

— 왜 그 방 앞에 있었는지 생각나니?

"아뇨. 다만 옆에서 어른이 손을 잡고 끌어주고 있었어요. 분명히
그 어른이 저를 그 방에 데리고 갔을 거예요."

— 그 어른이 누구지?

"모르겠어요."

— 어떤 방이었는지 말해보렴. 파란 방이라니, 어디가 파랗지?

"벽이 파랗게 칠해져 있었어요. 진하고 선명한, 차가운 파란색이
에요. 아담한 일본식 방이었어요. 두 면이 복도에 면해 있고, 좀 특이
한 구조였던 것 같아요. 곳곳에 붉은 자줏빛으로 칠해진 부분도 있

었어요. 이런 방이 내 방이고 이런 벽에 둘러싸여 밥을 먹어야 된다면 참 싫겠다고 생각한 기억이 있어요."

— 그래서 그 방에 들어갔니?

"아뇨. 가만히 그 방 안을 들여다보기만 했을 거예요. 적어도 들어간 기억은 없어요."

— 그러고 나서?

"기억이 안 나요."

— 또 뭐 생각나는 게 있니? 뭐든지 괜찮아. 아무리 사소한 거라도 괜찮으니까 말해보렴.

"백일홍이."

— 나무 말이지? 줄기가 반들반들한.

"아뇨. 꽃요. 하얀 백일홍이 피어 있었어요."

— 하얀 꽃? 붉은색이 아니라?

"네. 새하얀 백일홍이 피어 있었다는 기억이 나요. 활짝 피어 있었어요."

— 기억을 찬찬히 되살려보렴. 하얀 백일홍을 보면서 넌 무슨 생각을 했지? 어떤 기분으로 꽃을 보고 있었니?

"아주 예뻤어요. 얼룩 한 점 없이 탐스럽게 피어 있었어요. 아주 예쁘고, 아주 무서웠어요."

— 왜? 왜 무서웠지?

"모르겠어요. 하지만 저는 그 하얀 꽃이 너무너무 무섭게 느껴졌어요."

①

바다에서 온 것

1

새로운 계절은 늘 비가 데리고 온다.

아니, 아니네요. 새롭다는 말은 딱 들어맞지 않는 것 같아요.

다음 계절. 다음 계절은 늘 비가 데리고 와요. 이 도시에서는 그렇다는 생각이 들어요.

게다가 결코 극적인 변화가 아니거든요. 변덕스러운 비가 내릴 때마다 경계선을 차츰차츰 침식하듯 계절이 바뀌어가죠. 모호하게, 미련이 남는 듯, 꾸물꾸물 계절이 움직여요.

비는 바다에서부터 내린다.

어렸을 때는 늘 그렇게 느끼곤 했답니다.

지금은 이렇게 건물이 많이 들어섰지만, 전에는 조금만 높은 곳에 올라가면 어디서나 바다를 볼 수 있었어요. 숨이 턱턱 막히는 열기를 품은 불길한 비구름은 늘 바다에서부터 비굴하게 슬금슬금 다가

와 몸을 쑤욱 들어 올리고 거리로 기어 올라와요.

간토에 가서, 바람이 육지에서 바다로 부는 걸 보고 얼마나 놀랐는지 몰라요.

그쪽에는 바다가 밀어닥친다는 느낌이 없어요. 꽤 가까운 데까지 가도 바다가 느껴지지 않아요. 육지가 발산하는 열과 냄새가 바다로 빠져나가죠. 거리가 바다를 향해 열려 있어요. 수평선은 먼 곳에 있어서 꼭 액자에 든 그림을 보는 것 같아요.

여기 바다에는 그런 상쾌함이나 해방감이 없어요. 이 도시에서는 수평선이 가까이 있어요. 늘 육지로 덮쳐들 기회를 호시탐탐 노리고 있어요. 늘 감시당하는 것 같고, 조금만 눈을 떼면 바다에서 습기가 왁 밀려들 것 같아요.

덥네요.

도시 전체가 찜통에 들어 있는 것 같은, 후끈한 열기를 동반한 더위. 이게 보기보다 훨씬 무자비하게 체력을 빼앗거든요.

어렸을 때는 여름이 너무 힘들었어요. 식욕이 없어서 아무것도 못 먹었죠. 여름방학이 후반에 접어들면 거의 보리차랑 국수만 먹고 살았답니다. 그 무렵 사진을 보면 홀쭉하게 여위어서 눈만 커다랬어요. 지금도 아스팔트 길을 걸으면 금세 어지러워지곤 해요. 하긴 지금은 더위 그 자체보다 냉방된 실내하고의 온도 차가 더 힘들지만요. 지구온난화 때문인지, 해마다 여름이 점점 길어지는 것 같지 않아요?

여기 와보는 거 꽤 오랜만이에요.

아, 살았던 건 초등학교 때 4년뿐이에요. 초등학교 2학년 봄에 와서 6학년 봄에 나가노로 갔죠.

네, 물론 그때는 거의 1년 가까이 도쿄하고 왔다 갔다 했지만요.

우산 챙겨 왔어요? 가이드북에 있었죠? 우산은 절대 빠뜨리지 말라고. 지금 맑아도 언제 쏟아질지 몰라요.

이 찌는 듯한 무더위. 생물한테서 에너지를 쥐어짜내는, 살기마저 느껴지는 더위. 손을 뻗으면 닿을 것처럼 가까이 있는 하늘, 그리고 구름의 윤곽만이 흐릿하게 빛나는 찌뿌드드한 하늘의 푸른색. 이런 때는 오후에 갑자기 비가 쏟아지곤 하죠. 순식간에 구름이 낮게 하늘을 뒤덮고, 빗줄기가 길바닥을 철썩철썩 때려요. 우산을 쓰고 있어도 복사뼈랑 어깨가 젖어서 기분이 구질구질해져요.

요즘에는 장화가 안 보이더군요. 어렸을 때는 비 오는 날에 장화 신는 게 싫지 않았는데 말이에요. 일부러 두 발을 모으고 물웅덩이에 팔짝 뛰어들어서 흙탕물을 튀기기도 하고, 깡충깡충 뛰기도 하고, 그런 장난 안 쳤어요?

눈은 별로 많이 안 와요. 여기 오기 전에 도야마 쪽에도 잠깐 살았는데, 별로 떨어져 있지도 않은데 그쪽은 눈이 얼마나 많이 오는지 몰라요. 물기를 머금어서 무거운 눈. 눈싸움을 하다가 맞으면 굉장히 아프고, 장지문도 금세 빽빽해지곤 했어요. 여기 눈은 안 그래요.

하지만 사람이란 게 참 신기하죠. 목구멍만 지나면 뜨거운 것도 잊어버린다더니, 이 무더위 속에 있으려니까 그 눈의 감촉이 그리워지네요. 바로 몇 달 전까지 그런 게 거리를 뒤덮고 있었다는 게 도무지 믿기지 않아요.

덥네요.

2

이 도시, 구조가 좀 이상하죠?

그런 생각 안 했어요? 대개는 역 주변에 번화가가 있잖아요. 신칸센 신설 역이나 공항으로의 접근성을 위해서 계획적으로 조성된 곳이라면 몰라도, 오래된 지방 도시는 대개 역을 중심으로 개발되죠. 하지만 여기는 달라요. 역 앞에 있는 건 호텔 몇 개뿐이고, 시 중심부나 번화가는 좀 떨어진 곳에 있어요.

지방의 현청 소재지를 몇 군데 가봤지만 어디나 비슷하더군요. 역 앞에 로터리가 있고, 그 로터리를 둘러싸고 백화점과 호텔이 있어요. 역 앞에서 이어지는 주도로에는 상가, 상가와 평행으로 환락가가 있고, 환락가에서 옆어지면 코 닿을 곳에 사무실과 관청들이 모여 있고요. 그리고 역 반대편은 대개 새로 재개발된 지역이라, 무기물 냄새가 나는 새 건물들이 질서 정연하게 늘어서 있죠.

하지만 이 도시는 어렸을 때 공간을 전혀 파악할 수 없었어요. 버스 정류장들과 주변 분위기는 기억나지만, 그게 어떤 식으로 배치되어 있는지 알 수 없었어요.

뭐랄까, 막연하게 퍼져 있달까요.

16

다른 곳에서는 여기서 시내가 끝, 하는 지점이 뚜렷해요. 여기서부터는 주택가, 여기서부터는 농지. 누가 봐도 그 경계선을 확실하게 알 수 있어요.

하지만 여기는 시내가 끝난다는 느낌이 없어요. 조금 걸으면 옛 유곽, 조금 걸으면 절과 신사가 모여 있는 곳, 조금 걸으면 옛 무사의 저택, 조금 걸으면 관청 지구, 조금 걸으면 환락가. 작게 나뉜 구획들이 한없이 이어져 있어요. 지금 이렇게 이 거리를 걷고 있으려니 시냅스 같다는 생각이 드는군요. 중심은 아무 데도 없고, 작은 공동체가 느슨하게 연결되어 있는 게 말이에요. 그래서 아무리 걸어도 끝이 느껴지지 않아요. 다이아몬드게임 판 위를 이동하는 것 같아요.

오래된 도시를 걷는 걸 좋아해요. 낯선 거리, 낯선 사람들의 생활. 오래된 집의 우유 배달함이나 작은 상점 벽에 붙은, 에나멜페인트를 칠한 간판을 보는 게 좋아요. 옛 거리를 걸으면 옛 시간을 여행할 수 있어요.

이 도시는 느긋하게 돌아다닐 수 있어서 좋아요. 교토처럼 잘 정돈되고 큰 도시를 걷다 보면 컴퓨터게임 속의 모눈을 따라가는 것 같은 무력감이 들 때가 있거든요. 번화가에 비탈이 없기 때문인지도 몰라요. 걷는 속도와 호흡에 완급이 없으니까 되레 피로가 느껴질 때가 있어요. 여러 가지 의미로 천년 고도의 무게가 느껴지죠.

그래요, 이런 구조가 된 데엔 방위상의 이유라든지 역사적인 경위가 있겠죠.

지도를 보면 알 수 있듯이, 두 개의 강으로 둘러싸인 언덕이 도시

중심부거든요. 도시를 둘러싸는 세 면이 구릉이고, 나머지 한 면이 바다. 천연 요새죠. 언덕 위에 성을 쌓고, 성 밑 마을은 좁은 골목길과 비탈을 이용해서 침입하기 어렵게 했다더군요. 이 도시는 안 탔으니까, 옛날 도시계획이 지금까지 남아 있을 수 있었던 거죠.

'안 탔다'는 말도 오랜만인데요. 어렸을 때는 어른들이 '거기는 탔던가?' '거기는 안 탔으니까' 같은 말을 자주 한 것 같아요. 어렸을 때는 몰랐지만, 제2차세계대전 때 공습을 당했느냐 안 당했느냐 하는 이야기잖아요? 그럴 만큼 여러 곳이 공습을 당했다는 것도 생각해보면 엄청난 일이지만, '탔다' '안 탔다'가 일상적인 대화가 된다는 것도 무서운 일이에요.

3

오랜만이네요. 초등학교 때 소풍 온 뒤론 처음이에요. 이런 유명한 관광지는 막상 그곳에 살 때는 안 가게 되는 법이니까요. 하지만 봐요, 한여름도 지난 이렇게 무더운 낮이라 그런지, 단체 관광객도 없고 사람도 별로 없네요. 천천히 둘러볼 수 있으니까 다행인지도 몰라요. 겨울에는 겨울대로 유키즈리雪吊リ 일본 호쿠리쿠나 도호쿠 등 눈이 많이 내리는 지방에서 나뭇가지가 부러지지 않도록 현수교 케이블처럼 버팀목을 세우고 기다란 새끼줄로 나뭇가지를 매달아놓는 것가 겨울철 풍물로 뉴스에 등장할 정도니까 관광객이 꽤 많지만요.

하지만 일본 3대 정원이라고 할 만한데요. 이 면적, 거대한 스케일, 완벽한 관리, 풍부한 변화. 녹음이 짙다 못해 사납다는 느낌마저 들어요.

권력이라는 건 정말 대단하네요. 요즘 같으면 이렇게 엄청난 것, 아무도 못 만들걸요. 물론 훌륭해요. 아름답기도 하고, 문화유산으로서 자랑스럽기도 하고, 일본 사람의 정신적인 지주로서 필요하다고 생각해요. 하지만 그래봤자 정원이잖아요. 농지나 학교, 용수로가 아니잖아요. 이런 걸 만드는 권력, 게다가 그걸 몇백 년씩이나 유지시키는 집념은 역시 어딘가 우리의 이해를 뛰어넘는다는 생각이 들어요.

그래요, 우리는 가끔씩 자기가 있는 세계와는 차원이 다른, 이해를 완전히 뛰어넘는 사건에 부닥칠 때가 있어요. 어느 날 갑자기, 우연의 얼굴을 가장한 그것에 기습을 당하는 거예요. 그런 사건에 부닥쳤을 때, 아무도 그게 그런 거라고 가르쳐주지 않아요. 당연한 일이죠.

이해할 수 없는 것, 이해를 뛰어넘는 것을 접했을 때, 어떻게 해야 된다고 생각해요?

거부한다. 못 본 척한다. 화를 낸다. 원망한다. 슬퍼한다. 그냥 멍하니 있는다. 예상할 수 있는 반응은 이쯤일까요?

내 경우에는 그 직후에 나가노로 이사를 가기도 했고, 어리기도 했고, 장소를 바꾼 덕에 리셋할 수 있었던 것 같아요. 실제로 사건에 관해서는 금세 잊어버렸고요.

하지만 이상하죠. 잊어버린 줄 알았는데 마음 한구석에 앙금처럼 가라앉아 있었던 거예요.

돌이켜 생각해보면, 특별히 불쾌한 감정은 아니었어요. 난 직접적인 관계자도 아니고요. 하지만 자라면서 어떤 부조리한 일, 이해할 수 없는 일이 일어날 때마다 몸속 깊은 곳을 누가 슬그머니 휘젓는 느낌이 드는 거예요. 가라앉은 앙금 속에서 뭔가가 둥실 떠오르는 것 같았죠. 그때 느끼는 그 불편한 기분이 조금씩 조금씩 몸속에 축적됐어요.

계기가 뭐였는지는 잊어버렸지만, 어느 날 문득 내 안에 축적된 걸 어떻게 해야 된다는 걸 깨달았어요. 몸속에서 긁어내지 않으면 숨이 막혀서 살 수 없을 거라는 걸.

그래서 생각한 거예요. 어떻게 하면 그걸 뱉어낼 수 있을까.

난 생각했어요. 이해할 수 없으면 없는 대로, 내내 그 사건 생각만 했어요.

그리고 그 사건에 관해서 조사했어요. 내가 할 수 있는 범위 내에서, 힘닿는 대로.

그게 내가 취한 대처 방법, 선택할 수 있는 유일한 방법이었어요.

그 결과가 《잊혀진 축제》예요.

4

여기까지 오니까 겨우 차 소리가 안 들리네요.

어디를 가든 차, 차. 왜 그렇게 차가 많이 다니는지 모르겠어요. 다들 어디를 그렇게 가는 거죠? 가끔씩 굉장히 이상하다는 생각이 들어요. 교통량은 많은데, 여기는 아까 말한 대로 오래된 도시라 길도 좁잖아요? 현청 앞 부근은 늘 얼마나 길이 막히는지 몰라요.

근사한 삼나무, 소나무. 모두 색이 짙어요. 녹색이라기보다 검정에 가깝죠. 녹색은 어둠에 가까워요.

연못 물도 날씨가 이렇게 덥다 보니 무겁고 탁하게 보이는군요.

이렇게 높은 곳이라 전에는 물을 대는 데 꽤 애를 먹은 모양이에요. 사이펀 원리를 이용해서 강 상류에서 물을 끌어온 용수가 유명하지만, 난 이 연못을 볼 때마다 물을 끌어온 직공이 그 기술과 비밀을 지키기 위해서 죽임을 당했다는 전설이 생각나요. 진짜인지 가짜인지는 알 수 없지만, 제법 그럴싸한 이야기 아니에요?

공포는 신빙성을 높여주는 양념. 적당히 치면 이야기를 그럴싸하게 만들어줘요.

이런 게 생각나는군요.

사건 당시, 반 여자애들 사이에서 기묘한 게 유행했었어요. 뭐라고 생각해요?

압화예요. 그날, 편지를 눌러놓는 데 사용된 건 달개비가 꽂힌 컵이었어요. 현장에 남아 있던 달개비가 소녀들의 부적이 된 거예요.

달개비를 눌러 말려서 서표로 지니고 있으면 살인귀가 노리지 않는다는 묘한 소문이 돌았어요. 그래서 모두 달개비를 구해다 압화로 만들었죠. 아무 근거도 없는데 말이에요. 이상한 소문이 많이 돌았어요. 꽃은 전화번호부로 눌러야 한다든지, 다른 사람의 요 밑에 신문지를 깔고 꽃을 누르되 들키면 안 된다든지. 달개비 서표를 끼우는 건 자연 교과서여야 한다든지. 당시 친했던 여자애가 진지한 얼굴로 서표를 만들어서 주더군요. 이걸 지니고 있으면 괜찮다고.

그래요, 그 애들은 즐기고 있었던 거예요. 그 애들만이 아니죠, 어른들도 마찬가지였어요.

물론 모두 겁에 질려 있었어요. 그렇게 무서운 일이 자기가 사는 곳에서 일어났으니 말이에요. 난리가 났고, 서로 의혹의 눈초리로 봤어요. 공포심이 기이한 긴장 상태를 자아냈어요. 하지만 바꿔 말하면, 열에 들뜬 듯한 흥분 상태이기도 했던 거예요. 평소 생활에서는 경험하지 못했던 흥분이 매일매일 계속됐어요. 당시 피부로 느낀 공기를 생각해보면, 다 같이 큰 이벤트에 참가하고 있었다는 인상이랍니다.

그러니까 '축제'라는 말은 내 솔직한 감상이에요.

물론 《잊혀진 축제》라는 제목이 빈축을 산 건 알고 있어요. 하지만 그건 사실이나 취재를 토대로 하기는 했어도 어차피 내 픽션인걸요. 난 그걸 일종의 축제라고 느꼈어요.

논픽션? 난 그 말 싫어요. 사실을 바탕으로 했다고 주장해도, 사람이 쓴 것 중에 논픽션은 존재하지 않아요. 그저 눈에 보이는 픽션이 있을 뿐이죠. 눈에 보이는 것조차 거짓말을 해요. 귀에 들리는 것도, 손에 만져지는 것도. 존재하는 허구와 존재하지 않는 허구, 그 정도 차이라고 생각해요.

덥네요.

땀 때문에 눈이 쓰려요. 꼭 셔츠에 소금이 엉긴 것처럼 되니까 볼썽사납죠.

이 부근은 벚꽃 정원이지만, 물론 이 계절에는 모르겠죠.

벚나무는 참 이상해요. 다른 나무는 연중 어느 때나 무슨 나무인지 알 수 있잖아요? 은행나무, 동백나무, 단풍나무나 버드나무도 그렇죠. 그런데 벚나무만은 평소에는 그 존재가 잊혀요. 벚꽃이 안 피어 있을 때는 그냥 이름 없는 나무. 하지만 꽃이 피는 계절에만은 거기 벚나무가 있었다는 사실을 기억해내요. 평소에는 다들 잊고 지낸다, 그런 생각이 들어요.

이 정원, 구획마다 테마가 다 다르답니다. 옛날에는 여기가 디즈니랜드 같은 테마파크였던 거죠.

이렇게 넓은 정원이니 말이에요, 기이한 것을 수집하려 한 사람도 있었나 봐요.

진기한 모양을 한 나무와 돌 같은 걸 한데 모아놨대요. 그쪽에 가면 '기奇'라는 글자가 연상되더군요.

그래요, 기술奇術의 '기', 환상과 괴기의 '기'예요.

개인적인 의견이지만, 난 '기'가 일본 문화에서 꽤 중요한 위치를 차지하는 숨은 맛이라고 생각해요. 일그러진 것, 기분 나쁘고 섬뜩한 것을 한 발짝 뒤로 물러나서 감상하는 거예요. 아아, 기분 나빠, 불쾌해 하고 눈길을 돌리지 않고, 냉정하게 관찰하고 미의 하나로서 즐겨요. 재미있어해요. 흥미로운 심리죠. '기'라는 글자에는 괴이하다, 흔치 않다는 뜻이 있지만, 난 이 글자에서 그로테스크한 유머가 느껴지더군요. 자학적인 해학, 너무나도 싸늘하고 무관심한 시선 같은 것이.

그런 '기'의 시선으로 그 책을 쓰고 싶었어요. 성공했는지 아닌지는 지금도 모르겠지만요.

그래요, 책을 더 쓸 마음은 없어요. 세간에서는 반짝 스타라느니 뭐니 말이 나왔지만, 처음부터 그 책 한 권으로 끝낼 생각이었어요. 당시에는 무슨 폭풍이 휘몰아치는 것 같았답니다. 하지만 머리를 낮추고 꼼짝 않고 있으면, 모두들 순식간에 그런 책이 있었다는 사실조차 잊어버리거든요. 지금처럼 인터넷이 보급돼서 개인 정보를 쉽게 손에 넣을 수 있는 시대도 아니었고, 매스컴도 좀 더 느긋했으니까요. 소란을 피할 수 있는 수단은 이것저것 있었어요.

그 책을 썼다는 사실에 만족해요. 진상 따윈 아무도 몰라요. 내가 쓴 게 진상이라고 생각해본 적은 한 번도 없어요.

5

지금? 별로 하는 일 없어요. 애 키우는 주부죠. 딸이 하나. 올해 초등학교에 입학했답니다. 슬슬 일을 해보고 싶지만, 요즘 세상에 기술도 하나 없는 나 같은 사람을 오라고 할 데가 있겠어요? 남편은 책은 거들떠도 안 보는 사람이에요. 신문이나 읽을까요. 책이 나오고 한참 지나서 관심이 식은 다음에 만났으니까 내가 그런 걸 썼다는 것조차 몰라요. 그게 좋아요. 내 책꽂이에 그 책이 있는 것도 모를걸요.

봐요, 여기가 언덕 위라는 걸 알 수 있죠? 원래 이 정원은 성의 일부였으니까요. 저쪽이 우타쓰 산이고, 저 아래쪽이 옛 유곽이에요.

인생의 목표? 아이의 성장일까.

대단한 건 바라지 않아요. 세 식구가 평온하게 살 수 있으면 불만 없어요. 평온이 제일이죠. 요즘엔 그것도 쉽지 않아졌다는 걸 느낄 때가 많거든요. 검소하고 평범하게 살아도 범죄에 휘말릴 수 있고, 식품첨가물 때문에 병이 들기도 하고요. 사회구조와 경제 내용이 눈 깜짝할 새에 달라지니까, 지금 이대로 충분하다고 생각해도 커다란 파도에 휩쓸려버려요. 자기는 그런 파도하고 무관하다고 생각하던 사람이 파도에 휩쓸리면 정말 비참해요. 모든 게 파도에 떠내려가고, 온몸은 만신창이에, 손에는 아무것도 안 남아요.

난 파도에 휩쓸린 게 아니었어요. 파도가 발치를 적셨을 뿐. 그뿐인데도 《잊혀진 축제》를 쓸 때까지 밤의 밑바닥에서 파도가 하얗게 부서지고 끈질기게 아우성쳤어요.

책이 나오고 나서 편지를 많이 받았거든요.

물론 비난하는 편지, 협박이나 다름없는 편지도 있었죠. 하지만 대부분은 파도에 휩쓸린 데 대한 체념과 공감을 담은 편지였어요. 자신이 파도에 휩쓸린 걸 어떻게 생각해야 좋을지 모르겠다는 당혹감과 의문이 행간에서 흘러넘치는 것 같았어요. 그런 편지들을 읽고, 이 한 권으로 내 할 일이 끝났다는 확신이 점점 강해졌어요.

아뇨, 아니에요. 끝나기는커녕, 그 편지들에 담긴 무게를 짊어지고 살아가는 것만으로도 내 일생이 부족할 거라고 확신했답니다.

6

저게 그 유명한 석등이에요. 기러기발 모양이죠. 한자로는 훨씬 어려운 말이지만요.

여기가 관광 엽서나 여행 팸플릿 같은 데서 자주 나오는 지점이에요.

겨울이 되면 이 부근에 있는 소나무에 전부 눈 매달기를 하기 때문에, 하늘에 그어진 방사선에서 기하학적인 아름다움이 느껴진답니다.

이 부근에는 근사한 소나무랑 기이한 나무가 많아요. 장관이죠.

테마파크라기보다는 주사위놀이 판 같네요. 출발점은 마유미 언덕. 벚꽃 정원이 있고, 구불구불 흐르는 내가 있고, 다리가 있고. 종점은 어디일까.

정말 별난 사람이군요. 대체 뭘 알고 싶은 거죠?

내가 조사한 건 그 책에 다 쓰여 있어요. 문자 그대로 '잊혀진' 그 책에 관심을 갖다니 한가한 사람도 다 있다고, 솔직히 그런 생각이 드네요. 내가 쓴 거긴 하지만요.

어쨌든 다 끝난 사건이에요. '용의자 사망으로 서류송검'이라는 그거죠. 여전히 알 수 없는 부분도 많지만, 이미 과거의 사건이라고요. 수사도 이미 오래전에 중단됐어요.

조사라고 해봤자 관계자들의 이야기를 들은 게 다예요. 방법이라곤 그것밖에 생각이 안 나기도 했고, 내가 할 수 있을 만한 일도 그것뿐이었고요.

지금 돌이켜 생각해보면 무모하고 무신경했어요.

시간이 남아도는 바보 대학생이라서 할 수 있었던 거죠. 사람들이 나랑 오빠들을 기억해준 덕도 있었고, 또 내가 절실하고 서툴렀던 게 되레 긍정적으로 작용했겠죠.

사건이 있고 10년쯤 지났을 때니까, 그 사람들도 사건과 조금 거리를 둘 수 있었던 걸지도 몰라요. 겨우 그때를 돌이켜 생각해볼 만큼의 정신적인 여유가 생겼던 걸지도 모르죠.

사건 당시에는 매스컴과 흥미 본위인 사람들 때문에 고생했다는 이야기를 여기저기서 들었어요. 하지만 그때는 제발 좀 가만히 내버려둬줬으면 했지만, 시간이 흘러 겨우 무슨 일이 있었던 건지 돌이켜 생각해볼 수 있게 된 거예요. 시간이 흐를수록 이야기하고 싶어지고 자기.의견을 말하고 싶어지더라고 털어놓은 사람도 있었어요. 사건은 순식간에 풍화돼버리고, 잊고 싶긴 한데 잊어가는 게 무서웠다는 사람도 있었고요.

즉 타이밍이 맞았던 거예요. 내가 그 책을 쓸 수 있었던 건 오로지 그 덕분이에요.

그때 난 운이 좋았어요. 운명이라는 게 있다면, 그 대학 4학년 여름이 그거였어요.

그래요, 처음에는 졸업논문 대신이었어요. 마케팅 전공이었기 때문에, 설문 조사나 앙케트 방식에 따라 정보를 얼마만큼 수집할 수 있고 내용이 얼마만큼 달라지는지 조사해보자는 단순한 발상으로 시작한 거죠.

왜 어렸을 때 일어난 그 사건을 조사할 생각을 했는지 지금은 기억이 확실치 않아요. 마케팅하고는 상관도 없는데.

하지만 결심한 뒤로는 한 번도 망설이지 않았어요. 친구의 도움을 받아서 관계자들한테 편지를 쓰고, 전화를 걸고, 5월에서 9월에 걸쳐 한 달에 한 번씩 네 차례, 관계자를 찾아갔어요. 매번 만나준 사람도 있었고, 한 번밖에 못 만난 사람도 있었죠.

간격을 두고 정기적으로 만난다는 게 의외로 효과가 있더군요. 내가 눈앞에 있으면, 자기도 모르게 긴장하게 되기 때문에 말이 잘 안 나오기도 하거든요. 하지만 그러다가 눈앞에서 사라지면 그때서야 '그러고 보니까' 하고 이것저것 생각나는 모양이에요. 회를 거듭할수록 기억이 점점 되살아나기도 하는 것 같고요. 마주 보고 있을 때는 아무 말도 못 하다가 헤어진 다음에 편지에 적어서 보내오는 사람도 있었어요.

그해 여름은 특별한 여름.

그 사건이 있었던 여름과 내가 관계자들의 이야기를 들으러 이곳에 다니던 여름은 내 마음속에서 쌍을 이루고 있답니다.

양쪽 모두 하얀 여름이었으니까. 하얀 나날. 분명히 나한테는 양쪽 모두 열에 들뜬, 이상한 상태였으니까 그럴 거예요.

이야기를 다 듣고 왔을 때에는 사람들 말이 내 속을 꽉꽉 메우고 있었어요. 졸업논문 따위는 생각도 안 나더군요. 그냥 뭐에 홀린 사람처럼 그걸 써 내려갔답니다. 그게 소설인지 뭔지, 그런 것도 신경 안 썼어요.

난처한 건 오히려 다 쓰고 난 다음이었어요. 졸업논문하고는 비슷도 안 한 이상한 걸 써버렸으니 말이에요. 게다가 여름 한철을 꼬박, 막대한 노력을 들여서. 그때서야 비로소 내가 처한 상황을 깨닫고 파랗게 질렸죠. 새로 논문을 쓸 시간도, 기력도 없었어요.

하지만 내가 미친 사람처럼 뭔가 이상한 걸 쓴다는 게 어느새 다른 학생들한테 알려지면서, 선생님이 먼저 한번 읽어보자고 하시더니 졸업논문으로 제출하라고 권하셨죠. 그리고 우연한 기회에 출판사에 근무한다는 선생님 옛 제자가 그걸 읽게 돼서, 그다음부터 일사천리로 일이 진행돼서 책이 된 거예요.

지금 생각해도 꿈만 같아요. 그런 일이 없었더라면, 지금 이렇게 당신하고 내가 여기 있지도 않았겠죠. 역시 운명이에요.

7

사건이 일어났을 무렵, 주위 어른들이 걸핏하면 '제국은행 사건 같다'라고 하던 게 인상에 남아 있어요.

어렸을 때는 그게 뭔지 잘 몰랐어요. 겨우 의미를 알게 된 건 고등학교에 들어가서 일본사를 공부하면서였죠. 그렇기는 해도 고등학교 일본사 수업은 제2차세계대전까지 진도를 나가기도 벅차니까, 전후 현대사는 맹점이잖아요? 난 전후 현대사를 꽤 좋아했기 때문에 개인적으로 이런저런 책들을 찾아 읽곤 했거든요.

비슷하다곤 해도 별 대단한 공통점이 있는 건 아니에요.

어느 날, 낯선 남자가 와서 많은 사람한테 독을 먹였다. 그 한 가지뿐.

제국은행 사건은 종전 직후, 아직 미 점령군이 있던 시대니까, 그 사건보다 25년도 더 전 일이군요.

제국은행 어느 지점에 의학박사 명함을 갖고 있는 남자가 찾아와서, 이질이 발생했으니까 약을 먹으라는 명령을 점령군이 내렸다면서 지참한 약을 행원들한테 나눠주고 그 자리에서 먹게 했어요.

이질이라는 데서 시대가 드러나는군요. 남자가 준 약은 실은 맹독이었던 거예요. 사람들이 고통스러워하는 새에 남자는 은행 돈을 챙겨서 달아나고, 독을 먹은 열여섯 명 중에 열두 명이 죽었답니다.

노인네들한테는 한꺼번에 많은 사람이 독살당했다는 부분이 비슷하게 보였겠죠. 내가 어렸을 때, 어른들은 아직 전후 시대를 살고 있었으니까요.

그 사건도 수법은 비슷했어요. 그날은 그 댁 당주의 환갑과 할머님의 미수米壽가 겹치는 날이었답니다. 그 댁은 3대가 생일이 같다는 게 동네에서도 유명한 이야기였어요. 그러니 축하 선물이라고 누가 술을 배달시켰어도 의심하는 사람은 아무도 없었죠. 먼 곳에 사는 당주의 친구 이름을 댔다고 하고, 아이들이 마실 주스까지 곁들여져 있었으니 세심한 배려를 하는 사람이라고 감격을 하면 했지, 음료 전부에 독이 들어 있을 줄은 꿈에도 몰랐겠죠. 그래서 모인 사람들한테 돌리고 다 같이 건배했어요.

결과는 참혹했어요. 마침 그 댁에 와 있던 단골 업자도, 이웃 사람들도 희생당했죠. 다 합해서 열일곱 명이나 죽었어요. 그중에 아이가 여섯 명. 그 댁에는 아이가 셋 있었기 때문에, 이웃에서 놀러와 있던 아이들까지 목숨을 잃은 거예요.

우리 오빠도 하마터면 희생자가 될 뻔했답니다. 차분하게 가만히 못 있는 성격이 그때는 천만다행이었어요. 오빠한테도 주스를 따라 줬지만, 잔치 분위기에 흥분해서 큰오빠랑 나도 같이 마시자고 부르러 왔거든요.

우리 셋이 갔을 때는 집 안이 아비규환이었어요. 우리는 처음에 그 사람들이 고통스러워하는 줄도 몰랐어요. 무슨 축하의 춤이라도 추는 건가 싶어서 어리둥절해 있었지 뭐예요. 사람들이 막 토해서, 시큼하고 역한 냄새가 현관 밖까지 진동했어요.

나도 오빠도 한동안 그 냄새가 코에서 떨어지질 않았어요. 오빠는 이상한 냄새가 난다고 한동안 주스를 아예 못 마셨답니다.

큰오빠가 맨 먼저 이상을 깨닫고 파출소로 달려갔어요. 나하고 또한 오빠는 겁이 나서 집으로 뛰어가 어머니한테 알렸고요.

순식간에 큰 소동이 벌어졌어요.

좁은 골목길이 구급차와 경찰차로 꽉 메고, 구경꾼도 엄청났어요. 그야말로 축제 중의 혼잡한 거리 같았죠. 집 안에서 어머니한테 매달려 있는데, 거리 전체가 파도 소리에 휩싸여 있는 것처럼 술렁거려서 집이 꼭 배 같았어요. 두둥실 떠올라서 어디론가 떠내려가버릴 것 같은 착각이 들더군요.

이상 사태가 벌어졌을 때는 공기 색깔이 달라져요.

공기가 위아래로 분리된 것 같은 느낌이에요. 바닥 쪽에는 탁하고 묵직한 공기가 가라앉아 있어요. 하지만 천장 쪽은 단단하고 투명하고 반짝거리는 것처럼 보이거든요. 발치 쪽에는 뭔가가 가라앉아 있는데, 위쪽은 높은 곳에서 누가 공기를 자꾸자꾸 위로 빨아올리는 것 같아요. 음, 설명을 잘 못하겠네요.

여름이 막바지에 이른, 오늘 같은 날이었어요. 후텁지근하고, 바람이 없고.

하지만 그해 여름은 그때부터가 길었어요. 그날 때문에 우리도, 이곳 사람들도 여름을 좀처럼 끝낼 수 없었어요.

8

아, 조심해요. 잘 봐요, 거기 바둑판처럼 망이 처져 있죠?

이끼를 보호하는 거예요. 밑은 잔디가 아니라 근사한 이끼랍니다. 분명히 새를 막는 역할도 하겠죠. 큰 새는 이끼 위에 내려앉지 못하게요.

저 큰 목조건물은 세이손 각閣이라고 해요. 중요문화재죠. 몇 대째 번주가 자기 어머니 거처로 지었답니다. 재미있는 곳이니까 한번 들어가볼까요?

일본 가옥은 정말 어둡죠. 어렸을 때는 집 안이 정말 어두웠어요. 낮에 할머니 댁에 갔는데 어찌나 깜깜한지 놀란 기억이 있어요. 향불과 습포제와 음식 냄새가 뒤섞여 퀴퀴하고 들쩍지근한 냄새가 나는 바람에 괜히 우울해졌죠.

공기가 싸늘하군요. 땀이 다 식었어요. 이제 좀 한숨 돌리겠네요. 그 대신 겨울에는 추워요. 발치에서부터 냉기가 스멀스멀 올라오죠. 옛날 사람들은 얼마나 추웠을까요.

현경에서 백 명 이상이 수사에 투입됐다더군요. 시민이 공황 상태에 빠지기 일보직전이었으니까 당연하죠. 이웃 사람들은 경찰에서 너무 자주 찾아오는 바람에 나중에는 녹초가 됐어요. 우리 어머니도 한동안 신경이 상당히 예민해져 있었답니다. 밖에서는 아무것도 못 사 먹게 하고, 찬 음료도 못 마시게 했어요. 집에서 끓인 차만 괜찮았죠. 아이가 있는 집은 아마 어디나 비슷하지 않았을까요.

당시 난 초등학교 5학년이었어요. 두 오빠는 연년생으로, 큰오빠가 중학교 3학년, 작은오빠가 2학년이었고요.

우리도 여러 번 불려 갔어요. 형사랑 여경이 와서 똑같은 이야기를 몇 번씩 시키더군요. 특히 현장에 있었던 작은오빠는 끈질길 정도로 여러 번 질문을 받았죠. 늘 명랑하던 오빠도 그때만큼은 초췌해가지고 힘들어했답니다. 하지만 경찰의 입장도 이해해요. 현장에 있던 사람 대부분이 죽었고, 목숨을 건진 사람들도 한동안 면회 사절 상태였으니까요.

도둑맞은 게 있는 것도 아니었기 때문에, 처음부터 원한에 의한 범행일 거라는 방향으로 수사가 진행됐어요. 하지만 그 댁은 대대로 의사에, 성실한 분들이라, 존경을 받으면 받았지 원한을 살 일은 없는 것 같았어요. 수사는 금세 막다른 골목에 부닥쳤죠.

막다른 골목에 부닥친 다음부터가 문제였어요.

그렇게 많은 인원을 동원해서 다들 진저리를 칠 만큼 탐문 수사를 벌였는데, 성과가 전혀 없고 범인상은 떠오르질 않는 거예요. 경찰도 사람들도 스트레스가 점점 쌓여갔죠.

모두가 신경이 날카로워져 있었어요. 대량 살인을 저지른 사람이 있는데 얼굴이 통 보이질 않는 거예요. 하지만 가까이 있다는 건 알고 있으니까요.

물론 범인은 있었어요.

검은 야구 모자를 쓰고 노란 비옷을 입은 남자.

일약 유명해진 범인이지만, 얼굴을 제대로 본 사람은 아무도 없었어요. 이웃들의 증언을 토대로 몽타주를 작성했지만, 별 도움이 되지는 않았답니다.

남자는 오토바이에 술 상자를 싣고 왔어요.

평소에 거래하던 주류 상점 사람은 아니었지만, 부탁받고 배달 왔다는 분위기였다고 하더군요. 아까도 말한 것처럼, 야마가타에서 의원을 하는 당주의 의대 시절 친구 이름을 댔기 때문에 당주도 납득한 거죠.

그래요, 그때는 비가 오고 있었어요. 저기압이 다가와서 비바람이 몰아치는 상태였죠. 그래서 남자가 얼굴이 잘 안 보일 만큼 중무장을 하고 있어도 아무도 의심하지 않았어요.

노란 비옷은 이튿날 강 하류에서 발견되었답니다. 술을 배달한 직후에 벗어서 버렸겠죠.

범인의 유류품은 그 기묘한 편지를 빼면 그것뿐이었어요.

9

공중에 대롱대롱 매달린 것 같은 하얀 여름. 늦여름의 거리를 돌아다니던 형사들.

수사를 오래 끌면 끌수록 사람들의 우울함과 피로는 점점 더해갔어요.

일족의 중심인물 대부분을 한꺼번에 잃어버린 아오사와 가家는 천천히 말라 죽어가는 것 같았어요.

난 여러 번 몰래 그 댁 앞에 가봤지만, 늘 쥐 죽은 것처럼 고요했어요. 후쿠이랑 오사카에 사는 친척들이 뒷정리를 하러 와 있었지만, 인기척은 거의 없었어요.

사건이 있고 나서 아무도 그 댁에 가까이 가지 않게 됐어요. 완전히 유령 저택 취급을 받았죠.

하지만 물론 빈집이 된 건 아니었어요.

그 사람이 남아 살고 있었으니까요. 그 사람을 돌봐주는 사람도요.

창가에 선 그 사람을 본 적은 몇 번 있었어요. 하지만 그 사람은 내가 있는 걸 알 수 있을 리가 없으니까요. 늘 살그머니 그 자리를 떠나곤 했죠.

그 댁 현관 앞에 커다란 백일홍 나무가 있었거든요. 여름이 되면 늘 근사한 하얀 꽃을 피우곤 했답니다. 백일홍이라면 대개 운동회 때 휴지로 만드는 꽃처럼 빨간 걸 떠올리지만, 그 댁 백일홍은 새하얬어요.

그 댁 앞에 가서 그 백일홍을 바라보던 기억이 나네요.

그래서 더, 하얀 여름이라는 인상이 남아 있는지도 모르겠어요.

10

10월도 끝나갈 즈음이었을까요, 사건이 급진전을 보인 건.

계기는 한 남자의 자살이었어요.

세 들어 살던 연립주택에서 목을 맨 거예요.

발견한 사람이 집주인이었는데, 그 사람이 유서를 보고 경찰에 신고한 거죠.

유서에는 아오사와 가 독살 사건의 범인이 자기라고 쓰여 있었어요. 그 남자는 오래전부터 원인을 알 수 없는 두통과 불면, 망상에 시달리고 있었다더군요. 정신과에 치료를 받으러 다닌 이력도 있었어요. 아오사와 일가를 죽이라는 하늘의 계시를 받고 독을 배달했다고 고백했답니다.

처음에는 경찰도 안 믿었어요. 비슷한 말을 하는 사람은 그 전에도 몇 명 있었으니까요. 하지만 벽장에서 음료에 투입된 것하고 똑같은 농약, 검은 야구 모자, 오토바이 열쇠가 나오면서 상황이 달라졌어요.

무엇보다도 결정적이었던 건, 현장에 놓여 있던 편지와 컵에서 검출된 지문이 그 사람 지문과 일치한다는 점이었어요. 경찰과 매스컴이 갑자기 활기를 띠고, 범인을 발견했다고 세간이 떠들썩해졌어요. 범인이 이미 죽었으니까 소동은 그리 오래 지속되지는 못했지만요.

기나긴 정체 끝의 싱거운 결말.

모두 안도감을 느끼랴, 맥 빠지랴, 하여튼 복잡한 기분이었죠.

그 한편으로 누구나 심한 착잡함과 허무감을 느꼈어요.

이웃 사람이나 아는 사람이 범인이 아니라는 걸 기뻐하는 기분, 아오사와 가 분들은 역시 누구한테 원한을 살 사람이 아니었다는 안도. 하지만 그럼 어째서 그렇게 많은 사람이 죽임을 당했나. 한 사람의 망상 때문에 수많은 무고한 사람이 한꺼번에 목숨을 잃었다는 그 부조리함. 사건이 해결되고 나서 되레 더 우울해졌다는 사람도 많았어요. 차라리 강력한 동기를 가진 범인이었으면 좋았을걸 그랬다고 언뜻 비치는 사람도 있었죠.

사건이 끝난 다음에도 많은 사람이 공중에 대롱대롱 매달린, 어중간한 상태로 남겨진 거예요.

네, 그래요. 자살한 남자가 진짜 범인인지 의심스럽다는 사람도 많았어요.

제일 문제가 된 건 그 사람이 어디서 아오사와 가를 알게 되었는가 하는 점이었죠. 그 댁과 같은 동네에 사는 것도 아니었고, 그 댁과의 접점은 끝내 밝혀지지 않았어요. 하지만 워낙 큰 의원이었으니까 다른 사람을 통해서 간접적으로 알았거나 광고 같은 데서 봤을 가능성이 없지 않다는 걸로 결론이 내려졌답니다.

야마가타에 사는 친구 이름을 어디서 알았는지도 알 수 없었어요. 이름이 도용된 그 친구는 사건과 아무런 관련이 없다고 판명됐고, 남자와도 관련이 없었어요. 이것도 풀리지 않은 수수께끼예요.

그 남자가 아오사와 가에 술을 배달했다는 점에 관해서는 모두 의견이 일치했어요. 하지만 실제로 술에 독을 탄 사람은 따로 있을지도 모른다는 주장이 제기된 거예요.

주위 사람들 증언에 따르면, 그 남자는 오랜 통원 생활 때문에 자신감이 없고, 고민이 많고, 암시를 받기 쉬운 상태였대요. 누군가의

충동질에 넘어가 자기가 범인이라고 믿은 게 아닐까. 농약이랑 야구
모자도 누가 그 남자 집에 갖다 놓은 게 아닐까. 그렇게 말하는 사람
도 있었어요.

하지만 그건 어디까지나 억측일 뿐, 입증은 안 됐어요. 결국 범인
은 자살한 남자라는 걸로 결론이 내려졌죠.

11

훌륭한 건물이죠? 일본 가옥치곤 천장도 높고 계단도 널찍해요.
정원도 멋지고요.

이 널찍한 툇마루의 처마는 지레의 원리로 지탱된답니다. 이렇게
시원한 툇마루에서 낮잠 한번 자보면 좋겠네요.

나? 나도 진상은 몰라요. 자살한 남자가 범인인지 아닌지도 몰라
요. 어떤 형태로 사건에 관여한 건 사실일 거라고 생각하지만요.

《잊혀진 축제》에서도 결론 같은 건 안 내리잖아요? 쓰다 말고 포
기했다는 말을 들었지만, 난 결론을 내릴 수 없었어요. 결론이 날 거
라고 생각하지도 않았어요.

그런, 우리의 이해를 뛰어넘는 사건은, 오해를 무릅쓰고 말하자
면, 거의 사고에 가까운 게 아닐까요?

어떤 우연한 계기에 눈덩이가 비탈을 구르기 시작해요. 점점 속도
가 붙으면서 눈 깜짝할 새에 커져서 산기슭에서 일하던 사람들을 순

식간에 쓰러뜨리거든요. 물론 눈덩이의 중심에는 인위적인 조작도 있고 억눌려 있던 감정도 있겠죠. 하지만 난 어떤 계기와 우연의 연속이 맞물리면서 인위적인 걸 능가하는 무서운 일을 일으킬 때가 있다고 생각해요. 인간의 하찮은 속셈을 비웃기라도 하듯 크나큰 재앙으로 답하는 거예요.

그 사건도 그런 거였다는 생각이 들어요.

12

이 방을 봐요. 작은 방인데도 장식에 꽤 신경을 썼죠?

군청의 방. 벽이 새파랗게 칠해져 있으니까요. 라피스라줄리. 고대 이집트에서도 사용되던 색이죠. 광석을 깎아 만드는 색인데, 아주 귀한 거였다더군요.

요시다 겐이치가 이 도시에 관해 쓴 글에 이 방도 언급된답니다. 2층으로 올라와서 복도를 따라 이 모퉁이 방까지 오면, 밖에서 비쳐드는 빛이 벽의 파란색을 돋보이게 하도록 한 건지도 모른다고요.

그렇게까지 치밀하게 계산됐는지 아닌지는 모르겠지만, 이곳의 오래된 집은 대부분 벽이 짙은 붉은색으로 칠해져 있으니 역시 기이한 느낌이 들긴 하죠.

저 벽까지 볕이 드는 건 겨울일 테죠. 진기하기는 하지만 어쩐지 안정감이 없는 방이에요.

경찰에서 그 사람…… 히사를 처음 만나러 갔을 때, 히사는 심한 혼란에 빠져서 갑자기 이 방 이야기를 했대요. 여경이 말을 시켜도, 어렸을 때 본 것 이야기만 했다더군요.

그럴 만도 하죠. 주위에서 가족이 단말마의 비명을 질러대는데, 무슨 일이 일어난 건지 설명해줄 사람은 아무도 없었으니 말이에요.

사람들이 죽어가는 그 속에서 그 사람 혼자 귀 기울여 듣고 있었던 거예요.

그 댁에 살던 사람 중에서 살아남은 건 그 사람 한 명뿐. 얼마나 무서웠을까요.

아오사와 히사코靑澤緋紗子. 당시 중학교 1학년이었어요.

굉장히 예뻤답니다. 내내 긴 머리였는데, 중학교에 입학하면서 단발머리로 잘랐어요. 그게 또 얼마나 잘 어울렸는지 몰라요. 꼭 일본 인형 같았죠. 새까만 머리와 하얗고 고운 살결이 깜짝 놀랄 만큼 선명한 대비를 이루고 있었어요.

머리도 좋고, 성격도 온화하고요. 동네 아이들은 그 사람을 동경했었죠. 우리 오빠들도 마찬가지예요.

하지만 그 사람은 자가중독증이 있어서, 자주 새파란 얼굴을 하고 누워 있곤 했어요. 학교도 자주 쉬었고요. 하지만 성적이 좋았기 때문에 선생님도 봐준 것 같아요.

자가중독증. 자율신경이 불안정한 아이한테 많죠. 임신중독증처럼 몸 안에 유해 물질이 만들어진다더군요. 그날도 히사는 자기 지정석인 팔걸이의자에 축 늘어지듯 앉아 있었대요. 대체 뭐가 운명을 가르는지 모를 일이에요. 늘 그 사람을 괴롭혔던 자가중독증 때문에 아무것도 입에 대지 못한 덕에 목숨을 건졌으니까요.

이런 말 하기는 좀 뭐하지만, 그것도 히사다웠어요. 본인은 무척 힘들었겠지만, 병약하다는 것도 히사의 분위기에 잘 맞았거든요. 그래서 점점 더 특별하게 느껴졌고요. 커다란 저택에 사는 아가씨. 그 사람한테는 그게 딱 맞았어요.

정말로, 정말로 저속하고 무신경한 감상이지만, 심지어 참극조차도 히사한테 어울렸답니다. 비극의 생존자. 그 역이 그 사람한테는 잘 어울렸어요. 아무도 입 밖에 내서 말하지는 않았지만, 동네 아이들은 다들 속으로 비슷한 생각을 했을걸요. 우리가 동경하던 그 사람은 비극의 주인공이 되기에 적합했어요. 오히려 그 사건 때문에 그 사람의 존재는 우리한테 영원이 됐을지도 몰라요.

13

《잊혀진 축제》를 쓸 당시 히사는 한 번밖에 못 만났어요.

히사는 꽤 오랫동안 그 집에서 살았지만, 내가 그 사람을 만난 건 그 사람이 집 정리를 하고 있을 때였어요.

결혼을 앞두고 있었거든요. 대학원에서 만난 독일 사람과 결혼해서 전근 가는 그 남자를 따라 미국에 가게 되어 있었어요. 히사의 눈을 다시 한번 미국 병원에서 검사해보고 싶다는 남편분의 의향도 있었다는 것 같더군요.

그 사람은 날 다시 만나게 된 걸 반기면서 나한테 꼬박 하루를 할애해줬어요.

히사와 보낸 하루가 《잊혀진 축제》의 핵이 됐어요.

히사는 기억력이 굉장히 좋았어요. 손으로 만진 것, 귀로 들은 것은 절대 안 잊었답니다. 그 사람의 기억은 사건으로부터 10년이 지났어도 깜짝 놀랄 만큼 선명했어요. 그 사람이 한 체험이 내 안에서 재현될 만큼.

만약 히사가 앞을 볼 수 있었다면 상황은 달랐을 거예요. 그 사람이 범인을 봤더라면 분명히 훨씬 빨리 사건이 해결됐겠죠. 그 사람은 누가 부엌에서 걷는 소리를 들었어요. 누가 편지를 식탁 위에 놓고 컵을 올려놓는 소리를 들었어요. 그럴 마음만 있으면 범인의 얼굴도 볼 수 있었을 테죠.

하지만 만약 히사가 앞을 볼 수 있었다면.

히사도 내가 생각하던 것과 똑같은 말을 하더군요.

오늘까지 견딜 수 없었을지도 모른다고요. 사람들이 고통 속에서 죽어가는 모습을 봤더라면 그 이미지에 짓눌려서 지금까지 못 버텼을 거라고요.

그 사람은 말했어요. 범인을 잡을 수 있었을지도 모른다는 원통함과 자기가 살아남지 못했을 거라는 확신이 늘 같은 무게로 마음속에 자리하고 있다고.

난 이런 생각도 했어요. 만약 앞을 볼 수 있었다면 히사도 그때 죽지 않았을까. 그 사람도 독을 먹었거나 범인 손에 죽지 않았을까.

결과는 아무도 몰라요.

역시 운명인 거예요.

14

히사가 시력을 잃은 건 초등학교에 들어가기 전이었어요.

자세한 이야기는 모르지만, 그네에서 떨어져서 뒷머리를 부딪혔는데 고열이 나면서 서서히 시력을 잃었다는 것 같더군요.

애가 탄 부모가 도쿄에 있는 병원을 몇 군데나 찾아다녔지만, 나을 가망은 없었어요.

하지만 히사는 아직 어리기도 했고, 머리도 아주 좋고 눈치도 빨랐기 때문에 절망하기 전에 먼저 익숙해져서 생활에 전혀 불편함을 안 겪었다죠. 당신도 그 사람하고 같이 있어보면 알겠지만, 앞이 보이는 이쪽이 훨씬 불편한 것처럼 느껴질 정도였답니다.

그 사람은 맹인학교에는 안 갔어요. 부모가 보통 학교에 보내기 위해서 각 방면에 손을 쓰기도 했겠지만, 실제로 그 사람은 학교 안이나 학교 가는 길을 구석구석 완벽하게 기억하고 있어서 당당하게 학교에 다녔답니다. 주산을 할 줄 알았으니까 손가락을 써서 계산도 할 수 있었고요. 여기다 앞까지 보였더라면 얼마나 대단했겠느냐고 모두들 말하곤 했죠.

신비스러운 사람이었어요.

나 말이죠, 실은 히사가 앞이 보이는 게 아닐까 생각한 적이 몇 번 있었답니다.

방에 같이 있으면 이쪽의 표정 변화나 주위에서 일어나는 일을 금세 알아맞히는걸요. 앞을 못 볼 텐데도 뭐든지 꿰뚫어 보는 것 같았어요.

주위 어른들도 자주 그런 이야기를 수군거리곤 했어요.

그 사람은 가끔씩 이상한 말을 했어요.

눈이 안 보이게 된 다음부터 보이게 됐어.

그런 말을 가끔 하는 거예요.

어쩐지 손으로, 귀로, 이마로 보이는 것 같아.

무심히 그런 말을 하곤 했어요.

그 말을 듣고 어쩐지 등골이 오싹했던 기억이 있군요.

그러니까 사건이 있고 나서 내가 몇 번이나 그 집으로 찾아가려고 한 건 히사한테 살짝 물어보고 싶었기 때문이에요.

실은 그때 무슨 일이 일어나고 있는 건지 죄다 본 게 아닌가.

범인도 알고 있는 게 아닌가 하고요.

15

히사가 지금 어디 있는지는 몰라요. 아직 외국에 있지 않을까요.

《잊혀진 축제》가 나왔을 때 편지를 몇 번 주고받았지만, 그 뒤로는 소식이 끊어졌어요. 총명한 사람이니까 어디에 있든 잘 살 거예요. 어쩌면 시력을 되찾았는지도 모르죠. 앞을 보게 된 히사를 상상해보면 즐거워요. 그러니까 그 사람이 어떻게 사는지 알아볼 생각은 없어요.

바깥은 역시 덥군요. 폐원 시간이 거의 다 됐는데 더위가 전혀 수그러들 줄 모르네요. 손수건이 다 젖었어요.

편지? 아아, 그 편지 말이군요?

결국 그건 수수께끼로 남았어요. 누가 왜, 누구를 위해서 그 편지를 놓아두었는지. 그 편지가 어떤 뜻인지. 유지니아가 누구인지.

애초에 그 편지를 그 남자가 썼는지도 확실치 않거든요. 필적 감정을 해봤지만, 당시에 그 남자가 손을 다쳤었기 때문에 그 남자 글씨가 맞는지 판정할 수 없었다더군요. 그 남자가 그 편지를 만진 건 확실하지만, 그 남자가 갖고 온 건지, 술을 들고 왔을 때 우연히 만졌을 뿐인지는 알 수 없어요.

하지만 결국 그 편지도 그 남자의 의미를 알 수 없는 망상을 뒷받침하는 증거로 취급된 것 같더군요.

유지니아.

흔한 이름이 아니니까 혹시 어디서 인용한 글이 아닐까 경찰에서도 꽤 열심히 조사해본 모양이지만, 특정한 인물을 가리키는 실마리는 끝내 발견되지 않았어요.

그 편지는 수취인한테 배달됐을까요, 배달되지 않았을까요.

영원히 수수께끼겠죠.

16

갑자기 쏟아지네요. 하늘이 시커메지고 구름이 몰려오나 싶더니 이 모양이에요.

어디서 잠깐 비를 피하죠.

빗줄기가 굵으니까 금세 그칠 거예요.

운명. 이 세상은 운명이에요.

오늘, 굉장한 우연이 있었어요.

역에 도착했는데 어디서 본 얼굴하고 딱 마주친 거예요. 서로 아는 사람이라는 건 금세 깨달았는데 이름이 생각나야 말이죠.

잠시 발을 멈추고 서로 마주 보고 있다가, 이게 또 동시에 생각났지 뭐예요.

그 사건 수사를 돕던 여경이었어요. 아이와 여자 들 조사를 돕던 사람이죠.

그렇게 반갑더라고요. 벌써 퇴직했대요.

잠깐 서서 이야기를 했는데, 아오사와 히사코를 조사할 때 이야기를 해주더군요.

《잊혀진 축제》를 쓸 때에는 못 들었던 이야기.

아까 잠깐 이야기했죠? 파란 방 이야기.

히사는 충격 때문인지, 어렸을 적 아직 앞이 보이던 시절의 기억을 맨 처음에 이야기했다고.

그때 나왔던 게 저 세이손 각에 있는 군청의 방.

그리고 또 하나, 하얀 백일홍 이야기를 했다는 거예요.

충격이었어요. 아니, **내가** 말이에요. 히사가 사건 직후에 군청의 방과 하얀 백일홍 이야기를 했다는 게 큰 충격이었어요.

《잊혀진 축제》를 쓰기 전에 그걸 알았더라면 내용이 완전히 달라졌을 거예요.

17

대체 뭘 알고 싶은 거죠?

내 《잊혀진 축제》를 이용해서 당신의 《잊혀진 축제》를 쓰고 싶은 건가요?

새로운 《잊혀진 축제》를?

그러네요, 어쩌면 쓰였을지도 모르는 또 하나의 축제.

하지만 그건 내 거지, 당신 게 아니에요. 또 하나의 축제가 쓰일 일은 절대로 없어요.

진범? 아뇨, 그런 게 아니라. 아니, 그걸까. 모르겠네요.

그러니까 결국 단순한 이야기였던 거예요.

열 사람이 한 집에 있다가 아홉 사람이 죽임을 당했다면 범인은 누구겠어요?

추리소설이 아니잖아요. 답은 간단해요. 범인은 당연히 남은 한 사람이에요.

그런 거예요.

히사가?

글쎄요, 어떨까요. 긍정도, 부정도 안 하겠어요. 증거나 근거는 전혀 없으니까. 다만 난 남은 한 사람이 범인이라는 걸 오늘 여기 와서 알게 됐어요. 그뿐이에요.

아아, 더워라. 굵은 빗줄기가 그칠 줄 모르네요. 거리의 더위를 휘저어놓을 뿐.

어쩌면 이렇게 덥죠.

이 더위는 대체 언제 끝나려나요.

2

두 개의 강과
한 개의 언덕

1

오랜만인데요, 여기 강가를 걷는 거.

습기가 여전히 엄청나군요.

오늘도 진짜 더운데요. 이 사우나에 들어앉은 것 같은 피부의 감촉만은 생생하게 생각납니다.

거리를 봐서는 당시하고 전혀 달라진 게 없는 것 같기도 하고, 또 한편으로 아주 많이 달라진 것 같기도 하고 그렇군요. 솔직히 말해서 잘 기억이 안 납니다. 당시엔 그냥 아무 생각 없는 단순해빠진 학생이기도 했고요.

몇 살 때쯤이었나, 여행을 하는 목적이 달라지더군요.

젊었을 때는 본 적이 없는 걸 보러 가는 게 여행의 목적 아닙니까? 새로운 것, 대단한 것, 진기한 것. 뭐든지 좋다, 전부 봐주마. 그런 말이 있었는데요.

하지만 사회에 나와서 일에 쫓기게 된 다음부터는 아무것도 보고 싶지 않습니다. 오히려 쓸데없는 걸 안 보기 위해서 여행을 떠나게 되죠. 일상으로부터의 도피라는 그거예요.

그리고 또 얼마 있으면, 이번에는 자기가 보고 싶은 걸 보기 위해서 여행을 하게 됩니다. 그게 꼭 현재에 존재하는 거라는 법은 없어요. 자기 기억 속에 있는 것, 과거에 봤을 뭔가를 찾고 싶어지는 겁니다. 예컨대 어린 시절의 원原풍경이라든지, 그리운 것이라든지.

이번 건 그런 여행인지도 모르겠군요. 일 때문도 아닌데 이 도시에 다시 오게 될 줄은 꿈에도 몰랐으니까요. 기억 속에 있는 그리운 것 찾기.

하늘이 낮은데요. 지금도 이런 걸 울음을 터뜨릴 것 같은 하늘이라고 하나 모르겠군요.

또 비가 쏟아질 것 같은데요.

2

사이가 마키코라. 그리운 이름이군요.

대학교 1년 선배죠. 같은 동아리에 있었어요. 아뇨, 별 대단한 동아리는 아닙니다. 명목상으로는 여행 동아리였지만, 테니스니 스키니 여기저기 다 함께 어울려 다니는 것도 여행에 들어가는, 그냥 어디나 있을 법한 느슨한 동아리였습니다. 다만 전체 여행 외에 소규

모 그룹 여행이 있었는데, 몇십 명쯤 되는 부원 중에서 목적이 상당히 마니아적인 여행을 할 때 곧잘 모이는 멤버가 대여섯 명 있었거든요. 문화재를 본다든지, 쇼와 초기의 건축물을 본다든지 말이죠. 저는 어슬렁어슬렁 걸어 다니는 걸 좋아했기 때문에 그 그룹에 자주 참가했어요. 사이가 씨도 그 그룹에 있었습니다.

인상 말입니까? 어른스러운 사람이었어요. 차분하다고 할까요. 하지만 얌전한 사람은 아니었습니다. 늘 좀 떨어진 데서 다른 사람들을 가만히 바라보고 있다는 인상이 있었어요. 나서서 이야기를 하거나 분위기를 띄우는 사람은 아니었기 때문에 처음엔 접근하기가 좀 쉽지 않았죠. 하지만 이야기를 해보니 의외로 꾸밈없고 시원시원한 성격이더군요. 가끔씩 흥분하면, 평소의 그 시들한 태도가 거짓처럼 느껴질 정도로 속사포처럼 떠들어대고요. 그런 격차에 놀라기도 했습니다.

지금 도쿄에 삽니까? 호오, 딸이 하나. 그렇군요. 남편 되시는 분은 어떤? 아아, 그럼 대학 때 사귀던 사람은 아니군요.

대학 때 사귀던 애인 말입니까?

만난 적은 없지만, 당시 같은 대학에 다니던 남자와 사귀었다고 알고 있습니다. 같은 세미나였을걸요. 네, 2년 사귀다가 졸업하고 바로 약혼했다고 들었습니다만, 소문뿐이었는지도 모르겠군요. 그런 이야기는 의외로 근거 없는 뜬소문이 많으니까요.

어째서 그때 저를 조수로 골랐느냐고요?

글쎄요. 저도 잘 모릅니다. 지금도 모르겠어요.

별로 도운 것도 없는걸요. 제가 아니면 안 되는 일은 아니었다고 생각합니다. 한가해 보였는지도 모르죠. 아니면, 제가 니가타 출신이니까 가깝다고 생각했는지도 모르고요. 실제로는 K에 가본 건 그때가 처음이었지만 말입니다.

주로 한 일은 기재를 운반한다든지…… 기재라고 해봤자 녹음기와 자료뿐입니다만. 당시에는 이미 녹음할 수 있는 워크맨이 나와 있었으니까 그렇게 힘들지는 않았어요. 대체로 녹취록 작성을 거들었습니다.

그런데 이게 만만치 않은 일이더군요. 한마디도 빠짐없이 기록해달라고 하는데, 이게 여간해서 들려야 말이죠. 특히 연세가 있는 분들은 귀에 익숙해질 때까지 무슨 말을 하는지 도통 알아들을 수가 없어서 애 많이 먹었습니다. 같은 호쿠리쿠 지방이라도 지역이 조금만 달라지면 표현 방식이나 쓰는 말이 전혀 다르거든요. 고령자일수록 그런 경향이 더 강하죠.

힘들기는 했지만, 작업 자체는 꽤 재미있었습니다.

당시에는 이미 10년도 더 지난 사건이었던 셈 아닙니까? 그만큼 시간이 지나면 뭐라고 할까, 그…… 우화 같아진다고 할까요.

죄송합니다. 물론 참혹한 사건이었으니까 적절한 말이 아닐지도 모릅니다. 가족을 잃은 분들이나 이웃분들은 심한 충격을 받았을 테고요.

하지만 그 정도로 시간이 지나면 이야기하는 사람도 사건과 약간 거리를 둘 수 있게 되고, 여러 번 이야기해오면서 어느 정도 자기 안에서 소화가 된 상태거든요. 아마 조금씩은 기억 속에서 창작해낸 부분도 있을 겁니다. 즉 이야기로서 정리가 되어 있었던 거예요. 그렇기 때문에 들으면서 재미를 느낄 수 있었다고 생각합니다.

한 사건에 대한 이야기를 여러 사람 입으로 듣는 건 흥미로웠습니다.

거꾸로, 사실이란 게 뭘까 하는 생각도 많이 했어요.

저마다 사실이라고 생각하면서 말하지만, 현실에서 일어난 사건을 본 그대로 이야기한다는 건 쉽지 않아요. 아니, 불가능합니다. 선입견이 작용한다든지, 잘못 봤다든지, 잘못 기억한다든지 하기 때문에, 같은 이야기를 여러 사람한테 물어보면 다 조금씩 다릅니다. 그 사람이 갖고 있는 지식이나 받은 교육, 성격에 따라 보는 방식도 달라지잖습니까?

그렇기 때문에 실제로 어떤 일이 있었는지를 안다는 건 결코 있을 수 없는 일이구나, 그렇게 생각했습니다. 그렇게 보면 신문 기사나 교과서에 실린 역사는 극히 대략적인, 최대공약수의 정보구나 하고요. 누가 누구를 죽였다는 건 사실일지 몰라도, 그때 상황과 거기에 이르기까지의 경위 같은 건 아마 당사자들도 모를걸요. 대체 뭐가 진실인가, 그런 건 그야말로 전능한 신밖에 모를 겁니다. 그런 존재가 있다면 말입니다만.

그런 생각 때문에 절망적인 기분이 들었던 기억이 나는군요. 그래도 명색이 법대생이었으니까요. 뭘 근거로 사람이 사람을 심판하는 것이냐, 그런 시건방진 생각을 했죠.

사건에 관해서는 기억에 남아 있었습니다. 당시에는 저도 초등학생이었기 때문에 그런 사건이 있었지, 어른들이 난리가 났었지, 하는 정도뿐이었지만 말입니다.

사이가 씨의 인터뷰 조사에 동행하기로 한 다음에, 당시 신문 같은 걸 찾아보고 대략적인 경과는 머리에 넣어두었지만요. 하지만 사이가 씨는 조사할 필요 없다, 선입견이 없으면 좋겠다고 하더군요. 저도 뭐 그렇게 대단한 뜻을 갖고 따라간 건 아닙니다. 사이가 씨가 교통비와 숙박비를 대주고 일당도 준다고 하니까, 그냥 아르바이트를 겸한 짤막한 여행 기분이었죠.

사이가 씨는 통신교육 첨삭 아르바이트와 도시락 집 아르바이트를 해서 번 돈을 전부 그 조사에 쏟아붓고 있었습니다. 어떤 목적을 정하고 뭔가를 할 때의 사이가 씨는 대단했어요. 조사에 필요한 예상 경비에 맞게 아르바이트 시간을 분배했다고 하더군요.

숙소는 민박이었어요. 물론 각자 다른 방을 썼습니다. K에는 여러 번 갔습니다만, 매번 역 근처에 있는 똑같은 민박에 묵었죠. 하지만 밤에는 거의 대부분 둘이서 녹취록을 작성했어요. 민박집 사람들도 저희를 햇병아리 민속학자쯤으로 생각하는 것 같더군요.

음, 녹취록 작업에는 정말 애 많이 먹었습니다.

그냥 듣고 있을 때야 한두 시간이 훌쩍 지나가지만, 이걸 다시 돌려 듣는다는 게 여간 어려운 일이 아니거든요. 하루에 몇 사람만 만나도 눈 깜짝할 새에 테이프가 수북하게 쌓이는 겁니다. 그때마다 대충이라도 적어놓지 않으면 나중에 필요한 부분을 찾기가 보통 힘든 게 아니에요. 둘이서 무슨 입시 공부라도 하는 것 같았습니다. 아, 그러고 보니 기억났어요. 그 일을 할 때마다 늘 도쿄에 시험 보러 갔을 때 생각이 나더군요. 지방에서 올라와서 시험 일정을 체크하고 또 체크하면서 마지막 순간까지 공부하는 것 같았습니다.

사이가 씨도 늘 진지했습니다. 잡담을 한 기억은 별로 없어요. 늘 그날의 작업이 끝나면 캔 맥주를 따고 잠깐 이야기를 하다가 잠자리에 드는 식이었습니다.

3

그래요, 고백하죠. 당시 저는 사이가 씨한테 동경에 가까운 감정을 품고 있었습니다.

명확한 연애 감정은 아니었지만, 이 사람이 어떤 생각을 하는지, 어떤 사람인지 알고 싶다, 더 가까운 데서 보고 싶다, 그런 정도로요.

특별히 미인은 아닌데 신경 쓰이는 사람이었어요. 독특한 분위기가 있어서, 사이가 씨를 의식하던 남자는 아마 저 말고도 몇 사람 더 있었을 겁니다.

동성 친구는…… 거의 없었다고 생각합니다. 여자들한테는 개성이 좀 강하고 거북스럽게 느껴졌던 모양입니다. 사이가 씨도 또래 여자를 업신여기는 면이 있었어요. 뭔가를 부탁하거나 같이 해야 할 일이 있으면 꼭 남학생한테 부탁하는 겁니다. 남자 쪽이 이야기하기도 수월하고 할 말도 확실하게 할 수 있으니까. 사이가 씨는 그런 식으로 말하곤 했습니다.

그렇다고 소위 남자를 밝히는 느낌은 아니었습니다. 늘 주위에 남자들이 있으면서 떠받들어줘야 하는 타입은 아니었어요.

왜, 많이 있지 않습니까, 어렸을 때부터 남자애들하고만 노는 활동적인 여자애. 그런 아이는 여자애들은 재미도 없고 답답하다, 남자애들이 시원시원해서 상대하기 훨씬 쉽다는 식으로 말하죠. 하지만 알고 보면 그런 아이가 다른 여자애들보다 훨씬 여자답다든지 하거든요.

사이가 씨는 그런 타입도 아니었습니다. 더 메마른 느낌. 그래서 다른 여자들도 저 애는 늘 남자들하고만 어울린다는 눈으로 보지는 않았습니다. 오히려 남성적인 사람, 가치관이 좀 특이한 사람이라고 생각하는 것 같았어요.

제가 갖고 있던 인상 말입니까?

아무도 신뢰하지 않는 사람이라고 할까요.

사이가 씨는 여자들끼리 자잘하게 서로 마음 써주는 관계가 성가신 것 같았습니다. 늘 함께 붙어 다니는 걸 싫어했어요. 제가 보기에, 사이가 씨는 아무도 신뢰하지 않기는 하지만 인간관계에 부수적으로 따라 붙는 그런 의식儀式이 상대적으로 적다는 점에서 무슨 일을 할 때의 파트너로 여자보다 남자를 선택한다는 인상이 있었습니다. 뭘 부탁할 때도 결코 일방적으로 의존하는 일은 없었어요. 어디까지나 기브 앤 테이크, 서로에게 공평한 호혜 관계였죠.

그러니까 그 사람한테 저는 나름대로 쓸모도 있고 같이 있어도 괜찮기는 하지만 그 이상은 되지 않을 무난하고 안전한 선택이었을 겁니다.

녹취록을 작성하면서 저는 사이가 씨와 사귀고 있는 남자는 어떤 사람일까, 어째서 그 남자한테 도와달라고 안 했을까, 내내 그 생각을 하고 있었습니다. 단순히 스케줄이 안 맞았을지도 모르고, 졸업 논문에 사적인 부분을 끌어들이기 싫었을지도 모르죠. 하지만 말입니다, 사이가 씨의 사적인 얼굴이라는 게 도무지 상상이 안 되는 겁니다. 아니, 사이가 씨가 다른 사람한테 방어벽을 내리고 속마음을 내비친다는 것 자체가요.

같이 있을 때도 여느 때와 별반 다르지 않았습니다.

저는 사이가 씨를 돕고 있다는 말을 아무한테도 안 했고, 사이가 씨도 아마 안 했을 겁니다. 원래 자기 이야기를 남한테 하는 사람이 아니기도 했고, 당시 이미 4학년이라 동아리에도 얼굴을 내밀지 않았기 때문에, 저하고 같은 시기에 도쿄에 없었다는 걸 주위 사람도 눈치채지 못한 거겠죠.

그 졸업논문이 책으로 나오게 됐을 때, 사이가 씨가 협력자로 제 이름을 언급하고 싶다고 했을 때도 거절했습니다. 어쩐지 사이가 씨 일을 도와줬다는 걸 아무한테도 알리고 싶지 않았어요. 될 수 있으면 저만의 감미로운 추억으로 간직하고 싶었습니다. 결국 권말의 감사의 말에 이니셜로 실리기는 했습니다만, 제 주변에서 그게 저라고 눈치챈 사람은 아무도 없었던 것 같습니다.

4

사이가 씨가 그 사건의 관계자고 사건 당일 현장에 있었다는 걸 안 건 인터뷰 조사를 시작한 다음이었습니다. 그때까지 그런 말은 입도 벙긋 안 했기 때문에, 인터뷰를 하다 말고 얼마나 놀랐는지 모릅니다. 표정에 드러내지 않으려고 무진 애를 써야 했죠.

현장에 있다가 독이 든 주스를 안 마신 덕에 화를 면한 이웃집 아이가 있었다는 건 신문을 보고 알고 있었지만, 그게 사이가 씨일 줄은 꿈에도 몰랐어요. 저는 사이가 씨가 도쿄 사람인 줄 알고 있었기 때문에 어렸을 때 이쪽에 살았다는 것도 몰랐습니다. 본가도 분명히 대학 때는 도쿄에 있었고 말입니다.

사실 내심 은근히 걱정하고 있었거든요. 도쿄에서 갑자기 학생이 찾아와서 과거에 일어난 대량 살인 사건 이야기를 해달라고 한다고 순순히 해주겠나 싶어서요. 하지만 사이가 씨가 이야기를 시작하면, 하나같이 '아아' '어머' 그렇게 탄성을 지르는 겁니다. 흔한 성姓이 아니기도 하고, 대부분 사이가 씨를 기억하고 있더군요. 뭐야, 아는 사이였어, 하고 듣고 있으려니 사이가 씨도 그 자리에 있었다지 뭡니까. 단순히 아르바이트하는 기분으로 있다가 순식간에 정신이 번쩍 들었습니다. 갑자기 생생한 현실로 느껴졌다고 할까요. 드라이하게 보였던 사이가 씨가 어렸을 때 사건을 조사한다는 것도 뜻밖이었고, 사이가 씨가 혹시 그 사건 탓에 그런 성격이 됐나, 그런 생각도 들었습니다. 아직까지 사건을 극복하지 못한 걸지도 모른다고요.

이 근처죠, 사건이 있었던 집?

강변길에 있었다고 기억합니다.

사이가 씨하고 그 집에 간 적이 한 번 있거든요. 네, 딱 한 번. 사이가 씨 혼자서는 몇 번 갔을 겁니다.

유서 있어 보이는 석조 주택이더군요. 꽤 낡기는 했습니다만. 현관에 스테인드글라스를 끼운 둥근 창문이 있었어요. 제가 봤을 때는 이미 세상에서 잊힌 느낌이 들던데요. 솔직히 말해서 황폐할 대로 황폐해 있었습니다. 그런 사건이 벌어진 곳이라는 선입견이 있는데도 별로 불길한 느낌은 없었어요.

백일홍 나무? 현관 근처에?

글쎄요, 모르겠는데요. 하얀 꽃? 기억 안 납니다. 제가 그 집을 본 건 8월이었는데, 꽃이 피어 있었다는 기억은 없군요. 단순히 잊어버린 걸지도 모르죠.

인터뷰 조사에는 거의 대부분 동행했습니다.

유일하게 동행 안 한 데가 그 집입니다. 사이가 씨가 아오사와 히사코라는 사람을 만날 때만은 같이 안 갔습니다. 여기는 됐다고 하더군요. 그래서 그 집은 한 번밖에 본 적이 없어요. 그것도 조사가 완전히 끝나고 도쿄로 돌아가는 날이었죠. 맨 마지막으로 본 게 그 집이었습니다. 사이가 씨는 역으로 가야 할 시간이 다 될 때까지 그 집을 꼼짝 않고 보고 있었습니다.

5

오, 강바람이 부는군요. 상당히 변덕스러운 바람인데요.

언덕이 있어 때때로 생각지도 못한 방향에서 바람이 불어옵니다.

시내 중심부에 강이 흐르는 곳은 드물지 않습니다만, 이렇게 두 개의 강에 둘러싸인 구릉지가 중심부가 되는 곳은 흔치 않죠. 방어가 도시계획의 기본 목적인 겁니다.

이곳은 아직도 직선으로 걸어갈 수 있거든요. 차가 다니지 않는 강변 산책로, 좋죠. 세계적인 철학자가 여러 명 탄생한 것도 이런 곳이 있기 때문일지도 모릅니다. 교토가 그렇다고 하잖습니까. 산책은 영감靈感의 원천이라고 하니까요.

이렇게 걷고 있으려니 의외로 여러 가지가 생각나는군요.

이런저런 사람의 집을 찾아가서, 어두운 집 안에서 사이가 씨와 조금 떨어져 앉아서 녹음기를 조작하던 생각이 납니다.

정말이지 사람은 이상하죠. 장소와 상대방에 따라서 자기를 내보이는 방식이 달라져요. 정도의 차이만 있을 뿐, 누구든지 그런 부분이 있거든요.

인터뷰 조사를 하는 사이가 씨를 보면서 내심 얼마나 놀랐는지 모릅니다.

그때까지 제가 알던 사이가 씨가 아니었어요.

그런 재능이 있는 줄은 몰랐습니다. 머리가 좋은 사람이라고는 생각했지만요.

도와달라는 부탁을 받았을 때부터 사이가 씨가 어떤 식으로 인터뷰를 할지 흥미가 있었어요. 그 사람이 다른 사람한테 접근하는 걸 별로 본 적이 없었고, 원래 그런 때 성격이 드러나는 법 아닙니까.

저는 멋대로, 담담하게 질문하는 사이가 씨나 논리 정연하고 냉정하게 질문하는 사이가 씨를 상상하고 있었거든요.

하지만 아니더군요.

상대방에 따라서 완전히 달라지는 겁니다.

표현을 잘 못하겠습니다만, 완벽하게 상대방이 원하는 인터뷰어가 된다고 할까요.

순식간에 상대방한테 맞춘 인격으로 탈바꿈합니다. 말씨까지 달라져요. 우물쭈물하는 순진한 학생인가 싶으면, 서슴없이 말을 해치우고 장난기 있는 요즘 여대생일 때도 있더군요. 인터뷰어로서 그게 좋은 건지는 잘 모르겠습니다. 늘 한결같은 편이 나을지도 몰라요.

하지만 그때까지 사이가 씨가 눈앞에 있는 다른 사람한테 에너지를 들이는 걸 본 적 없었기 때문에, 이 사람은 타인한테 에너지를 들일 때 이렇게 되는구나 싶어서 놀랐어요. 조금 섬뜩할 정도였습니다.

그게, 본인은 전혀 자각을 못하더라 이 말입니다.

숙소로 돌아가는 길에 어떻게 그렇게 달라질 수 있느냐고 물어본 적이 있었어요.

조사 초반이었나, 상대방에 따라서 완전히 표변하는 걸 보고 감탄했었거든요.

그런데 사이가 씨는 어리둥절해하더군요. 뭐가? 하고 되묻는 겁니다.

저는 장난치는 줄 알고 웃으면서 물었습니다.

대단하던데요. 어떤 식으로 대하면 좋을지를 언제 판단하는 거예요?

점점 더 의아한 얼굴을 하데요. 무슨 소리야? 하고 되물었습니다.

아까하고는 전혀 다르잖아요, 말하는 방식도, 표정도. 꼭 배우 같던데요. 저는 그렇게 말했습니다.

사이가 씨는 무표정한 얼굴로 저를 멍하니 쳐다볼 뿐이었어요.

자각을 못하는구나, 하고 그때서야 깨달았죠.

왠지 소름이 끼치더군요. 동시에 사이가 씨가 그렇게까지 이 조사에 몰두하고 있다는 데에도 놀랐어요.

왜 소름이 끼쳤느냐고요? 글쎄요……. 아마 그때, 이 사람은 어떤 목적을 정하면 수단과 방법을 안 가리겠구나, 무슨 수를 써서라도 반드시 그 목적을 달성하겠구나, 그런 생각이 들었기 때문이 아닐까 싶군요.

대체 그렇게까지 해서 알고 싶은 게 뭘까 하는 의아함도 있었습니다.

어렸을 때 목격한 흉악한 사건. 하지만 범인도 밝혀지고 사건은 일단 해결되었어요. 그런데도 무엇이 사이가 씨를 그렇게까지 몰아붙이는 걸까. 혹시 내가 지금 엄청난 일을 거들고 있는 게 아닐까, 그런 생각까지 들더군요. 좀 지나친 생각이긴 하죠.

아니, 오해하지 마십시오. 절대 사이가 씨를 비난하는 건 아닙니다. 지금도 동경하는 마음은 남아 있어요.

하지만 특이한 사람이기는 했으니까요. 나는 한평생 이 사람을 이해 못하겠구나 하고 생각했던 게 인상에 강하게 남아 있어요. 좌절감 같은 게 말이죠.

그렇기 때문에 오히려 그 책의 내용에는 별 관심이 없습니다. 세간에서는 상당한 반향을 불러일으켰고, 사이가 씨를 아는 사람 사이에서도 한동안 화제가 됐지만 말이죠.

제목이나 소재 자체에 대해 혹독한 비판을 받은 것도 기억납니다만, 사이가 씨는 그런 일로 기가 꺾일 사람이 아니라고 생각했기 때문에 걱정은 안 했어요.

다만 그 책이 나온 걸로 사이가 씨는 어떤 목적을 달성했구나 하는 직감이 있었습니다.

책이 나온 시점에서 사이가 씨가 하려던 일은 끝났다, 그렇기 때문에 사이가 씨는 그 뒤의 일에 관해서는 흥미가 없었다, 그런 느낌이 들었습니다.

언제 끝났느냐고요? 글쎄요, 거기까지는 모르겠습니다. 하지만 사이가 씨한테는 책이 나올 때까지의 과정 그 자체가 의미가 있었던 것 같습니다.

6

아오사와 히사코 말입니까? 저는 만난 적이 없군요.

사이가 씨도 그 사람 이야기는 거의 안 했습니다. 저한테 그 사람에 관한 정보를 가르쳐줄 마음은 없었을걸요. 그 사람은 사이가 씨한테 특별한 존재 같았어요.

히사코 씨라는 사람도 특이한 사람 같더군요.

인터뷰를 할 때도 그 사람 이름만 나오면 다들 갑자기 태도가 달라지던데요. 누구한테나 특별한 사람이었던 모양입니다. 숭배하는 사람, 존경하는 사람, 두려워하는 사람. 모두가 특별한 감정을 품고 있었어요. 사건 당시엔 꽤 어렸을 텐데요.

네?

이런, 또 들켰군요.

이거 못 당하겠는데요. 제가 그렇게 거짓말 못하는 사람이었나요?

그렇습니다. 실은 먼발치에서 본 적은 있어요. 이건 비밀입니다.

사람들 이야기를 듣다 보니까 꼭 한번 보고 싶어지더군요. 아주 미인이라고 하죠, 또 비극의 여주인공, 전설의 여주인공이니까요. 뭐, 젊은 남자로서는 당연한 반응이라고 생각합니다. 굳이 젊은 남자가 아니더라도 누구든지 그렇게 생각하지 않을까요?

사이가 씨가 저를 그 사람과 만나게 해줄 마음이 없다는 걸 알고는 점점 더 궁금해졌습니다.

그래서 사이가 씨가 혼자 나갈 때 몰래 따라가기로 했습니다. 사이가 씨가 개별 행동을 할 때가 몇 번 있었거든요. 그동안 저는 혼자 녹취록을 작성하거나 시내 관광을 하곤 했어요. 그때도 혼자 관광에 나서는 척했습니다.

위치도 대충 알고 있었고, 별문제 없었습니다.

사이가 씨는 서슴없이 대문 안으로 들어가더군요.

그런데 초인종을 누르기도 전에 기다렸다는 듯이 현관문이 열리는 겁니다.

호리호리하고 커트 머리를 한 여자가 서 있었습니다.

키가 큰 건 아니지만 몸매가 균형 잡히고 날씬한 여자였어요. 나이를 가늠하기 어렵더군요. 당시 나이가 그리 많지 않았을 텐데도 그런 인상을 받았습니다.

앞이 안 보이는 사람인 줄 몰랐거든요. 그래서 처음에는 그 사람이 그런 줄 몰랐습니다.

눈이 감겨져 있었다면 알았겠지만, 제가 본 그 사람은 눈을 뜨고 있었어요. 언뜻 보기에는 앞이 보이는 사람 같았습니다.

어떻게 그 여자가 그 사람인 줄 알았을까요. 이상하죠.

하지만 사이가 씨를 향해서 생긋 웃은 순간, 알겠더군요.

아아, 이 사람이구나, 하고요.

그뿐입니다. 그게 제가 아오사와 히사코를 본 처음이자 마지막이었습니다.

감상 말입니까? 확실히 특별한 사람 같았습니다.

이유?

이유라, 으음. 아까부터 인상만 말하는 게 좀 마음에 걸리는군요. 사이가 씨에 대해서도 어쩐지 좀 섬뜩했다는 표현을 한 게 좀 신경이 쓰입니다. 뭐, 사실이라는 건 어느 한 방향에서 본 주관에 불과하다는 점을 양해해주십시오.

제 착각인지도 모릅니다.

하지만 현관문이 열린 순간, 그 사람은 이쪽을 봤어요.

네, 제가 있는 쪽을 분명하게.

물론 모순되는 말이라는 건 압니다. 그 사람한테 제가 보일 리가 없었겠죠. 하지만 그 순간, 그 사람은 저를 분명하게 인식하고 있었다고 생각합니다.

우연일지도 모르죠. 그냥 우연히 이쪽을 본 걸 겁니다. 진실은 아마 그런 거겠죠.

하지만 저는 그때 그렇게 느꼈습니다. 아오사와 히사코는 제가 그곳에 서서 자기를 보고 있는 걸 알고 있었다고.

어디에 있었느냐고요? 좁은 차도를 끼고 건너편 가로수 그늘에 있었습니다.

여름이라 잎이 무성했어요. 그늘이 져 있었으니까 길 건너에서는 잘 안 보였을 겁니다.

그러니까 말했잖습니까. 사실이라는 건 어느 한 방향에서 본 주관에 불과하다고. 하지만 저는 그때 그렇게 확신했어요. 저 사람은 나를 봤다고.

백일홍 나무? 집 앞에? 그때 말입니까? 으음, 역시 기억 안 나는데요. 중요한 문제입니까?

그다음? 기겁을 해서 몰래 민박집으로 돌아왔어요. 어쩐지 아주 나쁜 짓을 한 기분이었습니다.

물론 사이가 씨한테는 말 안 했습니다.

7

K에 오면 늘 같은 민박에 묵었다고 했죠.

사이가 씨는 방도 늘 같은 방을 선택했습니다.

2층 끄트머리에 있는 모퉁이 방이었어요. 제 방은 올 때마다 달랐지만 사이가 씨는 매번 그곳이었습니다.

녹취록 작업은 늘 그 방에서 했습니다.

왜 늘 이 방이냐고 물은 적이 있거든요. 사이가 씨는 같은 방인 편이 마음이 진정된다고 하더군요. 하지만 저는 다른 이유가 있다는 생각이 들었어요.

묵묵히 녹취록 작업을 하다가 12시쯤 되면 늘 한 시간가량, 사 들고 온 맥주와 간단한 안주로 술을 마시곤 했습니다. 그날의 작업을 반성하면서 한숨도 돌릴 겸 말이죠.

아까도 말한 것처럼 그때도 별 이야기는 하지 않았지만 기억에 남아 있는 말이 몇 가지 있어요.

그 하나가 그 방에 대한 거였습니다.

사이가 씨는 어떤 생각을 할 때 늘 천장의 한 부분을 보고 있었습니다. 할 말을 생각할 때라든지, 녹음테이프를 듣다가도 문득 그곳을 보는 겁니다.

그 민박집은 오래된 일본 가옥이라 천장에 얼룩이 있었어요. 왜, 어렸을 때 천장의 얼룩이 이상한 걸로 보여서 무서워하곤 하지 않았습니까. 요즘에는 다들 아파트에 살다 보니 그런 일도 없어졌고, 천장의 얼룩이 무섭다는 아이들도 없어졌지만 말입니다.

아무튼 사이가 씨가 뭘 보는 건가 싶어서 천장을 보니까 희미하게 타원형 얼룩이 있는 겁니다.

사이가 씨도 제가 그 얼룩을 보는 걸 깨닫고 "저거 뭐로 보여?"라고 묻더군요. 저는 "아메바 같은데요" 하고 대답하고 "사이가 씨는 뭐로 보이는데요?"라고 물었습니다. 그랬더니 "글쎄, 뭘까, 주전자?"라고 하더군요. "나 살던 집에도 저런 얼룩이 있었는데." 사이가 씨는 그렇게 말했습니다.

그때 그 얼룩이 사이가 씨가 이 방을 선택하는 이유가 아닐까 하는 생각이 들었습니다. 물론 이것도 근거는 없지만요.

그리고 "모든 사람이 보는 걸로 특정한 사람한테만 메시지를 전하고 싶을 때 어떻게 하지?"라고 사이가 씨가 물은 적이 있었습니다. 사이가 씨가 무슨 말을 하고 싶은 건지 잘 알 수 없었지만, "신문의 분류 광고라는 게 그런 거 아닌가요?"라고 대답했습니다. 모든 사람이 보지만, 특정한 사람한테 보내는 메시지고 그 사람만 의미를 알 수 있잖습니까.

사이가 씨는 "아아, 그러네" 하고 고개를 끄덕였어요.

그러더니 얼마 있다가 "예를 들어서 동아리 방이나 집 안에서 테이블 위에 쪽지를 놔두는 방법을 써서 어느 한 사람한테만 어떤 용건을 전달하고 싶으면 그때는 어떻게 하지?"라고 묻는 겁니다. "물론 다른 사람들은 그 상대방이 누군지 몰라야 해. 그런 때는?"이라고요.

저는 잠깐 생각해보고 "사전에 그 사람하고 상의를 할 수 있다면 암호라든지, 그 용건을 나타내는 말을 정해두면 되지 않을까요?"라고 대답했습니다.

그랬더니 또 묻는 겁니다. "그럼 사전에 상의 못 했을 경우에는?"

저는 잠깐 생각해봤지만 결국 "그 사람만 아는 걸 쓸 수밖에 없지 않을까요?"라고 대답했습니다. 썩 좋은 대답이 못 됐죠.

하지만 사이가 씨는 "그 사람만 아는 거라"라고 중얼거리더니 한동안 진지한 얼굴로 생각에 잠겨 있었습니다. 저는 다시 작업으로 돌아갔기 때문에, 사이가 씨가 그렇게 오래 생각에 잠겨 있는 의미를 깊이 생각하지 않았습니다. 의미가 있었는지는 지금도 잘 모르겠습니다.

8

현장에 기묘한 편지가 남아 있었다는 건 압니다만, 내용은 모릅니다. 사이가 씨는 아는 것 같더군요.

그 '쪽지' 이야기를 듣고 혹시 무슨 관계가 있나 싶어서 나중에 조사해봤습니다만, 신문이나 주간지에도 내용은 안 나와 있더군요. 경찰에서는 그 편지가 범인을 밝히는 단서가 될 거라고 생각한 모양입니다. 하지만 범인은 잡혔지만, 결국 그게 범인이 쓴 건지 아닌지는 알 수 없다고 하죠?

역시 어쩐지 기묘한 사건 같단 말이죠. 앞뒤가 안 맞는다고 할지, 윤곽이 없다고 할지, 인간의 의지가 별로 안 느껴진다고 할지.

9

이제 그만 위로 올라갈까요? 역시 비도 내리기 시작했고 말이죠.

시내 중심부에 있는 언덕을 끼고 두 개의 강이 있는 셈입니다만, 폭은 별로 차이가 없는데도 남천, 여천 하는 만큼 표정이 꽤 다르죠. 여천 쪽은 어딘지 모르게 부드럽고 상냥한데, 이 남천 쪽은 역시 사나운 느낌이 들어요. 똑같은 강인데도 각자 성격이 드러나는군요.

재미있었습니다. 가끔씩 이렇게 길을 돌아가는 것도 좋은데요.

이번 여행은 어느 쪽이었느냐고요? 비일상이라는 건 확실하죠.

보고 싶은 걸 보는 여행은 아니었습니다. 기억 속에 있는 걸 보는 여행이기는 했습니다만.

아뇨, 지금은 사이가 씨를 만나고 싶은 생각이 없습니다. 그거야

말로 기억 속에 있는 사이가 씨로 충분합니다.

《잊혀진 축제》라는 책도 남아 있고요.

네, 읽었습니다. 처음 받았을 때. 사이가 씨가 범인에 흥미가 있었는지, 아니면 사건 그 자체에 흥미가 있었는지 알고 싶었으니까요.

결국 답은 알 수 없었습니다. 아까도 말했듯이, 이 책을 내는 게 사이가 씨의 목적이었구나, 그렇게 생각했을 뿐입니다.

네? 뭐라고 하셨죠?

사이가 씨가 진범이 따로 있다고 의심하고 있다고요?

최근 이야기입니까, 아니면 전부터?

그건 확실치 않다?

흐음, 놀랐는데요. 어쩌면 전부터 그렇게 생각했던 걸까요. 그래서 그렇게 열심이었을까요.

만약 그렇다면 거기에도 무슨 의미가 있을까요. 《잊혀진 축제》 말입니다.

10

사이가 씨가 협력자로서 제 이름을 책에 싣고 싶다고 했을 때 거절한 이유가 또 하나 있습니다.

그쪽이 저만의 비밀로 놔두고 싶다고 생각한 진짜 이유죠.

하지만 방금 그 이야기를 듣고 보니, 사이가 씨한테도 무슨 사정이랄지, 의도가 있었을지도 모른다는 생각이 드는군요.

아뇨, 사소한 일이에요.

아주 중대한 일이라든지 그런 건 아닐 겁니다.

하지만 어쩌면.

저는 사이가 씨가 인터뷰를 하는 동안 내내 곁에 있기도 했고, 녹취록도 작성했으니까요. 대부분의 내용은 녹음테이프를 듣고 받아 적는 동안 거의 외워버렸죠.

그렇기 때문에, 사이가 씨가 보내온《잊혀진 축제》의 교정쇄를 읽으면서 이상하게 생각한 부분이 몇 군데 있었습니다.

증언하고 다른 부분이 있더라 이 말입니다.

중심 줄거리하고는 무관한 아주 사소한 부분이 말이에요. 하지만 증언하고 대조해보면 다르다는 걸 확실하게 알 수 있는 그런 부분이었습니다. 뒤집어 말하면, 부주의로 인한 실수라고는 생각하기 어려운 그런 부분이었어요.

그래서 읽을 때부터 이상하다고 생각했습니다. 처음에는 오자인가 생각했지만, 그런 부분이 계속 나오더군요.

사이가 씨는 집중력도 있고 그런 건 꼼꼼하게 확인하는 타입이니까, 원고를 다시 읽거나 교정하면서 발견하지 못했을 리가 없어요. 어째서 이런 데서 틀리는 건가 싶었죠. 하지만 내용에 직접적인 영향을 미치는 부분은 아니었기 때문에 별로 깊이 생각하지는 않았습니다.

혹시 고의였을까요.

고의로 증언 내용을 바꾼 걸까요.

사이가 씨는 픽션도 아니고 논픽션도 아니라고 했으니까요.

그 책이 발표됐을 때도 사이가 씨는 그런 자세였습니다. 어느 쪽도 아니다, 어느 쪽으로 받아들여도 상관없다는 식이었죠. 그래서 매스컴에서 더 펄펄 뛰었을 겁니다. 매스컴은 흑백이 명확한 걸 좋아하니까요. 모른다든지, 어느 쪽이든 상관없다든지, 그런 회색 지대를 무슨 죄악이라도 되는 것처럼 공격합니다.

실존 인물을 소재로 소설을 쓸 때 얼버무리기 위해서 일부러 설정이나 용모를 바꾸는 일은 많이 있습니다만, 그런 것도 아니었어요. 인물은 누구인지 구체적으로 알 수 있고, 그 달라진 부분을 빼도 별문제 없었거든요. 정말로 아무래도 상관없을 것 같은 부분만 달라져 있었습니다.

사이가 씨한테는 무슨 의미가 있었을까요.

그렇게 생각해보면, 사이가 씨가 한 말도 다른 의미를 띠는데요.

"모든 사람이 보는 걸로 특정한 사람한테만 메시지를 전하고 싶을 때 어떻게 하지?"

그 말 말입니다.

저는 사건 당시에 식탁 위에 놓여 있던 편지를 말하는 줄 알았습니다. 방금 전까지 그렇게 생각하고 있었어요.

하지만 어떨까요. 사이가 씨는 조사를 할 때부터 이미 책까지 염두에 두고 있었는지도 모르겠군요.

《잊혀진 축제》 말입니다.

어때요? 그렇게 생각할 수 있지 않을까요?

모든 사람이 보는 걸로 특정한 사람한테만 메시지를 전할 수 있는 것. 모든 사람이 보는 것.

베스트셀러가 된 그 책이라면 어떻습니까?

특정한 사람. 그 책을 손에 들 사건 관계자.

사전에 상의를 할 수 없는 사람, 암호를 쓸 수 없는 사람은?

그 사람만 아는 걸 쓸 수밖에 없다.

사이가 씨가 제 말을 듣고 생각에 잠겼던 것도 이렇게 되면 의미가 생기죠.

그 의도적으로 바뀐 부분은 사이가 씨가 특정한 사람만 알 수 있게 끼워 넣은 메시지라고 생각할 수 있지 않을까요?

하지만 그렇게 되면 한 가지 석연치 않은 부분이 있어요.

책이 나온 다음의 사이가 씨의 태도 말입니다. 사이가 씨는 책이 나온 다음에 그 책에 대해 관심을 잃은 것 같았거든요. 만약 그 책이 누군가에 대한 메시지였다면 상대방의 반응이 신경 쓰이지 않을까요? 그렇게까지 완벽하게 관심을 잃었다는 게 당최 알 수 없군요.

아니면 사이가 씨는 고발을 한 것, 메시지를 보낸 것만으로 만족한 걸까요. 메시지를 받는 쪽에게 모든 해석과 행동을 맡겨버린 걸까요.

11

날이 어두워졌군요.

저는 열차 시간이 있으니 이제 그만 가보겠습니다.

네, 고향에서 아버지가 하던 요리 여관을 물려받았습니다. 그런 곳은 여주인만 야무지면 이럭저럭 돌아가는 법이라, 저는 오늘도 이렇게 나올 수 있었죠.

그렇죠. 집사람한테는 꼼짝 못 합니다.

기억 속에 있는 걸 보는 여행.

두 번 다시 여기 오는 일이 없겠지 싶어서 오늘 왔습니다만, 안 되겠군요.

저는 기억 속에서 다른 걸 발견하고 말았습니다. 보면 안 되는 것, 보고 싶지 않았던 것을. 보고 싶은 걸 보는 여행 이상으로, 보면 안 되는 것의 유혹이 크다는 걸 확실히 알았습니다.

시내 중심부를 지키듯 남천과 여천이 흐르는 이 도시.

두 개의 강은 뭘 지키는 걸까요. 두 개의 강은 공모共謀를 하는 건지도 모릅니다.

오늘 그런 생각이 들었습니다.

애초에 사이가 씨는 왜 저를 파트너로 선택했을까요.

제가 없어도 충분히 사이가 씨 혼자 인터뷰를 할 수 있었습니다. 녹음 기능이 있는 워크맨과 선물 꾸러미를 들어봤자 별 대단한 짐도 아니었는데요.

하지만 사이가 씨는 일부러 저를 데리고 간 겁니다.

취재할 때마다 반드시 저를 데리고 가고 밤에는 함께 녹취록을 작성하면서, 제가 증언 내용을 외우게 한 겁니다.

하나의 강만으로는 부족했습니다. 뭔가를 지키기 위해서는 또 하나의 강이 필요했던 겁니다.

저는 뭘 한 걸까요? 대체 뭘 도운 걸까요?

저는 어쩌면 사이가 씨를 위한 증인이었는지도 모릅니다. 어떤 목적을 위해 필요한 목격자였는지도 모르죠. 저는 사이가 씨가 원하는 역할을 완수했을까요? 아니면 사이가 씨의 의도는 어긋났을까요?

미래의 제가 보입니다.

저는 이 강변을 느릿느릿 걷고 있습니다.

나이를 먹어 아들 녀석한테 가게를 물려준 다음에도 저는 이따금씩 이곳을 찾아오곤 합니다.

기억 속에 있는 뭔가를, 보지 말았어야 할 뭔가를 찾아서, 저는 늙은 몸뚱이를 끌고 이 강가로 와서 멍하니 강바람을 맞으며 저물녘의 산책로를 헤맵니다.

방금 또 한 가지 중대한 사실을 깨닫고 말았습니다.

사이가 씨가 의도적으로 바꾼, 특정 인물한테 보내는 메시지.

혹시 저한테 보내는 게 아니었을까요.

그 책을 읽고 가장 크게 위화감을 느낄 사람은 저일 테니까요.

밤마다 사이가 씨와 마주 앉아서 작업하던 증언 내용과 완성된 원고 내용에 모순이 있다는 걸 알 수 있는 사람은 저 하나뿐일 겁니다. 그걸 아는 사람은 사이가 씨를 빼고 이 세상에서 단 한 사람, 저뿐입니다.

책이 출판된 뒤에 사이가 씨가 관심을 잃은 것처럼 보인 것도 당연합니다.

사이가 씨의 목적은 완성된 책을 저한테 보내서 제가 그 내용을 읽게 하는 것뿐이었으니까. 저라는 단 한 명의 독자를 위해 쓰인 책이었으니까. 그 부분에 어떤 메시지가 담겨 있었던 거니까. 제가 그 책을 받고 읽은 시점에 사이가 씨의 목적은 달성됐던 겁니다. 그렇기 때문에 그 뒤는 아무래도 상관없었습니다.

네, 이게 제 망상에 불과하다는 건 저도 압니다.

사실은 어떤 한 방향에서 본 주관에 불과합니다.

저는 그걸 압니다.

그리고 사이가 씨는 어떤 목적을 달성하겠다고 마음먹으면 반드시 달성하는 사람입니다.

사이가 씨는 분명히 이미 그 목적을 달성했을 겁니다.

③

멀고도 깊은
나라에서 온 사자 使者

그 꽃 이름을 소녀는 오랫동안 몰랐다.

백일홍이라는 글자는 본 적이 있지만 그것을 어떻게 읽는지는 몰 랐으려니와 일본어에서 百日紅은 '하쿠지쓰코'라고 음독하기도 하지만, 대개 '사루스베리'라고 읽는다, 관심이 땅에 가까운 곳에서 차츰 다른 방향으로 옮겨가는 나 이였으므로 계절과 계절 사이를 메우는 화사한 꽃은 세계의 테두리 에 조각된 문양일 뿐이었다.

생각해보면, 과거에는 땅이 참 가까웠다. 누구나 갓 태어났을 때 는 땅에 손을 짚고 기어 다녔건만, 이윽고 손을 떼고 일어나 하루가 다르게 땅에서 멀어진다. 그때까지 신선한 놀라움을 제공해주던 채 송화와 민들레, 개미와 딱정벌레와도 소원해지고, 눈높이에 있는 것, 그보다 더 높은 것에 흥미를 갖게 된다.

그러나 그날만은 소녀는 가지마다 탐스럽게 핀 붉은 꽃을 보고 휴지 꽃 같다고 생각했다.

　색상이 선명하고 균일한 꽃은 신입생을 환영하기 위해 1학년 교실 칠판에 장식된 붉은색과 하얀색의 휴지 꽃과 똑같았다. 소녀도 만든 적이 있다. 분홍색 휴지를 여러 장 포개고 아코디언처럼 접어 한가운데를 고무줄로 묶는다. 그리고 휴지를 잘 펼쳐 꽃 모양을 만드는 것이다. 완성된 꽃은 종이 상자에 던져 넣는다. 지루해지면 꽃으로 배구를 하곤 했다. 꽃은 하늘하늘 공중을 날다가 바닥에 풀썩 떨어졌다.

　아니, 휴지 꽃보다 종이풍선의 붉은색과 비슷하다.

　소녀는 그 꽃을 보며 생각했다. 만지면 사각사각 소리가 나고, 손바닥 위에 올려놓으면 피식 하고 얼빠진 소리가 나는 그 장난감의 색깔이다.

　그러나 그날은 아침부터 흐리고 구름이 기분 나쁜 듯 하늘에서 몸부림치고 있었다. 아침에 일어났을 때부터 한 번도 빛이 비치지 않았고, 모든 것이 색을 잃어 그 꽃도 여느 때보다 탁하게 보였다. 무엇보다도 너무나도 후텁지근한 탓에, 더위에 약한 소녀에게는 세계가 소리 없는 악의로 가득 찬 것처럼 느껴졌다.

　여름날 아침은 무겁다.

　밤에도 기온이 내려가지 않는 탓인지, 세계라는 기계가 쉬지 않고 돌아서 그 열이 온 동네에 들어찬 것 같다. 라디오 체조를 하러 공원으로 가니, 아침부터 시끄러운 매미 울음소리가 부웅 하는 모터 소리처럼 들려 마치 오랫동안 환기를 하지 않은 공장에 있는 것 같다.

이 공장은 쉬지 않는다. 줄곧 불쾌한 열을 발산하며 종업원 몸에서 수분을 쥐어짜고 그들이 녹초가 될 때까지 가동을 멈추지 않는다.

여름방학도 막바지에 다다라, 풀가동을 계속해온 공장도 여기저기 이상이 생기기 시작한 것 같았다. 태풍의 계절이 가까워졌음을 알리는 저기압이 어느새 슬며시 다가와 있었다.

그날 아침이 평소와 달랐던 것은 비가 올 것 같은 예감 때문만은 아니었다.

소녀의 눈에도 특별한 행사가 있는 날 특유의 어수선한 공기가 동네를 메우고 있는 것이 보였다. 평소에는 모두 각자 자기 집 안에 머물러 있기 때문에 공기가 닫혀 있는데, 오늘은 아침부터 사람들의 공기가 이어져 있다. 분주하게 길을 오가는 어른들도 여느 때보다 동작에 활기가 있다.

오늘은 '배의 창문이 있는 집'에 무슨 일이 있는 날.

소녀는 어두운 집 안에서 마당을 보며 생각했다. 남은 숙제를 마저 해야 하는데, 남은 것은 하기 싫은 것뿐이다. 아직 다급한 상황은 아니지만, 그렇다고 여유가 있는 것도 아니다. 하루, 또 하루 무위하게 줄어드는 시간을 초조하게 속수무책으로 바라보고 있는, 해마다 여름방학 중에 꼭 한 번은 찾아오는 익숙한 시기였다.

소녀와 세 살 위인 오빠가 같이 쓰는 방은 동쪽 작은 마당에 면해 있었다.

한 평이 될까 말까 한 작은 마당에서는 잎사귀가 아메바처럼 생긴 늙은 무화과나무가 저물녘이 되면 기분 나쁜 실루엣을 그렸다.

처음에 이사 왔을 때에는 오빠가 걸핏하면 "저기 봐! 저 나무 밑에 뭐가 있어!" 하고 갑자기 소리를 지르며 겁을 주는 바람에 소녀는 무서워서 울기도 많이 울었다. 실제로 나이를 꽤 먹은 이 나무에는 열매가 많이 열리기 때문에, 농익은 열매가 땅으로 떨어지기도 하고 새가 열매를 쪼러 날아들기도 하는 등 수확 철에는 손님의 방문이 잦다.

그렇지 않아도 아버지 직장에서 빌린 이 낡은 목조 가옥은 음침했다.

천장 구석에 있는 얼룩은 언제나 사람 얼굴처럼 보였다. 오빠가 수련회에 간 동안에는 이 방에서 혼자 잠을 못 잘 정도로 무서웠다.

특별히 신경질적인 아이는 아니었으나 상상력은 남보다 갑절은 풍부했다. 복도나 계단, 반침 등 사방에 어두운 곳이 있었고, 벽에 탄때나 문틀의 깨진 부분을 가리기 위해 붙인 색종이조차 악몽의 씨앗이 되곤 했다.

그렇기에 소녀는 그때도 악몽을 꾼 것이라고 생각하기로 했다.

그날 아침, 라디오 체조를 하고 돌아온 소녀는 저기압이 다가올 때의 후텁지근한 더위 때문에 기진맥진해 있었다. 아침밥도 먹는 둥 마는 둥, 2층 침대 아래 칸에 쓰러지듯 누워 얼마 동안 꿈과 현실의 경계선을 헤맨 것 같다. 아마 몸은 잠들어 있는데 머리만 일부분 깨어 있는 상태였을 것이다.

갑자기 머리 쪽에서 어떤 기척이 느껴졌다.

머리 쪽에 있는 건 물론 무화과나무가 있는 마당이다. 마당에 면

한 부분은 미닫이문 두 쪽으로 되어 있다. 미닫이문은 문살에 유리
넉 장이 끼워져 있는데, 그중에서 아래쪽 두 장은 불투명 유리다. 안
에서는 밖이 분명하게 보이지 않고, 무화과나무 잎이 흐릿하게 그림
자처럼 비칠 뿐이다.

지금 그 불투명 유리 너머에 누가 있다.

아니, 정확히 말하면 '누가'라기보다는 '뭔가'가.

그것은 문자 그대로 확신이었다.

차츰차츰 긴장감이 고조된다.

공포와 잠이 동시에 몸 안에서 싸우는 것을 알 수 있다. 머리 꼭대
기가 찌릿찌릿하고, 온몸이 바짝 굳어 있는 것도 알 수 있다. 그러나
소녀는 꼼짝도 할 수 없었다. 가위에 눌린 건 아니었지만, 몸에 힘이
들어가지 않았다.

그러나 소녀는 그걸 보지 않으면 안 된다는 것도 알고 있었다. 자
신은 반드시 그걸 본다. 보고 싶다. 보기 싫다. 보지 않으면 안 된다.

갑자기 목이 움직였다. 목을 움직인 것이 아니라 목이 움직였다는
것이 맞는 표현이었다.

올려다보는 자세로 목이 움직여, 소녀는 누운 채 유리문을 보았다.

불투명 유리 너머에 하얀 그림자가 있다.

하얀 누에고치. 그렇게 느껴졌다. 커다랗고 하얀 누에고치가 유리
문 밖에 있다. 대체 뭐지? 고양이인가?

현관 옆을 지나면 이 마당으로 들어오는 것도 불가능한 일은 아
니었다. 가끔씩 동네 고양이가 담장을 타고 산책을 즐기는 모습이

보이기도 하고, 실제로 들어온 적도 몇 번 있다. 그러나 그 누에고치는 고양이치고는 컸고, 툇마루보다 위에 있는 것처럼 보였다.

하얀 누에고치가 부들부들 떨면서 마당에 떠 있다.

그녀가 상상한 것은 그런 광경이었다. 그게 현실적인 광경인지 아닌지를 떠나서.

얼마나 그러고 있었는지는 확실치 않다. 문득 정신을 차려 보니 누에고치는 사라지고 없었다.

온몸에 죄어들던 기운도 흔적 없이 사라져버렸다.

소녀는 혼란스러웠으나, 곧 다시 잠이 들었다. 그리고 일어났을 때에는 자기가 본 것을 잊고 여느 때와 다름없는 나른한 오전을 보냈다. 소녀가 이때 일을 기억해내는 것은 한참 뒤의 일이다.

그날 현관문은 내내 열려 있었다고 생각한다. 현관에 동그마니 앉아 현관 옆에 있는 백일홍 나무와 네모난 풍경 속을 오가는 사람을 구경하던 기억이 있기 때문이다.

오빠들은 뭘 하고 있었을까. 준지는 아마 빨빨거리고 돌아다니다가 벌써부터 '배의 창문이 있는 집'에 드나들기 시작했을 것이다. 그는 잠시도 가만히 있지를 못하는 성격인 데다가 붙임성도 있어, 남의 집에도 아무렇지 않게 들어갈 뿐 아니라 그런다고 야단을 맞지도 않는 특기를 갖고 있었다.

세이이치의 고함 소리가 귓가에 남아 있다. 고등학교 입시를 앞둔 큰오빠는 여름방학 후반에 생각만큼 계획을 소화하지 못했는지 기분이 나빴다. 2층에 있는 방을 혼자 쓰고 있었는데, 심심해진 동생이 집적거린 듯 계단 위에서 신경질적인 고함 소리가 들려왔다.

현관에 놓여 있던 가족 공용의 캔버스 운동화를 꺾어 신고 꽁지 빠지게 달아나는 준지의 뒷모습이 소녀의 뇌리에 새겨져 있다.

어머니는 집에 없었다. 세이이치가 그렇게 소리를 지르면 맨 먼저 어머니가 주의를 줄 텐데, 그런 기억이 없다. 아마 그 집에 인사하러 갔을 것이다. 동네의 중심인 그 집 잔치쯤 되면, 타지 사람인 소녀의 집에서도 인사를 하지 않을 수 없었을 것이다.

소녀는 현관에 앉아 심심함을 달래기 위해 위인전을 읽고 있었다.

집에 있는 아동용 위인전 전집 중 한 권으로, 베토벤 전기였다.

소녀가 그 책을 여러 번 반복해서 읽는 데는 까닭이 있었다. 자꾸만 생각나는 에피소드가 하나 있기 때문이다. 위대한 곡을 탄생시키게 된 계기나 청력을 잃은 뒤에도 작곡을 계속했다는 부분이 아니라, 베토벤이 죽기 직전의 에피소드다.

그가 죽기 전 어느 날, 갑자기 낯선 남자가 그를 찾아왔다. 검은 옷을 입은 젊은 남자. 두 사람은 짤막하게 몇 마디 주고받았다. 그러고 나서 얼마 지나지 않아 베토벤은 세상을 떠난다.

죽음의 사자. 저승에서 그를 데리러 온 사람. 그들은 무슨 말을 주고받았을까.

소녀는 남자가 베토벤에게 뭐라고 했을까 생각해보는 것을 좋아했다. 틀림없이 수수께끼 같은 한마디였을 것이다. 들은 순간에는 어리둥절하지만 마지막 숨을 거두는 순간, 아아, 그런 뜻이었구나, 하고 이해하게 되는 한마디. 그건 대체 어떤 말이었을까(소녀가 〈시

91

민 케인〉을 보는 것은 그로부터 10년 뒤다).

검은 옷을 입은 남자의 얼굴도 떠올려본다. 그렇게 불길하거나 무시무시한 얼굴은 아닐 것 같다. 오히려 기품이 있고 단정하게 생긴 젊은 남자가 아닐까. 분명히 상대방에 대한 경의와 자신의 사명에 대한 체념 같은 것을 얼굴에 띠고 있을 것이다.

사명을 완수한 남자는 조용히 돌아간다.

멀고 깊은 곳, 황천의 나라로.

소녀는 그 이미지에 매료되었다. 황야 끝에 위치한 산기슭에 오래된 동굴이 있고, 그 속에 땅 밑으로 내려가는 긴 계단이 있다. 남자는 말을 탄 채 그곳으로 사라진다.

소녀는 머지않아 진짜 저승사자를 보게 되지만, 그때는 아직 자기가 만들어낸, 땅 밑으로 돌아가는 남자의 이미지에 푹 빠져 있었다.

조금씩 바람이 강해지고 바깥이 어두워진 것도 몰랐다.

그때 밖에서 톡톡 소리가 들려왔다.

금세 그 소리의 의미를 깨달은 소녀는 얼굴을 반짝 치켜들었다.

네모난 공간에 지면을 더듬는 지팡이가 보인다.

"히사."

소녀는 책을 내던지고 밖으로 뛰어나갔다.

"마키?"

그녀는 고개를 돌리고 소녀를 보았다. 아니, 보지는 못하지만 그래도 봤다는 생각이 든다. 그 순간에는 늘 가슴이 철렁 내려앉는다. 그녀의 단발머리가 바람에 살랑이고, 하얀 바탕에 연청색 물방울무늬 원피스가 산뜻하다.

"히사, 어디 가?"

"심부름. 증조할머니 미수 잔치에 쓸 과자를 찾으러."

"미수가 뭐야?"

"세는나이로 여든여덟 살이라는 뜻이야. 아주 경사스런 일이거든."

'세는나이로'라는 말은 어른들이 자주 쓰는 말, 소녀가 잘 모르는 말 중 하나였다.

소녀의 의문을 감지했는지 히사요ㅅ代는 "마키네 집에 잠깐 들렀다 가도 돼?"라고 했다. 소녀는 기쁜 마음으로 그녀의 손을 잡고 이끌어 나란히 현관에 앉았다. 하얀 지팡이를 마루 입구에 세워놓는다.

히사요가 앉은 것만으로도 후텁지근하던 현관에 시원한 바람이 불어든 것 같았다.

그녀가 입을 연다.

"마키는 생일이 언제니?"

"7월 14일."

"어머, 프랑스 대혁명 기념일이네."

히사요는 담담하게 중얼거렸다.

"사람은 태어났을 때는 0살이고, 1년 지나면 만 한 살이 돼. 이건 알지? 그러니까 마키는 매년 7월 14일이 되면 나이를 한 살 더 먹는 거야. 하지만 세는나이로는 태어난 해에 한 살이고 해가 바뀔 때마다 나이를 한 살씩 더 먹거든."

소녀의 머리는 뒤죽박죽이 되었다.

"왜 그런 식으로 세는데?"

히사요가 부드럽게 웃었다.

"옛날 사람들한테는 살아서 새해를 맞이한다는 게 굉장히 의미 있는 일이었거든. 어린애든 어른이든 오래 산다는 건 아주 대단한 일이고 고마운 일이었어. 그렇기 때문에 나이를 먹는다는 것, 나이가 한 살 더 늘어난다는 건 아주 경사스러운 일이고. 그러니까 되도록 나이가 많은 식으로 센 게 아닐까? 바로 얼마 전까지만 해도 어린애 중에 몇십 퍼센트가 태어난 지 얼마 안 돼서 죽었대. 초등학교에 들어가기 전에 병으로 죽는 애도 많았고."

"오늘은 그 미수라는 걸 축하하는 거야?"

"응. 아침부터 사람이 아주 많이 와서 집 안이 온통 난리법석이지 뭐야. 내내 인사만 했더니 싫증 나서 잠깐 산책 나온 거야."

히사요는 혀를 쏙 내밀었다. 고양이 같은 연분홍색 혀가 요염하다.

소녀는 가슴이 콩콩 뛰었다. 이렇게 히사요의 옆에 앉아 단둘이 이야기를 하는 것만으로도 일대 사건이다. 세이이치나 준지가 알면 얼마나 분해할까. 그녀는 동네 아이들에게 동경의 대상이었다.

"그건 그렇고 참 후텁지근하지? 비 냄새가 나. 앞으로 한바탕 쏟아질 것 같아."

히사요는 지갑 모양을 한 레이스 핸드백에서 면 손수건을 꺼내 목둘레에 부채질을 했다. 향긋한 냄새가 난다.

"비 냄새?"

"으응, 뭐라고 하면 좋을까. 멀리서 비구름이 다가오는 냄새."

히사요는 고개를 가볍게 갸웃했다. 어렸을 때부터 상실된 시각을 보완해온 탓인지, 그녀의 감각은 독특했다. 냄새, 소리, 감촉. 보통 때는 무심히 지나치는 것도 그녀의 입을 통해 들으면 신선하게 느껴진다.

"어머니는 안 계시니?"

가만히 귀를 기울이던 히사요가 소녀를 보았다.

"응, 어떻게 알았어?"

"여자가 집 안에 있을 때 나는 소리가 안 나. 자잘한 집안일들을 하는 소리. 여자가 집 안에서 안심하고 움직이는 소리가."

소녀는 아름다운 음악을 듣듯 그녀의 목소리를 듣고 있었다.

그녀는 손과 얼굴로 본다. 누가 그런 말을 한 적이 있었다.

외국에는 손가락으로 글자를 읽는 사람이 있다고 한다. 점자가 아니고, 정말 손가락 끝에 시신경 같은 세포가 있었다고 한다. 그녀에게 그런 세포가 있는 게 아닐까. 진지하게 그런 주장을 하는 동급생이 있었다.

언젠가 히사요가 세이이치와 장기를 두는 걸 본 적이 있다.

말의 위치를 외워버리면 간단해. 장기 말은 만져보면 어느 말인지 알 수 있으니까. 체스도 만져보면 알 수 있어서 편해.

그녀는 그렇게 말했지만, 곁에서 보기에도 그녀가 뛰어난 기억력과, 몇 안 되는 단서로 머릿속에 세계를 입체적으로 재현해내는 보기 드문 능력을 가지고 있다는 걸 알 수 있었다.

결국 그때는 세이이치의 패배로 끝났다. 세이이치가 히사요와의 승부를 지나치게 의식한 탓인지도 모르지만.

이 사람 머릿속을 들여다보고 싶어, 라고 소녀는 생각했다.

그녀에게는 이 세상이 어떻게 '보일까'. 그녀의 머릿속에서 다른 사람들은, 동네는 어떤 식으로 파악되고 있을까.

분명히 상상조차 할 수 없고 아무도 공유할 수 없는, 드넓고 신비로운 세계일 것이다.

소녀는 히사요의 작은 머리를 뚫어지게 쳐다보았다. 이런 작은 머리에 별의별 것이 다 들어 있다.

히사요는 문득 생각난 듯이 입을 열었다.

"그러고 보니 아까 준도 우리 집에 온 것 같더라. 부엌 뒷문 쪽에서 목소리가 들리던데."

"아, 역시."

소녀는 원망스레 말했다. '배의 창문이 있는 집'에 갈 거면 같이 데리고 가지. 오빠는 늘 자기 혼자서만 재미있는 곳에 간다. 동생은 버려두고. 덕분에 나중에 왜 같이 안 데리고 갔느냐고 운 게 몇 번인지 모른다.

그때, 히사요의 표정이 달라진 것 같았다.

소녀는 어렴풋이 소름이 돋았다.

온도가 내려갔다고 할지, 긴장했다고 할지, 잘 표현은 할 수 없지만 히사요의 표정이 엄해진 것 같았다.

"마키, 오늘은 우리 집에 안 오는 게 좋겠어."

"어?"

소녀는 히사요의 얼굴을 올려다봤다. 히사요는 보이지 않는 눈으로 현관 밖을 내다보고 있다. 그 옆얼굴은 마치 대리석 조각 같았다.

"왜?"

소녀는 물었다. 지금까지 히사요는 소녀 앞에서 그런 엄한 표정을 보인 적이 한 번도 없었다.

"그냥 그런 생각이 들어."

히사요는 아무 일도 아니라는 듯이 말했다. 비 냄새가 나, 라고 할 때와 똑같은 어투다.

"오빠들한테도 말해줄래? 오늘은 얼굴 잔뜩 찌푸린 어른들이 여기저기서 많이 와 있기 때문에 애들이 와도 재미없어. 이다음에 셋이서 같이 놀러와. 통나무 케이크를 사다놓을게."

통나무 케이크는 근처 양과자점에서 파는, 통나무 모양을 한 초콜릿 케이크다. 맛도 맛이지만 자르는 재미가 있어서 인기가 있었다.

"응."

소녀는 마지못해 고개를 끄덕였다.

"오늘은 우리 집에 오지 마. 약속이야."

히사요는 지팡이를 들고 일어나며 다시 한번 다짐을 받았다.

"왜?"

소녀는 그래도 미련이 남아 또다시 물었다.

히사요는 문득 멈춰 서더니 생각에 잠겼다.

"글쎄…… 어쩐지 박쥐가 올 것 같아서 그래."

히사요는 수수께끼 같은 말을 남기고 조용히 밖으로 나갔다.

현관 앞에서 그녀는 문득 탐스럽게 핀 붉은 백일홍을 올려다보는 몸짓을 했다. 꽃이 핀 것을 알겠나 보다. 지팡이만 없으면, 그녀가 앞이 안 보인다는 것을 깨닫는 사람은 많지 않을 것이다. 그 정도로 그녀의 감각은 예민했다.

박쥐가 올 것 같아서 그래.

그것은 그녀가 이따금씩 쓰는 말이었다. 그녀에게는 독특한 관용구가 몇 가지 있었다. 그중에서 '박쥐가 온다'는 불길한 예감을 나타내는 말 같았다.

그녀는 그런 자신의 관용구를 설명하려 하지 않는다. 설명해도 다른 사람이 이해 못 할 것을 알기 때문일 것이다. 처음 들으면 당황하지만, 차츰 익숙해지면서 그녀가 하고 싶은 말을 막연하게나마 상상할 수 있게 된다. 그러나 그것은 어디까지나 상상에 불과하고, 그녀가 진짜로 하고 싶은 말과는 거리가 있을 것이다. 그것이 되레 그녀에게 신비스러운 매력을 부여하는 것은 틀림없는 사실이다.

어려서 시력을 잃은 그녀는 박쥐를 본 적이 있을까.

소녀는 검은색 우산 같은 박쥐 날개를 떠올려본다.

이 부근에서도 저물녘이 되면 파닥파닥 날아다니는 박쥐 떼를 자주 본다. 그 날고 있는 광경을 보면 어쩐지 별자리 그림책이 생각난다. 각진 직선을 그리는 그들의 궤적이 별을 직선으로 연결하는 별자리를 연상시키는지도 모른다.

소녀는 멀어져가는 히사요의 뒷모습, 옆에 있던 히사요의 존재감, 그리고 그녀가 남긴 말을 되새기며 현관에 동그마니 앉아 있었다.

좋은 냄새 나는 시원한 바람이 뺨을 어루만지고 간 것 같은 감각.

"어머나, 마키도 참. 이런 어두운 데서 책을 읽고 있다니. 그러다 눈 나빠진다."

어머니가 작은 상자를 들고 돌아왔다. 겉에 노시_{색종이를 기다란 육각형으로 접어 안에 말린 전복이나 노란 종이를 넣은 것. 축하 선물이나 답례품에 곁들인다}가 붙은 걸 보면, 역시 히사요의 집에서 열리는 미수 잔치에 갔다 온 모양이다. 하얀 블라우스에 감색 타이트스커트라는, 보통 때보다 단정한 복장도 그 사실을 알려주고 있었다.

어머니가 집으로 돌아오면, 갑자기 집 안이 어머니의 속도로 돌아가기 시작한다.

소녀는 더는 현관에서 책을 읽을 마음이 나지 않아 안으로 들어갔다.

물을 끓이는 어머니의 뒷모습을 보며 식탁 위에 놓인 작은 상자를 열어본다.

아담한 홍백 만주가 들어 있었다.

"마키, 그거 먹으면 안 돼. 아이자와_{相澤} 선생님 댁 잔치에서 받아온 거니까 아빠한테도 보여드려야지. 이럴 때 불단이 없으니까 올릴 데가 없어서 곤란하네."

소녀를 돌아본 어머니가 상자를 여는 것을 보고 황급히 소리쳤다.

"안 먹어."

소녀는 뚜껑을 닫았다. 그냥 속을 보고 싶었을 뿐이다.

그때, 준지가 현관으로 뛰어 들어왔다.

"야, 진짜 굉장해. 과자가 산더미처럼 많더라."

눈을 빛내며 흥분한 어조로 말한다.

그 집 이야기라는 것을 금세 알았다.

"나중에 다 같이 오래. 부엌 뒷문 쪽에 과자랑 차를 준비해둘 테니까 다 데리고 오랬어."

"준, 너무 귀찮게 하면 안 된다. 오늘은 다들 바쁘니까."

"괜찮아. 바깥쪽에는 아저씨들만 있지만, 뒤쪽에는 다른 애들도 다 와 있었어. 다스쿠도 또 오라던데? 어른들만 있으면 재미없다고."

준지가 흥분해서 말했다. 원래 떠들썩한 잔치와 사람이 많이 모인 곳을 좋아하는 준지다. 다스쿠는 아이자와 가의 막내아들이었다.

소녀는 쓴 것을 삼킨 기분이 들었다.

오늘은 우리 집에 오지 마. 약속이야.

히사요의 말이 가슴을 짓눌렀다.

소녀는 준지에게 그 말을 전할지 말지 망설였다. 히사요와 단둘이 이야기를 했다고 자랑하고 싶기도 했고, 또 히사요가 한 말이니까 지켜야 한다는 마음도 있었다. 그러나 한편으로 그 집에 가보고 싶은 마음도 끈질기게 남아 있었다.

준지가 흥분해서 떠들어대는 새에 소녀는 왠지 모르게 현관으로 가서, 왠지 모르게 샌들을 신고, 왠지 모르게 밖으로 나왔다.

약속이야.

히사요의 목소리가 머릿속에서 빙빙 맴도는데, 발걸음은 그 집을 향한다.

식은땀이 흘렀다.

멀리서 보기만 할 거야. 안에는 안 들어가. 히사랑 한 약속을 어기는 게 아냐.

소녀는 자기 자신을 그렇게 설득한다.

길에서 만나는 노인들은 그 작은 상자를 들고 있다. 모두가 그 집에 가지 않나. 자기만 안 가면 따돌림당하는 것 같았다.

바람은 점점 더 강해졌다. 가로수가 파도치듯 흔들리고, 이따금씩 빗방울이 떨어진다.

사람들은 만주 상자를 안고 서둘러 집으로 돌아간다. 그 가운데 소녀는 혼자 물결을 거슬러 올라가듯 타박타박 걸어갔다.

'배의 창문이 있는 집'에는 사람들이 많이 와 있었다. 의원 앞 하얀 백일홍 나무가 눈에 들어온다. 노인들이 걸상을 내다놓고 앉아 이야기하고 있다.

잔치 분위기에 소녀는 가슴이 설렜으나, 동시에 기도 죽었다.

양복을 입은 남자 어른들, 정장 기모노를 입은 여자 어른들도 있다. 의원 앞은 완전히 어른의 세계였다.

소녀는 조심조심 일부러 멀리 돌아서 뒷문 쪽으로 다가갔다.

그쪽에서는 아이들의 환성이 들려와 어쩐지 마음이 놓였다.

'배의 창문이 있는 집'은 3면이 도로에 면해 있고, 옆집과의 사이에 있는 좁은 골목에 뒷문이 있었다.

작은 지붕이 붙은 나무 미닫이문이 열려 있다. 아이들의 목소리는 그 안에서 들려오고 있었다.

골목에 분필로 선을 긋고 사방치기를 하는 아이도 있다.

소녀는 골목길 입구에 숨어 아이들을 훔쳐보았다.

활짝 열린 부엌문 앞에 앞치마를 두른 여자들이 서서 이야기를 하고 있다. 맥주 상자가 높다랗게 쌓여 있다. 부엌문과 바깥문 사이에 비닐 식탁보를 깐 탁자가 있고, 그 위에 바나나와 말린 찰떡 봉지가 놓여 있는 것이 보였다. 준지가 말한 과자는 아마 저걸 것이다.

약속이야.

머릿속에서는 여전히 히사요의 말이 맴돌고 있었다. 내가 여기 있는 걸 히사요가 보면 어쩌지. 소녀는 가슴이 두근거렸다.

문 안에서 소년의 하얀 얼굴이 불쑥 나타났다. 소년은 단박에 소녀를 발견한 듯, 소녀가 놀라 도망치려 하자 달려 나왔다.

"마키, 너도 와. 과자 있어."

소년은 방글방글 웃으며 소녀를 손짓해 부른다. 하얀 반소매 셔츠에 회색 멜빵바지. 아이자와 가의 막내인 다스쿠다. 아이자와 가의 아이들은 살빛이 하얗고 기품 있게 생겼는데, 다스쿠 역시 늘 방글방글 웃는 얼굴이고 곱게 잘 자란 태가 나는 것이 동네 아이들과는 확연히 달랐다.

"응, 그렇지만."

소녀는 우물쭈물했다.

"경사는 다 같이 할수록 좋은 거래."

소년은 어른스러운 말을 썼다. 어른들이 하는 말을 들었나 보다.

"응, 그럼 잠깐만."

소녀는 주위를 두리번거리며 소년의 뒤에 숨듯 따라갔다.

문지방을 넘은 순간, 발이 뭔가에 닿은 것 같았다.

밑을 내려다보자, 빨간색 낡은 미니카가 떨어져 있다. 누가 놓고 간 걸까.

"다스쿠, 이거 다스쿠 거야?"

소녀는 흙이 묻은 미니카를 주워 다스쿠에게 보였다.

"어, 아니? 누가 깜빡 놓고 갔나? 이거 누구 거야?"

다스쿠는 맑은 목소리로 소리 높여 말했다. 뒷문 주위에는 아이들이 네댓 명 있었으나, 모두들 미니카를 보고 고개를 가로저었다.

"나 아냐."

"나도."

"우리 집에 놔둘 테니까, 혹시 잃어버렸다는 애가 있으면 내가 갖고 있다고 말해줘."

다스쿠는 미니카에 묻은 흙을 털고 바지 주머니에 넣었다. 이런 부분도 야무지고 어른스럽다.

"어마, 마키 왔구나. 좀 전에 준이 왔었는데."

문 앞에 있던 50대쯤 되는 여자가 소녀를 발견하고 말을 걸었다. 오래전부터 아이자와 가를 드나들며 가사를 돕는 기미 씨는 포동포동하고 포근한 분위기 때문에 동네 아이들도 곧잘 따랐다.

"지금은 우리 집에 있어요."

"준은 정말 재미있는 애야. 아까도 여기서 한참 떠들었단다. 있는 대로 흥분해서 말이야. 하여튼 잠시도 가만히 못 있는 애라니까."

기미 씨는 후후 웃었다. 앞치마 주머니에서 셀로판지에 싼 청량과자를 꺼내 소녀의 손에 올려놓아준다.

"나도."

다스쿠가 손을 내밀자, "도련님은 벌써 여러 번 먹었잖아요" 하고 기미 씨가 노려보는 척한다.

"맛있는 건 다 같이 먹을수록 좋은 거야."

다스쿠가 몸을 비꼬자, 기미 씨는 "이번이 마지막이에요"라며 그의 손에도 청량과자를 올려놓주었다. 기미 씨는 다스쿠가 귀여워 어쩔 줄 모르는 것 같다. 다스쿠도 그걸 알고 어리광을 부리는 것이다.

"마키, 먹자."

"응."

둘이 부엌 뒷문 옆에 쭈그리고 앉아 셀로판지를 벗긴다.

연한 색을 입힌 작은 사탕을 한꺼번에 몇 개씩 입 안에 넣으면 목에서 새큼달큼하게 녹으면서 알갱이가 까끌까끌하게 혀에 달라붙는다.

"사람이 굉장히 많이 왔네."

"응, 아까는 시의회의원이라는 사람도 왔어. 할아버지한테 꾸벅꾸벅 절을 하던데."

"히사는?"

"아까 나갔다가 아직 안 왔어."

소녀는 마음이 놓였다. 이따가 집에 갈 때 마주치지 않게 조심해야겠지.

갑자기 세찬 바람이 불어 소녀의 손에서 셀로판지를 가로채갔다.

"앗."

허둥지둥 일어섰지만, 셀로판지는 둥실 떠오르더니 담을 넘어 순식간에 어디론가 사라져버렸다.

"아, 싫다, 정말. 오늘 비가 굉장히 많이 올 거래."

"잔칫날인데."

소년과 소녀는 사라져버린 셀로판지를 배웅하듯 하늘을 올려다보았다.

구름이 무시무시한 속도로 흘러간다. 먹물을 흘려 넣은 것처럼 소용돌이를 그리며 순식간에 형태를 달리해간다.

"안녕하세요. 꽃 배달 왔습니다."

오토바이 소리가 툴툴 나더니 골목길에 멈춰 섰다. 땀범벅이 된 중년 남자가 하얀 종이에 싼 백합 꽃다발을 들고 내렸다.

"시민병원 가도타 원장님이 노老선생님께 보내는 꽃입니다."

"수고하셨어요."

기미 씨가 샌들을 신고 나왔다. 남자는 헬멧을 들어 올리고 인사를 건넨다.

"축하드립니다."

"감사합니다."

"아침부터 굉장하죠?"

"그러게 말이에요. 덕분에 정신을 못 차리겠네요."

"노선생님 댁은 자식 복도 많고, 정말 경사군요. 게다가 노선생님 어머님 미수까지 같이 축하할 수 있다니 역시 인덕이죠. 뭣보다도 아드님하고 손자분 생일이 한날이라는 것부터가 보통 사람하고 다르잖아요."

"어머님은 좀 어떠세요?"

"으음, 일진일퇴라고 할까요. 이렇게 무더위가 계속되니 노인한테는 독이 따로 없어요."

"부인께도 안부 전해주세요. 고맙습니다."

"그럼 안녕히 계십시오."

요란한 오토바이 소리가 멀어져간다.

"아침부터 내내 이 모양이야. 꽃이랑 술 같은 게 자꾸 온다."

다스쿠가 소곤거린다. 어딘지 모르게 뽐내는 말투다.

"와아."

어린 마음에도 소녀는 아이자와 가의 어마어마한 권력과 존재감을 실감할 수 있었다.

그 안쪽에 있는 다스쿠와 타지 사람인 자신과의 거리도.

혀 위에 남은 청량과자 맛이 씁쓸해졌다.

기미 씨는 꽃다발 밑동을 잘라내고 뒷문에 놓인 양동이에 꽂았다. 이미 양동이 세 개가 꽃으로 그득하다.

"마키, 나중에 꽃 좀 갖고 가렴. 이러다 집 안에 꽃이 넘쳐나겠어."

기미 씨가 백합 줄기를 가스 불에 쬐며 말했다.

"꽃을 태우는 거예요?"

소녀는 깜짝 놀라 물었다. 기미 씨가 어리둥절한 얼굴을 하더니 살짝 웃었다.

"아냐. 이렇게 꽂아놓는 꽃들은 잘린 부분을 불에 태우면 오래간단다."

"그렇구나."

부엌을 들여다보니 요리복과 앞치마를 입은 여자 몇이 바쁘게 일하고 있었다. 줄줄이 늘어선 작은 술병들이 손님이 얼마나 많은지를 알려준다.

식탁 위에는 작은 꽃병이 몇 개 놓여 있었다. 꽃은 아직 꽂혀 있지 않았다.

소녀의 시선은 예쁜 파란색 유리 꽃병에 빨려 들어갔다. 형광등 불빛을 받아 그곳만 반짝거리는 것 같다.

갖고 싶다.

소녀는 느닷없이 강렬한 소유욕이 치솟는 것을 느꼈다.

"아, 누나다."

다스쿠의 말에 소녀는 가슴이 철렁했다.

그쪽을 돌아보자, 다스쿠가 까치발로 서서 도로 쪽을 보고 있다.

다스쿠 옆으로 가자, 의원 쪽 현관으로 들어가는 히사요가 보였다. 손님들에게 상냥하게 인사하고 있다. 사람들이 싱글벙글하며 히사요를 둘러싼다. 아직 10대인데도, 그녀는 누구를 대할 때나 당당하다. 그녀에게는 묘한 풍격이 있었다. 이렇게 보면, 누구나 자기 손녀나 다름없이 어린 그녀를 마치 무녀처럼 받들어 모시는 것 같다. 그녀에게는 그런 대접을 받기에 합당한, 여신 같은 위엄이 있었다.

그녀는 빈손이었다. 아까 본 레이스 핸드백만 들고 있다.

어? 과자를 가지러 간다고 하지 않았나? 그건 역시 핑계였을까.

"다스쿠, 나 그만 갈게."

"어, 벌써?"

"히사한테 내가 왔었다는 말 하지 마."

"왜?"

"부탁이야."

다스쿠는 불만스러운 얼굴이었지만, 소녀는 얼른 밖으로 나왔다.

히사요가 이렇게 멀리 떨어져 있는 자신을 알아차릴 리가 없다는 건 알아도 어쩐지 마음이 불안하다.

히사요라면 알아차리지 않을까. 자기 집에 몰래 찾아온 소녀를 멀리서도 눈치채는 게 아닐까. 왠지 자꾸 그런 생각이 든다.

소녀는 도망치듯 집으로 향했다.

아이자와 가의 화려한 잔치 분위기에서 벗어나자, 왜 그런지 안도의 한숨이 흘러나왔다.

갑자기 비가 오기 시작했다.

바람에 빗방울이 섞이나 싶더니 눈 깜짝할 새에 쏴쏴 쏟아진다.

소녀는 뛰기 시작했다. 순식간에 운동화 속에 물이 스며든다.

주위 풍경이 달라졌다. 다들 머리를 숙이고 급하게 뛰어간다.

가게 앞에 진열된 상품에 비닐 시트를 덮고 자전거를 옮기는 사람들.

소녀는 필사적으로 뛰었다. 풍경이 흑백이 되어버렸다.

"마키!"

누가 부르는 소리에 소녀는 고개를 들었다. 순식간에 비가 얼굴을 적신다.

준지가 우산을 받고 서 있다.

"어디 가 있었냐? 엄마가 찾았는데."

"오빠야말로 어디 가는 거야?"

"아이자와 선생님 댁."

"또?"

"나중에 오라고 했단 말이야."

소녀는 다시 뛰기 시작했다. 준지는 우산을 받고 있지만, 이쪽은 느긋하게 서서 이야기할 때가 아니다.

오빠도 정말 제멋대로야.

왜 그런지 갑자기 이것저것 다 화가 나서, 소녀는 툴툴거리며 집을 향해 뛰어갔다.

그렇게 먼 거리는 아닌데도 물웅덩이 때문에 숨이 찼다.

모두 허겁지겁 뛰어다니는 풍경 속에서 문득 어떤 것이 눈에 띄었다.

젊은 남자가 곤혹스러운 표정으로 모퉁이에 서 있었다.

검은 야구 모자에 선명한 노란색 비옷. 모자챙에서 빗물이 뚝뚝 떨어지고 있다.

남자는 손에 약도 같은 것을 들고 주위를 두리번거리고 있었다. 길가에는 뒤에 술 상자를 실은 오토바이가 세워져 있다. 아무래도 그의 오토바이인 것 같다.

남자는 주소를 확인할 수 있는 것을 찾고 있었다. 가까이에 주거 표시 안내판이 있는 것을 보고 종종걸음으로 다가간다. 약도와 안내판을 비교해보는데, 그래도 영 알 수 없는 모양이다.

머리를 긁적이려고 뒤통수에 손을 댄 남자는 뒤늦게 후드가 있다는 것을 깨달았는지 후드를 끌어 올려 야구 모자 위로 썼다.

왜 그 남자가 흥미를 끌었는지 소녀도 잘 알 수 없었다.

모두 비를 피하려 우왕좌왕하는데 혼자 서 있었기 때문인가. 아니면 색채를 잃은 풍경 속에서 노란 비옷이 눈에 띄었기 때문인가.

훗날 소녀는 그때 일을 몇 번이고 떠올려보곤 했다.

남자는 고개를 갸웃거리면서도 오토바이에 올라타려 했다. 뒤에 실은 상자에서 병들이 쨍그랑쨍그랑 소리를 낸다. 주스와 맥주, 커다란 한 되들이 병이 들어 있다.

핸들을 잡으려던 남자가 소녀의 시선을 알아차렸다.

남자는 움직임을 멈추고 순간, 소녀를 응시했다.

왜 그런지 그 순간 세계가 침묵한 것 같았다.

그는 도로 오토바이에서 내리더니 빠른 걸음으로 소녀에게 다가왔다.

"잠깐 길 좀 물어도 될까? 이 근처에 아이자와 의원이라는 데가 있니?"

차분하고 맑은 목소리였다.

깊숙이 눌러쓴 야구 모자 아래 수염을 깎은 파란 자국이 보였다.

소녀는 문득 현관에서 읽던 베토벤 전기가 생각났다.

"잔치에 가는 거예요?"

소녀는 물었다.

남자는 놀란 듯이 소녀를 보았다.

"아아, 그런 것 같더라. 난 이 근처에 처음 와보는 거라 말이야. 부탁받고 배달하러 왔는데."

남자는 가볍게 고개를 끄덕이고 좌우를 둘러보았다. 이목구비가 뚜렷한 옆얼굴이 보였다.

"저쪽이에요. 이 길을 곧장 가다가 저기 신호등 있는 데서 꺾어져서 쭉 들어가면 간판이랑 석조 건물이 보이거든요. 거기예요."

소녀는 뒤를 돌아보고 방향을 가리켰다.

"저기 신호등에서 꺾어지란 말이지? 고맙다."

남자는 고개를 끄덕이고는 웃음 비슷한 것을 띠었다.

손을 가볍게 흔든 다음 오토바이에 올라탄다.

액셀을 밟고 쨍그랑쨍그랑 술병 부딪는 소리를 남기고 사라진다.

소녀는 쫄딱 젖은 채 남자의 뒷모습을 바라보고 있었다. 노란 비옷이 모퉁이를 돌 때까지 지켜본다.

수묵화 같은 풍경 속에서 노란 점이 없어지자, 주위는 살벌한 악천후 속의 거리로 돌아갔다.

집 현관에 이르러 소녀는 갑자기 어째서 아까 남자를 보고 멈춰 섰는지를 깨달았다.

베토벤 전기.

베토벤이 죽기 직전에 찾아온 남자.

아까 만난 남자는 소녀가 현관에 앉아 상상하던 죽음의 사자 그 자체였다.

젊고, 침착하고, 단정한 남자. 머나먼 땅속 나라에서 찾아온 사자. 그 남자가 검은 야구 모자와 노란 비옷 차림으로 현대의 이 동네에 나타난 것 같았다.

에이, 아무리. 그냥 우연이겠지.

소녀는 어머니가 수건으로 머리를 말려주는 동안, 멍하니 그런 생각을 하고 있었다.

그리고 금세 그 남자에 대해 잊어버렸다.

그로부터 몇십 분 뒤, 준지가 주스를 마시러 가자고 부르러 왔을 때도 소녀는 아직 손대지 않은 남은 방학 숙제 생각을 하고 있었다.

4

전화와 장난감

1

네, 어머니는 돌아가셨어요. 벌써 3년 됐네요.

가벼운 뇌경색을 몇 번 일으켰는데, 마지막에 입원했을 때는 두 달가량 내내 의식이 없으셨답니다.

가끔씩 무슨 말인가 나지막이 중얼거리시던 기억이 나네요. 늘 똑같은 말을 되풀이하면서 필사적으로 누군가를 부르시는데, "엄마, 누구 말이야? 뭐라고 전할까?" 하고 가족들이 몇 번이고 여쭤봤지만 결국 알 수 없었어요.

주무시는 동안에는 고요한 표정인데, 가끔씩 의식이 드시는 듯 갑자기 고통스러운 표정이 되곤 하셨어요. 그 얼굴을 보면 이쪽도 가슴이 철렁했어요. 숨을 멈추고 어머니 얼굴을 보고 있으면, 꼭 어머니 얼굴 속에서 다른 사람 얼굴이 떠오르는 것 같은 거예요. 상태는 안정되어 있었으니까 병 때문에 고통스러운 게 아니라 과거가 생각나서 표정이 일그러지신 거겠죠.

분명히 그 사건 생각을 하신 거예요. 돌아가시기 전까지 과거의 기억에 얽매여 계셨다고 생각하면 너무 분하고 슬퍼요. 결국 어머니의 시계는 그때 멎어버려서, 그 사건의 기억에 사로잡힌 채로 떠나셨구나 싶어요.

2

그래요, 다 지난 일이라고 해야겠죠.

어머니는 이제 안 계시기도 하고, 햇수를 생각해도 말이에요. 하지만 솔직히 그 사건 이야기는 별로 하고 싶지 않아요. 지금도 그때 일을 생각하면 목구멍이 답답해집니다. 불쾌한 감정이 오래된 가시처럼 어딘가에 박혀 있어요. 그 무렵의 시간만 시커먼 우무처럼 탁한 덩어리가 돼서 몸속 어딘가에 남아 있어요. 젤리처럼 흐릿한 막에 싸인 더러운 걸 꺼내 보고 싶지 않군요. 굳혀서 묻어버렸다고 생각했는데, 걸핏하면 그게 팔을 푹 찌르곤 해요. 아직 냄새를 물씬 풍기고 있어요, 그 무렵 맛봤던 악의惡意의 덩어리가. 그게 그때 모습 그대로 흘러나와서 사방을 더럽혀요.

너나없이 불안과 의혹에 시달렸다는 건 알지만, 정말이지 그런 때는 믿을 수 없을 만큼 심한 말을 하는 사람이 있더군요.

저희 어머니도 독을 먹었다고요. 의식이 안정을 되찾기까지 일주일 가까이, 퇴원하기까지 석 달 가까이 걸렸어요. 우연히 조금 먹었을 뿐인데, 독이 든 걸 알고 있었기 때문에 조금만 먹은 게 아닌가, 어머니가 범인이 아닌가, 공범이 아닌가, 그런 나쁜 소문이 돌아서 한동안 가족들까지 백안시당했을 정도였어요.

정말이지, 남의 집에 흙발로 들이닥친다는 건 이런 걸 말하는구나 싶더군요. 신문이랑 주간지 기자들이 몰려와서 그런 식으로 말하는 걸 들었을 때 느꼈던 그 머릿속이 새하얘지는 것 같은 노여움은 지금도 가끔씩 생생하게 되살아나곤 해요. 장난 전화도 걸려오고, 중상모략이 담긴 편지로 싼 돌멩이가 날아든 적도 있었어요. 저희도 난데없이 폭풍이 불어닥친 것 같은 사건이었건만, 상처에 소금까지 쑤셔 박은 것 같은 느낌이었어요.

현관에서 들려오던 아버지 목소리가 생각나네요. 전 아기를 안고 숨을 죽인 채 복도에 숨어서 아버지의 뒷모습을 보고 있었어요.

아버지의 목소리는 냉정했어요. 하지만 문득 아버지의 손을 보니 부들부들 떨리고 있었어요. 아버지도 분통이 터지셨겠죠.

그래도 당시에는 그나마 여유가 있었다고 생각해요. 아마 요즘 같으면 그 정도로 끝나지 않았겠죠. 매스컴에서 몰려와서 순식간에 가족들 사진까지 공개되고 문밖으로 나가지도 못했을 거예요. 요즘엔 피해자든 가해자든, 아직 진상이 다 밝혀지기 전부터도 거의 사형私刑을 당하잖아요. 나쁜 짓을 한 사람을 비난할 수 있는 건 피해를 당한 당사자뿐이죠. 어째서 무관한 사람들까지 '그럼 나도 돌을 던져도 상관없겠지' 생각하는 거죠? 도무지 이해가 안 돼요.

3

사건 당일, 전 작은아이가 갓 태어난 참이라 움직일 수 없었어요. 큰아이 때는 아무렇지도 않았는데, 왜 그런지 두 번째는 심한 난산이라 산후 회복이 더뎠어요. 아무것도 못 먹어서 2주쯤 자리에서 일어나지도 못하고, 눈 밑에 시커멓게 기미가 껴 있었답니다. 큰아이가 제 얼굴을 보고 울었을 정도니까 얼굴이 말이 아니었겠죠.

네, 저희는 금속 부품을 하청 받아서 만드는 일을 해요. 남편은 원래 저희 공장에서 일하던 사람인데, 석재 상점 셋째 아들이라 처음부터 저희 아버지 뒤를 이을 예정으로 와준 거예요. 부모님하고 저희 부부, 그리고 애들이 살고 있었어요.

제가 움직이질 못하니 갓 결혼한 여동생이 대신 어머니 병원에 다녀줬는데, 병원에서 오는 길에 저희 집에 들러서 "언니, 도저히 못 보겠어" 하고 울던 생각이 나네요. 동생은 성격이 드센 아이라서 어렸을 때부터 자주 화를 내고 감정이 격해져서 울곤 했어요. 동생의 눈물은 분해서 흘리는 눈물이거든요. 자기 감정을 상대방한테 말로 표현하지 못하는 게 답답해서 엉엉 우는 거죠. 그 당시엔 매일 그런 상태였어요.

저희는 주위의 시선에 신경을 날카롭게 곤두세우고 살았어요. 혹시 무슨 계기만 있었으면 무너져버렸을 거예요.

아버지는 의연함을 잃지 않으셨어요. 훌륭하셨다고 생각합니다. 당당하게 있어라, 하지만 주변에서 꼬투리를 잡을 만한 일은 하지

마라, 이 기회에 우리를 제물로 삼아서 자기 울분을 풀려고 입맛을 다시는 녀석들이 꼭 있으니까. 그렇게 말씀하신 기억이 나네요. 저희는 필사적으로 노력했어요. 아버지 말씀을 지키면서 애써 침착하게, 눈에 안 띄게 살았어요. 그래서 사람들이 뒤에서 수군대기는 했어도, 대놓고 무슨 말을 하지는 못했어요.

범인이 밝혀진 다음에는, 그래봤자 그때는 이미 범인은 죽은 다음이었지만, 어쨌든 다들 뒤가 켕기는지 유난스럽게 친절하게 굴더군요. 갑자기 병문안이라고 선물이 쏟아져 들어오는 거예요. 산더미처럼 쌓인 과자랑 과일을 보면서 이제 와서 뭘 새삼스럽게 싶어서 씁쓸했던 기억이 있어요. 저희는 누가 그렇게 갑자기 태도가 확 달라졌는지 잘 알고 있었으니까, 그런 사람이 보낸 물건에는 손도 안 대고 병원에서 알게 된 환자분 가족들한테 나눠드렸죠. 사소한 앙갚음이긴 해도 속이 후련해졌어요. 물론 그런 사람들한테도 답례품은 정중하게 갖다줬지만요.

어머니는 원래 밝고 활동적인 성격이고 가만히 있는 걸 싫어하시는 분이었기 때문에, 그때는 도무지 저희가 아는 어머니 같지 않았어요. 갑자기 스무 살쯤 연세를 드신 것 같아서, 처음에 병원에서 어머니를 봤을 때는 어찌나 달라졌는지 아무도 입을 못 열었을 정도였어요.

독의 후유증도 있었지만, 사건으로 받은 충격이 너무 커서 어머니는 회복하려는 기력을 완전히 잃으셨어요. 모든 게 다 충격이었지만, 그중에서도 당신 손자처럼 예뻐하시던 막내 도련님이 고통스러

위하면서 죽어가는 모습을 못 잊으시는 것 같았어요. 참혹한 일이에
요. 어머니 당신도 한 번도 경험해보지 못한 고통에 시달리고 계셨
는데, 그 눈앞에서. 생각하면 마음이 착잡해요.

지금도 범인을 죽여버리고 싶어요. 자살이라니 용서 못 해요. 어
떻게 그렇게 끝까지 비겁할 수 있죠? 교활한 인간. 바로 죽이는 건
너무 친절해요. 조금씩 독을 먹여서, 웩웩 토하게 해서, 자기가 토한
오물에 범벅이 돼서 바닥을 기어 다니게 해야 돼요. 사람들이 맛본
고통을 며칠씩 당하게 하면서 그게 어떤 거였는지 알게 해주고 싶어
요. 지금도 그렇게 생각해요.

4

어머니가 아오사와 가에 다니기 시작한 시기요?

제가 철이 들었을 때는 이미 다니고 계셨어요.

원래 저희 외가가 대대로 그 댁 정원을 관리하고 있었거든요. 작
은 조경회사를 하고 있었는데, 어머니의 할아버지 대부터 그 댁 정
원 관리를 맡게 됐다고 해요. 그래서 어머니는 어렸을 때부터 할아
버지나 아버지를 따라 그 댁에 드나들면서 아오사와 가 분들께 귀여
움을 받았다더군요. 어머니가 시집갔을 때는 좋은 선물도 주셨다고
들었어요.

그 댁 마님은 기독교인이셨거든요. 늘 온화하시고 짜증을 낸다든

지 언성을 높이는 걸 들어본 적이 없다고 어머니가 말씀하시곤 했어요. 아가씨가 시력을 잃었을 때도, 백방으로 손을 써도 방법이 없다는 걸 알게 돼서 주인님이 몹시 낙심하셨을 때도 마님이 '이것도 하느님의 뜻이에요' 하고 위로하셨다더군요.

그래서 마님이 봉사 활동을 열심히 하시게 되면서 집안일을 거들어줄 사람이 필요하다는 이야기가 나왔을 때 맨 먼저 저희 어머니 이름이 거론된 거예요. 어머니도 어렸을 때부터 잘 아는 댁이기도 하고 도움이 된다면 얼마든지, 하고 승낙하셨고요. 그러니까 사건이 있던 당시에는 한 20년 가까이 다니시지 않았을까요? 네, 딸인 제가 이렇게 말하기도 뭐합니다만, 명랑하고 부지런한 분이라 그 댁에서도 어머니를 아끼셨다고 생각해요. 그 댁 자녀분들도 어머니를 많이 따랐고요. 그중에서도 막내 도련님은 어머니한테 곧잘 어리광을 부려서, 전 어른이 돼가지고도 질투한 적이 있었어요. 우리 엄마인데, 하고 말이죠. 어머니도 도련님을 아주 많이 귀여워하셨어요. 그 정도로 어머니는 그 댁과 가까웠답니다. 따님이신 히사코 아가씨랑 큰아드님이신 노조무 도련님은 나이에 비해 무척 차분하고 손이 안 가는 우수한 아이들이었으니까, 개구쟁이 막내 도련님을 귀여워하신 마음도 알 것 같아요.

하여튼 특별한 분위기가 있는 집이었어요.

옛날 좋은 집이라는 건 다 그런 식이었을까요?

천장이 높고, 일본식과 서양식이 자연스럽게 어우러져 있고, 레이스 덮개를 덮은 소파 세트가 있고, 창문에는 묵직한 커튼이 걸려 있고…… 꼭 영화에 나오는 집 같았답니다.

늘 음악이 흐르고 있었어요. 클래식이랑, 영어 노래랑, 화사하고 고상한 음악이 흐르고 있었죠. 주인님이 음악을 좋아하시기도 했지만, 라디오를 내내 틀어놓는 건 히사코 아가씨를 위해서라고 했어요. 소리가 들리는 방향으로 방의 위치를 쉽게 알 수 있게 하는 거라고요.

저도 어렸을 때부터 어머니 심부름으로 뭘 들고 가거나 어머니를 부르러 간다거나 해서 1년에 몇 번씩은 그 댁에 드나들었거든요. 하지만 어머니나 동생하고는 달리 전 그 댁 분위기에 도무지 익숙해지지가 않았어요.

너무 다르다고 할까요. 어쩐지 무대 세트 같고.

늘 손님이 와 있는 댁이었어요. 여기저기서 이야기 소리가 들리는데, 다들 연극 대사처럼 고상한 말만 써서 늘 기분이 이상했죠. 동생은 오래 있고 싶어했지만, 전 십 분도 있을 수 없었어요. 외국에서 수입한 시계랑 오르골이랑 생전 처음 보는 인형 같은 아름다운 고급 물건이 많으니까, 동생은 자주 그 댁에 가서 그런 물건들을 부러워하면서 구경하곤 했답니다.

전 아니에요. 잠깐만 있어도 독특한 공기에 압도당해서 금세 안절부절못하게 되곤 했죠. 그래서 늘 부엌 뒷문에서 어머니를 불러서 부탁받은 물건만 전해준 다음에 바로 돌아오고, 그 댁 분들을 봬도 인사만 꾸벅하고 돌아오는 식이었어요. 제 엄마와 달리 낯을 가리는 아이라는 말을 자주 들었죠. 어머니도 동생이 그 집에 한번 오면 영 갈 생각을 안 하는 걸 알고 있었기 때문에 동생 몰래 저한테 심부름을 시키셨어요. 저 같으면 쓸데없는 말 않고 바로 돌아오니까요.

어쩐지 콧속이 찡해지는 냄새가 났어요.

소독약 같은 냄새. 병원이라 그런 건 줄 알았거든요.

그런데 어머니랑 동생은 소독약 냄새가 안 난다는 거예요. 어머니한테 그런 말을 했더니, 의원이랑 살림집은 완전히 분리되어 있으니까 댁에 소독약 같은 건 없다고 하시데요. 병원이라 생각해서 괜히 그런 기분이 드는 거 아니냐고요.

하지만 꼭 나던걸요. 부엌 뒷문을 열 때마다 콧속이 찡해지는 냄새가. 뭐라고 할까, 싸늘한, 흠칫 놀라게 되는 냄새. 늘 거절당하는 느낌이 들었어요.

그러니까 그 냄새가 싫었던 건지도 모르죠. 병원도 아무리 인테리어에 신경 쓰고 간호사들이 방글방글 웃어도, 그 냄새를 맡으면 아아, 여기는 병원이구나, 삶과 죽음이 갈리는 곳이구나, 그런 생각이 들잖아요? 그 집에 가면 그런 기분이 드는 거예요. 여기선 들떠 있으면 안 돼, 진지하고 똑바르게 있어야 돼, 정신 똑바로 차리고 조심해야 돼. 그런 기분이 들어서, 한시라도 빨리 벗어나고 싶어서 마음만 조급해지곤 했어요.

물론 이런 식으로 생각하는 사람은 소수예요. 그 점을 착각하시면 안 돼요.

그 댁은 오래전부터 독지가로 존경받는 댁이었고, 아이들이랑 젊은 사람들은 그 댁을 동경했어요.

옛날에 콜레라였는지 뭐였는지 그런 병이 유행했을 때도 일가가 총출동해서 헌신적으로, 돈도 안 받고 수많은 환자를 돌봐줬대요. 전쟁 전 일이겠지만, 제가 어렸을 때는 그때 일을 감사하게 생각하는 사람이 아직 많이 남아 있었어요. 이 느낌을 잘 설명 못하겠는데, 하여튼 그 댁은 특별한 댁이었어요.

예를 들어…… 지금은 저도 편의상 '아오사와 가'라고 하고 있지만, 사람들은 그 댁 이야기를 할 때 절대 성으로 안 부르거든요. 저도 꽤 오랫동안 그 댁 성이 아오사와라는 걸 몰랐을 정도랍니다.

그럼 사람들이 뭐라고 부르느냐 하면 '둥근 창 댁'이라고 해요. '둥근 창 댁이', '둥근 창 댁에서는' 하는 식으로 부르곤 했어요.

둥근 창. 말 그대로 동그라미 모양을 한 창문이에요.

석조 주택 벽에 옛날 잠수함 그림 같은 둥그런 창문이 세 개 늘어서 있는데, 그게 아주 인상적이거든요. 옛날 그 댁 당주 어른이 의학을 공부하러 독일에 가셨을 때 알게 된, 거기서 유학 중이던 건축가가 설계했다나요. 하지만 집을 지은 사람은 일본 목수니까요, 창문의 타일 같은 데는 척 봐도 일본 미장이가 시행착오를 거치면서 만든 티가 나고 어딘지 모르게 일본풍이랍니다. 파란빛이 도는 녹색 불투명 유리가 끼워져 있었어요.

안을 얼핏 본 적이 있는데, 쪽방 세 개가 나란히 붙어 있었어요. 각각의 크기는 4분의 1평쯤 될까요. 가운데는 세면소라, 깊은 개수대가 하나 있어요. 양동이에 물을 받는다든지, 개수대에 바로 물을 받아 쓸 수 있게 돼 있었죠. 그 양옆의 방에는 나무문이 달려 있는데, 오른쪽 방에는 전화가 놓여 있어요. 그리고 왼쪽 방에는 선반이 하나 있을 뿐, 다른 건 아무것도 없고요. 제가 봤을 때는 꽃을 꽂은 꽃병이 달랑 놓여 있을 뿐이었죠. 이상해서 어머니한테 뭐 하는 방이냐고 여쭤봤더니, 왜 그런지 말끝을 흐리면서 '마님의……'라고만 하셨어요.

확실하게 들은 건 아니지만, 마님이 혼자 기도를 드릴 때 쓰시는 방 같았어요. 처음부터 그런 용도였는지 아닌지는 모르겠어요. 왜, 서양 영화에서 신부님이 공중전화 부스 같은 작은 방에 들어가서 찾아온 사람의 얼굴이 안 보이게 하고 고해를 듣는 장면 있죠? 저는 막연히 그 방에서 그런 분위기를 느꼈답니다.

멀리서도 그 세 개의 쪽방에 불이 밝혀져 있는 게 잘 보였어요.

겨울에 학교 끝나고 집으로 돌아오는 길에 친구랑 장난삼아 내기를 하곤 했답니다. 그 앞을 지날 때 그중에 몇 개나 불이 켜 있나 하는 거죠. 눈이 내릴 때는 낮에도 컴컴하니까요, 마치 그 집이 눈 내리는 바다에 뜬 배처럼 보였어요.

그 댁은 모르는 사람이 없는, 그 지역의 중심이었던 거예요.

6

그래요, 히사코 아가씨랑 노조무 도련님은 아오사와 가의 공주님, 왕자님이었어요.

살빛이 하얗고, 호리호리하고, 얼굴도 미남 미녀고요. 어디에 있든 눈에 띄었어요. 눈에 띈다기보다, 무의식중에 눈을 뗄 수 없게 된다고 할까요. 어쩐지 동화에 나오는 사람들 같았어요. 너무 모든 걸 다 갖추고 있는 거예요. 볼 때마다 저희하고는 사는 세계가 다르구나, 그런 생각이 들었어요.

묘한 사람들이었어요, 그 두 사람은.

소위 좋은 댁의 아가씨, 도련님이라는 사람들을 그 외에도 여러 명 봤지만, 그 두 사람은 어딘가 저희의 이해를 거부하는 부분이 있었어요. 버르장머리가 없다든지, 천진난만하다든지, 아니면 완벽하다든지, 반항적이라든지, 좋은 집에서 잘 자란 사람들은 대개 알 수 있잖아요? 아아, 좋은 환경에서 곱게 잘 자라서 이렇게 된 거구나, 뭐 그렇게요. 세상사에 좀 초연한 점은 그 두 사람도 마찬가지였지만, 어떤 식으로 초연한가 하는 부분이……

잘 표현을 못하겠네요. 흠잡을 데가 없는 사람들이었어요. 아름답고, 냉정하고, 머리가 좋고, 온화하고, 예의 바르고, 설친다든지 거만하게 구는 일이 절대 없어요. 아무도 그 두 사람에 대해 뭐라고 할 수 없었을 거예요.

저도 조금은 알 수 있어요. 줄곧 당연한 것처럼 동경과 숭배를 받는다는 게 얼마나 힘든 일인지.

스타로서 산다는 건 쉬운 일이 아니에요. 계속 주목받아야 하고, 조금이라도 이상과 어긋나는 행동을 하면 비난이 쏟아지고 순식간에 스타의 자리에서 쫓겨나죠. 스타라면 은퇴하면 그만이지만, 그 사람들은 몇 대씩이나 이어져 내려오는 세습제 스타니까요. 죽기 전에는 은퇴할 수도 없어요. 그런 거 아니겠어요?

그 두 사람한테는 체념 같은 게 있었어요. 자기 처지에 대한 체념. 거창하게 들릴지도 모르겠지만, 자기들의 세계에 대한 체념 같은 게 느껴지곤 했어요. 절망이라고 해도 될지도 몰라요. 그 두 사람은 절망하고 있었기 때문에 그렇게 상냥하고 흠잡을 데가 없이 완벽했는지도 모른다, 그런 생각이 들어요.

특히 히사코 아가씨가.

7

사건 당일에 관해서는 제가 할 수 있는 이야기가 없어요. 저도 신문 기사에 나온 정도밖에 몰라요.

어머니한테 직접 그날 있었던 일을 여쭤보려는 생각은 눈곱만치도 해본 적 없어요. 만약 어머니가 말씀하시고 싶어하면 들어야지 생각은 했어도, 어머니가 말씀하시고 싶지 않은 것, 잊고 싶어하시는 것을 굳이 물을 필요는 없잖아요. 결국 어머니한테 그날 이야기를 처음부터 끝까지 들은 적은 한 번도 없었어요.

하지만 몇 번이고 찾아와서 끈기 있게 어머니의 이야기를 듣던 형사님은 느낌이 참 좋으신 분이더군요. 쉰 살쯤 된 남자분이랑 포동포동한 여경분이 늘 함께 오셨는데, 남자분은 언뜻 보기에는 전혀 형사님 같지 않고 굳이 말하자면 학교 선생님 같았답니다. 외모는 딱딱해 보이셨지만, 온화하고 성실한 분이었어요.

손재주가 있으신 분이라, 병원 복도에서 뭔가를 하시는구나 싶어서 보면 작은 종이로 학을 접고 계시는 거예요. 제가 의아한 얼굴로 쳐다보면, 쑥스러워하시면서 쓴웃음을 띠곤 하셨죠. 원래 담배를 굉장히 많이 피우셨는데 의사한테 경고를 받아서 담배 생각이 날 때는 학을 접으신대요. 지금은 뭔가 생각할 일이 있을 때 학을 접는 게 버릇이 됐다고 겸연쩍게 웃으셨답니다.

전 몰랐는데, 옛날부터 연학連鶴이라고, 학을 접는 방법이 굉장히 많다고 하네요. 에도 시대에는 이세 지방의 한 스님이 '비전秘傳'으로 연학을 접는 방법을 쓴 책을 내기도 했대요. 그 형사님은 그중 몇 개를 그 자리에서 접어 보여주시곤 했어요. 커다란 학 꼬리에 조그만 학이 올라앉아 있는 거라든지, 여러 마리가 손에 손을 잡고 원을 만들고 있는 거라든지, 물에 비친 그림자처럼 배가 맞닿아 있는 거라든지요. 조그만 가위로 짤각짤각 잘라서 마술처럼 학을 접어 보이곤 하셨죠. 하나하나에 아주 풍류 넘치는 이름이 붙어 있었답니다. 전 그때도 여전히 몸 상태가 안 좋았고, 병원 복도에 앉아 있으면 환자라고 생각하고 간호사분들이 괜찮으냐고 물을 정도였으니까, 형사님 눈에도 제가 어지간히 딱해 보였겠죠. 늘 친절하게 대해주셨어요. 아, 맞아요, 물에 비친 그림자 같은 학만은 이름이 생각나네요. '꿈이 찾아드는 길'이라나 봐요. 아름다운 이름이죠?

두 분은 의사 선생님의 허락을 받고 날마다 찾아와서 조금씩 이야기를 듣곤 했어요.

어머니도 처음에는 전혀 반응이 없으셨지만 점점 두 분을 신뢰하게 되면서 이야기하는 시간이 조금씩 길어졌던 기억이 나요. 하지만 어머니 이야기에 범인을 알 수 있는 단서는 없었을 거예요. 친해진 다음에도, 어머니를 만나고 돌아가시는 형사님들 얼굴은 밝지 않았거든요.

신문이랑 주간지 기사를 읽을 때마다 얼마나 힘들었는지 몰라요. 무슨 일이 일어난 건지 알고 싶어서 처음에는 신문을 여러 종류 사다가 읽곤 했지만, 저희 어머니를 의심하는 소문이 돌기 시작한 다음부터는 무서워서 신문을 읽을 수가 없게 됐어요. 신문을 펼치면 관련 기사가 있는 부분만 떠올라서 가시처럼 가슴에 박히는 것 같았어요. 그 감촉이 진짜로 느껴지는 거예요. 신문을 펼치려다가 몇십 분이고 꼼짝 못 할 때도 있었어요. 남편이 먼저 읽고 괜찮다고 말해준 다음에야 겨우 신문을 펼칠 수 있었을 정도였어요.

그런 상태가 두 달 가까이 이어졌어요. 수사는 완전히 암초에 올라앉아 있었으니까요. 그 무렵에는 별로 얼굴을 내밀지 않으시던 형사님들이 오랜만에 오셨을 때는, 피로와 고뇌 때문에 얼굴이 말이 아니셨어요. 그 얼굴을 본 순간, 다시금 노여움과 절망이 솟구쳤어요. 이런 나날이 대체 언제까지 계속돼야 하는가. 이렇게까지 애를 쓰는 분들도 있는데, 게다가 우리가 낸 세금이 나가는데, 대체 언제까지 우리가 이런 꼴을 당해야 하는 건가. 뭘 원망해야 할지, 누구를 비난해야 할지 몰라서 괴로운 나날을 보냈답니다.

8

범인이 죽었다는 뉴스는 정말이지 마른하늘에 날벼락 같았어요.

본 적도, 들은 적도 없는 이름. 매스컴은 불난 집처럼 난리가 났지만, 저희는 그저 어안이 벙벙할 뿐이었어요. 사건의 중심부에 있던 사람들만이 동그마니 남겨져 있었던 거예요.

순식간에 범인이라는 남자의 인생이 파헤쳐져서 신문이랑 잡지를 메웠지만, 어쩐지 어디 머나먼 다른 세상에서 일어나는 일 같았어요. 저희는 지칠 대로 지쳐 있었어요. 어머니조차도 범인이 체포됐다는 기사를 읽고도 별 반응을 보이지 않으셨어요.

가슴속에 불안이 차츰차츰 차오르는 것 같았어요.

이걸로 끝난 건가.

이런 식으로 끝나는 건가.

우리는 앞으로도 이대로 살아야 하는 건가!

싱거운 결말에 모두 공포에 가까운 절망을 느꼈어요. 뭐니 뭐니 해도 범인은 이미 죽은 사람이었으니까, 매스컴의 광란은 사건이 처음 발생했을 때에 비하면 순식간에 가라앉았어요. 사건은 눈 깜짝할 새에 이미 끝난 일로 잊혔던 거예요.

저희는 '세간'에 버림받은 거예요.

하지만 이상하게도 범인이 잡힌 날부터 신문이랑 잡지가 더 이상 무섭지 않더군요. 마술이 풀린 것처럼 아무것도 무섭지 않게 됐어요. 사건에 관한 기사를 읽어도 아무 느낌이 안 들게 됐어요.

형사님이 일부러 집까지 사건이 종결됐다는 보고를 하러 와주셨어요. 짙은 회색 양복을 보고 아아, 벌써 가을이 됐구나 하고 생각했답니다.

형사님은 온화한 표정을 하고 계시긴 했지만, 어딘지 모르게 착잡해 보였어요. 그건 저희도 마찬가지였으니까, 오랫동안 서로 거북하게 고개를 떨어뜨리고 쭈뼛쭈뼛하고 있었어요.

범인이 독이 든 술을 갖고 온 건 확실한 것 같습니다, 하고 형사님이 말씀하셨어요.

암암리에 진범이 따로 있을지도 모른다고 내비치는 것 같은 말투였지만, 그 이상은 아무 말씀 안 하시더군요.

전 다른 방향을 쫓고 있었습니다만.

가실 때, 현관에서 신을 신으시면서 그분이 혼잣말처럼 중얼거리셨던 기억이 나요.

그게 누구죠?

저도 모르게 물었더니, 형사님은 '아뇨' 하고 웃기만 하고 대답은 안 하셨어요. 그리고 문득 생각난 것처럼 주머니에서 '꿈이 찾아드는 길' 학을 꺼내서 어머니께 주셨어요.

평소에 쓰시던 싸구려 종이가 아니라, 금박을 박은 예쁜 일본 종이로 접은 거였죠.

건강하십시오, 당신이 죄의식을 가지실 일은 전혀 없습니다, 건강하십시오. 형사님은 그렇게 시를 읊듯 말씀하셨어요.

어머니는 학을 받아 드시더니 그 자리에 주저앉아서 왈칵 울음을 터뜨리셨어요. 다들 놀라서, 저랑 형사님이 어머니를 부축했지만 어머니는 울음을 그치지 않으셨어요.

아니에요, 형사님, 아니에요, 제가 이렇게 살아남으면 안 되는 거였어요, 하고 어머니는 통곡을 하면서 띄엄띄엄 말씀하셨어요. 뭐가 아니라는 거야, 왜 그런 말을 해, 엄마는 아무 잘못 없잖아, 하고 저도 울면서 말했지만, 어머니는 아니에요, 아니에요, 하고 고개를 흔들면서 우시기만 했어요.

형사님은 아무 말씀 안 하고 그냥 가셨어요.

저랑 어머니는 바깥까지 배웅 나가서, 얼마 동안 둘이 붙들고 울었어요.

어머니는 뭐를 아니라고 한 건지, 그것도 돌아가실 때까지 말씀 안 하셨어요.

그 학은 지금도 어머니 위패 앞에 놓여 있답니다.

9

전 히사코 아가씨가 무서웠어요.

이유는 모르겠어요. 말로는 설명이 안 돼요.

간단히 말하면, 질투한 거겠죠. 앞이 안 보이긴 했지만, 그 사람은 모든 걸 갖고 있었으니까요. 아니, 앞이 안 보였기 때문에 그 사람은 모든 걸 손에 넣은 거예요. 이런 말을 하면 앞이 안 보이는 사람은 화를 내겠죠. 하지만 히사코 아가씨는 평범한 사람이 아니었어요. 다른 사람의 기준으로는, 저희들의 기준으로는 비교가 안 돼요.

그 사람은 자기 눈을 주고 대신 세상을 손에 넣은 거예요. 그리고 그 세상은 저희가 아는 세상하고는 다른 거였어요. 전 자꾸 그 사람이 누군가하고 거래를 해서 그걸 손에 넣었다는 생각이 들었어요. 이 세상에 태어났을 때부터, 눈을 줄 테니까 대신 세상을 달라고 한 게 아닐까, 그런 생각이 들어요. 그래서 전 그 사람이 무서웠어요.

히사코 아가씨가 그네를 타는 걸 본 적이 있어요.

가까운 놀이터에 있던 작은 그네였죠.

그 사람은 어렸을 때 그네에서 떨어져서 시력을 잃었는데도 그 뒤로도 그네를 좋아했어요.

황혼녘에 그네를 타는 그 사람을 봤을 때, 저도 모르게 오싹하더군요.

필사적이라고 해도 될 만큼 열심히 발을 굴러서 꽤 높은 데까지 올라가는 거예요. 괜찮을까 싶어서 보는 사람이 불안해질 만큼.

그리고 그네를 타는 그 사람의 표정이 말이죠.

만면에 미소를 띠고 있는 거예요.

환한, 세상을 손에 넣은 것 같은 얼굴.

그런 표정은 다른 때의 히사코 아가씨한테서도, 다른 사람한테서도 본 적이 없어요. 그 얼굴을 봤을 때, 전 죄의식 같은 걸 느꼈어요. 어쩐지 인간이 보면 안 되는 걸 본 것 같았어요.

문득 발밑이 푹 꺼지는 것 같았어요.

한순간, 그 사람이 그네를 타면서 느끼는 세계를 본 것 같은 착각이 들었거든요.

새하앴어요. 상하좌우, 아무것도 없는 새하얀 허무의 세계. 끝없이 펼쳐지는 우주 공간 같은 곳에서 그 사람이 탄 그네만 흔들흔들하고 있었어요.

아아, 그렇구나.

그 순간, 전 깨달았어요.

히사코 아가씨는 어렸을 때, 이 그네 위에서 누군가와 거래를 했구나. 누군가가 그네를 타는 그 사람한테 네가 갖고 있는 뭔가를 주면 대신 세상을 주마, 어떠냐, 했구나.

그 사람은 거래에 응하고, 다음 순간 스스로 손을 놓았구나.

10

사이가 씨에 관해서는 아는 게 거의 없군요.

어렸을 때 그 댁에서 몇 번 본 적이 있는 정도예요. 얌전하기는 하지만 대충 얼버무리는 게 통하지 않는 야무진 아이였다는 인상이 있어요. 모두 시끌시끌하게 떠들어도 혼자 가만히 주위를 관찰하고 있다고 할까요. 저희 동생도 호기심을 감추지도 않고 뭐든지 노골적으로 빤히 쳐다보는 애였지만, 그것하고는 또 좀 다르죠. 마키코는 흔들림이 없어요. 어렸을 때부터 중심이 똑바로 서서 그 뒤로도 절대 흔들리지 않을 그런 아이였어요.

어머니를 찾아왔을 때는 그게 마키코인 줄 몰랐답니다.

어머니가 편지를 주고받고 만나기로 했다는 건 알고 있었지만, 그 상대가 그 당시 이웃에 살던 아이인 줄은 어머니한테 이야기를 들을 때까지 몰랐어요.

어머니는 반가워하셨어요.

겨우 그 사건의 후유증에서 서서히 벗어나던 시기였으니까요. 사이가 씨 부탁을 받고, 어머니도 누구한테 이야기를 해두어야겠다고 생각하셨는지도 모르죠.

다행이라고 생각한 것도 사실이에요. 언젠가 한번은 매듭을 지을 필요가 있다, 마음을 정리하는 것도 나쁘지 않다고요. 아버지도 처음에는 반대하셨지만, 어머니가 '난 괜찮아요, 후회하지 않아요' 하셔서 결국 반대를 접으셨어요.

그러고 나서 한 달에 한 번쯤일까요, 사이가 씨가 찾아와서 어머니하고 몇 시간씩 이야기를 나누곤 했어요.

사이가 씨는 아주 성실한 아가씨로 자랐더군요. 이 아가씨가 그때 그 아이인가 생각하니까, 어렸을 때 성격 그대로 자랐다는 인상이 올 때마다 점점 강해졌어요.

아뇨, 늘 혼자였어요. 누구랑 같이 온 적은 한 번도 없었는데요.

가끔씩 어머니가 흐느껴 우시는 소리가 들려와서 안절부절못하곤 했는데, 사이가 씨가 왔다 간 다음에는 되레 후련한 표정이셔서 맥이 빠지곤 했답니다. 지금 생각해보면, 아무한테도 할 수 없었던 과거의 이야기를 하는 데에 상담 치료 같은 효과가 있었을지도 모르겠어요. 아버지도 '걱정했는데 오히려 잘된 것 같구나' 하고 말씀하셨을 정도예요.

하지만 책이 나오고 나서 벌어진 소동 때문에 어머니는 다시 두문불출하시게 됐어요.

과거의 사건을 다시 파헤치려는 움직임이 몇 번 있어서 저희도 신경을 곤두세워야 했어요. 그때는 사이가 씨를 원망했죠. 책으로 낸다는 이야기는 원래 없었던 이야기 아닌가, 졸업논문 자료라고 하지 않았나. 아버지도 저도 펄펄 뛰고 화를 냈어요.

하지만 저희가 항의하는 걸 어머니가 허락하지 않으셨어요.

괜찮아요.

어머니는 당신 자신을 설득하듯 몇 번이고 그렇게 말씀하셨답니다. 어머니가 그렇게 말씀하시는 이상, 아버지도 저도 뭐라고 할 수는 없는 노릇이었죠.

소동이 벌어졌을 당시에 어머니는 집에 틀어박히시기는 했어도, 사건 당시처럼 빈껍데기만 남은 것 같다든지, 허무에 젖어 있다든지 그런 게 아니라 오랜 시간 혼자 생각에 잠겨 계신다는 느낌이었어요. 표정도 또렷하셨고, 사이가 씨하고 이야기를 하느라고 꺼내둔 옛날 앨범이랑 편지를 뒤적이시면서 매일 사색에 잠겨 있었다고 하는 게 옳겠네요. 오히려 배짱이 생기신 것 같기도 했어요. 주변의 잡음이 전혀 안 들리신 게 아닐까 하는 생각도 들고요. 그래서 저희도 어머니를 그대로 내버려두었어요. 전에 그랬던 것처럼 안 들리는 척하고 있으면, 세상 사람들은 금세 다음 이야깃거리로 옮겨가니까요. 이윽고 그 책도, 생각에 잠긴 어머니도 뒤에 남겨졌어요.

어머니가 그 책을 놓고, 서안書案 앞에 앉아서 사진들을 보시던 모습만이 눈앞에 선명하군요.

사이가 씨는 그 뒤로 한 번도 못 만났어요.

지금은 어떻게 지내고 있을까요. 그 뒤로 책을 냈다는 이야기는 못 들었는데 말이죠.

11

전 그 책을 안 읽어봤어요.

이번에 당신한테 연락을 받고 처음 책을 훑어본 정도랍니다. 저희

가족에게는 꺼림칙한 책이었으니까요. 그렇다고 버릴 수도 없었지만 말이에요.

아까도 말씀드린 것처럼, 어머니는 돌아가시는 그날까지 가족한테 그 사건에 관한 이야기를 안 하셨어요.

형사님이 인사하러 오셨을 때 왜 아니라고 하신 건지도 몰랐어요.

하지만 책을 읽다 보니 기억이 토막토막 되살아나더군요.

어머니는 사건에 관해 처음부터 끝까지 이야기를 하신 적은 없지만, 어떤 계기에 잠깐씩 언급하신 적은 있었어요.

사이가 씨가 집으로 찾아오던 때도, 사이가 씨가 간 다음에 흥분하신 탓인지 혼잣말처럼 얼핏 말을 흘리신 적이 있었거든요.

그러고 보면 전화가 왔었다, 라고요.

제가 별생각 없이 무슨 전화? 하고 여쭸더니, 그날 말이야, 하고 어머니는 말씀하셨어요.

어머니의 눈은 아득히 먼 곳을 보며 번득이고 있었어요.

그래, 맞아, 전화가 왔었어, 때마침 다 같이 건배를 든 순간에. 난 잔에 입을 대고 나서 맛이 좀 이상한 술이네, 하고 머리 한구석으로 생각했지만, 전화가 신경 쓰여서 바로 잔을 내려놨어. 그 댁에서 전화를 받는 건 내 일이었으니까. 워낙 시끄러운 전화라, 벨이 울리면 잔치 분위기가 망가지니까 말이야. 그래서 허둥지둥 전화를 받으러 간 거야.

전화벨이 울리기 전에 막연하게 알 수 있잖니? 벨이 울리기 전에 딸깍 하고 특유의 소리가 나잖아. 난 귀가 좋았으니까 잔에 입을 댄 순간 그 소리를 들은 거겠지. 그래서 그 소리에 정신이 팔려서 술을 별로 안 마셨던 거야.

누구 전화였는데? 하고 흥미가 생겨서 여쭤봤어요. 어머니가 이야기하고 싶어하시는 것처럼 보였기 때문이에요. 그런 일은 좀처럼 없었거든요.

여자였어, 젊은 여자. 이름은 안 밝히더라. 뭐였더라, 이상한 말을 했는데. 에에, 모두 안녕하신가요, 별고 없으신가요? 같은 말을 우물쭈물 했어. 어디시죠? 어느 분을 바꿔드릴까요? 했더니, 야윈 개를 못 보셨나요? 하고 또 이상한 말을 하는 거야. 장난 전화인가 생각하는데 갑자기 속이 울렁거리고 현기증이 났어. 순간 집 안이 어두워진 것 같았지. 왜 그러지 하는데, 수화기 저쪽에서 앗! 하더니 갑자기 전화를 끊더라. 하지만 그때는 나도 이미 눈앞이 캄캄해지고 욕지기가 심하게 났기 때문에, 그 소리를 듣고 거의 동시에 나도 수화기를 내려놓고 말았어.

전화에 대한 이야기를 경찰한테 하셨는지는 모르겠군요.

그때 처음 생각난 것 같은 말투였으니까 어쩌면 사건 당시에는 잊어버리고 계셨을지도 몰라요.

그렇다면 어떻게 될까요. 모두 안녕하신가요, 별고 없으신가요, 이런 걸 묻다니 꼭 사건에 대해 아는 것 같잖아요. 사람들이 독을 먹었는지 아닌지 확인하는 전화가 아니었을까요? 야윈 개라는 것도 술을 운반한 남자를 가리키는 걸지도 모르죠.

어쩌면 정말 공범이 있었을지도 모른다. 어쩌면 전화를 건 그 여자가 진범이었을지도 모른다. 밤중에 잠자리에 누워서 그런 생각을 하면 안절부절못하겠어요. 그 형사님을 찾아내서 이야기해볼까 생각한 적도 있었지만 벌써 오래전에 퇴직하셨을 테고, 게다가 사건은 끝난 걸로 돼 있으니까요. 낮이 되면 늘 뭘 이제 와서 새삼, 하고 마음을 고쳐먹곤 한답니다.

그리고 또 하나, 어머니가 하신 이야기 중에 생각난 게 있어요.

사건 당일에 일을 도와주러 와 있던 여자 중 한 명이 남자가 가져온 술이랑 주스를 나르다가 뭔가를 밟고 넘어질 뻔했대요.

어머, 큰일 날 뻔했네, 하고 바닥을 보니까 빨간 미니카가 있더라.

어머니는 그렇게 말씀하셨어요.

도련님 건 아니야. 도련님은 장난감이 더러워지는 걸 싫어해서 그 많은 미니카를 죄다 전용 케이스에 넣어두고 집 안에서만 갖고 놀았거든. 하지만 그 미니카는 진흙이 잔뜩 묻어 있었어. 이미 말라붙어 있었지만, 바깥에 내내 내놓은 게 아니었을까. 그걸 누가 집 안으로 갖고 들어온 거야. 도련님이 그랬을까. 그건 누구 거였을까. 지금에 와선 아무래도 상관없지만, 어째서 그런 데 놓여 있었을까.

하지만 차라리 넘어졌으면 좋았을걸. 그럼 술이랑 주스를 마신 사람이 줄었을 텐데.

어머니는 분한 듯이 그렇게 말씀하셨어요.

이 이야기도 지금 생각하면 어쩐지 마음에 걸리네요.

혹시 집 안에 사건이 일어날 걸 아는 사람이 있었던 게 아닐까요.

어느 정도였는지, 그 사람이 사건에 관여돼 있었는지 아닌지는 몰라요. 하지만 그 사람은 음료수에 독이 든 걸 알고 사람들이 그걸 마시는 걸 막으려고 했다는 생각이 들어요. 그야 미니카가 놓여 있던 정도로는 영향이 없겠지만, 커다란 쟁반을 들고 분주하게 돌아다닐 때 타이어가 굴러가는 미니카를 밟으면 어떻게 될지는 상상이 되잖아요? 복도는 나무 바닥이었고, 슬리퍼는 안 그래도 걷기 불편하니까 위험하죠.

그냥 억측일 뿐이지만요.

그래서 요즘 이것저것 신경이 쓰이네요.

이 나이가 돼서 어머니한테 숙제를 받은 느낌이에요. 전 어떻게 하면 좋을까요.

요즘 들어 새벽에 늘 똑같은 꿈을 꿔요.

전 하얀 호수 위를 걷고 있어요. 닌자처럼 수면 위를 찰랑찰랑 소리를 내며 걷고 있는 거예요. 저 앞에 어머니가 기다리고 계시거든요. 저 앞에 '꿈이 찾아드는 길'이 있고, 거기 가면 어머니를 만날 수 있다는 걸 꿈속의 전 알고 있어요.

전 그저 열심히 물 위를 걷고 있어요. 주위에 안개가 자욱해서 아무것도 안 보이지만, 저 앞에 어머니가 있다는 건 확실해요.

전 서두르고 있어요. 문득 밑을 봤더니 제가 걷는 모습이 물 위에 비쳐 있어요.

제 밑에 거꾸로 뒤집힌 제가 걷고 있어요.

전 제 얼굴을 들여다봐요.

하지만 잘 보니까 제가 아닌 거예요.

히사코 아가씨예요.

제 밑으로 거꾸로 뒤집힌 히사코 아가씨가 걷고 있는 거예요.

전 비명을 질러요. 히사코 아가씨를 떨쳐버리려고 필사적으로 뛰어요.

하지만 제 발밑에서 히사코 아가씨도 똑같이 필사적으로 뛰어요. 제가 아무리 뛰어도 히사코 아가씨가 저랑 똑같은 속도로 따라와요.

무서워 죽겠어요.

전 뛰고, 뛰고, 또 뛰어요. 아아, 이 이상 뛰다간 심장이 터져버릴 것 같아.

그렇게 생각한 순간 꿈에서 깨요.

12

어머니는 매년 사건이 있었던 날에 아오사와 가의 산소를 찾아가셨어요. 늘 혼자 가셨고, 가족들은 아무도 같이 갈 생각을 안 했어요.

어머니가 돌아가신 다음엔 아무도 안 갔죠.

하지만 올해는 제가 어머니 대신 갈까 해요. 그 사건이 있었던 날에, 어머니가 그랬던 것처럼.

어머니는 유골의 일부를 바다에 뿌려달라고 하셨어요. 어머니는 바다가 보이는 집에서 자라셨거든요. 초등학교도 바다에서 바로 길 하나 건넌 곳에 있었기 때문에 늘 파도 소리 속에 계셨대요. 유골의 일부를 남겨두긴 했지만 바다에 뿌릴 결심이 당최 서질 않아서 계속 집에 보관하고 있었답니다.

하지만 올해, 아오사와 가 산소에 갔다가 어머니가 다니시던 초등학교까지 가서 거기서 바다에 뿌릴까 해요. 그리고 이 책을 한번 처음부터 제대로 읽어보려고요.

그러면 조금은 개운해질 것 같아요.

올해 여름도 덥네요.

그때도 이런 여름이었어요.

이 여름의 끝에 어머니의 유골을 바다에 뿌리는 게 합당한 일이라는 생각이 드는군요.

요즘 바다를 보면, 이상한 광경이 뇌리에 떠올라요.

바다 위에 그네가 드리워져 있어요.

그네의 사슬이 어디까지 이어져 있는지는 안 보여요. 높다란 구름 속으로 빛살처럼 한없이 뻗어 있어요.

그리고 그네는 천천히 흔들리고 있는 거예요, 바다 위에서.

물론 그네에는 그 사람이 앉아 있어요.

그날 제가 본 그 사람.

환한, 이 세상 것 같지 않은 미소를 띠고 그네를 타는 그 사람이.

전 눈부신 걸 참고 수평선 위에서 흔들흔들 그네를 타는 그 사람을 바라보고 있어요.

다른 사람들한테는 안 보여요. 그네가 보이는 사람은 저 하나뿐.

제가 그 사람을 본 날.

언제였느냐고요?

제가 황혼 속에서 웃는 얼굴로 그네를 타는 그 사람을 본 건 사건이 범인의 자살로 종결되고 나서 수백 명이 모인 합동 위령제를 마치고 돌아오는 길이었어요.

5

꿈이 찾아드는 길 1

1

그가 그 직업을 선택한 것은 개미 때문이었다.

길 옆 도랑에 단팥 아이스크림이 떨어져 있었다. 흐물흐물하게 녹은 연자주색 덩어리에 개미가 꾀어 있었던 것이다. 그걸 본 순간, 그곳이 자기에게 어울리는 곳이라는 생각이 들었다.

어렸을 때부터 착실하고 성적도 좋았기 때문에, 어머니는 그가 은행이나 무역상사 같은 곳에 취직하기를 바란 것 같다. 밑으로 동생이 셋 있었고 소목장이였던 아버지의 수입으로 가계를 꾸려나가기는 결코 쉽지 않았으므로, 그가 꼬박꼬박 월급이 나오는 직업을 갖는 것이 어머니의 절실한 소원이었다. 우수한 맏아들은 희망의 별이었으므로, 부모는 상당한 무리를 해가며 그를 고등학교에 보내주었다. 그도 부모의 기대에 부응할 생각이었고, 하루라도 빨리 독립해서 가계를 돕는 것은 어렸을 때부터 그의 바람이기도 했다.

고등학교 3학년 봄이 되어, 그는 되도록 여러 사람의 이야기를 들어봐야겠다고 생각했다.

물론 부모가 바라는 회사원이 제1지망이다.

그러나 아는 사람이 득의만만한 얼굴로 자기가 일하는 중견 무역 상사를 안내해주었을 때, 그가 느낀 것은 위화감이었다.

처음에 그는 그게 위화감인 줄 몰랐다. 처음으로 회사라는 곳, 사무실이라는 곳을 보고 놀란 줄 알았다.

활발하게 전화 통화를 하는 남자들, 하얀 블라우스가 눈부신 여사무원들. 활기가 있고, 세련되고, 밝은 미래가 흘러넘쳤다.

자신도 그 일원이 된다고 생각했을 때, 아마 그와 비슷한 또래의 청년이라면 얼굴이 상기되고 희망에 가슴이 부풀어 올랐을 것이다. 머지않아 자신도 저렇게 전화를 걸고 서류를 작성하고 젊은 여자들과 농을 주고받을 것이라고 상상했을지도 모른다.

그러나 그의 가슴속에 부풀어 오른 것은 위화감뿐이었다.

자신이 그들과 함께 일하는 모습이 전혀 상상이 되지 않았다.

그는 자신이 느끼는 위화감에 당황했다. 이유가 뭔가. 왜 자신은 이곳에 못 있겠다, 어울리지 않는다는 생각이 드는가.

회사에서 나온 다음 그런 기분을 털어놓자, 상대는 그것을 취직에 대한 불안이라고 생각한 모양이었다. 괜찮아, 회사에 들어갈 때는 다들 불안한 법이야. 데루 너 같으면 1년만 지나면 너끈히 잘 해낼 수 있을 거다. 숫자에도 강하잖냐. 위에서 경리 업무라도 맡겨주면 출세도 할 수 있어. 상대는 그렇게 호언장담했다.

모호하게 고개를 끄덕이긴 했지만, 가슴속의 위화감은 사그라질 줄 몰랐다.

왜 그럴까. 신문 배달이나 전표 정리도 해본 적 있고, 호안護岸 공사를 도운 적도 있다. 일하는 게 싫은 것도, 회사원 생활에 불안을 느끼는 것도 아니다. 그러나 그곳이 자기가 있을 곳이라는 생각이 당최 들지 않는다.

그는 고개를 갸우뚱했다. 단순히 인생 경험이 부족해서 이런 생각이 드는 걸까.

그런 생각에 교사에게 부탁해서 졸업생이 일하는 회사를 몇 군데 더 견학했다.

그러나 어디를 가도 똑같은 위화감을 느꼈다.

있는 그대로 솔직하게 설명하자면, 가짜 냄새가 난다고 할까.

사무실이라는 곳이 너무나도 표층적이라, 어쩐지 기만적으로 느껴졌다. 그가 느끼는 세상이라는 것, 인생이라는 것에 비해, 아무리 봐도 겉껍데기만 있는 것 같았다.

생각해보면, 어렸을 때부터 윤택하지 못한 생활환경 속에서 그는 늘 주위 사람에게 '착한 척한다', '잘난 척한다', '우리를 무시한다' 같은 말을 들었다. 실제로 자신은 다른 사람들과 다르다, 여기서 벗어나 가족을 편하게 해주고 싶다고 생각했던 것은 부정하지 않는다. 말로 표현한 적은 없지만, 구질구질하고 프라이버시가 없는 생활이 못 견디게 싫었다. 그러나 막상 벗어날 수 있게 되니, 그 앞에 있는 세계에서 어딘지 모르게 위화감이 느껴질 뿐만 아니라 솔직히 말해서 매력도 전혀 느껴지지 않았다.

그런 속마음을 아무에게도 털어놓지 못한 채 여름방학을 맞이한 그는 날마다 얼음을 운반하는 일을 했다. 이글이글 타오르는 태양 아래 땀범벅이 돼서 차가운 얼음을 운반하다 보면 어쩐지 부조리하다는 느낌이 든다.

중노동을 끝내고 제빙 공장에서 돌아오던 그는 작은 공업소 한쪽이 흥분에 휩싸여 술렁거리는 것을 깨달았다. 경찰관들이 이리저리 뛰어다니며 구경꾼을 내몰고 있다.

"무슨 일이야?"

"마누라가 제 서방을 찔렀대."

"피바다가 되도록 찔러댔다는군."

"부부 싸움이 끊이질 않았으니 말이야. 아랫도리 관리가 안 되는 서방이라, 언젠가 죽여버리겠다고 만날 고래고래 악을 써댔지."

"대낮부터 마누라 몰래 계집을 끌어들였다나 봐."

"때마침 돌아온 마누라가 그걸 보고 열받아서."

"그래도 그렇지, 진짜 할 줄이야."

먼발치에서 구경하는 사람들의 수군거림이 귀에 들어왔다.

사람들 틈으로 공업소 입구에 멍하니 서 있는 중년 여자가 보였다. 경찰관이 뭐라 말을 시키는데 반응이 전혀 없다. 자세히 보니 그녀의 손도, 보라색 덧옷도 시커멓게 변색되기 시작한 피로 물들어 있었다. 골목에 질서 정연하게 늘어선 나팔꽃 화분과의 대비가 기이하게 느껴졌다.

공업소에 딸린 살림집 입구에서 울고 있는 젊은 여자가 보였다. 하얀 유카타가 무릎 아래로 벌어져 종아리가 드러났다. 그 종아리가 죽어가는 개구리 다리처럼 꿈틀거리고 있다.

그는 자리에 얼어붙었다. 전율과 오한이 몸속을 훑고 지나갔다.

지금까지 실감나지 않던 뭔가가 느닷없이 송곳니를 드러내고 자신에게 이를 박은 기분이었다.

어느새 심장이 쿵쿵 뛰고 있었다.

뭐지, 이 감각은.

그는 혼란에 빠져 괜히 주위를 두리번거렸다.

문득 시야 끄트머리에 검은 덩어리가 보였다.

몸을 굽히고 자세히 보니, 수없이 많은 개미가 뭔가에 들러붙어 있었다.

놀라 반사적으로 몸을 뺐다가, 진정하고 다시 한번 보았다.

얕은 도랑에 하얀 종이봉지가 떨어져 있다. 안에 들어 있던, 막대기 달린 단팥 아이스크림 두 개가 녹아 종이봉지에 묻어 있다. 연자주색 아이스크림은 이미 형체를 잃어, 흐물흐물한 액체 속에 팥 알갱이가 드러나 있었다. 그곳에 우글우글 모여든 개미가 분주하게 오가는 중이었다.

그는 그 종이봉지가 그곳에 서 있는 여자의 것임을 직감했다.

살인적으로 무더운 저물녘. 노동을 끝낸 여자가 순간의 시원함과 단맛을 얻기 위해 무의식중에 남편 몫까지 단팥 아이스크림을 산다. 그런데 문득 집을 보니, 유카타 앞섶이 벌어진 젊은 여자가 나온다.

그녀의 마음속에서 뭔가가 뚝 끊어진다. 그녀는 자신이 뛰기 시작한 것도, 아이스크림을 떨어뜨린 것도 모른다.

그때, 그는 뭔가를 보았다.

다다미 위에 피투성이가 되어 쓰러져 있는 남자, 다리를 떨며 우는 여자, 덧옷을 피로 물들인 채 우두커니 서 있는 여자, 그리고 그곳에 떼 지어 모여든 구경꾼. 인파 바깥에 홀로 선 소년.

그것이 바로 지금 그가 내려다보고 있는 것의 정체였다.

여기가 내가 살 곳이다.

그는 그렇게 확신했다. 더 이상 망설임은 없었다.

이듬해, 고등학교를 졸업한 그는 경찰이 되었다.

2

원해서 형사가 되기는 했지만, 역시 주위 사람과는 잘 어울리지 못했다.

이른바 조직의 색이라는 것에 물들지 않았던 것이다. 원래 그런 성격인지, 아니면 무의식중에 거부한 것인지는 알 수 없다. 그러나 여기서도 그는 어딘지 모르게 '저 녀석은 인텔리니까', '우리랑은 달라' 하는 식으로 경원당했다. 하지만 성품은 온후하고 냉정하며, 단조롭고 지루한 일도 착실하게 하고, 괜히 나서거나 공 세우는 데 여념이 없는 타입은 아니었으므로 동료들에게는 존경받았다.

이 일을 좋아한다든지 천직이라고 할 마음은 조금도 없다.

그러나 여기가 자신이 있을 곳이라는 것만은 확실했다. 조직은 어찌 됐든, 하는 일은 그에게 잘 맞았다.

술은 좋아했지만, 몇몇 동료와 마실 때를 빼곤 대개 혼자 마셨다. 단골 술집에서는 그를 교사나 연구자라 생각한 것 같다. 그는 자기 이야기를 그리 하지 않았고, 조용히 마실 수 있는 집을 골라 다녔다.

고등학교 때 친구의 중매로 결혼한 것은 서른두 살 때였다. 그 무렵에는 이미 아버지가 세상을 떠나고, 형제들도 모두 독립해서 겨우 어깨의 짐을 내려놓은 참이었다.

욕심이 없고 온화한, 어딘지 모르게 소녀 같은 아내와는 처음부터 마음이 잘 맞았다. 하지만 그녀는 보기와는 달리 심지가 강해, 오랜 세월 자리에 누워 지낸 어머니의 병 수발을 끈기 있게 들어주고 아들을 둘 낳아주었다. 덕분에 그는 자기치고는 썩 훌륭하다고 생각되는 가정을 꾸릴 수 있었다.

일은 바빴다. 그리고 그는 그 일에 매료되어 있었다.

어느 현장에 가든, 그해 여름에 본 개미 같은 기묘한 생생함과 실감을 느꼈다. 그 전율을 맛볼 때마다 그는 늘 나란 남자는 참 죄 많은 남자구나, 하고 떳떳지 못한 기분을 느끼곤 했다.

즉 나는 인간이라는 존재의 정체를 알고 싶은지도 모른다. 아마, 나 자신이 어떤 인간인지를.

술집 카운터에서 담배를 피우며 그는 늘 그런 생각을 하곤 했다.

나도 그럴까. 궁지에 몰리면, 극한 상황에 처하면, 누군가를 죽일까. 사람은 누구나 다 그럴까. 이성 따위 아무런 도움도 못 될까.

마흔두 살이 되던 해 어느 주말, 여느 때처럼 카운터에서 술을 마시던 그는 가슴에 심상치 않은 통증을 느껴, 이변을 눈치챈 주인이 부른 구급차로 병원에 실려 갔다.

담배를 끊어라, 그렇지 않으면 남은 인생을 보증할 수 없다.

의사에게 그런 선고를 받은 그는 하는 수 없이 지시에 따르기로' 했다. 취직한 뒤로 피우는 양이 점점 늘어나, 당시에는 하루에 두 갑 정도 피우곤 했다.

그러나 제2의 반려였던 담배를 끊는 것은 생각보다 힘들었다.

사탕이나 캐러멜로 바꿔봤지만, 원래 단것을 좋아하지 않기도 했거니와 입 안이 쩍쩍 달라붙고 갈증이 나 불쾌했다.

어느 날 오랜만에 고등학교 때 친구를 만났을 때, 그는 담배 생각이 나 신경이 몹시 날카로운 상태였다. 어려운 사건 때문에 애를 먹고 있던 탓도 있었다. 이야기에 집중을 못하고, 손은 무의식중에 자꾸 담배를 찾았다. 그것을 깨닫고 얼버무리듯 술잔에 손을 뻗었다.

그런 자신을 보다 못한 친구가 테이블에 있던 젓가락 봉투를 찢어 기다란 직사각형 종이로 만들더니 그것을 접기 시작했다.

뜻밖의 일에 놀라 주목하고 있으려니, 친구는 순식간에 입체적인 아코디언을 만들어냈다.

담배 생각도 잊고 감탄했다.

"호오, 어떻게 하는 거냐?"

"종이접기라는 건 수학이거든. 너 수학 잘하지 않았냐."

친구는 고등학교를 졸업하고 취직했다가 고생해서 대학을 졸업한 뒤 어느 연구실에서 일하고 있었다. 그러고 보면 옛날부터 손재주가 있어 남자인 주제에 종이접기 같은 것도 잘했다. 그것도 학이나 투구 같은 흔한 것이 아니라, 디자인까지 직접 고안한 종이접기였다.

그 이래로 생각에 빠질 때나 술자리에는 종이 쪼가리 몇 장이 늘 함께하게 되었다.

주머니에는 늘 가로세로 15센티미터 크기의 광고지를 넷으로 접은 것이 들어 있었다. 어디에 있든 그것을 접었다 폈다 하면서 생각에 잠길 수 있었다. 입이 심심해지거나 술을 마시다 틈이 생기면 그것을 꺼내 들었다.

종이접기는 네 변의 길이가 딱 맞지 않으면 모양새가 말끔하지 않다.

처음에는 시판하는 종이를 썼으나, 의외로 길이가 맞지 않기도 하고 또 조금이라도 재료비를 줄이고 싶은 마음도 있었으므로 이윽고 직접 종이를 만들어 쓰게 되었다. 쉬는 날에는 곱자를 사용해서 정확하게 사이즈를 재어 신문 광고지를 종이접기용으로 재단하는 습관이 생겼다. 아내도 그를 위해 광고지와 과자 포장지 등을 버리지 않고 모아두었다.

그의 실력은 빠르게 향상되어, 곧 복잡한 것에 손을 대게 되었다.

창작 종이접기나 기하학적인 모양을 입체로 표현하는 종이접기도 재미있었지만, 마지막에 그가 돌아온 것은 역시 종이접기의 기본

이자 극치라고도 할 수 있는 종이학이었다.

학은 원래 경사스러운 동물이지만, 종이학은 신사神事로서 접은 것이 시초라고 한다. 신의 길로 통하기 위해 한 마리 한 마리 정성스럽게 접을 것, 이라는 말이 고문서에 남아 있을 정도다. 최초의 종이학은 이세 신궁에서 만들어졌다는 전승 때문인지, 에도 시대에 다양한 형태의 종이학 접는 방법을 고안한 것도 이세 지방의 승려였다.

고문서 사본을 손에 넣은 그는 곧잘 도해를 보지 않고 완성도만으로 그것을 어떻게 접을지 생각해보곤 했다.

여러 마리의 학이나 크고 작은 학이 이어져 있는 연학을 만들려면 가위질을 해야 한다. 어떤 식으로 가위질을 할지 생각하는 것은 재미있었다. 일정한 패턴을 이해하면 나머지는 응용이지만, 그렇다고 그에 구애되어버리면 새로운 것을 못 한다.

그의 직업도 비슷했다. 인간의 행동은 어느 정도 패턴이 있기 때문에 감정의 흐름을 읽는 일이 가능하지만, 그것이 선입견이 되면 그 외의 것을 이해하지 못하게 된다.

종이접기용 종이를 양복 주머니에 넣고 다니기 시작한 지 3년이 지나, 그는 마흔여섯 살이 되었다.

그리고 그는 그때까지 알고 있던 패턴으로는 도저히 이해할 수 없는, 평생 잊지 못할 대량 독살 사건과 조우하게 된 것이다.

3

사람에게는 육감이라는 것이 있다.

경험과 직업을 바탕으로 하는 직감이라는 것도 있다.

그는 그런 것이 존재한다는 것을 깨닫고 있었다. 굳이 말로 표현할 생각은 없었지만, 그렇게 해석할 수밖에 없는 일을 몇 번 겪었기 때문이다.

그 무렵, NHK에서 방영하던 미국 TV 드라마 중에 유명한 형사 드라마가 있었다.

소위 도서倒敍 수법을 구사하는 추리 드라마로, 처음에 범인이 범행을 하는 장면을 보여준다. 범인은 대개 사회적 지위가 있고 머리가 좋은 인물이다. 일견 완전범죄처럼 보이는 살인 사건이 벌어지고, 꾀죄죄한 트렌치코트를 입은, 너무나도 평범해 보이는 살인수사과 형사가 나타나 범인을 방심케 한다.

그러나 그는 실은 날카로운 관찰안을 가진 민완 형사다. 그는 범인 주위를 맴돌며 범인을 초조하게 하고 서서히 코너에 몰아넣는다.

동료 중에는 현실과 너무 거리가 있다고 싫어하는 사람들도 있었지만, 그는 알기 쉽고 명확한 동기가 있고 한 시간 내에 확실하게 끝맺는 형사 드라마가 싫지 않았다.

그 미국 TV 드라마를 함께 보던 중에 단 한 번, 아내가 물은 적이 있었다.

"당신도 처음 만났을 때 그 사람이 범인인지 알아?"

그 드라마에서 형사는 종종 이런 말을 하는 것이다.

저는 한눈에 당신이 범인이라는 걸 알았습니다. 범인은 당신이 틀림없다고 생각했습니다. 처음부터 당신을 의심하고 있었습니다.

어떻게 대답해야 할지 난처했다.

그가 다루는 살인 사건은 대부분 처음부터 범인이 알려져 있다. 피해자 옆에 멍하니 있거나, 자기가 저지른 끔찍한 행위에 겁을 먹고 달아나지만 금세 숨은 곳이 드러나는 그런 종류였기 때문이다.

눈앞에 있는 텔레비전에서처럼, 턱시도와 샴페인이 어울리고, 수영장이 딸린 저택에 살고 있고, 복잡한 이해관계가 있고, 용의주도하게 준비를 해서 범죄를 저지르고, 알리바이 공작, 위장 공작을 하고, '변호사를 불러줘' 같은 말을 하는 범인은 한 번도 본 적이 없고, 아마 앞으로도 없을 것이다.

"아냐, 전혀 몰라."

결국 그렇게 대답하기는 했지만, 그의 마음속에서는 '그런 일도 있을 수 있다'고 또 한 사람의 자신이 대답했다.

그런 일도 있을 수 있다.

그런 마음이 있었던 것은 사실이지만, 그것을 증명할 기회가 찾아올지는 알 수 없었다.

그리고 그렇게 머지않은 날에 그 기회가 찾아올 것도 그는 아직 모르고 있었다.

4

여름도 막바지에 이르러, 그날은 아침부터 찌는 듯이 무더웠다. 태풍이 접근해서 오후부터 큰비가 온다고 했다.

집을 나설 때, 그는 한숨을 쉬며 가슴 주머니에 손을 댔다. 안에는 여느 때처럼 넷으로 접은 광고지가 들어 있었지만, 여름에는 땀 때문에 무용지물이 되기 일쑤다. 게다가 날씨까지 이래서야 아예 '접기'가 불가능할 것이다. 전에 역시 큰비가 왔을 때, 주머니에 들어 있던 광고지가 흠뻑 젖는 바람에 흐물흐물 풀어진 종이를 긁어내느라 애먹은 적이 있었다. 오늘은 처음부터 빼두는 편이 나을지도 모르겠다.

체력을 빼앗는 더위가 며칠째 계속되는 데다가 오늘은 그동안 미루고 미뤄온 서류 업무를 처리해야 한다. 일을 사랑하는 그지만, 서(署)로 향하는 발걸음은 무거웠다.

그러나 그와는 별개로, 그는 출근할 마음이 나지 않았다.

나쁜 일이 일어난다.

아침에 일어났을 때부터 그런 예감이 들었다.

처음에는 그게 예감인 줄 몰랐다. 컨디션이 나쁘거나 날씨 탓이라고 생각했다. 그러나 집을 나설 무렵, 그것은 확신에 가까웠다.

오늘은 분명히 나쁜 일이 일어난다.

그는 가슴 주머니를 누르며 광고지를 꺼낼지 망설였으나, 평소와 다르게 행동하지 않는 편이 나을 것 같아 결국 그대로 두었다.

날씨 탓인지, 서에는 평소보다 사람이 많았다. 모두 퉁명스러운 얼굴로 서류 업무를 처리하고 있었다. 곧 쏟아지기 시작한 비가 가끔씩 창문을 세차게 두들겼다. 그런데도 평소보다 조용하게 느껴졌다.

"으으, 집중이 전혀 안 되는군."

"담배도 축축해."

여기저기서 저주의 말을 내뱉는다.

그는 이미 여러 번 우린 차를 들고 자기 자리로 돌아오던 중에 주머니에서 종이를 꺼내보았다. 아니나 다를까 축축하게 젖어서 접힌 부분을 펴기도 어려운 상태다.

찬 것만 마시면 체력이 소모되기 때문에 되도록 따뜻한 것을 마시려 하지만, 자리로 돌아오니 열이 견디기 어렵게 느껴졌다.

그는 별생각 없이 넷으로 접은 종이를 컵 받침 삼아 찻잔을 그 위에 올려놓았다.

차가 식기를 기다리며 묵묵히 서류를 메워나간다. 그러나 목은 마른데 차가 영 식을 줄을 몰랐다.

그는 짜증스러운 기분으로 볼펜을 놀렸다. 짜증이 입 밖으로 흘러넘칠 것만 같다. 덥다. 서류 쓰기 귀찮다. 분명히 나쁜 일이 일어난다. 서류의 글자가 머릿속에 들어오지 않는다.

한숨을 후 내쉬고 무의식중에 가슴 주머니를 더듬어보았다. 안에 있던 종이는 찻잔 밑에 깔려 있다는 것이 생각났다.

겨우 식은 차를 한 모금 마셨다.

미지근할 뿐 맛도 향도 없는 차에 그는 얼굴을 찌푸렸다. 차라리

맹물이 나왔겠다.

지친 기분으로 찻잔을 내려놓으려던 그는 문득 찻잔을 올려놓았던 종이에 글자가 뚜렷하게 나타나 있는 것을 깨달았다.

찻잔이 닿았던 부분이 동그란 고리 모양으로 젖어, 그 밑에 있는 종이에 인쇄된 문자가 비쳐 보이는 모양이다.

비쳐 보이는 것은 무슨 우연인지 두 글자였다.

동그란 고리 모양으로 젖은 종이에 왼쪽 윗부분과 왼쪽 아랫부분에 한 자씩.

여女   고苦

등골이 오싹했다. 시선이 그 두 글자에 못 박혔다. 찌는 듯한 무더위는 여전해서 온몸이 땀투성이건만, 문득 한기마저 들었다.

왜 광고에 이런 글자가 있지?

서로 들러붙은 종이를 조심조심 펴보니, 약국 광고였다.

얼굴이 붉어지고 몸이 찬 여성 특유의 증상에
허리, 무릎, 관절 통증으로 고민하시는 분에게

그는 쓴웃음을 지었다.

뭐야, 그런 거였나. 우연히 이 중에 두 글자가 비쳐 보였을 뿐인가.

어처구니가 없다고 웃으면서도, 한기는 사그라질 줄 몰랐다.

오늘은 아주 나쁜 일이 일어난다.

또다시 그런 문장이 머릿속에 떠오른 순간, 유난히 요란하게 전화벨이 울렸다.

5

제1보를 듣고 무시무시한 비바람 속에 현장으로 가면서도 모두가 반신반의했다.

이런 날씨에 그런 일이 일어나다니 정말인가.

바람은 점점 더 강해지고, 비는 하늘에 구멍이 뚫린 것처럼 쏟아졌다. 교차로에서 정지하면, 옆에서 불어닥치는 바람에 차가 흔들릴 정도다.

일부러 이런 날씨를 택한 걸까. 얼핏 그런 생각이 들었다.

거리에는 개미 새끼 한 마리 없고, 덧문도 전부 닫혀 있고, 우산도 전혀 쓸모가 없고, 눈을 뜨고 있을 수조차 없는 날씨다. 필연적으로 목격자는 줄어들고 소리도 들리지 않는다. 발자국 같은 증거도 남지 않는다.

아니, 그럴 리가 없어.

그러나 이런 악천후에도 불구하고 이상하게 많은 사람이 모여 있었다. 비옷을 입은 사람들이 비를 맞으며 꼼짝도 않고 겹겹이 둘러서 있었다.

그 너머에서는 출동한 경찰관이 통행을 규제하고 있었다. 그들도 큼직한 비옷을 입었다. 빗방울이 물보라를 일으켜 마치 하얀 막에 싸여 있는 것처럼 보였다. 뭐라고 고함을 치고 있지만 빗소리에 파묻히는 바람에 마치 무성영화를 보는 것 같다.

그리고 경찰차와 구급차가 길을 가로막듯 몇 대씩이나 세워져 있는 것을 보고, 겨우 현실감이 들기 시작했다.

각오는 하고 있었지만, 차문을 연 순간 굉음과 비와 바람이 온몸을 후려쳤다.

총총걸음으로 경찰관들 속으로 뛰어들었다. 집까지 가기도 전에 수영장에서 헤엄친 것처럼 쫄딱 젖어버렸다.

겨우 현관에 이르러 안으로 들어선 다음에야, 그곳이 큰 저택이라는 것을 깨달았다. 비가 너무 심해 앞이 잘 보이지 않기도 했고, 앞장선 경찰관을 따라 그대로 들어왔기 때문에 집의 전체적인 모습을 볼 여유가 없었다.

큰 집이다. 부자일 것 같다. 문득 턱시도와 샴페인이 어울리는 범인, 이라는 말이 머리에 떠오른다.

그러나 그런 생각은 코를 찌르는 악취에 씻은 듯이 사라져버렸다.

"윽."

다른 사람들도 코를 쥐었다.

시큼한 것 같기도 하고, 쓴 것 같기도 하고, 금속 냄새 같기도 한 지독한 냄새가 온 집 안에 가득했다.

문득 복도에 쓰러져 있는 여자가 눈에 들어왔다. 온몸을 비튼 부자연스러운 포즈.

저러고 있으면 힘들 텐데. 그런 생각이 들었다.

"냄새 한번 지독하군."

마스크를 쓴 구급대원이 손을 내저으며 안에서 나왔다.

"들어오시면 안 됩니다. 토사물 속에 아직 유해한 물질이 있을지도 모릅니다. 환기를 하고 싶은데 날씨가 이 모양이니 창문을 열 수가 있어야죠."

살기 어린 목소리로 고함을 친다.

"경찰이야. 죽었나?"

"숨이 붙어 있는 사람은 병원으로 수송했습니다. 나머지는 틀렸습니다."

"몇 사람 수송됐어?"

"다섯 명입니다."

"의사는?"

"아직 안 왔습니다."

"독물인가?"

"십중팔구 틀림없을 겁니다. 건배하고 전원이 한꺼번에 당한 것 같습니다. 사방에 컵이 뒹굴고 있어요. 아오사와 선생님까지. 가능하면 이대로 출입 금지를."

그렇게 소리치는 구급대원의 얼굴도 새파랗게 질려 있었다.

"이봐, 괜찮아? 어디 이상해? 자네도 독에 당한 거 아냐?"

"아뇨, 괜찮습니다. 괜찮아요……."

그렇게 말하면서도 휘청거리는 구급대원을 부축해주었다. 목에서 이상한 소리가 나는 것을 듣고, 그도 토하고 싶어한다는 것을 깨달았다. 황급히 밖으로 데리고 나왔다.

"이봐, 여기서 토하지 마. 여기, 누가 좀 부탁해."

실려 가는 남자를 배웅한 뒤, 그는 슬며시 복도를 돌아보았다. 두 사람이 쓰러져 있다. 한눈에 이미 싸늘한 물체가 되어 있다는 것을 알 수 있었다.

그는 침을 꿀꺽 삼킨 다음, 손수건을 꺼내 입에 대고 가만히 복도에 발을 들여놓았다. 뒹구는 컵에서 흘러나온 액체가 복도를 적시고 있다.

전부 똑똑히 봐두자고 결심하고, 아무것도 건드리지 않게 조심하며 복도를 나아간다.

성난 바람 소리는 들려오지만, 집 안은 죽음의 정적에 휩싸여 있었다.

말 그대로 죽음의 정적이다. 안쪽에 있는 방에서 불빛이 새어 나오고 있지만, 유난히 어둡게 느껴진다.

복도에 쓰러져 있는 여자는 둘 다 일을 거들러 온 사람들 같았다. 한쪽은 마흔 전후, 또 한쪽은 예순쯤 됐을까. 앞치마를 두른 채 몸을 비틀고 죽어 넘어져 있다. 여기까지 기어 나온 걸까. 목을 쥐어뜯은 자국이 있고 머리에 붙인 헤어피스가 흘러내려와 있다. 시큼한 냄새는 토사물 냄새와 실금한 소변 냄새가 섞인 것이었다.

저도 모르게 손수건을 더욱 세게 눌렀다. 관자놀이에 식은땀이 솟았다.

문득 발치에 빨간 미니카가 떨어져 있는 것을 깨달았다.

가슴이 철렁했다. 이 집에 어린아이가 있다.

안쪽 방을 들여다본 그는 얼굴을 얻어맞은 것처럼 온몸이 굳었다.

천장이 높고 널찍한 방.

그곳에는 상상했던 이상으로 많은 사람이 있었다.

눈으로 대충 세어본다. 열두 명.

처음에 떠오른 감상은 다닥다닥 붙어 자는구나, 하는 것이었다.

검도부에서 합숙할 때 다 함께 넓은 방에서 뒹굴며 자던 것을 연상한 것이다.

그러나 그런 생각을 한 것도 잠깐, 다음 순간 그는 끔찍한 참상에 온몸이 얼어붙는 것을 느꼈다.

어느 시체나 온몸에 고통이 뚜렷하게 새겨져 있었다.

꼭 고고를 추는 것 같은 자세로, 의복을 흐트러뜨리고, 고통스러운 표정을 띤 채, 의자와 테이블을 차 넘어뜨리고, 자신의 배설물로 범벅이 되어 있다.

기모노를 입은 여자, 셔츠 바람의 노인, 체격이 좋은 50대 남자들이 소파와 그 뒤쪽에 쓰러져 있다. 주저앉아서 무릎을 끌어안은 자세로 죽은 노인도 있다.

어느 시체나 생의 마지막 순간을 본의 아니게 태워버렸다는 원통함과 패배감이 깃들어 있어 보기에도 무참했다.

테이블 뒤쪽에 서로 포개지듯 쓰러져 있는 소년들을 본 그는 심장이 쭈그러드는 것 같아 몸을 부르르 떨었다. 작은아들과 비슷한 또래의 아이들이었다. 흙빛 얼굴을 무방비하게 위로 향하고 힘없이 입을 벌린 채 인형처럼 팔다리를 내던지고 누워 있다.

어떻게 이런 참혹한 일이. 부모는 이 중에 있을까.

교복을 입은 청년을 보고 그는 또다시 가슴이 철렁했다. 설마, 혹시, 우리 유키오는……. 그런 공포가 솟구쳐 반사적으로 얼굴을 자세히 살펴보았지만, 부드러운 갈색 머리카락과 하얀 얼굴을 보면 큰아들이 아닌 것은 틀림없었다. 우스꽝스러울 정도로 안도하는 자신을 깨닫고 동요했다.

갑자기 다수의 죽은 자들과 한 방에 있다는 실감이 나, 고함이 터져 나올 것 같았다.

조금 전의 구급대원도 독물 때문이 아니라 이렇게 많은 시체를 보고 충격을 받은 것이었음을 깨닫는다.

뭔가가 찢어지면서, 과거에 느꼈던 생생한, 지금까지 느껴본 적이 없을 정도로 흉흉하면서도 생생한 현실감이 덮쳐왔다. 단팥 아이스크림에 꾀는 개미 떼가 카펫에 흩어진 토사물과 뒤섞여 방 안을 가득 메운다. 스멀스멀 살 위로 기어 다니는 개미들의 감촉이 온몸에 느껴졌다.

싸늘한, 이 세상 것 같지 않은 악의가 들어차 있었다.

너무나도 작은 그를 짓눌러버릴 듯한, 확고하고 거대한 악의가.

공포가 순식간에 그를 집어삼켰다.

도망쳐. 도망치는 거야. 여기서, 한시라도 빨리.

봐. 뇌리에 확실하게 새겨둬. 살해 현장을 구석구석 봐둬.

두 개의 목소리가 동시에 머릿속에 들려왔다.

그는 손수건으로 입을 막은 채, 의식적으로 한숨을 크게 내쉬었다.

무엇이 그를 그 자리에 붙잡아두었는지는 알 수 없다. 그러나 그는 밖으로 나가고 싶은 충동을 간신히 억누르고 창백한 얼굴로 방 안을 둘러보았다.

거의 손을 대지 않은 요리들. 여기저기 뒹구는 컵.

불현듯 위화감이 느껴져 그는 무심코 뒤를 돌아보았다.

몸이 움츠러들었다.

그러나 거기 있는 것은 빈 등의자였다.

호박색 나는 넉넉한 1인용 등의자. 쪽으로 물들인 쿠션이 놓여 있었다.

뭐가 이상한 거지?

냉정을 되찾은 머리 한구석으로 생각해보았다. 그 이유는 금세 알 수 있었다.

다른 가구가 모두 고통스러워하는 사람들의 몸부림으로 인해 밀려나고 넘어져 있는데, 그 의자만은 제자리에 있기 때문이다.

질서를 잃은 방에서 그 의자만이 평정을 유지하는 것 같았다.

이 의자에 앉은 사람은 무사했을까? 방 안에 사람이 이렇게 많았으니 분명히 누군가가 여기 앉아 있었을 것이다. 바로 자리에서 일어나 다른 데로 가버렸기 때문인가?

그때, 어째서인지 뇌리에 그 두 글자가 또렷하게 떠올랐다.

여   고

오싹했다.

아까 찻잔 밑에 비쳐 보였던 광고지 글자.

아무래도 무의식중에 그 등의자에 앉아 있던 사람이 여자라고 생각하는 것 같다.

그는 다시 한번 방 안을 둘러보고 복도로 나왔다.

어두침침한 복도를 걷는 중에 여느 때와 같이 냉정한 그로 돌아왔다.

그는 두리번거리며 집 안을 돌아다녔다. 부엌으로 보이는 곳을 들여다본다.

식탁 위에는 랩으로 싼 반찬과 층층이 쌓은 초밥 통, 맥주와 주스병, 작은 술병이 질서 정연하게 놓여 있었다. 여기서 준비를 해서 저쪽으로 내갔나.

문득 식탁 위에 놓인 종이가 눈에 들어왔다.

평범한 하얀 편지지 한 장을 작은 꽃병으로 눌러놓았다.

시든 달개비가 한 송이 꽂혀 있다.

이렇다 할 특징이 없는 글씨로 무슨 말인가가 쓰여 있다.

그것을 읽은 그는 저도 모르게 중얼거렸다.

"뭐야, 이게 대체."

6

의사와 감식반이 도착한 듯, 바깥은 한층 더 소란스러워졌다. 인원수가 늘어났기 때문인지, 빗소리보다도 사람 목소리가 더 크게 들린다.

매스컴도 나타났군. 그는 직감으로 알았다.

성가신 일이 될 것 같다.

사람들이 우르르 들어왔다. 함께 들어온 동료가 귓속말로 말했다. 그도 쫄딱 젖어 있었다.

"틀렸어요. 병원에 도착하기 전에 세 명이 죽었습니다."

"생존자는?"

"한 사람은 목숨을 건질 것 같습니다. 아직 의식은 없지만요."

"그럼 이야기를 듣는 건 무리겠군. 신고한 사람은 누구야?"

"근처 파출소입니다. 오늘은 이 집에 잔치가 있어서 동네 아이들도 몇 명 와 있었던 모양입니다. 뒤늦게 온 아이가 발견하고 파출소로 뛰어간 것 같습니다."

동네 아이. 가슴에 무딘 통증을 느꼈다. 죽은 아이가 여럿 있었다.

"범인으로 보이는 사람은?"

"맥주하고 주스를 배달하러 온 젊은 남자가 있었다고 합니다. 노란색 비옷을 입고 상자를 싣고 가는 걸 본 사람이 있습니다. 평소에는 단골 주류 상점에서 배달한다고 하는군요."

연하의 동료는 난처한 얼굴로 목소리를 한층 더 낮추었다.

"난리가 날 겁니다."

"그렇겠지."

"여기 아오사와 의원이에요."

"아오사와 의원?"

그는 그 이름을 그다지 신경 쓰지 않았다. 동료가 말을 이었다.

"이 집 주인은 4고와 제국대학을 졸업한 현縣 의사회 회장이에요. 아들이 이미 오래전에 뒤를 이었지만요."

"그래? 혹시 전원이?"

"네. 부인, 아들 부부, 손자도 전부 죽었습니다. 일가족 몰살이에요. 구급대원도 얼굴을 알던데요."

저도 모르게 그의 얼굴도 일그러졌다. 사회적 지위가 있는 사람. 얼마나 힘든 수사가 될지 예감할 수 있었다. 조금 전 안쪽 방에서 느낀 것과는 별개의, 번잡하고 신경을 깎아내는 현실이 다짜고짜 밀려들었다. 막대한 작업이 예상되어 벌써부터 피로를 느꼈다.

그러나 그때 뭔가가 머릿속에 번득했다.

"이봐."

그는 고개를 들고 동료를 보았다.

"네?"

"아까 세 명 죽었다고 했지? 한 명이 의식불명이지만 살아날 것 같다고."

"네."

"또 한 명은 어떻게 됐어?"

171

"또 한 명?"

"병원으로 수송된 건 다섯 사람일 텐데."

"네? 그렇습니까? 전 몰랐는데요."

그때 또 한 사람, 그보다 나이 많은 고참 형사가 들어왔다. 역시 쫄딱 젖어, 늘 애써 붙여두는 숱 적은 머리가 비참한 몰골이 되어 있다.

"방송국하고 신문사에서 벌써 와 있어. 정보도 빠르기도 하지."

인사 대신 불평부터 한다.

"다로 씨, 병원에 수송된 사람들에 대해 혹시 뭐 들은 이야기 있습니까?"

동료가 물었다. 다로 씨는 이름이 아니다. 성이 다로마루다.

"그래. 세 사람 사망, 두 사람 면회 사절."

"두 사람? 두 사람이 생존한 겁니까? 둘 다 의식불명이고요?"

그는 흥분해서 물었다.

다로마루는 어두운 표정으로 그를 흘깃 보았다.

"한 사람은 의식불명. 또 한 사람은 몸은 아무렇지도 않은데 충격이 심해서 진정제 맞고 자고 있다더군."

가슴이 뛰었다. 생존자다. 사건을 처음부터 목격한 생존자가 있다.

그런 그의 기대를 감지했는지, 다로마루가 딱한 표정으로 말했다.

"이 집 손녀딸이야. 아오사와 히사코. 중학생쯤 됐을 걸세."

"아오사와. 이 집 손녀라. 혼자 살아남았나."

가슴이 아팠다. 그녀는 조부모와 부모, 형제를 한꺼번에 잃은 것이다.

"하지만 증언을 얻을 수 있을지."

다로마루는 벌레 씹은 얼굴로 그를 보았다.

"어째서요? 내내 여기 있으면서 사건을 목격했을 거 아닙니까?"

그가 이상하다는 듯 묻자, 다로마루는 고개를 가볍게 저었다.

"아오사와 히사코는 앞을 못 봐."

7

태풍은 지나갔지만, 이튿날 아침 시내는 또 다른 폭풍에 휩싸여 있었다.

도쿄에서 보도진이 속속 몰려들고, 시내에는 기이한 분위기가 감돌고 있었다.

처음에 정보가 제대로 전달되지 않은 탓에, 사건의 전모가 드러난 것은 지난밤 늦게였다.

K 시내에 거주하는 의사, 아오사와 일가 3대의 생일을 축하하는 잔치에서 대량 독살 사건이 발생했다. 경찰에서는 그날 오후 1시경 맥주와 주스를 배달한, 검은 야구 모자를 쓰고 노란 비옷을 입은 30대 전후의 젊은 남자가 사건에 대해 알고 있으리라 보고 그를 수배했다.

독물은 청산계 화합물이라 생각되었다. 그날 그 집에 있던 열일곱 명이 사망. 한 명이 의식불명으로 중태.

그중에 아오사와 일가 여섯 명과 친척 네 명이 포함되어 있고, 나머지는 이웃 주민이었다.

유례를 찾아볼 수 없는 흉악한 사건에, 현경 본부는 조속히 범인을 체포할 것을 선언하고 수사본부를 설치했다. 오십 명 이상이 투입되어 수사가 개시되었다.

지역 명사이기도 한 피해자 일가의 죽음은 현 의료계에도 충격을 주어 온갖 억측을 낳고 있다. 신문들에서 전하는 개요는 이런 것이었다.

그 엄청난 폭풍 속에서 그와 동료는 기대를 품고 병원으로 갔다.

흔들리는 차에 말없이 몸을 맡기고 있지만, 불안과 부담감에 가슴속도 흔들리고 있다.

현 의사회에서는 벌써부터 사건의 조기 해결을 요구하는 성명을 발표했다.

시민들로부터는 제보 전화와 더불어, 보이지 않는 살인마에 대한 불안을 호소하는 전화가 쏟아지고 있다고 한다.

그도, 동료도 팔짱을 낀 채 잠자코 앉아 있었다.

그러다 문득 생각난 듯이 동료가 멍하니 입을 열었다.

"그 사람들, 생일이 기일이 돼버렸군요."

"그러게."

"3대가 생일이 같을 확률은 어느 정도 될까요?"

"나도 작은 남동생하고 사촌하고 생일이 같아. 그렇게 드물지도 않을걸."

174

"하지만 3대 아닙니까. 역시 드물지 않을까요?"

창밖을 본 채, 별 의미 없는 대화를 계속한다.

사건이 발생하고 만 하루가 지났다. 아오사와 히사코가 의식을 되찾고 상태가 진정되었다고 해서 면회 허가가 난 것이다.

앞을 못 본다고 해서 낙담하긴 했지만, 사건 현장에 있었던 것만은 틀림없다.

어떻게든 실마리를 찾아내야 한다. 그것도 범인 체포로 이어지는 실마리를.

"데루 씨, 자기만 빼고 가족이 전부 이렇게 한꺼번에 죽으면 어떻게 하시겠습니까?"

동료는 여전히 시선을 다른 데로 돌린 채 물었다.

"으음, 글쎄."

그는 말끝을 흐렸다. 생각하고 싶지도 않았다.

"전 안 돼요. 혼자 살아남다니 싫습니다. 저도 뒤를 따를 겁니다."

그는 옆을 흘깃 보았다. 동료의 표정은 보이지 않았다. 진심으로 하는 말인지, 침묵을 메우기 위한 대화인지 알 수 없었다.

병원 복도를 걷는 동안, 간호사가 몇 번이고 주의를 주었다.

"겉으로 보기에는 침착한 것 같지만, 그걸 믿으시면 안 돼요."

그녀는 측은하다는 듯이 말했다.

"환자가 어떤 상황에 처해 있는지 부디 잊지 말아주세요. 그 애는 가족이 고통스러워하면서 죽어가는 걸 처음부터 끝까지 내내 같은 방에서 듣고 있었으니까요. 얼마나 무서운 경험을 했을지 그 점을 헤아려주세요."

그녀는 몇 번이고 강조했다.

하얗고 싸늘한 복도. 그도, 동료도 서서히 긴장이 고조되었다.

동시에 그는 심한 불안을 느끼고 있었다. 전날 그 방에서 느낀 거대하고 싸늘한 악의. 그때 느낀 것은 지금까지의 경험과 상상을 모두 뛰어넘는 미지의 것이었다.

그래, 인지를 초월하는 것 같은.

그런 생각이 들어, 무슨 바보 같은 생각을, 하고 금세 지워버렸다.

복도 안쪽에 있는 하얀 문 앞에 섰다.

문이 달칵 열렸다.

그와 동료는 고개를 까딱 숙이고 간호사를 따라 들어갔다.

고개를 들고, 침대 위에 일어나 앉아 있는 소녀를 봤을 때, 언젠가 아내가 한 말이 머릿속에서 들려왔다.

당신도 처음 만났을 때 그 사람이 범인인지 알아?

그는 눈앞에 있는 소녀를 응시하고 있었다.

그녀가 그 방에 있던, 움직이지 않은 등의자에 앉아 있었다는 확신이 들었다.

그리고 그는 마음속으로 아내에게 대답했다.

그래, 알겠어. 이런 경험은 처음이지만, 지금 난 처음 본 순간 그 사건의 범인을 알았어.

그는 천천히 소녀의 침대 옆에 놓인 의자에 앉았다.

지금 내 눈앞에 있는 여자야.

6

보이지 않는 사람

1

아뇨, 전 그냥 제가 알아서 마실 테니까 같이 드시죠. 이런 더운 날에 일부러 이런 데까지 걸음을 해주셨잖습니까.

네, 그 편이 저도 편하게 마실 수 있으니까 사양 말고 드십시오.

잔은? 괜찮으시겠습니까? 네, 그럼 좀 예의 없기는 합니다만, 이 대로 마실까요.

캔 맥주만큼은 떨어지지 않게 하고 삽니다. 제 유일한 낙이거든 요. 쉬는 날 낮에 혼자 천천히 마시는 게.

집사람은 친구네 집에 갔습니다. 휴일엔 가만 내버려두는 편이 낫다는 걸 아니까, 누구네 집에 모여서 퀼트니 뭐니 그런 걸 만든답니다. 그 누군가가 그쪽 방면으로 작품 활동을 하는 사람이라나요. 예의상 집사람하고 그 여자 개인전에 간 적이 한 번 있는데, 어찌나 손이 많이 가는지 소름이 다 끼치더군요. 고등학교 때, 전혀 마음이 없는 여자한테 직접 뜬 스웨터를 받았을 때가 생각났어요. 좋아하는 여자가 만들어준 거라면 자기를 위해서 쓴 시간에 감격하겠지만, 그게 아닐 때는 상대방이 자기를 위해서 들인 수고는 공포를 안겨줄 뿐이죠.

실제로 퀼트를 만드는 것도 본 적이 있는데, 용케 그렇게 번거롭고 피곤한 짓을 한다 싶어요. 하지만 덕분에 쉬는 날에 집에 혼자 멍하니 있을 수 있으니 솔직히 고맙죠. 네, 애들은 벌써 독립했습니다.

실은 전 밖에선 전혀 안 마신답니다. 회사에서도 술 못 마시는 척합니다. 실은 아주 좋아하는데요. 회사하고는 상관없는 절친한 친구 몇뿐입니다, 밖에서 같이 마시는 건.

찻집도 안 좋아합니다. 학교 다닐 때부터 꼭 마시지 않으면 안 될 때는 주문만 하고 한 모금도 안 마셨어요. 물론 가게에서는 싫어하죠. 친구들도 이상하게 여기고요. 지금은 셀프서비스로 눈앞에서 만들어주는 데가 늘어나서 그나마 좀 괜찮아졌습니다.

왜냐고요?

바보처럼 들릴지 모르겠습니다만, 찻집이나 술집 같은 데에선 내오는 동안 독을 탈 틈이 얼마든지 있잖습니까. 그래서 그런 겁니다.

2

으음, 글쎄요. 그 사건 탓이냐고 한다면, 잘 모르겠군요. 원래부터도 결벽증 기미가 있었으니까, 그 사건이 있든 없든 이렇게 됐을 것 같긴 한데요. 어렸을 때부터 남이 건드린 센베이나 만주 같은 것도 절대 안 먹었어요. 친구랑 주스를 돌려가며 마시는 것도 못 했고, 세수수건을 다른 식구하고 같이 쓰는 것도 못 견디게 싫었던 기억이 납니다.

실제로 남동생은 한동안 주스를 못 마셨지만, 그곳을 떠난 다음에는 아무렇지도 않아하더군요. 맛만 있으면 누가 줬든 경계도 안 하고 뭐든 다 받아먹었어요. 그러니까 그 사건이 계기였다고는 생각하지 않습니다.

지금 와서 생각하면, 오히려 당연한 자기 방어라고 생각하는데요.

요즘 세상에 먹을 것, 마실 것에 이물질 넣는 게 유행이잖습니까. 직장 급탕실 같은 데에선 뭐든지 가능하죠. 누가 자기를 원망하고 있을지 모르는 일이고, 어디에 미친놈이 숨어 있을지도 모르는 일이니까요.

남자는 특히 위험합니다. 어렸을 때부터 뭐든지 어머니가 해주는 데 익숙하니까, 늘 눈앞에 음식물이 저절로 솟아난 것 같은 착각이 들거든요. 음식물이 자기 입에 들어갈 때까지 불특정 다수의 손을 거쳤다는 걸 몰라요. 뭐, 요즘엔 여자도 마찬가지긴 합니다만.

일 관계로 외국계 기업의 임원이라는 사람을 몇 명 만나곤 하는데, 그런 사람들은 정말 주위에 보이지 않는 사람이 많아요. 자기가 없는 동안 관리회사 업자라든지 청소부가 집에 드나드는 걸 아무렇지도 않아하더군요.

아뇨, 신뢰하기 때문이 아닙니다. 임금님은 옷 갈아입는 것부터 시작해서 뭐든 아랫사람한테 다 시키잖습니까. 임금님은 시종한테 벌거벗은 몸을 보여도 전혀 부끄럽지 않죠. 그거하고 마찬가지예요. 그 사람들한테 그런 사람은 보이지 않는 사람입니다.

3

사건에 관해서는 기억나는 게 거의 없군요.

전 당시 수험 공부 때문에 바쁘기도 했고, 그 집에 간 것도 동생들이 하도 야단스럽게 졸라대는 바람에 마지못해 갔을 뿐입니다. 부모님한테도 얼굴을 내밀라는 말을 듣지 않았나 싶군요. 날씨는 그 모양이죠, 더워서 공부는 안 되죠, 기분이 엉망이었습니다.

정말 후텁지근하고 이상한 날씨였어요.

뭐였더라, 열쇠가 안 돌아갔던 기억이 나는군요.

그 왜 있잖습니까, 아파트 열쇠라든지, 습도가 극도로 높아지면 열쇠구멍에 잘 안 들어가잖습니까. 금속은 줄었다 늘었다 하니까요. 그날은 습도가 상당히 높지 않았을까요. 기온도 높았고, 그 부근은 뭔 현상도 있고요.

아, 맞다, 책가방 열쇠였군요. 아까도 말씀드렸듯이 전 제 물건에 남이 손대는 데 예민했거든요. 그래서 방에서 나올 때는 이것저것 잠가두곤 했습니다. 물론 중학생이었으니 별건 없어요. 장난감 금고라든지, 책가방이라든지 그런 거였습니다.

책가방에 작은 자물쇠가 붙어 있잖습니까. 그때 그 열쇠가 열쇠구
멍에 도통 들어가질 않고 돌아가지도 않는 겁니다. 그래서 더욱 짜
증스러웠던 기억이 납니다. 결국 잠갔는지 아닌지는 생각이 안 나는
군요.

그렇게 짜증이 잔뜩 난 채로 그 집에 갔거든요.

가자마자 안에서 무슨 이상한 일이 일어나고 있다는 걸 알 수 있
었습니다.

그래요, 이상한 일이라고밖에 말 못하겠군요.

아비규환? 아뇨, 그런 인상이 아니라. 지금 생각해보면, 안에 쓰러
져 있던 사람들은 검은 아메바 같은 느낌으로 기억에 남아 있어요.
얼굴이나 표정을 본 기억이 없어요. 꺼먼 아메바가 바닥에서 꿈틀거
리고 있었다는 인상밖에 없습니다.

게다가 비명 소리나 신음 소리를 들은 기억도 없어요. 목소리가
아니라, 집 울림 같은 걸 느꼈습니다. 집 울림이라고 해야 하나, 잘
설명을 못하겠습니다만, 집 전체가 부앙 하고 떨리는 것 같은 소리
를 들었어요. 기억이 어떤 구조로 되어 있는지는 알 수 없지만, 제
기억에는 그렇게 남아 있어요. 그게 몸속에서 왁 울려서 아, 이거 큰
일 났구나, 그렇게 생각했습니다.

꼼짝 말고 거기 있어, 하고 동생들한테 고함을 친 것 같습니다.

전 뛰기 시작했습니다. 사람을 불러와야 한다는 생각만 났어요.

가장 가까운 파출소까지 십 분쯤 걸렸을까요.

하지만 한시라도 빨리 그곳에서 달아나고 싶다는 게 본심이었을 겁니다. 동생들도 버리고 혼자 그곳을 벗어나고 싶었어요.

파출소에 뛰어 들어가서, 아오사와 씨 댁에 큰일이 났다, 다들 쓰러져서 고통스러워하고 있다, 그런 말을 했을 겁니다. 처음에는 경찰관도 어리둥절한 얼굴을 하더니, 제가 여러 번 말하니까 안색이 달라져서 바로 움직였습니다. 여기저기 전화를 걸고, 사람이 점점 늘어나고, 큰 소동이 벌어졌죠.

자기를 둘러싼 세계가 속도를 높여서 한꺼번에 움직이기 시작했을 때 느낀 그 공포는 지금도 인상에 남아 있습니다. 그 집에 들어갔을 때보다도 오히려 그때가 더 무서웠습니다. 그 집에서 일어난 일이 세상 사람들한테 인정받아서 사실이 되어버렸다고 인식했을 때가 말이죠. 게다가 스위치를 누른 사람이 나라는 사실이 무서웠어요. 회전목마의 스위치를 누른 다음 올라타려고 했더니, 회전목마가 돌기 시작하는 바람에 타지도 못하고 점점 속도가 빨라지는 걸 속수무책으로 보고 있는 것 같았습니다. 처음에 스위치를 누른 사람은 난데, 눈 깜짝할 새에 뒤에 처지고 만 겁니다. 애초에 전 스스로 나서서 뭘 시작하는 타입이 아니거든요. 박쥐라고 할까요, 주위 사람 안색을 살피고 움직이는 타입입니다. 그런 습성이 몸에 배어 있었으니까, 파출소에 뛰어 들어갔을 때는 내가 이런 일을 해도 되는 건가, 속으로 벌벌 떨고 있었습니다.

하나 기억나는 건, 파출소에 있던 젊은 순경이 인스턴트 커피를 마시고 있었는데 컵에 티스푼을 넣은 채로 마시고 있었다는 겁니다.

전 컵에 티스푼을 넣어둔 걸 보면 못 참거든요. 하지만 곧바로 큰 소동이 벌어졌기 때문에, 그 순경은 커피를 마실 때가 아니게 됐죠.

책상 위에 티스푼을 넣은 컵이 놓여 있었습니다.

어쩐지 그게 제 자신 같았습니다. 주위가 엄청난 속도로 움직이는데, 저하고 그 컵만 정지하고 있는 것처럼 느껴졌습니다.

물론 경찰한테 몇 번씩 조사를 받았지만, 전 파출소로 뛰어가기 전에 잠깐 그 집에 있었을 뿐이라 할 이야기가 거의 없었어요. 그날 몇 번씩 그 집을 드나들었던 동생들, 특히 남동생은 상당히 끈질기게 조사를 받은 모양입니다만, 동생들도 증언할 게 별로 없었을 겁니다. 동생들을 보고, 똑같은 이야기를 정말 여러 번 묻는구나 하고 생각한 기억이 있습니다.

네, 제가 그 사건에 관해서 기억나는 건 그것뿐입니다.

4

글쎄요. 워낙 엄청난 사건이었고, 주위 사람들은 완전히 겁에 질려 있었어요. 하지만 당시 저는 냉정한 눈으로 주위를 봤던 것 같습니다.

사춘기에 뭐든지 삐딱하게 보는 시기가 있잖습니까. 세상이 자기하고 대립하는 적대적인 존재로 여겨지고, 어른을 경멸하는 시기. 그때가 바로 그런 때였어요. 세상 사람들 따위 알 게 뭐냐, 이쪽은 지금 그런 거 신경 쓸 때가 아니다, 그런 기분이었죠.

하지만 그 사건에 대해 제가 느끼던 게 한 가지 있었습니다.

어쩔 수 없다.

그 사건에 대해 제가 느낀 감상은 그 한마디로 끝납니다.

어쩔 수 없었다.

당시에 전 내내 그 말을 가슴속으로 되뇌고 있었어요. 사건 직후에 그 집 안을 보고, 그 뒤에 파출소를 향해 뛰어가던 그때부터 그렇게 생각한 것 같습니다.

글쎄요. 뭐라고 설명하면 좋을까요.

전 어렸을 때부터 세상 사람들의 권력 관계에 민감했습니다. 전학이 잦았기 때문일지도 모르고, 밑에 동생이 둘 있었기 때문일지도 모르죠. 한 사람보다 두 사람, 두 사람보다는 세 사람일 때 이런저런 관계가 생긴다는 걸 어린 마음에도 느끼곤 했습니다.

반에서도 권력 관계는 중요합니다. 친해지면 안 되는 아이, 거역하면 안 되는 아이를 가려내는 게 살아가는 데 중요하죠. 경험은 풍부했으니까 그쪽에 관한 눈치는 빨랐어요. 세상에는 확고한 위계질서가 있습니다. 누구나 응분의 인내를 해야 해요. 위로 올라가고 싶으면 정해진 수순을 밟아서 눈에 안 띄게 올라가야 합니다. 그런 처세술을 어려서부터 습득했던 것 같습니다.

그게 어쩔 수 없다는 이야기하고 무슨 상관이 있느냐 하면, 역시 아까 말한, 보이지 않는 사람이라는 이야기하고 이어지는 겁니다.

저희는 살아가기 위해서는 남들 눈에 '보이지 않는' 편이 낫다는 걸 본능적으로 알고 있어요. 전학생은 튀면 안 됩니다. 눈에 띄지 않게, 전부터 있었던 것 같은 얼굴을 해야 합니다. '보이는' 사람이 짊어지는 위험 부담이 무서운 거죠. 그러니까 반대로 자기를 타인하고 차별화하고 싶은 사람은 남들 눈에 '보이고' 싶어합니다.

그 집은 '보이는' 집이었습니다. 그 집에 사는 사람들도.

그 집은 막대한 권력을 가지고 있었습니다. 그야말로 그 지역 구석구석까지 스며들고 뿌리를 내린 권력이에요. 물론 그 사람들한테 '귀족의 의무'적인 미덕이 있었기 때문이고, 지역 사람이라면 그 은혜를 입었기 때문에 그 사람들을 존경한 건 사실이겠죠.

하지만 존경과 경멸, 동경과 질투는 종이 한 장 차이거든요.

오랜 세월을 지내오면서 그 사람들은 자기들한테 '보이지 않는 사람'의 수를 늘린 게 아닐까요.

'보이지 않는 사람'의 봉사와 충성을 당연하게 생각하게 된 게 아닐까.

'보이지 않는 사람'이 무슨 생각을 하는지, 어느 정도 존재하는지 상상조차 해보지 않게 된 게 아닐까.

전 그걸 상징하는 존재가 아오사와 히사코였다는 생각이 듭니다.

실제로 그 여자는 앞이 안 보였지만, 그것도 묘하게 얄궂은 일이란 말이죠.

그 여자는 여왕 행세를 했고, 주위에서도 그렇게 대했어요. 물론 그 여자는 다른 사람의 도움이 없으면 살 수 없기도 하고, 앞이 안 보이는 그 여자를 남이 도와주는 건 당연한 일이라고 생각합니다.

하지만 그 여자 눈에는 자기한테 봉사하는 사람들이 말 그대로 '보이지 않았다'는 게 어쩐지 당시의 그 집을 나타낸다는 생각이 들어서요.

상당히 신랄한 시각이라는 건 압니다. 시샘이라는 것도 알고요.

하지만 어떻습니까. 그 사건의 범인은 그야말로 '보이지 않는 사람' 그 자체 아닙니까. 한없이 익명에 가까운, 사회적으로도 낙오된 '보이지 않는 사람'. 아오사와 가 사람 입장에서 보자면, 아무런 상관도 없는, 존재조차 인식하지 않았던 사람이거든요.

그런 사람한테 그런 일을 당하다니, 기묘한 일치 아닙니까? 전 그 사람들이 그런 존재한테 복수를 당했다는 착각마저 들어요.

아오사와 히사코하고 체스를 둔 적이 있습니다.

물론 저도 그 여자를 동경했죠. 당신도 그 여자랑 마주 앉아서 체스를 두면 날아올라갈 것 같은 기분이 들 겁니다. 그 총명함, 아름다움, 타고난 기품. 거기 있는 것만으로도 압도당하고 매료됩니다. 모두 그 여자 앞에서는 종이 돼버립니다. 이런 사람이 세상에 있다니, 하고 경탄하게 됩니다. 전 그 여자하고 마주 앉아서 한 번도 경험해본 적이 없는 행복을 맛보고 있었습니다.

하지만 다른 한편으로 전 기묘한 감개에 젖어 있었습니다. 봉사를 받고 시중을 받으면서 이 사람들한테 점점 더 권력과 부와 재능이 집중된다, 그 때문에 한층 더 봉사하는 사람들이 늘어난다, 그리고 이처럼 혜택받은 극히 일부의 사람들이 양분을 빨아들여 커다란 꽃을 피우는 것이다, 라고요.

저도 압니다. 사람들은 착취당하고 싶어하고, 봉사하고 싶어해요. 아오사와 가를 만들어낸 건 '보이지 않는 사람'들이죠. 그들은 아오사와 가를 원했습니다.

그러니까 어쩔 수 없었던 겁니다. 세상일은 원래 뜻대로 안 되는 법이에요.

5

형제 관계란 건 이상하죠.

어렸을 때는 그렇게 오랜 시간을 공유했으면서, 갑자기 소원해지거든요. 완두콩 같은 거죠. 꼬투리인 부모 쪽은 남지만, 오랫동안 같이 그 안에 싸여 있던 콩들은 뿔뿔이 흩어지고 안 남습니다.

저희는 형제 관계가 그리 좋은 편은 아닌 것 같습니다. 아니, 이게 보통 아닐까 싶어요. 어렸을 때는 철들었을 때부터 같은 집에 있었으니까 어울렸지만, 뿔뿔이 흩어지고 보니까 서로 별로 필요가 없더라, 이런 식이라고 할까요.

친구 중에 형제끼리 사이가 좋은 녀석도 있었지만, 늘 신기했어요. 뭐가 아쉬워서 형제하고 붙어 다니나, 다른 사람하고 같이 있는 편이 훨씬 나은데, 하고 이상하게 생각하곤 했습니다.

게다가 저희는 셋 다 다른 타입이거든요. 다르기 때문에 사이가 좋은 집도 있겠지만, 저희는 아니었어요. 서로 이해가 안 돼서 그냥 각자 알아서 살았습니다. 어머니도 힘드셨을 겁니다. 형제 간의 단결이라든지, 협력이라든지 그런 일체감이 전혀 없었으니까요.

남동생은 요령이 있고 붙임성도 있었지만, 제가 보기에는 그게 일종의 강박관념이 돼 있었습니다. 늘 누군가한테 자기 존재를 인정받지 못하면 안심을 못 하는 겁니다. 그래서 늘 침착성이 없고, 계속 새로운 것만 찾아다니다 보니 결국 아무것도 오래 못 가요. 언뜻 보면 친구가 많은 것 같지만, 하나같이 얕은 관계라 오래 사귄 친구는 없었을 겁니다. 동생이 아오사와 가에 뻔질나게 드나든 것도 당연한 일이에요. 거기서 인정받으면 마음의 평화가 보장되는 거니까요. 그런, 인정받을 상대를 고르는 데는 능했습니다. 자진해서 그런 대상의 똘마니가 되고 싶어해요. 둘째 아들이라 그랬을까요.

여동생은…… 솔직히 말해서 지금도 잘 모르겠습니다.

어렸을 때부터 잘 알 수 없는 애였습니다. 그 애하고는 남동생을 통해서 접한 느낌이라 직접 관여한 기억이 별로 없어요. 옛날부터 막연히, 도통 알 수 없는 애라고 생각하곤 했습니다.

도대체 무슨 생각을 하는지 전혀 알 수가 없어요. 차라리 같은 반 여학생이라든지 회사에 있는 여직원 쪽이 훨씬 알기 쉽습니다.

정서적으로 안정된 애라는 인상은 있었어요. 혼자 놀기를 좋아하면서도 남들이 뭘 하는지 곧잘 관찰하곤 했죠. 저나 남동생이 집에서 공작 숙제 같은 걸 하고 있으면, 먼발치에서 가만히 보다가 자기도 부스럭부스럭 비슷한 걸 만들어요. 아무것도 묻진 않습니다. 그런데도 저나 남동생보다 훨씬 잘 만드는 겁니다. 남동생은 방법을 설명해주고 여동생한테 만들게 한 다음, 자기가 만들었다고 속이고 제출하곤 했답니다.

백화점에서 실연實演 판매 같은 걸 곧잘 하잖습니까. 여동생은 질리지도 않고 몇십 분씩 그걸 보고 있어요. 만드는 사람 쪽이 끈기 있는 애라고 감탄하곤 했습니다.

언젠가 여동생이 고등학생쯤 됐을 때, 장인匠人이 돼보는 게 어떻겠느냐고 반 농담으로 말한 적이 있거든요. 너라면 끈기도 있고, 스승의 기술을 어깨 너머로 보고 배울 수 있지 않겠느냐고요.

그랬더니 고개를 흔들면서 이렇게 대답하는 겁니다.

아니, 난 장인이 될 만한 능력이 없어.

표정이 진지했기 때문에, 전 안 그렇다고 했어요. 겸손이라고 생각했거든요.

하지만 동생은 진지한 얼굴로 계속 고개를 흔드는 겁니다.

난 모방밖에 못 하는걸, 창의성이 없어, 라고 하더군요.

전 반박했습니다.

누구든지 처음에는 모방에서 시작하는 거다, 모방을 제대로 못 하는 녀석이 창작을 제대로 할 리가 없다, 모방밖에 못 한다고 하다니 오만도 그런 오만이 없다. 그런 말을 했습니다.

하지만 동생은 그래도 고개를 흔들어요.

아냐, 오빠는 오해하고 있어. 난 기술을 흉내 내는 게 아니라 사람을 흉내 내는 거야. 어디까지나 그 사람이 하는 행동을 흉내 냈을 뿐이지, 기술을 흉내 낸 게 아냐. 내가 흉내 내고 싶은 건 그 사람 본인이야, 하고 진지한 얼굴로 말하는 겁니다.

제가 의아한 얼굴을 하고 있었더니, 동생은 덧붙여 말했습니다.

다른 사람이 돼보고 싶지 않아?

저한테 그렇게 묻더군요. 전 "뭐?" 하고 되물었어요. 갑작스러운 질문처럼 느껴졌거든요.

난 한평생 나잖아. 오빠도, 엄마도 될 수 없지. 그뿐만이 아냐. 다른 사람이 무슨 생각을 하는지 한평생 모른다고. 한평생 내가 하는 생각밖에 몰라. 시시하지 않아?

동생은 진지한 얼굴로 그렇게 말하더군요. 전 어안이 벙벙했어요.

그야 그렇지만, 당연한 일이잖냐. 오히려 다른 사람이 무슨 생각 하는지 알아봤자 좋을 거 없다고 생각하는데. 그렇게 대답했습니다.

동생은 잠깐 생각에 잠겼습니다.

그래, 그럴지도 모르지.

그리고 그렇게 말했어요. 그때는 그걸로 이야기가 끝났죠.

그런데 언젠가 깜짝 놀랄 일이 있었습니다.

그 전에도 소문으로 들은 적은 있었어요.

동생이 친구를 데리고 온 적이 있어서, 우연한 기회에 잠깐 이야기를 하게 됐거든요. 그 친구가 "마키는 성대모사를 굉장히 잘해요"라고 하는 겁니다. 전 '쟤가 그럴 리가'라고 생각했습니다. 집에서는 말도 없고, 뚱하고, 쓸데없는 말은 별로 안 하는 애였으니까요. 같이 텔레비전을 봐도 별로 웃지도 않아요. 도무지 성대모사 같은 걸 할 애 같지 않았습니다.

그건 대체 뭐였을까요. 동생이 고등학교를 졸업한 해 봄에 무슨 아르바이트를 했어요. 전화로 뭘 파는 아르바이트였나, 아마 그랬을 겁니다. 그런데 그날은 마침 무슨 일이 있어서 조퇴하고 집에 왔는데, 직장에서 오늘 할당된 전화를 다 못 걸어서 지금부터 남은 열 집에 전화를 걸어야 하니까 전화 좀 쓰겠다, 그렇게 식구들한테 말해놓고 전화를 걸기 시작했거든요.

소름이 끼치더군요.

제가 아는 동생 목소리가 아닌 겁니다. 물론 사람은 누구나 집 밖하고 안에서 다른 법이고, 직장하고 그 외의 곳에서도 다르죠. 하지만 그런 단순한 게 아니에요. 완전히 다른 사람이더군요. 그것도 전화를 거는 상대에 따라서 달라져요.

보니까, 완전히 처음 접하는 손님이 아니라 전에 그 회사 제품을 구입한 적이 있는 사람을 대상으로 하는 것 같았습니다. 그러니까 처음부터 냉담하게 거절당하는 일은 없었죠. 오히려 구입을 희망하는 사람한테 제품 설명을 해준다고 할까요. 상대방이 어떤 사람인지 사전에 조사가 돼 있는지, 명단에 고객 정보가 기재되어 있는 것 같았습니다.

동생은 전화를 걸기 전에 명단에 나와 있는 고객 정보를 보고 잠깐 생각에 잠겨 있었어요. 그런 다음 전화를 겁니다. 동생이 대상에 맞춰서 화술을 달리하는 걸 한눈에 알겠더군요. 뻔뻔한 아줌마 타입, 마음은 약하지만 성품은 좋은 타입, 논리적으로 설득하는 타입. 전혀 다른 사람이 전화를 건다고 생각할 수밖에 없을 정도였습니다.

그때 집에는 저하고 어머니뿐이었는데, 둘이서 동생이 이야기하는 걸 멍하니 듣고 있었습니다. 어머니도 동생이 그런 식으로 이야기하는 걸 처음 들으시는지, "뜻밖이네" 하고 절 보신 기억이 있습니다.

동생이 전화를 다 건 다음에 "야, 너 대단하다, 어디서 그런 목소리가 나오냐?" 했더니 의아한 얼굴을 하더군요. 목소리하고 성격이 다 다르더라고 했더니, 동생은 아아, 하고 고개를 끄덕였어요.

그건 다카사키에 사는 큰이모를 떠올리면서 해본 거고, 그건 동네 케이크 가게 언니, 그건 고등학교 서무과에 있는 여직원.

그때 겨우 조금 알 것 같았습니다.

전에 동생이 한 말의 의미를.

동생은 정말 다른 사람이 돼보고 싶어하는구나.

조금 전 그건 화술을 달리한 게 아니라, 자기가 될 대상을 달리한 거였구나.

어머니가 "어머, 그렇구나" 하고 손뼉을 치시더군요.

"맞아, 아까 그거, 누구랑 비슷한가 했더니 언니구나. 정말 똑같다, 얘" 하고 웃음을 터뜨리셨어요.

듣고 보니 정말 똑같았어요. 다카사키에 사시는 큰이모는 오랫동안 보험 외판 일을 하셨는데, 꽤 밀어붙이는 타입이시거든요.

제가 동생이 전화하는 걸 듣고 소름이 끼친 건 그 목소리가 딱 제가 아는 이모 목소리 그대로였기 때문입니다.

어쩐지 무섭더군요. 어머니는 웃고 계셨지만, 전 웃을 수 없었습니다.

그 뒤로 동생한테 묘한 바람이 있구나, 하는 걸 마음에 담아두게 됐습니다.

묘한 게 아닐지도 몰라요. 다른 사람이 돼보고 싶다는 건 누구나 마음속에 감추고 있는 바람이겠죠. 배우는 그런 바람이 단적으로 표출된 직업이라고 할 수 있을지도 모릅니다.

하지만 동생은 그것과는 좀 달랐습니다.

다른 사람이 돼보고 싶다. 동생한테 그건 문자 그대로의 의미였습니다. 거기에 전 위화감을 느낀 겁니다.

6

그 책이 나왔을 때 말입니까?

놀랐죠. 그 한마디로 족합니다.

동생이 그 사건을 그렇게 마음에 걸려하고 있는 줄은 몰랐거든요. 저희도 까맣게 잊고 있었으니까요. 게다가 저도 남동생도 독립해서 다른 데 살고 있어서 형제간에 얼굴을 마주할 일도 없었기 때문에 식구가 썼다는 실감은 전혀 안 들더군요.

내용도 말이죠. 으음, 식구가 썼다고 생각하면 냉정하게 읽을 수가 없어요. 어쩐지 동생 얼굴만 자꾸 생각나고.

게다가 동생이 대학에 들어간 다음부터는 점점 더 사이가 멀어졌거든요. 여동생만 그런 건 아니고, 남동생도 그랬습니다. 전 취직해서 직장에 다니고 있었고, 직장인하고 학생은 결정적으로 활동 시간이 다르잖습니까.

책이 유명해졌을 때도 주위 사람한테 동생이 쓴 책이라는 말은 안 했습니다. 남동생도 친한 친구한테는 "그 책에 나오는 그거 나다" 같은 말을 하긴 했지만, 역시 그 사건에 결부되기 싫은 마음이 있었는지 녀석치고는 얌전하게 있더군요. 아니, 그보다 정말 그 책을 여동생이 쓴 건지 반신반의하는 기분이 내내 사라지지 않았던 탓이라고 생각합니다.

솔직히 그 책으로 거둔 수입을 어떻게 했는지 그쪽이 더 신경 쓰였는데, 나중에 어머니께 듣자 하니 취재 대상들한테 상당한 사례를 하고 나서 남은 돈은 세금을 낸 다음에 전부 어머니께 드렸다더군요. 저희한테도 출연시켜서 미안하다고 얼마쯤 부쳐줬고요.

어머니께 남은 돈을 드렸다는 말을 듣고, 저도 동생도 다행이라고 생각했습니다.

어머니는 아버지하고 헤어지고 나서 고생 많이 하셨거든요.

네, 그 사건이 있고 나서 나가노로 전근 간 다음에 얼마 있다가 부모님은 이혼하셨습니다.

7

그 사건이 있기 얼마 전부터 두 분 사이가 험악했습니다.

원인은 진부합니다만, 여자 문제였어요. 그 도시로 이사 가기 전부터 가끔씩 문제가 불거지곤 했었습니다. 전근을 기회로 다시 시작할 생각이셨죠. 아버지가 관계를 끊겠다고 선언하셨거든요. 아버지도 처음에는 그럴 작정이셨다고 생각합니다.

그 도시에 처음 이사 왔을 때는 꽤 괜찮았어요. 드디어 집안이 평화로워지겠구나 하고 가슴을 쓸어내린 기억이 있습니다.

하지만 역시 계속되고 있었던 겁니다.

그 사실이 드러난 게 그 사건이 있기 좀 전이었어요. 여자가 자주 찾아와서 호텔에 묵었다는 것 같습니다. 그렇게 큰 도시가 아니니까 그걸 본 사람이 있었던 거죠. 그리고 이야기가 어머니 귀에까지 들어갔나 봅니다.

그 뒤로 집안 분위기가 어두워졌습니다. 안 그래도 어두침침한 고옥이 한결 더 축축해졌어요.

제가 그 당시에 세상을 삐딱하게 봤다고 했죠? 그 '세상'에는 부모님의 관계가 큰 자리를 차지하고 있었습니다. 전 두 분의 불협화음에서 도망치고 싶어서 수험 공부에 몰두했는지도 모릅니다.

그날 어머니가 저한테 동생들하고 같이 아오사와 가에 가라고 하신 것도 아버지가 일찍 돌아오실 예정이었기 때문입니다. 그날 두 분이 어떤 중요한 이야기를 하시리란 걸 전 어렴풋이 눈치채고 있었습니다. 지금 당장 어떻게 하자는 건 아니지만, 그런 결과가 됐을 때를 대비해서 어떤 준비를 할 것인가, 그런 걸 의논하려 하신 모양입니다.

아버지는 일 때문에도 바쁘셨는데 상대방 여자가 와 있을 때는 내내 그쪽에 가 계셨기 때문에, 집에는 별로 안 계셨거든요. 그날은 어머니가 여러 번 부탁해서 겨우 이야기할 자리를 마련할 수 있었던 것 같았어요. 그래서 어머니가 동생들을 데리고 그 집에 갔다 오라고 하셨을 때 거절할 수 없었던 겁니다. 결국 그런 소동이 벌어졌으니 두 분의 이야기가 어떻게 됐는지는 모릅니다.

전 내심 그 사건을 계기로 두 분 관계가 회복되지 않을까 기대했어요. 부조리한 범죄로 가족을 영원히 잃는 데 비하면 함께 있을 수 있다는 게 얼마나 감사한 일인가. 그렇게 생각해주지 않을까 말이죠.

확실히 한동안은 그 사건이 가족의 결속을 강화시켜준 것처럼 보였습니다만, 지금 생각해보면 마지막 지푸라기를 얹은 셈이 아닐까 싶어요.

아버지는 역시 무슨 일이 있을 때 어머니가 아니라 그 여자하고 같이 있고 싶다고 생각하신 겁니다. 마지막 순간을 그 여자하고 같이 보내고 싶다고요.

묘하게도, 내내 관계 회복을 바라던 어머니도 사건 해결과 동시에 포기하신 것 같았습니다. 범인이 자살했다고 발표됐을 때, 어머니가 "더 이상은 무리구나" 하고 중얼거리신 적이 있어요. 그게 무슨 의미였는지는 지금도 잘 모르겠습니다만.

아버지는 생활비랑 저희 학비를 꼬박꼬박 부쳐주셨지만, 어머니 입장에서는 어디까지 믿고 의지할 수 있을지 모르는 일이다 싶으셨 겠죠. 실제로 주위에서 양육비가 도중에 끊겨서 힘들어하는 사람도 봤고요. 그래서 어머니는 취직하셨어요. 내내 살림만 하던 분이니 힘드셨을 겁니다. 아이가 셋씩이나 되면 이것저것 갑작스럽게 들어 갈 돈도 많은데, 아버지한테는 그런 부탁을 못 하시겠는지 어머니 혼자 가계를 꾸려나가느라 고생 많이 하셨습니다. 저희는 그런 어머 니를 줄곧 봐왔으니까, 동생이 어머니께 돈을 드렸다는 말을 듣고 안심했어요. 그 점에 대해서는 동생한테 고맙게 생각하고 있습니다.

8

어째 아무래도 상관없는 이야기를 주절주절 늘어놓고 있군요.

그 뒤로도 동생들하고는 왕래가 없는 채로 순식간에 세월이 흘렀 습니다. 이렇게 보면, 그 사건이 있었던 날이 셋이 마지막으로 함께 논 날이라는 생각이 드는군요. 실제로는 아니겠지만, 셋이 함께 있 었던 때를 생각하면 그날 셋이 그 집에 가던 때밖에 생각이 안 납니 다. 정말 이상하죠, 형제는.

한 캔 더 어떠십니까? 전 마실까 하는데요. 역시 쉬는 날 낮에 이 렇게 마시는 게 최고예요. 낮에 마시면 진짜 꽤 취하긴 하죠. 왜 그 럴까요. 낮에 신진대사가 더 활발해서 그럴까요. 밤에는 신진대사가 더 느리니까, 천천히 효과가 나게 하고 싶은 약은 저녁에 먹는다고 하잖습니까.

가끔 생각해보곤 합니다.

이해할 수 없다는 건 죄인가.

부모든, 자식이든, 형제든, 이해할 수 없는 건 이해할 수 없어요. 그게 나쁜 일인가? 이해할 수 없으면 이해할 수 없다고 인정하고 체념하는 것도 일종의 이해가 아닌가? 그런 생각을 합니다.

하지만 오늘날 세상은 이해할 수 없는 존재를 용서하지 않거든요. 모르겠다고 괴롭히고, 정체를 알 수 없다, 설득이 안 먹힌다고 공격합니다. 뭐든지 간략화, 매뉴얼화됩니다. 화를 내는 이유가 '이해할 수 없다'일 때가 많아요.

사실은 이해할 수 있는 쪽이 훨씬 적지 않나요? 이해했다고 뭐가 해결되는 것도 아니죠. 그러니까 이해할 수 없는 세계에서 살아갈 생각을 하는 편이 훨씬 현실적이라고 보는데, 잘못된 생각일까요.

가끔씩 생각해보곤 합니다.

동생은 뭘 그렇게까지 이해하고 싶었던 걸까.

어째서 그렇게까지 타인이 되고 싶었던 걸까.

가족끼리 마지막으로 식사를 했을 때가 생각납니다. 부모님이 이혼하시고 아버지가 집을 나갈 때였습니다만.

아버지는 지극히 보통 사람이셨다고 생각합니다. 진지하고, 선량하고, 자식들도 귀여워해주셨어요. 그래서 집을 나가신다는 말을 듣고도 저희는 아버지를 비난할 마음은 없었습니다. 굳이 말하자면 체넘하고 쓸쓸한 기분뿐이었던 것 같습니다. 아버지한테 버림받는다고 비참한 기분이 든 적도 있었지만, 뭐라고 할까요, 집을 나가는 아버지 쪽이 기운이 없었기 때문에 마음이 복잡했어요. 아버지는 아버지대로 저희에 대해 강한 죄의식을 갖고 계셨던 것 같습니다. 그래도 저희는 아버지를 붙잡아둘 만한 힘이 못 됐던 셈입니다만.

그날은 포근하고 화창한 날씨였습니다.

표면상으로는 화목한, 어디에나 있을 것 같은 가족이었을 겁니다. 저희도 일부러 명랑하게 법석을 떨었습니다. 안 그러면 안 될 것 같았어요.

어머니하고 여동생이 비프스튜를 만들었죠. 아침부터 시간을 들여서 푹 끓인 거라 아주 맛있었습니다.

다들 한 그릇씩 더 먹으면서 이런저런 이야기를 했습니다.

그런데 시간이 지날수록 어쩐지 속이 언짢아지는 겁니다. 속이 울렁거리고 오한이 나더군요. 게다가 저만 그런 게 아니었어요. 아버지, 어머니, 남동생까지 얼굴이 창백했습니다. 기묘한 표정으로 서로를 훔쳐봤죠.

"어쩐지 속이 좀 이상하지 않아?"

"당신도 그래?"

아버지하고 어머니가 얼굴을 마주 보시던 기억이 납니다.

그때부터 난리도 아니었습니다. 모두 연신 토해댔어요. 화장실 차례가 돌아올 때까지 기다릴 수가 없어서 종이봉지랑 비닐봉지에 대고 토했으니, 온 집 안이 냄새로 진동했죠.

"식중독인가."

"그럴 리가. 먹고 탈 날 만한 건 안 들어갔는데. 몇 시간씩 끓이기도 했고."

홀쭉하게 여윈 얼굴로 부모님이 소곤거리셨습니다.

구급차를 부를 생각도 못 할 정도로 돌아가면서 토했답니다. 아, 그땐 정말 힘들었어요.

하지만 속에 든 걸 전부 비워내고 나니까 시원해져서 안심했죠. 마비나 열 같은 증세도 없었으니까요. 물을 많이 마시고 겨우 정신을 차렸습니다.

"대체 뭐였을까? 역시 병원에 가보는 게 좋지 않을까?" 아버지가 그런 말씀을 꺼내시더군요.

"그러게. 원인을 모르니까 찜찜하기도 하고."

어머니도 맞장구를 치셨죠. 그런 두 분은 아직 부부처럼 보였습니다. 그날은 아침부터 서먹서먹했는데, 예기치 못한 사고 때문에 되레 맺혀 있던 응어리가 풀린 것 같더군요.

그때였습니다. 갑자기 모두가 조용해진 겁니다.

정말 동시였어요. 왜 그런지 모두 동시에 그쪽을 본 겁니다.

여동생이 오도카니 앉아 있었습니다.

그때까지 아무도 몰랐지만, 동생만은 아무렇지도 않았던 겁니다. 동생만은 자리에 그대로 앉아서 다른 사람들이 번갈아 토하러 가는 걸 꼼짝 않고 보고 있었어요.

그걸 깨닫고 다들 이상스레 동생을 봤습니다.

동생은 동생대로 진지한 얼굴로 다른 사람들을 빤히 보더군요.

보니까 동생은 음식에 손을 거의 안 댔어요.

"왜 그러니? 왜 안 먹었어?"

어머니가 동생한테 물으셨습니다.

"이거."

동생은 손에 쥐고 있던 걸 내밀었습니다.

이파리가 톱날처럼 삐죽삐죽한 풀 같더군요.

"그게 뭐니?"

어머니가 의아한 얼굴로 물으셨습니다.

"저번에 소풍 갔을 때 뜯어 온 거야."

동생은 담담히 대답했어요.

어머니는 안색이 변하셨습니다.

"마키, 설마 그걸."

"넣었어. 아까."

"냄비에? 스튜 냄비?"

어머니가 날카로운 목소리로 물으시니까 동생은 태연하게 고개를 까딱하는 겁니다.

"그게 뭐지?"

어머니가 일어나서 동생의 손에서 그 풀을 빼앗으셨습니다.

동생은 놀란 얼굴로 풀을 도로 빼앗으려 했지만, 어머니가 손을 높이 쳐들고 주지 않으셨어요.

"으응, 토하는 거래."

어머니의 얼굴이 공포로 일그러졌습니다. 무서운 얼굴로 동생 얼굴을 응시하셨어요.

"독풀이니?"

동생은 고개를 흔들었습니다.

"아니. 선생님이 그러는데, 구역질이 날 뿐이래. 동물은 안 좋은 걸 먹었을 때 이 풀을 먹고 위에 든 걸 전부 토해낸대."

"왜? 왜 그런 걸 스튜에 넣은 거니?"

어머니가 비명을 지르듯 말씀하셨어요.

그때 처음으로 동생의 얼굴에 당혹감 같은 게 떠오르더군요. 대답해야 하나 말아야 하나 망설이는 것처럼.

"그만둬."

아버지가 침울한 목소리로 말씀하시곤 어머니의 어깨를 눌러 앉히셨습니다.

"내 잘못이야."

아버지는 몹시 슬픈 얼굴을 하고 계셨습니다. 당신에 대한 복수라고 생각하셨겠죠. 아무 말도 없었던 자식들이 자기들을 버리고 가는 아버지에 대해 일으킨 작은 반항이라고.

하지만 아버지는 모르셨습니다. 아버지는 저희를, 동생을 전혀 모르신 겁니다. 제가 동생을 모르는 것만큼이나.

식탁이 침울한 분위기에 휩싸였어요. 어머니도 아버지와 같은 생각을 하신다는 걸 알 수 있었습니다. 그게 아니라고 하고 싶었지만, 할 수 없었습니다.

동생은 아버지를 흘끔 보더니 입을 열더군요.

"알고 싶었어."

"뭘?"

아버지가 조심조심 물으셨습니다.

동생은 고개를 살짝 갸웃했습니다.

"다른 사람한테 독을 먹이는 게 어떤 기분인지."

다들 멍하니 동생을 쳐다봤죠. 아버지조차도 어안이 벙벙한 얼굴로 동생을 보고 계셨습니다.

얼마 동안 입 다물고 동생의 얼굴만 주시하고 있었어요.

"그래서 알았어?"

전 그렇게 물어봤습니다. 오히려 순수한 호기심에서 물었다는 생각이 드는군요.

동생은 또다시 고개를 갸웃했습니다.

성난 것도 같고 난처한 것도 같은, 복잡한 표정이었습니다.

"아니, 모르겠어."

동생은 그렇게 말하고 가볍게 한숨을 내쉬었어요.

9

캔 맥주, 어떻습니까?

전 이렇게 혼자 마실 때가 제일 마음이 놓입니다. 캔 맥주에는 뭔

짓을 하기도 어렵고, 혹시 손을 댔으면 발견하기도 쉬우니까요.

세상엔 이해할 수 없는 일, 이해할 수 없는 사람이 수두룩합니다.

하지만 전부 이해하고 싶어하는 사람도 있고, 어떤 특정한 걸 이해하고 싶어하는 사람도 있죠.

동생이 이해하고 싶어한 사람은 단 한 사람이었습니다. 다른 사람이 되고 싶다고 한 건 어떤 특정한 인물을 말한 거였습니다. 동생이 되고 싶었던 건 그 사람뿐이었습니다.

그 한 사람은 물론 그 사건의 범인입니다. 독을 넣은 음료수를 보내서 무차별 대량 학살을 감행한 범인.

동생은 범인을 이해했을까요. 그 사람이 될 수 있었을까요. 그 책을 읽어도 전 아직 모르겠습니다.

7

유령 그림

1

   그 메밀국수집 입구에 걸려 있는 족자의 그림은 유령 그림이라고 들 했다.

   언제부터 그런 이야기가 나왔는지 지금 와서는 알 수 없다. 그러나 그 집에 오는 동네 사람이라면 다들 알고 있는 이야기다.

   근처 초등학교 통학로가 옆이라, 상급생이 하급생에게 그렇게 설명하는 게 전통인 모양이다. 괴담의 계절 여름에는 아이들이 벌벌 떨며 구경하러 오기도 한다.

   상가 중간쯤의 길모퉁이에 있는, 어디에나 있을 것 같은 메밀국수집이다. 다른 집과 조금 다른 점이 있다면, 다른 데 같으면 플라스틱 수지로 만든 모형이 들어 있을 가게 앞 유리 진열장에 족자와 꽃병이 놓여 있다는 것 정도일까. 풍류가 있다고 할 수도 있겠지만, 백중과 섣달그믐에 먼지를 털 뿐 오랜 세월 그냥 방치되어 있기 때문에 족자는 때가 타 보호색처럼 벽에 동화되어 있다. 족자 앞에 도라지꽃 조화를 꽂은 대나무 꽃병이 놓여 있지만, 도라지꽃 꽃잎도 색이 흐릿하게 바랬다. 그러다 보니 대부분의 사람은 진열장에 눈도 돌리지 않고 포렴을 걷고 들어선다.

가끔씩 생각난 듯이 단골손님이 족자의 유래를 묻곤 하지만, 그렇지 않아도 무뚝뚝하고 과묵한 주인은 "아버지가 걸어두랬어"라고 성가신 듯 대답할 뿐이라 대화가 더 이어지지 않는다. 그러나 호기심 많은 손님이 몇 년에 걸쳐 끈덕지게 캐물은 바에 따르면, 그 족자는 주인의 조부가 여행지에서 우연히 손에 넣은 것인데 족자를 손에 넣은 시기를 전후해서 경사가 이어졌기 때문에 조부에게는 행운의 족자였다는 것, 그래서 가게에 내내 걸어두라고 조부가 부친에게 엄명했고 그것이 현재 주인에게까지 이어져 내려온다는 이야기였다.

"하지만 저런 기분 나쁜 족자가 길하다니 믿어져?"

단골들은 그렇게 몰래 험담을 하곤 했다.

"하지만 실제로 가게는 나름대로 번창하고 있잖아."

"메밀국수나 안주도 맛은 나쁘지 않지."

"옛날부터 길한 물건이라는 건 꽤 기괴한 법이야."

"에비스 님일본 칠복신의 하나. 상업 번성, 복의 신도 자세히 보면 기분 나쁘잖아."

"혹시 알고 보니까 유서 깊은 값나가는 거라든지 그런 거 아냐?"

"그럴 리가 있어? 낙관도 없잖아."

서예가 취미인 문방구점 젊은 주인(이미 40대 중반을 지났지만)

이 고개를 흔들었다. 그는 우연히 먼지를 털 때 그 자리에 있었던 덕에 진열장에서 꺼낸 족자를 자세히 살펴볼 기회가 있었다.

보면 볼수록 초라한 족자였다. 아침부터 밤까지 내내 햇볕에 나와 있고 습도나 온도도 관리하지 않으니 무리도 아니지만, 갈색 얼룩이 주근깨처럼 점점이 나 있는 데다가 윤곽선은 흐려지고 원래 색도 거의 사라져버렸다. 설사 과거에 유서 깊은 그림이었다 해도, 상태가 이래서야 값이 나갈 리가 없다.

애초에 대체 무슨 생각으로 그린 그림일까.

문방구점 젊은 주인은 고개를 갸우뚱했다.

가운데에 한 남자가 우두커니 서 있을 뿐이라, 구도도 어딘지 모르게 어색하다. 낙관도 서명도 없다. 혹시 병풍 그림을 한 장 잘라내 표구한 게 아닐까. 표구한 사람도 별 대단한 미의식의 소유자가 아니었던 듯, 그림을 돋보이게 하려는 배려가 전혀 보이지 않았다.

게다가 뭔가, 이 남자는.

신선이나 노인이라면 또 몰라도, 그림 속의 남자는 나이를 가늠할 수 없었다. 얼굴은 매끈한데, 인상은 늙어 보인다. 별다른 특징은 없는데, 묘하게 기억에 남는 얼굴이다. 그것도 결코 좋은 느낌이 아니라 의식 끄트머리에 걸리는, 왠지 모르게 부자연스럽고 불쾌한 얼굴이다. 처음에 이걸 유령 그림이라고 한 사람도 그런 불쾌함을 느껴서 그랬을 것이다. 확실히 어딘지 모르게 정상을 벗어난, 인간이 아닌 것 같은 얼굴이다.

그러나 이 그림이 이상한 가장 큰 이유는 남자의 이마에 그려진 그것일 것이다.

흐려지기는 했지만, 남자의 이마에는 눈이 또 하나 있었던 것이다. 작긴 해도 가운데에 눈동자가 확실하게 그려져 있다. 그림 속의 남자는 눈이 세 개인 것이다. 불상이면 또 몰라도, 도무지 덕이 있을 것 같지 않은 남자의 이마에 있는 눈. 그게 보는 사람을 불안하게 한다. 아이들 사이에서는 가게 앞을 혼자 지나가면 이 눈과 눈이 마주친다든지, 밤중에 이 눈이 빛난다든지, 그런 제법 그럴싸한 괴담이 전해지는 모양이다.

그런 기이한 그림이긴 하지만, 제3의 눈도 얼핏 보면 그냥 얼룩 같다. 강한 호소력을 지닌 것도 아니고, 선에 특징이 있는 것도 아니고, 단순한 벽 장식조차 될 수 있을지 어떨지 의심스러운 물건이다. 실제로 앞으로 10년만 더 있으면 선 자체가 볕에 바래 완전히 사라져버릴 것이다.

그보다도 문방구점 젊은 주인이 신경 쓰이는 것은 최근 자주 이 그림을 뚫어지게 쳐다보는 남자였다.

'최근 자주'라고는 해도, 이 몇 달 새에 두세 번 본 정도다.

그러나 그림과는 달리 매우 인상적인 남자였다.

하얀 반소매 셔츠에 회색 바지를 입은 복장은 평범하지만, 셔츠는 낡기는 했어도 늘 반듯하게 다려져 있고, 가슴이 시릴 정도로 청결한 느낌이 드는 젊은 남자였다.

머리를 짧게 쳐서 쓸데없는 부분이 전부 제거된 얼굴선이 돋보인다. 군살이 전혀 없는 몸 선은 갓 완성된 조각상을 연상시켰다.

단정한 이목구비였다. 안색이 나쁘고 뺨에 핏기가 없어서 윤곽이 더욱 강조된다. 높고 둥근 이마 밑의 눈은 늘 어둡고 퀭했다.

무더운 장마가 계속되면서 물에 불어 흐물흐물해진 거리에서 그 청년만이 싸늘한 정적을 담고 있었다.

몇 살일까.

젊은 주인이 처음에 궁금하게 여긴 것이 그것이었다. 외모만 보면 20대 중반쯤 될 것 같지만, 눈초리나 표정에는 노숙한 분위기가 있었다.

어디서 본 적이 있는 얼굴인데. 아주 오래전, 어렸을 때, 허연 길가에서······.

갑자기 별이 붙은 모자를 쓴 옆얼굴이 되살아났다.

그렇군, 도시 삼촌이구나.

이름이 쉽게 나와서 조금 안심했다.

출정을 앞두고 고향에 돌아와 길을 걷던 도시오의 모습이 어린 그의 눈에 뚜렷하게 새겨져 있었다. 모자 밑으로 아름다운 옆얼굴이 보였다.

일족 중에서 으뜸가는 수재로, 나고야 육군유년학교에서 육군사관학교로 진학한 삼촌은 외모도 멀끔한 미남이라 남녀 모두에게 동경의 대상이었다. 차분한 성품이었지만 아이들을 좋아해서 곧잘 놀아주곤 했다. 그래서 아이들도 그가 오면 강아지처럼 졸졸 쫓아다녔다. 젊은 주인도 그중 한 사람이었다.

그래, 삼촌도 이런 눈을 하고 있었다. 나이는 젊은데 유난히 노숙

했다. 마치 온 세상에 대한 책임을 홀로 짊어진 사람처럼, 고뇌와 초조를 그 고요한 눈에 담고 있었다……

삼촌은 전쟁이 끝난 다음에도 고향에 돌아오지 못했다. 대륙에서 전사한 것 같다는 이야기만 있을 뿐, 유골조차 돌아오지 못했다.

그래서 그에게 삼촌은 언제까지고 젊고 아름다운 모습으로 남아 있다. 그 삼촌이 메밀국수집 앞에서 족자를 들여다보는 남자와 겹쳐 보였는지도 모른다.

남자는 늘 그 족자를 한참 바라보다가 이윽고 갑자기 관심을 잃은 듯이 그 자리를 떠나곤 한다.

젊은 주인도 남자에 관해 그 이상 알고 싶었던 것은 아니다. 다만 어쩐지 신경 쓰이는 사람이라고, 가끔 눈에 담아두었을 뿐이다.

그런데 남자를 다시 볼 기회가 어느 날 우연히 찾아왔다.

은사의 법회가 있어서 동창회를 겸해 시 외곽에 있는 절을 찾아 갔을 때였다.

어?

그가 낯익은 셔츠 차림의 남자를 본 것은 장마철의 흐린 햇살이 절 구석에 있는 수국을 비추는 부근이었다.

어린아이들이 꺅꺅 환성을 지르고 있다.

그 절은 부지 내에 유치원을 경영하고 있었다. 아담한 마당에 놓인 벤치에 남자가 앉아 있고, 아이들이 그를 둘러싸고 있었다.

젊은 주인은 또다시 기시감을 느꼈다. 저 아이 중 하나가 자기 자신인 것 같은…… 부드러운 햇살이 비치는 작은 마당이 천국이고 자신이 그곳에서 삼촌과 함께 노는 듯한 기묘한 느낌이었다.

다만 남자는 삼촌과는 달리 특별히 아이들을 상대하는 것 같지는 않았다. 그저 가만히 앉아서 온화한 얼굴로 아이들을 바라보며, 그들이 자기에게 들러붙어 제멋대로 떠드는 것을 느끼는 것 같았다. 그 표정은 자애로 가득한 것 같기도 하고, 고통을 견디고 있는 것 같기도 했다. 젊은 주인은 어울리지도 않게 '성자'라는 말을 떠올렸다.

"왜 그러십니까?"

젊은 주인이 우뚝 서 있는 것을 보고 중년의 주지가 말을 걸었다.

"저분은 이 절과……?"

관계가 있느냐는 질문을 은연중에 내비치며 남자를 흘깃 보자, 주지가 아아, 하고 고개를 끄덕였다.

"가끔씩 저희 절에 와서 부처님을 뵙고 가시는 분이랍니다. 가실 때는 저렇게 아이들과 놀아주고 가시죠. 젊은 분이 여러 가지로 딱한 사정이 있는 분이라…… 아시는 분입니까?"

주지는 부드러운 어조로 대답했다.

젊은 주인은 우물쭈물했다.

"아뇨, 동네에서 가끔 뵙곤 합니다. 보시다시피 미남이시라 낯이 익었을 뿐입니다."

"아아, 그렇군요. 같은 동네시라고요. 사시는 데는?"

주소를 말하자, 주지는 납득한 듯이 혼자 몇 번이고 고개를 끄덕였다.

"지금도 병원에 다니시는 모양이군요."

"병원?"

그렇게 되묻자, 주지는 시선을 피하듯 마당을 보았다.

"3년쯤 전에 아사노 강 강변에서 데이트 중이던 커플이 살해당한 사건이 있었죠."

"아아, 그렇군요. 그런 일이 있었죠. 범인들은 벌써 잡히지 않았던 가요?"

"결혼을 앞둔 젊은 남녀였는데, 범인들하고는 전혀 모르는 사이였는데도 아주 참혹하게 죽임을 당했다는 것 같더군요……. 저분의 누이동생이셨습니다."

"네?"

심장이 오그라드는 것 같았다.

"젊은 나이에 부모님을 잇따라 잃고 두 남매가 힘을 합쳐서 살아온 모양입니다. 고생고생해서 대학을 나오고 열심히 일해서 돈을 모아 겨우 동생을 시집 보낼 수 있게 됐다, 겨우 부모님 뵐 낯이 서게 됐다, 그렇게 생각한 참에 그런 처참한 일이 일어나는 바람에 낙심해서, 허무해져서, 그래서 그만 병이 나서 오랫동안 입원해 있었다고 합니다."

"그랬군요."

젊은 주인은 가슴이 아팠다. 노숙한 얼굴은 그 탓이었나.

"원래 몹시 섬세하고 예민한 사람이 누이동생을 위해 필사적으로 버티면서 일한 모양이에요. 듣자 하니, 어르신들도 그런 성품이시라 그게 원인이 돼서 거의 자살에 가까운 형태로 돌아가셨다 합니다."

주지는 담담히 말을 이었다.

젊은 주인은 이렇게 개인적인 이야기를 자기에게 해도 되는 건가 하는 생각이 들기는 했으나, 호기심을 억누를 수 없었다.

이 주지는 간사이 억양이 강하다. 나라 아니면 교토, 그쪽에서 살았던 것 같다. 그런 생각을 하며 귀 기울여 듣는다.

"옆 침대에 계시던 환자분이 대학에서 불교미술을 가르치는 선생님이셨다는군요. 그래서 부처님의 가르침에 관심을 가지게 되셨답니다."

"부처님이 구원이 될 수 있으면 좋겠습니다만."

"저분은 부처님의 가르침보다는 불상 그 자체에 관심이 있으신 모양입니다. 특히 백호白毫라고, 혹시 아십니까? 부처님의 이마 한가운데에 눈 같은 게 있지 않습니까? 거기에 관심이 있으신 것 같습디다."

젊은 주인은 움찔했다. 이마 한가운데의 눈.

메밀국수집 앞에서 진지하게 족자를 쳐다보던 남자의 모습이 눈앞에 떠올랐다.

주지는 부드러운 어조 그대로 남자와 했던 대화를 띄엄띄엄 재현했다.

— 이 눈은 뭐죠? 아니, 눈이긴 한가요?

— 아뇨, 눈하고는 좀 다릅니다. 이건 보살님의 눈썹 사이에 나는 털이에요. 오른쪽으로 소용돌이를 그리고 있으니까 동그란 눈처럼

보이는 거죠. 불사가 그걸 동그란 점으로 표현하는 것뿐입니다. 수정 알갱이를 넣어서 표현하기도 한답니다. 여기서 광명이 나오는 겁니다.

— 눈하고는 다르군요.

— 네, 다릅니다. 삼안三眼이라 해서, 정말 여기에 눈이 있는 부처님도 계십니다만, 굳이 말하자면 마두관음이나 부동명왕처럼 분노의 상相을 나타내시는 부처님께 붙어 있는 것이죠.

— 분노.

— 네. 여기에 눈이 있는 상象은 아주 옛날부터 문화와 종교를 불문하고 세계 각지에 있어왔답니다. 신기하죠? 하지만 실제로 수행을 쌓으면 여기에 눈 같은 것, 열 같은 것을 느끼게 된다는 건 동서양을 불문하고 자주 있는 이야기거든요. 관계가 있는지 없는지는 모르겠습니다만, 그 왜 있지 않습니까, 교과서에서 프란시스코 하비에르라든지 그런, 저쪽 승려분들을 보면 머리 꼭대기만 벗어져 있죠? 그것도 일설에 의하면, 수행을 계속해서 정신력이 높아지면 몸 안에서 순환하는 에너지를 스스로 조절할 수 있게 돼서 머리에서 높은 열을 발산하기 때문에 자연히 머리가 벗어진다고 하더군요. 그래서 덕이 높은 승려는 모두 그런 머리 모양이 된다는 이야기가 있어요. 하긴 남자 중에 그런 식으로 머리가 벗어지는 사람이 많으니까 그걸 얼버무리기 위해 그런 식으로 말하는 게 아닐까 싶기도 합니다만.

— 덕을 쌓으면, 이라고요. 대체 어떤 식으로 보일까요? 여기에 눈이 또 하나가 있으면.

— 글쎄요. 저 따위가 그런 걸 알 수 있을 리가 없죠. 하지만 분명히 전혀 다른 식으로, 다른 단계에서 세상이 보일 겁니다.

이 주지는 최근에 아버지의 뒤를 이어 주지가 되었는데, 그 전까지는 상당한 건달이었던 듯 전 세계를 방랑하고 미국으로 건너가 히피 문화 같은 데도 발을 담갔다는 것 같더라고 동창회에서 들은 기억이 났다. 하는 이야기를 들어보면 확실히 별난 주지이기는 하다.
이야기는 이어졌다.

— 전 어떻게 하면 좋을지 모르겠습니다.
— 뭘 말씀이십니까?
— 대답을 해야 하는데, 어떻게 대답을 해야 할지 모르겠습니다.
— 누구한테 대답하는 겁니까?
— 잘 설명을 못하겠습니다만, 이 세상한테 말입니다.
— 복수는 안 됩니다, 복수는. 복수는 반드시 되풀이됩니다. 부負의 연쇄예요. 그런 일을 해봤자 좋은 일은 전혀 없어요. 동생분도 성불 못 하십니다.
— 아, 오해십니다. 제가 동생 때문에 세상에 원한을 품고 있다고 생각하시다니 뜻밖입니다. 그런 의미가 아닙니다.
— 그럼 어떤 의미입니까.
— 전 지금 세상으로부터 질문을 받고 있습니다. 저라는 개인이 이렇게 큰 질문을 받았는데, 전 침묵하고 있습니다. 그 사실을 못 견

디겠습니다. 전 그게 어떤 답이든 세상한테 답을 해야 합니다. 그런 의미에서 지금 전 커다란 책임을 느끼고 있어요.

— 책임? 책임이라뇨? 사건은 당신 탓이 아닙니다. 처참한 일에 말려들어 죄의식을 느끼는 사람은 많이 있습니다만, 그 사람 탓이 아니에요. 당신이 책임을 느낄 필요는 전혀 없습니다.

— 그럴까요. 하지만 실제로 말려든 사람은 전데요. 다른 사람이 아니라 이 제가 선택된 겁니다. 그럼 거기에 무슨 이유가 있지 않을까요? 저한테 대답을 요구하는 게 아닐까요?

— 아하, 이제 알겠습니다.

— 네?

— 당신 때문이군요.

— 무슨 말씀이십니까?

— 전 당신을 위해서 여기로 돌아온 거였군요.

— 절 위해서?

— 당신이 맛본 고통하고는 비교도 안 됩니다만, 저도 저 나름대로 세상에 대해 의문을 가지고 있었답니다. 절에서 태어나서, 부처님의 가르침이 가까이에 있어서, 거기에 반발해서 젊었을 때는 여기저기 떠돌면서 답을 찾아다녔어요. 하지만 방랑 생활에 지쳐 집으로 돌아와서, 염치불구하고 부모가 물려준 자리를 꿰차고 앉아서 이렇게 한가롭게 거들먹거리면서 설교나 하고 있는데, 지금 이렇게 당신을 만난 겁니다. 그건 당신이 부처님의 가르침을 받아야 하기 때문입니다.

— 제가 말씀입니까?

— 그렇습니다. 옆 침대에 불교미술을 연구하는 선생님이 계셨다는 것도 부처님의 인도셨겠죠. 당신한테 부처님의 가르침이 필요하기 때문에 그렇게 된 겁니다. 제가 이렇게 당신을 뵙게 된 것도요.

— 그럴까요. 전 운명이라는 말을 안 믿습니다. 인도라는 것도요.

— 어떤 말을 쓸지는 자유입니다만, 전 이렇게 지금 이 자리에 있어야 했던 거고, 당신도 이 자리에 있어서 부처님의 가르침을 받아야 했던 거라고 생각합니다.

— 주지 스님께서 그렇게 말씀하신다면 그럴지도 모릅니다. 아무튼 전 지금 책임을 느끼고 있고, 이 눈, 이 제3의 눈을 갖고 싶습니다. 이런 고통을 안 느껴도 되도록, 높은 단계에서, 높은 곳에서 제 자신과 이 세상을 바라볼 수 있게 되고 싶습니다. 제 바람은 그것뿐입니다.

"친구분들이 다 모이신 것 같군요."

주지는 갑자기 이야기를 끊고 복도 반대편에서 젊은 주인을 부르는 동창생을 돌아보았다. 가까운 음식점으로 이동한다는 것이다. 절 음식을 먹으며 동창회를 한다는 것도 기분이 묘하지만, 어차피 다들 성인병이 신경 쓰이는 나이다 보니 많이 모여든 것은 사실이었다.

문득 복도 기둥에 붙어 있는 사진에 시선이 빨려 들어갔다.

선명한 노란색 가사를 두른 승려가 걷고 있다.

"저기가 어디입니까?"

"으음, 스리랑카였던가? 오래돼서 잘 모르겠군요. 부끄럽습니다만, 젊었을 때는 여기저기 많이 돌아다녔거든요."

주지가 직접 찍은 사진인 모양이다.

"지금 이야기는 부디 비밀로 해주십시오. 이 이야기를 해드린 건 당신이 저분한테 관심을 가지고 있다는 걸 알 수 있었기 때문입니다. 저분을 성가시게 해드린다든지, 다른 데서 저분 이야기를 하시는 일이 없으셨으면 합니다."

주지는 진지한 얼굴로 고개 숙여 부탁했다.

물론 젊은 주인도 남자에게 직접 말을 걸거나 그에 관해 다른 사람에게 이야기할 생각은 털끝만큼도 없었다.

무심코 수국을 돌아보니, 유치원 마당에는 어느새 아무도 없었다.

햇살은 사라지고, 아이들 목소리도 들리지 않고, 하얀 셔츠를 입은 남자도 흔적이 없었다.

2

주지의 이야기는 마음속에 무겁게 가라앉아 있었지만, 시간이 지나면서 잊혔다. 그러나 젊은 주인과 남자의 인연은 아직 이어지고 있었다.

남자를 다시 만난 것은 장마가 막바지에 이르러 비가 한창 세차게 쏟아지던 중이었다.

정확히 말하자면, 만난 것은 아니다.

동업자 모임에 다녀오는 길에 빗발이 거세져서 들고 있던 종이봉지 바닥이 빠지는 바람에 젊은 주인은 친한 담배 가게에 들렀다.

새 봉지에 짐을 옮겨 담는 동안에도 비는 세차게 쏟아졌다.

문득 사람이 가까이 지나가는 것이 느껴졌다.

고개를 들자, 가게와 살림집 사이를 가로지르는 통로에 불투명 유리 미닫이문 너머로 움직이는 그림자가 보였다. 젊은 남자다. 좁다란 통로는 안쪽까지 이어져 있는 듯 이윽고 그림자는 사라져버렸다.

젊은 주인이 의아한 얼굴로 미닫이문을 바라보자, 차를 끓여 내온 담배 가게 안주인이 "뒷집에 세 들어 사는 이예요"라고 중얼거렸다.

"그렇군요. 뒤에 연립이 있었죠."

"옆집 철물점이 주인이죠."

부인은 험악한 얼굴로 미닫이문을 흘깃 보았다.

"젊은 사람이 일도 안 하고 말이에요. 건강이 안 좋다는 것 같지만요."

"호오."

"상태가 괜찮을 때는 버스 길에 있는 슈퍼에서 배달을 거들었는데, 요즘엔 내내 방에 틀어박혀 있기만 하고 도통 외출을 안 하는 거예요. 어쩐지 좀 기분이 나빠서요."

부인은 입가에 손을 댔다.

"아, 예에."

"아뇨, 겉으로 보기에는 멀쩡하고 얌전하고 예의 바른 사람이에요. 얼굴도 멀끔하게 생겼고, 복장도 늘 깔끔한데."

부인은 자기가 남의 흉을 본다고 생각하면 곤란하다는 듯이 허둥지둥 덧붙여 말했다.

그 특징을 듣고 불현듯 기억 속에서 남자의 모습이 떠올랐다.

설마 그 사람일 리가.

"이상하게 애들이 그 사람을 곧잘 따르지 뭐예요. 손자도 어느새 친해졌는지 곧잘 말을 붙이곤 해요."

혹시나 하던 생각이 확신으로 변했다. 그 남자가 틀림없다. 절 마당에서 아이들에 둘러싸여 있던 모습이 눈앞에 보이는 것 같다.

역시 아직 재기하지 못했구나.

측은한 기분이 들었다. 주지의 이야기가 선명하게 되살아났다. 그런 처참한 일이 일어나는 바람에 낙심해서, 허무해져서, 그래서 그만 병이 나서…….

"할머니, 방금 뒷집 형 왔지?"

그때 장화를 신은 남자아이가 기운차게 뛰어 들어왔다. 초등학교 3학년쯤 됐을까. 호랑이도 제 말 하면 온다더니, 남자가 통로로 들어가는 것을 멀리서 본 모양이다.

부인은 얼굴을 찌푸리고 야단쳤다.

"오긴 했지만 안 좋아 보이더라. 환자를 귀찮게 하면 못써."

"하지만 라디오 조립하는 방법 가르쳐준다고 했는데."

"좀 나아지면 하렴. 비도 많이 오는데."

"비가 많이 오니까 집 안에서 라디오 조립을 하고 싶은 거잖아."

이 나이 아이들은 어지간한 어른보다 훨씬 논리적이다.

부인이 쩔쩔매는 것을 미소 띤 얼굴로 지켜본다.

"게다가 형, 요즘 들어 잘 놀아주지도 않는걸. 방에서 불경을 읽고 있지 않으면, 뭔지 잘 알 수 없는 이상한 거 찾으러 나가고. 오늘은 꼭 붙들어야 해."

부처님의 가르침을 받아야 한다고 생각합니다, 라고 한 주지의 말이 되살아났다. 적어도 그는 부처의 가르침에 의지하려 하고는 있구나. 그렇게 생각하니 마음이 조금 놓였다.

손자와 옥신각신하는 부인에게 고맙다고 인사를 한 다음, 젊은 주인은 가게를 나섰다.

비는 여전히 세차게 퍼붓고 있었다.

사람의 인연이란 이상하다. 이것을 인연이라 부를 수 있는지 없는지는 모르겠다. 그러나 같은 지역에 살아도 평생 말도 해보지 않고 존재조차 염두에 두지 않은 채 끝나는 사람이 수두룩하건만, 우연한 기회에 존재를 알게 되어 괜히 신경 쓰이는 사람도 있다.

그 남자 같은 존재를 뭐라 표현하면 좋을까. 평소 생활이나 의식에는 전혀 포함되어 있지 않은데 문득 생각나 기묘한 술렁거림을 일으키는 그 남자를.

장마가 걷히고 무더위가 이어졌다.

예년과 다름없이 한증막에 들어가 있는 것 같은, 체력을 소모시키는 더위가 계속됐다. 누구나 태양으로부터 도망치듯 그늘을 찾아다녔다.

젊은 주인도 사무용품 업자를 만나고 오는 길에 더위에 못 이겨 '빙氷' 자가 쓰인 깃발이 나부끼는 근처 빙수 집으로 뛰어들었다.

망설일 것도 없이 딸기 빙수를 주문한 다음, 안경을 벗고 이마의 땀을 닦는다.

열린 창문으로 살랑 불어드는 바람에 한숨을 돌렸다.

그때 창밖에서 초등학생 아이들의 대화가 들려왔다.

"……요즘 들어 무슨 말을 하는지 점점 더 모르겠더라."

"이상한 거 아냐, 그 형?"

어라, 싶어 창을 돌아보자, 두 소년이 걸어가는 것이 보였다.

귀에 익은 목소리. 그때 그 아이다.

"보기에는 예전 그대로고, 산수 같은 걸 가르쳐줄 때는 멀쩡한데. 형, 자연이나 산수 같은 거 선생님보다 훨씬 잘 가르쳐주거든."

"그럼 뭐야, 그 세 개째 눈이라는 건."

"나도 몰라. 전부터 세 개째 눈을 찾는다, 찾는다 했는데. 누가 가르쳐줬나 봐. 세 개째 눈이 있는 데를 찾았다, 찾았다, 내내 혼자 그 말만 하고 있으니까 재미없어서 집으로 왔어."

"이상하네."

"그치?"

"그보다 2반의 걔…….."

목소리는 멀어져갔다.

기분이 이상했다.

분명 그 남자 이야기였다.

세 개째 눈이 있는 데를 찾았다. 대체 무슨 뜻일까.

꼭 사거리 점 같군. 젊은 주인은 딸기 빙수의 냉기에 저릿해진 이마를 꾹 누르며 생각했다.

어떤 일에 대해 망설일 때, 사람이 많은 거리나 사거리로 나가서 사람들이 하는 말을 들어본다는 사거리 점.

방금 아이들이 한 이야기는 무엇을 가르쳐주었나. 어째서 그 남자 이야기가 이렇게 자꾸 내 귀에 들어오는가.

내가 그 남자에 대해 알고 싶어하기 때문이다, 라고 그는 깨달았다. 아직 이름조차 모르는 그 남자. 아니, 이름 따위는 아무래도 상관없다. 삼촌을 닮은 그 남자가 무슨 생각을 하는지, 크나큰 불행을 짊어진 그가 앞으로 어떻게 할 것인지 알고 싶은 것이다.

딸기 빙수를 다 먹고 나니 후끈하게 달아올라 있던 몸이 겨우 식었다.

드디어 해가 기울기 시작한 것을 확인하고, 젊은 주인은 예정에 없었던 곳을 향해 걷기 시작했다.

새 종이봉지를 얻었던 그 담배 가게.

그 뒤쪽에 남자가 산다. 이름도 모르고, 말을 해본 적도 없다. 몇 번 우연히 봤을 뿐인 남자.

세계는 침묵으로 가득 차 있고, 날로 드러나 있었다. 정점을 지났다고는 해도, 여전히 태양이 세계를 지글지글 굽고 있다.

젊은 주인은 낯익은 담배 가게 앞에 섰다.

거리는 쥐 죽은 듯이 고요했다. 가게에는 아무도 없었다. 더위에 못 이겨 가게 보던 이가 안으로 들어간 모양이다. 아니, 가게는 고사하고 거리 전체에 아무도 없는 것 같았다.

젊은 주인은 얼마 동안 멍하니 가게 앞에 서 있었다.

바로 앞에 좁은 통로가 있다. 그곳으로 들어가 안쪽 모퉁이를 돌면 그 남자를 만날 수 있다. 젊고 노숙한 남자, 성자 같은 남자를.

난 대체 이런 데서 뭘 하는 거지.

땀이 솟는 것을 느끼면서도 젊은 주인은 그곳에 우두커니 서 있었다.

그러나 그는 결국 한 발자국도 움직이지 못했다. 좁은 골목에 발을 들여놓지도 못한 채, 체념한 듯 발걸음을 돌려 버스 정류장을 찾았다.

여름이 무거운 몸을 끌고 지나간다.

풋콩 꼬투리와 옥수숫대, 수박의 하얀 부분과 아이스캔디 막대기의 수를 늘리고, 주류 상점 배달꾼이 빈 맥주병을 싣고 가는 쨍그랑 쨍그랑 소리를 들으며, 여름은 느릿느릿 지나간다. 찬 음료를 너무 많이 마셔 배탈이 난 아이들이 야단을 맞으며 정로환을 삼키는 것을 곁눈으로 보며 여름이 간다.

여름이 영원히 끝나지 않을 것 같더니만, 실은 다음 계절이 바로 저 앞까지 몰래 다가와 있었다. 그것을 깨달은 것은 태풍 뉴스를 들었을 때였다.

그날은 아침에 일어났을 때부터 후텁지근한 습기가 집 안에 가득 들어차 있었다.

물론 연일 최저 기온이 20도를 넘었지만, 이것은 명백히 저기압이 가까이 다가와 있음을 나타내는 공기였다. 일어난 순간부터 온몸이 땀으로 흠뻑 젖어 있는 것을 깨닫는 것은 기분 좋은 일이 못 된다. 게다가 그날은 초등학교 소집일이라, 아이들도, 온 집 안도 허둥거리고 있었다.

가게 문을 열자, 역시 후텁지근하고 끈끈한 공기가 코를 훅 찔러 기분이 우울해졌다.

아무래도 이른 시간부터 날씨가 나빠질 듯싶다.

동네 의원에 약을 받으러 갔던 어머니가 투덜거리며 돌아왔다.

"임시 휴진이라지 뭐냐."

"저런. 다카노 선생님, 무슨 일 있나?"

"내가 깜빡해서 그렇다. 오늘은 다카노 선생님이 예전에 신세를 진 유명한 의사 선생님 댁에 잔치가 있다고 전에 그랬었거든. 의원 앞까지 가서 생각난 게 분하지. 좀 더 빨리 생각나면 좋았을걸."

휴진이 아니라 당신의 기억력이 불만인가 보다.

"바람이 강해졌어. 배달 일찍 갔다 와두는 게 좋을 거다."

어머니가 헝클어진 머리를 가다듬으며 젊은 주인을 보았다.

그는 맞는 말이라고 생각하고, 평소에는 아침에 하는 재고 정리를 나중으로 미루고 먼저 나갔다 오기로 했다.

불쾌한 바람이 불고 있었다. 아직 점심때도 안 됐는데, 하늘은 이미 시커멓고 변덕스러운 바람이 이쪽저쪽에서 오토바이에 탄 몸에 불어닥친다. 아직 빗방울은 섞이지 않은 것 같지만, 유난히 습하고 끈끈하다.

오후의 폭풍에 대비해서 사람들이 분주하게 움직이고 있었다. 바람이 부는데도 찌는 듯한 더위는 점점 심해진다. 가게로 나오기 전에 새로 갈아입은 셔츠가 이미 흠뻑 젖어 몸에 들러붙어 있었다.

속으로 욕설을 내뱉던 그를 뭔가가 가로막았다.

아니, 뭔가가 눈에 띄었다.

노란 가사.

그 절에서 본 사진이 선명하게 되살아났다.

정면에서 승려가 걸어온다.

그 남자다. 그 남자가 가사를 두르고 이쪽으로 오고 있다.

어느새 오토바이 속도를 떨어뜨리고 있었다. 그래도 남자가 순식간에 부쩍부쩍 커졌다. 물론 그가 쳐다보는 것도 모른다.

가사라고 생각한 것은 노란 비옷이었다. 검은 야구 모자를 쓰고 고개를 숙인 채 성큼성큼 걸어온다.

나쁜 안색과 단정한 이목구비는 여전했다. 전보다도 더 군살이 없어져 윤곽이 날카로워졌다.

폭풍의 예감에 허둥대는 거리에서 그는 역시 싸늘한 정적을 담고 있었다. 젊음과 노숙함이 완전히 하나로 녹아들어, 젊은 사람인지 늙은 사람인지 판단할 수 없을 정도였다. 역시 노란 가사를 두른 승려로 보인다.

그런 관찰을 한 것도 잠시뿐, 그의 모습은 순식간에 뒤쪽으로 사라져버렸다.

백미러 속에서 노란 뒷모습이 멀어져간다.

어디 가는 걸까.

거울 속의 뒷모습을 배웅하며 젊은 주인은 생각했다.

오토바이를 돌려 뒤쫓고 싶어도 신호는 파란불이고 교통량도 많다. 그는 미련을 남긴 채 물품을 배달하러 갔다.

오후가 되자 바람은 더욱 거세지고 드디어 빗방울이 간간이 떨어지기 시작했다.

"그만 덧문을 닫는 게 좋을까요?"

"하지만 덥기도 하고 깜깜해질 텐데."

아내와 어머니가 처마 끝을 올려다보며 나지막이 이야기했다.

내내 라디오를 틀어놓고 태풍 정보를 주의 깊게 들었다.

손님은 거의 없고, 통행인도 줄어들었다. 벌써부터 문을 닫은 가게들도 많다.

납품서 정리를 하면서도 젊은 주인은 아까 본 노란 비옷을 뇌리에서 지울 수가 없었다. 아니, 그의 머릿속에서 남자가 두르고 있던 것은 가사였다.

어디를 간 걸까. 이미 집으로 돌아갔을까. 지금은 방에서 불경을 읽고 있을지도 모른다.

"아, 온다."

아내가 중얼거리는 소리를 듣고 고개를 들자, 가게 앞 아스팔트가 허옇다.

굵은 빗방울이 느닷없이 길바닥을 때리기 시작한 것이다.

"세상에, 창문 열려 있는 데 없지? 어머머, 큰일 났네, 목욕탕 창문 안 닫았을지도 몰라."

아내는 자문자답하더니 펄쩍 뛰어올라 집 쪽으로 뛰어갔다. 어머니도 뒤를 따라간다.

아버지는 동네 노인들끼리 야마나카 온천에 가고 없었다. 날씨가 이래서야 노천 온천에는 못 들어가시겠군. 태평하게 그런 생각을 해본다.

빗소리가 점점 커져, 계산대 옆에 놓인 라디오 소리조차 들리지 않게 되었다.

그런데도 머릿속은 점점 고요해져 싸늘한 정적을 담은 남자가 홀로 걷고 있었다.

남자는 철벅철벅 걷는다. 비의 우리 속을 홀로.

얼마 동안 멍하니 있었던 듯, 정신이 들자 라디오 소리가 들리고 빗줄기가 가늘어져 있었다. 분명히 앞으로 한동안 강해졌다 약해졌다 할 것이다.

아내가 돌아왔다.

"아이 참, 혼났네. 비가 안 들이쳐서 다행이야. 참, 손전등 어디 있더라?"

"계단 밑 창고에 있을걸."

"그거 고장 났어. 건전지를 갈아 끼워도 불이 안 들어오던데. 저번에 번개 쳐서 정전됐을 때 그것 때문에 난리가 났었잖아."

"그러고 보니 그러네. 잊어버리고 있었어. 좋아, 그럼 이 틈을 타서 새걸 사와야겠군."

"괜찮겠어? 비 굉장히 많이 와."

"지금은 좀 잦아들었으니까 괜찮아. 나간 김에 점심도 먹고 올게. 생각해봤더니 아침부터 정신이 없어서 점심도 못 먹었지 뭐야."

"얼른 와야 해."

"응."

그렇게 말하고 밖으로 나오기는 했지만, 우산은 이미 아무런 도움이 못 됐다. 안경이 벗겨지지 않게 붙든 채 가까운 전파사로 뛰어가 손전등을 싸달라고 해서 옆구리에 낀 다음, 어디로 갈까 하다가 메밀국수집으로 가기로 했다. 냉메밀이라도 먹고 얼른 돌아가자.

빗방울이 섞인 바람이 불쾌했다.

거리는 색채를 완전히 잃고, 모두 황급히 집으로 돌아가고 있었다.

멀리서 사이렌 소리가 들려왔다. 소방차인가?

메밀국수집으로 뛰어들자, 손님은 아무도 없었다. 이 가게는 점심때가 지나도 쉬지 않고 밤까지 계속 영업한다.

"어서 와. 날씨 한번 지독하지?"

무뚝뚝한 주인이 무슨 바람이 불었는지 말을 걸었다.

"바람이 부니 말이야. 잠깐 걸었는데 쫄딱 젖었어."

"자, 이걸 써."

주인이 수건을 던져주기에 머리와 어깨를 닦았다.

"냉메밀 하나. 맥주도 같이."

"괜찮아?"

"오늘은 그만 문 닫아야지. 앞으로 점점 더 심해질 텐데 무슨 장사가 되겠어?"

주인이 병맥주를 따는 모습을 보며 이상하게 느낀 것은 마개를 따는 상쾌한 소리가 들리지 않았기 때문이라는 것을 깨달았다. 빗발이 또다시 거세진 것이다.

비가 이웃집 양철 지붕을 때리는 소리에 다른 소리는 지워져버린다.

"우와."

둘이 천장을 올려다보고 비명을 지른다. 어찌나 시끄러운지 가만히 있을 수가 없을 정도다.

고추냉이를 곁들인 어묵을 안주로 맥주를 마시고 있으려니, 또다시 사이렌 소리가 들렸다.

"어쩐지 아까부터 소방차인지 구급차인지 자주 가네."

"불이 났나?"

"이렇게 비가 쏟아져도 물을 뿌리는 건가?"

빗소리에 섞여 들려오는 요란한 사이렌 소리에 귀를 기울인다.

불안감을 자극하는 불행의 소리.

사이렌 소리는 도통 잦아들 줄 몰랐다. 멀어졌나 싶으면 금세 다음 것이 이어진다.

상당히 여러 대가 출동한 것 같다.

"무슨 일이지?"

"이상한걸."

주인이 천장 밑 선반의 텔레비전을 켰다. 그러나 따분한 옛날 드라마를 할 뿐, 뉴스 같은 것은 없었다.

국수를 다 먹고 나서 메밀차를 마시며 담배 한 대를 피우고 있으려니, 또다시 빗소리가 약해졌다.

젊은 주인은 창밖을 내다보았다. 뒤쪽의 팔손이나무 잎이 팔랑거리고 있다.

"좀 잦아든 모양이군. 잘 먹었어. 이 틈에 가야지."

"그러는 게 낫겠어. 고맙네."

주인의 말을 어깨 너머로 들으며 돈을 놓고 나간다.

강풍이 몰아치는 바깥으로 나선 젊은 주인은 저도 모르게 얼굴을 찌푸렸다.

아까보다 약해지기는 했어도, 비가 얼굴을 정통으로 때렸다.

다음 순간, 그는 얼어붙은 듯이 그 자리에 우뚝 섰다.

가게 앞의 사람 그림자.

바로 가까이에 남자가 있었다.

머릿속 풍경을 도둑맞아, 그것이 현실이 되어버린 기분이었다.

회색의, 그러나 윤곽이 날카로운 실루엣.

남자는 온몸을 때리는 비에도 아랑곳 않고 유리 진열장 안의 족자를 꼼짝 않고 보고 있었다.

언제부터 그곳에 있었을까.

그는 아까 본 비옷을 입고 있지 않았다.

하얀 셔츠는 이미 흠뻑 젖어, 속에 입은 러닝셔츠의 선이 뚜렷하게 보였다. 바지도 시커멓게 변색됐다. 야구 모자도 젖어 챙에서 물방울이 뚝뚝 떨어지고 있다.

그는 자기를 쳐다보는 시선을 전혀 눈치채지 못하는 것 같았다.

늘 그렇다. 나는 방관자일 뿐, 그의 세계에 들어가지 못한다.

젊은 주인은 문득 그런 씁쓸한 감정을 맛보았다.

남자는 꼼짝도 않고 그저 족자만 뚫어져라 쳐다보고 있다.

젊은 주인 또한 그 옆얼굴을 응시하고 있었다.

자세히 보니 입술이 달싹거리고 있다. 내내 혼자 뭐라고 중얼거리고 있는 것이다.

표정에는 전에 한 번도 본 적이 없는 것이 있었다.

안도 같기도 하고, 피로 같기도 하고, 충족감 같기도 한 것이.

어디에 있다 오는 걸까. 아까 가게로 들어갈 때는 여기 없었다. 지금까지 어디선가 무슨 일인가를 하고 있었던 것이다. 이 빗속에, 그가 만족할 수 있는 일을. 대체 어디서 뭘 하고 있었을까.

젊은 주인은 그런 생각을 하고 있었다.

결국 그는 남자가 뭐라고 중얼거리는지 듣지 못했다.

겨우 대답을 할 수 있었습니다, 라고.

이게 제 대답입니다, 라고 남자가 거듭 중얼거리는 것을.

8

꽃의 목소리

1

패미레스 일본에서 흔히 '패밀리 레스토랑'을 줄여 쓰는 말란 말 이상하죠?

안 그래요? 난 들을 때마다 위화감이 느껴지던데.

원래는 패밀리 레스토랑을 줄인 말이겠죠. 머리로는 나도 알겠는데, 늘 패밀리레스 family-less, 그러니까 가족이 없다는 말이 연상되더라고요. 맞아요, 섹스리스하고 같은 용법으로.

패미레스는 밝고 테이블이 넓으니까 일거리를 갖고 와서 하는 사람도 많고, 미팅이나 비즈니스 런치에 이용하는 사람도 많죠.

그런데 여기서 진짜 패밀리가 식사하는 걸 본 적이 별로 없거든요. 진짜 패밀리가 여기 오는 건 아마 비교적 한정된 시간대뿐일걸요. 내가 오는 이런 밤늦은 시간에는 그야말로 패밀리레스하게, 혼자 온 사람이라든지, 사연이 있는 부모 자식이라든지, 학생이 거의 대부분입니다. 어딘지 모르게 일그러진, 가족으로서는 불완전한 사

241

람뿐. 그런 사람들이 휘황찬란하게 밝은 가게 안에 어두운 촛불처럼 드문드문 앉아 있어요.

패미레스 손님은 안 웃죠.

최근에 그걸 깨달았어요. 종업원의 미소는 손님이 아니라 매뉴얼을 위한 미소고, 손님도 패미레스 그 자체가 목적이 아니죠. 시간을 때우기 위해서라든지, 집에 혼자 있기 싫어서라든지, 기분 전환을 위해서라든지 그렇거든요. 최선은 아니지만, 그래, 이 정도면 됐다, 하고 타협한 장소. 그런 체념이 종업원과 손님 양쪽에게 있는 겁니다. 그래서 모두들 표정을 그대로 드러내고, 웃는다든지 표정을 꾸민다든지 하지 않아요. 테이블마다 자기 방의 일상이 펼쳐져 있어요.

그렇게 생각하면 패미레스는 의외로 잘 맞는 말일지도 몰라요.

2

으음, 결혼한 적도 있긴 한데.

솔직히 말해서, 필요하다는 생각이 안 들어서 말이죠.

아뇨, 상대방한테 문제가 있었던 건 아닙니다. 그 사람은 아무 잘못 없어요. 정말 좋은 여자였죠. 이쪽에서 일방적으로 꺼낸 말인데도 위자료니 뭐니 난리치지도 않았어요. 싫은 건 아니었고, 아마 그쪽에서도 마찬가지였을 겁니다.

하지만 뭐랄까요, 꼭 같이 있어야 할 이유가 없더라고요.

생활을 위해서, 집을 위해서, 노후를 위해서, 체면을 위해서. 외로우니까. 도움이 되니까. 남들은 이런저런 말을 하지만, 나한테는 죄다 별 대단한 이유 같지 않았어요.

이 여자는 왜 여기 있을까.

나중에는 그 사람을 볼 때마다 그런 생각이 들더군요. 싫은 건 아니에요. 그냥 순전한 의문형. 왜? 뭐 때문에 이 여자는 지금 여기에, 나랑 같은 공간에 존재하는 걸까 싶은 거죠.

그 사람도 내 그런 시선을 눈치챘나 봐요.

당신의 그 이상한 듯한 시선을 못 견디겠어. 당신은 그 시선이 얼마나 잔인한지 몰라. 내 존재 자체를 부정당하는 것 같아서 정말 괴로웠어. 하지만 당신 경우엔 악의가 있는 건 아니지. 그렇기 때문에 더 잔인한 거지만.

헤어질 때 그런 말을 하더군요. 헤어지게 돼서 마음이 놓인 것 같았어요.

글쎄요, 애당초 왜 결혼했을까요. 주위에서 다들 하는 것 같은데 나도 한번 해볼까 싶기도 했고, 결혼해서 좋아 보이는 친구도 있었어요. 주위 사람이 결혼하면 어쩐지 자기만 뒤처지는 것 같아서 초조해지잖아요?

네, 집안일은 아무렇지도 않아요. 오히려 내 식대로 할 수 있으니까 편하죠.

여자는 본질적인 면에서 서툴고 덜렁거린다고 생각하거든요. 차별하는 건 아닙니다. 애 낳고 키우는 게 여간 힘든 게 아니니까, 분명히 대충 해도 상관없다, 좌우지간 앞으로 나아가고 보자, 하는 식으로 만들어진 걸 테죠. 그에 비해 남자는 사실 신경질적이거든요.

뭐하다가 이런 이야기를 하게 됐지? 괜찮겠어요? 듣고 싶은 이야기는 이런 게 아닐 거 아닙니까.

아아, 유감스럽게도 엔지니어로선 대성하지 못했어요. 기계 조립이라든지 물건 만드는 건 좋아했지만, 창의적인 발상이라든지, 끈기라든지, 개척자가 되겠다는 야망 같은 게 전혀 없더군요. 지금은 영업이니 기획이니 전부 뭉뚱그린 일을 하고 있어요. 나한테 잘 맞는 일이라고 생각합니다.

자주 듣는 말이지만, 내가 욕심이 없는 사람인가 봐요.

정감도 없다고들 하더군요. 섬세함이라고 할까요.

엔지니어로서 욕심이 없었던 것, 일에 관해 욕심이 없었던 것에 대해서는 가끔씩 아쉬울 때가 있어요. 끝까지 파고든다, 갈 데까지 가본다는 데에 대해서는 지금도 동경하는 마음이 있고요.

하지만 생활에 관한 욕망이란 건 지금도 잘 모르겠어요.

몇억 엔짜리 집에 살고, 외제차를 몇 대씩 굴리고, 별장을 짓고, 그런 게 왜 성공인지 이해가 안 되거든요. 목욕탕이랑 화장실이랑 부엌이랑, 잘 데랑 편안하게 쉴 데랑. 서재니 마당이니 해서 방이나 공간이 다소 늘어났다 줄어들었다 하지만, 어차피 집이라는 데를 구성하는 요소는 다 똑같지 않나요? 넓이에 차이가 있다곤 해도, 몇억짜리 비싼 아파트랑 싸구려 연립이랑 그렇게 값이 차이가 난다는 게 난 도무지 이해가 안 되더군요. 이해가 안 되는 걸로 말하자면, 미국 사람들도 그래요. 그 사람들한테 성공이라고 하면 수영장 딸린 대저택, 고급 차, 예쁜 여자, 샴페인이랑 와인으로 벌이는 홈 파티. 참 무미건조하지 않나요? 걔들은 상상력도 없을 것 같지만.

차갑다는 이야기, 많이 들어요. 왜 차갑다는 건지도 잘 모르겠더군요. 알았다면 어떻게 좀 할 수 있었을지도 모르죠.

나랑 오랜 시간 같이 있었던 사람은 다들 죽어버리거든요. 요즘 들어 혹시 나 때문이었나, 그런 생각이 들 때가 있어요. 내 차가운 부분, 박정한 부분이 같이 있는 사람한테 옮아서, 점점 축적돼서, 그러다가 못 견디게 되는 게 아닐까.

헤어진 집사람도 헤어진 지 반년도 안 돼서 죽었어요. 교통사고였지만, 자살이 아니었나 하는 사람도 있어요. 지금 와서는 알 길이 없지만.

대학 때 친구도 그래요. 동아리에서 4년 내내 친하게 지냈는데, 취직하고 나서 배속된 근무처에서 인간관계 때문에 고민하다가 자살해버리더군요.

하지만 생각해보니까, 내 주위에서 맨 처음 죽은 사람이 그 형이더라고요.

당신이 오기 전까지는 내내 그 사실을 잊고 있었어요.

3

글쎄요, 난 지금도 그 사건의 범인이 형이라고 생각 안 해요.

그야 그때 난 꼬맹이였고, 지금도 빈말이라도 사람 보는 눈이 날카롭다고는 할 수 없긴 하죠.

하지만 당시에 사람들이 희대의 살인마라느니 미치광이 악마라느니 하던 말은 내내 어색하게 느껴졌거든요. 내가 아는 형하고는 영 이미지가 겹쳐지지 않아서.

네? 왜 형이라고 부르느냐고요?

글쎄요, 생각해본 적도 없는데. 나한테 그 사람은 '형'이에요. 네살 위인 친형도 있지만, 그쪽은 형아. 그 사람은 형. 그거 말고 달리 부를 방법이 없는데요.

그 사건의 범인이 형이라는 게 알려졌을 때는 어머니가 거의 미쳐 날뛰더군요. 아니, 그보다는 신나서 날뛰었다고 해야 하나. 그거 봐라, 내 눈이 맞았다, 이상한 남자라고 생각했다, 분명히 뭔 짓을 할거다 싶었다고, 담배 가게에 오는 취재진이나 이웃 사람들한테 의기양양하게 떠들어대는 바람에 창피해서 혼났어요.

그런 주제에 내가 형이랑 친했다는 게 매스컴에 알려질까 봐 벌벌 떠는 겁니다. 그래서 취재진이 오면 허겁지겁 날 내쫓더군요. 나도 남들이 형에 대해서 꼬치꼬치 물어보는 건 싫었기 때문에 기자 같은 사람이 오면 놀러 가는 척하고 도망치곤 했지만요.

하지만 누가 올 때마다 하도 그렇게 의기양양하게 떠들어대니까

나도 열받잖아요. 그래서 저녁 먹을 때 한마디 해줬죠.

엄마 요즘 즐거워 보이네. 옆집에 살인귀가 살고 있었다는 게 그렇게 좋아? 날이면 날마다 침 튀겨가면서 자랑하게.

아아, 그때 어머니가 얼마나 무섭던지. 그렇게 화를 내는 모습을 본 건 그때가 처음이자 마지막이었어요. 그렇게 무지막지하게 뺨 맞은 것도 처음이자 마지막이고요.

하지만 어머니도 찔리는 게 있었는지, 다음 날부터 입을 다물어버리고 매스컴을 피하게 된 건 사실이거든요.

아아, 어렸을 때 친했던 친구가 오사카 센바 쪽에서 전학 온 녀석이었거든요. 그 녀석 영향으로 지금보다 훨씬 간사이 사투리가 심했어요. 사실 말이지, 내가 지금 내 자식이 그런 식으로 비아냥대는 걸 들으면 열받아서 확 죽여버렸을지도 몰라요. 그맘때 애들은 어느 정도 말발도 서고, 정직하고, 잔인하니까요.

그래요, 지금 생각해보면 어머니한테도 동정의 여지는 있었어요.

자기 자식이 이웃에 사는, 정체를 알 수 없는 젊은 남자하고 친하게 지내면서, 자기가 하는 말은 하나도 안 듣고 억지소리만 늘어놓으니까요. 걱정이 되는데 어떻게 할 수도 없고. 그런 상황이 어머니는 불안하고 화가 났겠죠.

그 젊은 남자도 일은 안 하지만 행실이나 복장에 특별히 문제가 있는 것도 아니니까 뭐라 트집 잡을 것도 없거든요. 어머니는 트집 잡을 거리, 자식하고 떼어놓을 구실을 줄곧 찾고 있었을 테죠.

그런 상황에서 그 사건이 일어난 겁니다. 게다가 본인이 자살해서 이 세상에서 사라져줬어요.

어머니는 안심한 거죠. 더 이상 그 남자가 아들하고 얽힐 일이 없다, 게다가 자기 눈이 옳았다는 게 입증됐거든요. 그래서 그렇게 흥분해서 떠들어댄 거겠죠.

그건 그렇지만, 공동체라는 건 옛날부터 혼자 사는 남자한테 냉정해요. 그 형도 가족이 전부 죽고 오랫동안 병을 앓았다는데도, 몸이 아파서 일을 안 한다는 이유만으로 '빈둥대는 젊은 남자'라는 딱지가 붙어버렸으니 말이죠.

나도 이혼남이라는 게 알려져 있으니까 그나마 다행이지만, 만약 무슨 일이 생기면 맨 먼저 의심받을걸요. 실제로 온갖 사건을 일으키는 건 대개 직업이 없는 젊은 남자이기도 하고. 난 회사라는 소속처가 있어서 그나마 다행이라니까요.

최근에 가족 있는 사람이 독신자한테 보이는 증오가 엄청나죠. 뭘까요, 그 증오. 이쪽은 별로 가족 있는 사람을 부러워하지 않지만, 부정도 안 하거든요. 행복하게 살았으면 하고, 방해할 생각은 털끝만치도 없어요. 하지만 저쪽에선 측은해하는 한편 또 시기하는 겁니다. 예전에는 그냥 측은해하기만 했어요. 혼자 있는 사람은 가엾고 비참한 사람이었죠. 하지만 지금은 그 감정에 증오와 시기가 들어 있어요. 나쁜 놈들, 자기들만 편히 살고 앉았어, 라고 생각해요.

둔감한 나도 그것만은 뼈저리게 느껴지더군요.

그래도 요즘은 예전에 비하면 다양한 가족 형태를 받아들일 수 있게 된 것 같죠.

당시 형은 정말 고독했을 거예요.

4

조용한 사람이었어요. 머리는 굉장히 좋았다고 생각해요.

과학이나 수학을 가르쳐줄 때 명쾌한 설명은 지금도 인상에 선명하게 남아 있어요. 내가 변변치 않으나마 엔지니어가 될 수 있었던 것도 형 덕분이에요.

간단한 걸 어렵게 이야기하는 놈은 세상에 차고 넘치지만, 어려운 걸 알기 쉽게 설명할 수 있는 사람은 많지 않잖아요?

형이 공부에 관해서 이야기할 때는 뭐랄까, 형의 머릿속에 입체적으로 이론이 구축되어 있는 게 보이는 것 같았어요. 치밀하고 체계가 잡혀 있죠. 세세한 데까지 확실하게 틀이 잡혀 있으니까, 어느 방향에서 질문을 해도 일관성이 있고 또 상상해보기도 쉬웠어요.

게다가 형은 상대가 어린애라고 태도를 바꾸거나 하지 않았어요. 어린애는 자기를 대등하게 대해주는 사람을 본능적으로 알거든. 그래서 형은 애들한테 인기가 있었던 겁니다.

어른은 애들한테 쓰는 시간에 인색하잖아요.

자기가 쓸 수 있는 시간을 100이라고 치면, 애한테 쓰는 건 10 정도라고 정해놓죠. 동네 어른이라면 다른 집 애한테 쓰는 건 2나 3쯤 될까? 말을 시킬 때도 여기서 1쯤 써줄까 하고 계산하는 게 빤히 보여요. 그러니까 뭐라고 말을 시켰다가 애가 물고 늘어지는 바람에 1만 쓸 생각이었는데 3 쓰게 생겼다 싶으면 다들 허겁지겁 애를 밀쳐내는 거죠.

애들은 어른이 자기한테 시간을 아끼는 데 민감해요. 저쪽에서 아끼면 괜히 더 욕심이 나니까, 필사적으로 어른한테 시간을 빼앗으려고 들어요. 대개의 경우엔 역효과가 나서 실패하지만요. 그렇게 해서 어른에 대해 불신감을 갖게 되고 체념하게 되는 거죠.

부모나 교사나 평소에는 자기 시간에 인색하면서 무슨 일이 있을 때만은 '자, 숨기지 말고 다 이야기해봐라'라고 하죠.

자기 시간은 안 주면서 네 시간을 통째로 내놔라, 그러면 어떻겠어요? 애들이 저항하는 것도 당연한 거죠.

하지만 형은 애들한테 자기 시간을 안 아꼈어요. 뭐, 일을 안 했으니까 시간이 있어서 그랬을지도 모르지만.

형은 다정했어요.

이상한 데는 전혀 없었어요.

가끔 묘한 말을 할 때는 있었지만, 무섭다든지 정상이 아니라든지 그렇지는 않았어요. 오히려 순수하고 세상사에 초연한 느낌이었죠. 남한테 상처를 입히기보다 상처를 입는 타입이었어요. 괴롭히기보다 괴롭힘을 당하는 타입.

공부를 가르쳐줄 때는 엄청나게 명료하고 치밀한데, 다른 이야기를 할라치면 순식간에 눈의 초점이 흐려지고 꿈꾸는 사람처럼 아득해지는 겁니다.

자기 이야기는 거의 안 했어요. 물어봐도 얼버무리기만 하고.

사건이 있기 몇 주 전부터 불경만 읽고, 내가 놀러 가도 상대를 안 해준 건 사실이에요.

그래도 끄떡 않고 끈질기게 드나들긴 했지만. 학교에서 오는 길에 들르는 게 버릇이 돼 있었거든요.

하지만 내가 아무리 비난하고 애원해도 슬픈 얼굴로 날 볼 뿐이었어요. 그 눈을 보면 뭐라고 할 수가 없어서 늘 포기하고 돌아오곤 했죠.

아, 맞다, 세 개째 눈에 대한 이야기는 자주 했어요.

수행을 하면, 돌파하면 손에 넣을 수 있어, 그런 말을 멍하니 중얼거리곤 했는데.

난 그런 데 관심이 없었기 때문에 아아, 형이 또 저 꿈같은 이야기를 하는구나, 하고 듣는 둥 마는 둥 했으니까 기억은 잘 안 나지만.

그보다 더 분명하게 기억나는 건 목소리 이야기였어요.

음, 이야기를 하다 말고 형이 문득 천장을 본다든지 창밖을 내다본다든지 할 때가 가끔 있었거든요.

왜 그러느냐고 물으면 목소리가 들렸다고 하는 겁니다.

잘못 들은 거 아니냐고 하면 아니라고 고개를 젓데요.

형은 늘 진지한 얼굴로 말했어요.

난 꽃의 목소리가 들려, 라고.

그야 확실히 이렇게 말로 해보면 황당무계한 소리지만, 그때 그 자리에서 형이랑 이야기를 하고 있었으면 그렇게 바보같이 안 들렸을걸요.

뭐니 뭐니 해도 함수라든지 방정식 이야기를 논리 정연하게 하다 말고 갑자기 '아' 하고 허공을 쳐다보는걸요.

나도 어느새 익숙해져서 또 들렸어? 하고 말았죠.

물론 나한테는 아무 소리 안 들렸지만요.

꽃의 목소리. 무슨 꽃인지는 몰랐어요. 나도 물어보기는 했죠. 꽃이라니 무슨 꽃? 벚꽃, 튤립 그런 거야? 아니면 꽃이기만 하면 아무거나 상관없는 거야? 하고요.

그럼 형은 모호하게 고개를 흔들어요.

하얀 꽃이야, 라고 하더군요. 예쁜 하얀 꽃이야. 활짝 피어 있어. 아주 많이.

내가 물어보면 늘 그렇게 대답하거든요.

하얀 꽃도 여러 가지잖아요? 백합, 국화, 목련……. 그런 이름들을 대도 형은 고개를 흔들 뿐이었어요.

아주 아름다운 목소리야, 라고 형은 말하더군요.

그 목소리 이야기를 할 때 형은 기뻐 보였어요.

응, 형은 아주 잘생겼었어요. 평소에는 고개를 숙이고 있고 쓸쓸해 보이니까, 어쩌다 미소를 지으면 굉장히 미남이었죠. 꽃의 목소리 이야기를 하는 형은 기뻐 보이고 잘생긴 얼굴이 돋보이니까, 나도 그 이야기를 하는 형을 보면 어쩐지 기뻤어요.

물론 실제로 들리는지 아닌지는 알 수 없었지만, 솔직히 나한테는 들리든 말든 상관없었어요. 형한테 정신적으로 약한 부분이 있다는 건 어린 마음에도 눈치채고 있었으니까, 형이 기분 좋으면 그것만으로도 충분했던 거죠.

그러게요, 목소리에 관해서는 사건이 공표된 다음에 여기저기서 괜히 이상한 식으로 기사를 썼었죠. 하늘의 목소리를 듣고 그 가족을 죽이라는 계시를 받았다느니, 매일 환청에 시달렸다느니. 나도 주간지 기사를 몇 개 읽어봤지만, 형을 완전히 변태로 취급하고 말이죠.

그래요, 유서에도 그런 이야기가 있긴 있었지만, 기사에서 이야기하는 그런 내용은 아니었을걸요.

문제는 그 목소리에 실체가 있지 않았을까 하는 거죠.

네? 경찰한테는 말했어요. 하지만 결국 안 믿어주더군요. 그 메모지를 본 사람은 나뿐이기도 했고.

사건이 있기 전전날이었던가?

형이 작은 메모지를 소중하게 들고 있는 걸 봤어요.

학교 끝나고 친구네 집에 가는 도중에 형하고 딱 마주쳤거든요.

형, 그게 뭐야?

형은 기쁜 듯이 그 메모를 받들고 있었어요. 두 손으로 감싸듯이 소중하게 들고 있으니까, 뭘 갖고 있는지 신경 쓰이잖아요?

목소리한테 받았어.

형은 그렇게 대답했어요.

난 어안이 벙벙했죠. 물론 늘 형이 말하는 그 목소리 이야기라는 건 알았지만, 그 목소리가 실재한다는 생각은 한 번도 안 해봤거든.

뭘 받았는데?

난 형의 손 안을 들여다봤어요. 빈손이겠지 했는데 갱지 같은 메모지가 한 장 들어 있으니까 놀랐죠. 접은 자국이 있고, 또박또박한 글씨로 주소 두 개가 쓰여 있었어요. 얼핏 여자 글씨라는 생각이 들었어요.

주소는 다 읽지는 못했지만, 한쪽에 '야마가타 현'이라고 쓰여 있는 것만은 알 수 있었어요.

형은 우후후 하고 소녀처럼 웃고는 집으로 갔어요.

난 그 일을 별로 깊이 생각하지 않았어요. 하지만 형이 말하는 '목소리'가 실제로 존재할지도 모른다는 생각을 머리 한구석으로 얼핏 했죠.

그 메모지 생각을 하게 된 건 형이 죽고, 경찰이 떼거리로 몰려오고, 매스컴한테 시달리고 나서 한참 뒤였어요. 그 전에는 솔직히 말해서 잊어버리고 있었죠.

맨 처음 파도가 지나가고 나서 다시 한번 형사가 온 적이 있어서, 그때 형 이야기를 했거든요. 처음에 온 형사들은 워낙 살기등등하기도 했고 또 내가 형 이야기를 하는 걸 어머니가 싫어했기 때문에, 제대로 이야기하는 건 실질적으로 처음이었어요.

학교 선생님처럼 온화하고 성실한 형사였어요. 포동포동한 여경하고 같이 왔는데, 이 사람도 남의 말을 잘 듣는 타입이라 이야기하기 편하더군요.

내가 형 손에 들려 있던 메모 이야기를 했더니, 형사는 굉장히 관심을 보이더군요.

그 이유를 깨달은 건 나이를 더 먹은 다음이었어요.

메모에 쓰여 있었던 건 독이 든 맥주랑 주스를 주문한 사람이라고 되어 있었던, 야마가타에 사는 의사 주소랑 음료가 배달된 의원 주소가 아니었을까 하고.

6

즉 형은 누군가한테 그 메모지를 받아 그 두 주소로 전표를 끊었다는 소리거든요. 그게 얼마나 중요한지 조금만 생각해봐도 알겠죠.

사건에 관계된 사람이 또 한 명 있는 겁니다.

살인 교사가 개입됐을 가능성은 형이 범인이라고 단정된 다음에도 내내 사라지질 않은 모양이더군요. 형의 정신 상태에 문제가 있었던 건 경찰도 알고 있었고, 동기도 전혀 알 수 없었으니까.

형의 교우 관계가 철저하게 조사됐어요. 그냥 본 적이 있다는 정도로도 끈질기게 취조를 받았다고 들었는데요. 형이 가끔씩 불상을 보러 갔던 절의 주지는 며칠씩 조사를 받고 완전히 범인 취급을 한다고 화를 냈다고 하더군요.

무엇보다도 형이랑, 보낸 사람이라고 되어 있던 야마가타에 있는 의원, 그리고 독이 배달된 의원의 관계가 문제가 됐어요. 같은 시내에 있는 피해자 쪽 의원을 아는 거야 그럴 수 있다고 쳐도, 그 집 당주의 옛 친구라는 야마가타 쪽 의원 주소를 어떻게 형이 알고 있었느냐는 부분은 그 사건의 커다란 수수께끼였을걸요.

그러니까 내가 본 메모지가 진범이 형한테 준 거라면 중요한 물증이 되는 셈이죠.

경찰은 형이 살던 집은 물론 동네 시궁창까지 샅샅이 뒤졌어요. 물론 내가 본 메모지가 남아 있지 않나 찾은 거죠. 하지만 워낙 작은 메모지이기도 했고, 끝내 못 찾은 모양이더군요. 그랬더니 이번에는 내 증언을 의심하는 겁니다. 어린애가 잘못 본 게 아닐까, 메모지 따위 원래부터 없는 게 아닐까 하는 의혹이 강해졌다는 것 같아요.

그야 난 재미없죠. 하지만 메모지가 안 나오는데 어쩌겠어요.

결국 살인 교사 가능성은 흐지부지된 것 같더군요.

남녀 한 쌍으로 다니던 형사들은 그 뒤에도 왔어요. 메모지에 대해서 여러 번 물었지만, 역시 문제의 메모지가 나타나지 않으니 형사들 표정도 굳어 있더군요. 두 사람은 내 이야기를 믿었지만, 말투에서 경찰의 공식 견해는 형의 단독 범행으로 기울고 있다는 걸 알수 있었어요.

하지만 그 메모지를 본 건 진짜입니다. 형 글씨가 아니었던 것도 사실이고, 형이랑 공부하면서 내내 형 글씨를 봤으니까 알아요.

형 글씨는 특징이 있고 꾹꾹 눌러쓰는, 작은 글씨였거든. 하지만 그 메모지에 쓰인 글씨는 깨끗하고 단정한 글씨였어요. 전혀 딴판이었죠.

분하고 답답했지만, 당시의 나는 그 이상 어떻게 할 수 없었어요. 그 무렵에는 사건의 진상에 대한 관심보다 내가 그 메모지를 봤다는 걸 남들이 안 믿어준다는 데 대한 불만이 더 컸던 것 같군요. 그 메모지가 형의 결백을 입증해준다는 데까지는 생각이 안 미쳤어요.

하지만 지금 이렇게 돌이켜 생각해보면, 역시 확신이 들어요.

역시 형은 누명을 쓴 거라고.

진범? 틀림없이 여자예요.

7

아, 아뇨, 형한테 애인은 없었을걸요.

다른 사람하고 어울리는 일 자체가 거의 없었으니까요. 애들은 그냥 보통으로 대했지만, 어른들하고는 잘 못 어울리는 것 같았어요.

게다가 동네 어른들한테는 수상한 사람 취급을 받았으니까.

안 그래도 일 안 한다고 인상이 나쁜데, 형이 사는 연립 주인인 철물점 부부랑 이웃 사람들이 사이가 나쁜 탓도 있었어요.

부부가 둘 다 어쩌면 그렇게 괴팍한지. 쓰레기를 내놓는 방식이라든지, 동네 반상회의 역할 분담이라든지 사사건건 주위 사람하고 싸움을 일으키는 겁니다. 그 연립 자체를 동네 사람들한테 아무런 말도 없이 갑자기 짓기 시작하더니 갑자기 입주자들이 들어오는 바람에, 그 사람들이 사도私道로 지나다닌다고 주위에서 상당히 빈축을 산 모양이더군요.

장인이라든지, 술집을 경영하는 사람이라든지, 동네 사람하고 얼굴을 마주칠 일이 거의 없는 사람들이 대부분이었기 때문에, 낮에도 근처에 있는 형이 더 눈에 띄었던 거죠. 철물점에 대한 반감에다 연립 주민에 대한 편견을 형 한 사람이 짊어진 꼴이 됐어요. 역시 재수가 없다고 할지, 괴롭힘을 당하는 타입이었던 겁니다. 만날 눈을 내리깔고 면목 없는 것 같은 얼굴을 하고 있으니까 더 그렇죠.

하지만 여자들은 정말 눈 하나는 밝다니까요.

형이 미남이었으니까 말이에요. 여위긴 했어도 기품이 있었고, 불쌍해 보이는 구석도 여자한테는 일종의 매력이었겠죠.

양식 있는 어머님들한테는 평판이 나빴지만, 젊은 여자가 형을 흘끔흘끔 보는 건 나도 알고 있었어요. 그리고 물장사하는 언니들이 곧잘 형한테 노골적으로 말을 붙이곤 했고요.

형은 물론 그런 걸 전혀 감당을 못 했죠. 정말이지, 딱할 정도로 긴장해서 도망치곤 했어요.

남자가 내숭을 떤다느니 이 말 저 말 많이 들었던 기억이 나는군요. 내숭이 뭔지 몰라서 어머니한테 물었다가 나만 또 야단맞았지 뭡니까.

그러고 보니 형을 쫓아다니던 여자가 하나 있었는데, 돈가스 집

딸이었던가, 찻집 딸이었던가. 당신은 환자니까 내가 돌봐주겠다, 마음을 평안하게 해줄 사람이 필요하다, 뭐 그런 말을 절절히 늘어놓는 걸 본 적이 있군요. 촌스럽고 체격이 떡 벌어지고 둔한 여자였어요. 형이 얼마나 난처해했는지. 필사적으로 도망쳐 다녔지만, 그럴수록 그 여자는 되레 더 열심히 형을 쫓아다녔죠.

그런 두 사람을 다들 뒤에서 비웃으면서 지켜봤어요. 형을 자주 놀리던 언니들은 그 여자를 아주 바보 취급하더군요. 자기보다 떨어지는 여자에 대해선 참 잔인해요, 여자들은.

숫처녀 뻔뻔한 건 정말 못 말린다니까. 저 얼굴로 마음을 평안하게 해주시겠단다. 뭐, 뭐도 사흘 보면 익숙해진다고 하잖아. 그런 말을 대놓고 해도 그 여자는 꿈쩍도 안 하던데요. 막상막하예요, 막상막하.

하지만 어느 날부터 갑자기 모습이 안 보이기 시작했어요. 부모가 가게를 정리하고 그 댁 아주머니 고향으로 내려간다는 이야기를 들었지만 진짜인지 아닌지는 모르죠. 아무튼 형의 안심한 듯한 표정만은 기억이 나는군요.

그런 걸 빼면 여자랑 사귀는 눈치는 전혀 없었어요.

하지만 '꽃의 목소리'라는 건 분명히 여자예요. 하얀 꽃. 아름다운 목소리. 당연히 여자 아니겠어요?

형이 '목소리' 이야기를 할 때만은 기분이 좋았다는 건 아까도 말했지만, 그 이야기를 하기 시작했을 즈음해서 형한테 미묘한 변화가 있었다는 생각이 들거든요.

불경을 읽기 시작한 시기하고도 겹치지만, 뭐랄까, 잘 표현을 못하겠는데, 목표를 발견했다고 할까요. 정신적인 지주라는 것도 진부한 표현이지만, 아무튼 뭔가를 발견한 것 같았어요.

그 뭔가가 '목소리'였느냐고 한다면, 예스라고도 노라고도 할 수 있어요.

그 전까지 형은 무척 불안해 보였거든요. 생활의 중심을 어디에 둬야 할지 몰라서, 물웅덩이의 나뭇잎처럼 뱅뱅 돌고 있었죠. 비바람을 맞고 너덜너덜해져 있었어요. 하지만 그 사건 직전의 형한테서는 어떤 신념 같은 게 느껴지더군요.

여전히 슬퍼 보이기는 했지만, 운명을 받아들인 사람의 체념 같은 게 있었어요.

형은 대체 뭘 발견한 걸까.

조심스럽게 병마개를 따고 독을 섞으면서 형은 뭘 보고 있었을까.

형은 손재주도 있고 꼼꼼한 성격이었으니까 작업은 신중하게 했겠죠. 자기 방에서 한 병씩, 한 병씩 조심스럽게 마개를 도로 씌워요. 개봉했던 것처럼 안 보이게 마개의 찌그러진 부분도 잘 다듬고, 맥주도 김이 안 빠지게 조심했겠죠.

죽음을 배달하러 가는 형.

형은 입이 굉장히 짧았어요. 식사도 걸핏하면 걸렀고요. 그러니까 분명히 체력이 달렸을 텐데, 맥주랑 주스를 배달하러 온 형은 아주 활기가 넘치고 이상한 데가 전혀 없었다더군요. 뭔가가 형을 움직인 겁니다.

그 지독한 날씨에 독이 든 음료수를 나르면서 형은 대체 뭘 보고 있었을까요.

8

그 사건으로 난리가 났을 때, 형은 몸져누워 있었어요.

하지만 아무도 몰랐어요. 형의 존재는 완전히 잊혀 있었어요.

나도 덩달아 흥분해 있었죠. 그때는 온 동네 분위기가 이상했어요. 시내엔 경찰이 흘러넘쳤고.

수사가 계속되는 동안에도, 여름이 끝나도, 형은 혼자 조용히 쇠약해져가고 있었던 겁니다.

나도 전혀 형을 안 찾았어요.

형이 같이 안 놀아주게 된 지 꽤 되기도 했고, 그 무렵에는 야구에 푹 빠져 있었거든.

문득 형이 어떻게 지내는지 보러 갈 생각이 든 건, 새 학기가 시작되고 얼마 지난 다음이었을걸요.

형네 집 문 앞에 섰을 때, 어쩐지 이상한 느낌이 들더군요.

전에는 그렇게 뻔질나게 드나들던 곳인데, 그때는 왠지 그 집에 들어가는 데에 엄청 저항감이 느껴지더라고요.

난 한동안 쭈뼛거리고 있었어요. 들어가고 싶은데, 들어가면 안 될 것 같은 생각이 들어서.

그때 머리를 거의 빡빡 깎다시피 한 남자가 복도 저쪽에서 쑤욱 나타나는 바람에 펄쩍 뛰어올랐지 뭡니까.

그 집에 볼일이 있느냐고 남자가 묻더군요. 말투로 보건대, 장인 같았어요.

내가 고개를 끄덕였더니, 돌아가라, 돌아가는 게 좋다, 그 집에 사는 남자는 병이 났다, 폐를 앓는 것 같던데 어쩌면 꼬맹이한테 옮는 병일지도 모른다, 앓아누운 지 벌써 오래됐다고 하더군요. 그때는 무서웠지만, 지금 생각해보면 날 생각해서 해준 말이었겠죠. 혹시 결핵이면 큰일이니까요.

난 꼬리를 말고 도망쳤어요. 하지만 문 앞에 섰을 때 느낀 이상한 분위기는 잊을 수 없었어요. 이제 그 집에는 내가 아는 형이 없구나, 그런 생각이 들었어요.

9

내가 마지막으로 형을 본 건 상쾌한 가을 아침이었어요.

집단 등교 집합 장소인 공원으로 가는데, 문득 하얀 그림자랑 엇갈려 지나갔거든요.

어라, 싶어서 뒤를 돌아봤더니 형이더라고요.

그림자라고 생각할 만도 했어요. 형은 뼈랑 가죽만 남아 있었으니까. 머리도 푸석푸석하고, 노인처럼 여위어 있었어요. 어깨는 뼈만

앙상하고, 등판이 얇아진 걸 알 수 있었어요.

형, 하고 불렀더니 한 박자 늦게 돌아보더군요.

야아, 하고 미소를 짓는 형은 역시 형이었지만, 보통 쇠약해진 게 아니더라고요. 살갗은 마른 잎처럼 버석거리고, 눈은 퀭하고.

난 너무 놀라서 말문이 막혔어요.

목소리를 들으러 가는 거야.

형은 묻지도 않았는데 그렇게 대답하더니 다시 몸을 돌리고 가버렸어요. 걷기도 힘든 것처럼 발걸음이 위태위태했어요. 도중에 쓰러지는 게 아닐까 싶을 정도로.

난 얼마 동안 형의 뒷모습을 보고 있었지만 학교에 가야 하니까 허둥지둥 뛰어갔어요.

집주인이 형을 발견한 건 그로부터 일주일도 안 돼서 아닐까 싶군요.

맑은 날씨가 계속돼서 기온이 높아서였겠죠.

양 옆집에서 형네 집에서 이상한 냄새가 난다고 했나 봐요.

한겨울이었으면 그 집주인은 분명히 내버려뒀을 거라고 동네 사람들이 쑥덕거렸죠. 경찰을 부른 것도 다른 집 사람들한테까지 알려졌기 때문이지, 혹시 안 알려졌더라면 어디다 시체를 버리고 와서 시치미 떼고 다른 세입자를 찾았을 거라고. 형은 집세를 반년 치씩 냈으니까 손해는 안 봤을 거라고.

집주인이 유서를 처분 안 한 것도 기적이었다고 모두 심술궂게 쑥덕거렸어요. 양 옆집 사람이 같이 들어갔기 때문에 버리고 싶어도 버릴 수 없었던 거겠죠.

형한테는 가족이 없었으니까, 만약 병을 비관한 자살로 처리돼서 유서랑 소지품이 처분됐더라면 그 사건은 그대로 미결 사건으로 남았을지도 모르는 거죠.

하지만 유서는 발견됐어요. 그리고 사람들은 그 내용의 중대함을 깨달았고요.

그렇게 해서 그 끔찍한 사건의 제2막이 시작된 겁니다.

10

사건의 영향?

글쎄요, 모르겠는데요. 형한테 받은 영향은 있어요. 엔지니어가 된 거라든지.

형이 범인이라고 생각 안 하기도 하고.

그건 분명히 누가 시킨 겁니다. 형의 약한 정신 상태를 이용한 누군가가 지금도 멀쩡히 잘 살고 있는 거라고요. 재주 좋은 인간. 형한테 죄를 몽땅 뒤집어씌우고 자기는 달아난 거죠.

책? 모르겠는데요. 그 사건에 대해 쓴 책이라고요? 처음 들었어요. 호오, 유명했어요? 취향도 독특한 여자군. 그래서 범인은 누구라고 되어 있는데요? 확실히 안 밝혀져 있다? 그야 그렇겠죠, 형은 아니니까.

말을 많이 하니까 배가 고픈데요. 명란 스파게티 시켜도 돼요?

직접 만들려면 명란 껍질을 벗기는 게 귀찮아서요.

헤어진 집사람은 생선 알 종류를 싫어했거든. 통풍이 무섭다고. 통풍에 걸리는 건 체질상 남자가 대부분인데 말이죠. 이상한 부분에 겁이 많은 여자였어요.

맨홀이 무섭다고 절대로 그 위를 안 지나가더군요. 어렸을 때 홍수가 나서 뚜껑이 벗겨진 맨홀에 빠져 죽은 애가 있었다나 봐요.

당신은 늘 맨홀 뚜껑을 밟는데 절대 안 빠지네.

그런 말을 들은 적이 있군요.

당신은 아무렇지도 않지만, 보는 나는 늘 무서워 죽겠어. 이 사람이 언제 구멍에 빠질까, 오늘일까, 내일일까. 그런 생각을 하면서 나만 전전긍긍해야 해. 그런데 당신은 그걸 전혀 몰라.

무슨 뜻인지 잘 모르겠죠?

하하, 그래서 다들 죽는 거군요. 내 몫의 스트레스까지 짊어지고.

형이 그랬던 것처럼 다른 사람들의 스트레스를 전부 혼자 짊어지고 죽는 거군요.

형은 희생자예요.

형의 유골은 형이 가끔 불상을 보러 가곤 했다는 절에서 인수했어요. 거기 주지는 좀 유별나고 재미있는 사람이었죠. 물론 제대로 된 장례식 같은 건 없었어요. 나도 마지막으로 작별 인사를 하고 싶었는데 그럴 기회도 없었어요. 그 두 형사가 밀장에 참석했다는 소문은 얼핏 들었어요. 그 사람들도 형이 범인이 아니라고 생각했을 테죠.

11

고등학교 때, 형 생각이 난 적이 딱 한 번 있어요.

무더운 한여름이었죠.

야구부 시합이 있고 돌아오는 길이었어요. 우연히 평소에 지나다
닌 적이 없는 길을 혼자 걷고 있었거든.

바람도 한 점 없고, 거리 전체가 지쳐 있는 것 같았어요.

더웠어요. 시합에는 졌지, 피곤하지, 기분 한번 더러웠다는 기억
이 나는군요. 당시엔 아직 정신력으로 모든 걸 극복할 수 있다는 사
고방식이 판치던 시대였으니까 수분 보충이 중요하다는 생각도 없
었고, 너무 힘들어서 물 마실 생각도 안 났어요.

일종의 열에 들뜬 상태였겠죠, 아마.

죽을 것 같다고 생각하면서 걷고 있었어요. 지금 당장이라도 픽
쓰러질 것 같다고.

"그럼 죽어버려."

갑자기 누가 그렇게 말하는 소리가 들려오더군요.

오싹할 정도로 선명하게.

난 발걸음을 멈추고 주위를 둘러봤어요.

아스팔트에서 아지랑이가 피어올라서 주위 경치가 흐물흐물하게

보이고, 다니는 사람은 아무도 없었어요.

혼란스러웠죠. 머리가 이상해졌나 싶었어요. 환청치고는 너무나도 또렷했거든.

하지만 주위에는 아무도 없었어요.

옥쟁반에 구슬 굴러가는 듯한 목소리, 라는 표현이 머릿속에 떠오르더군요. 아주 밝고, 또렷하고, 시원시원한 목소리였어요. 젊은 여자 목소리. 그런 목소리였어요.

문득 고개를 들었더니 새하얀 꽃이 잔뜩 피어 있었어요.

백일홍 꽃.

압도당할 것처럼 하얗더군요. 이렇게 꽃을 많이 피우는구나 싶을 정도로, 나무가 새하얗게 보일 정도로 탐스럽게 피어 있었죠.

어쩐지 오싹했어요. 온몸에서 핏기가 가시는 걸 알 수 있을 정도로 등골이 오싹했어요. 실제로 체온이 떨어지지 않았을까 싶기도 하고. 그때 느낀 그 한기는 지금도 기억에 생생하군요.

그렇구나, 이게 형이 들은 목소리구나, 하고 생각했죠.

이상하죠? 그때까지 한 번도 형 생각을 한 적이 없었는데. 사건에 대해서도, 형의 죽음에 대해서도 까맣게 잊어버리고 살았는데, 그 순간 형 생각이 나더라고요.

어쩌지, 하는 기분하고 그게 이거였나, 하는 기분하고. 공포를 느끼는 동시에 납득했던 기억이 나는군요.

그 자리에 멍하니 서 있다가, 환청이 아니라 정말 말소리가 들려온다는 걸 겨우 깨달았어요.

백일홍 나무 뒤에 창문이 있고, 그 안에서 여자들이 몇 명 까르르 웃는 소리가 들려오더군요. 창문은 열려 있는 것 같았어요.

겨우 마음이 좀 진정이 됐어요. 쳇, 뭐야, 나무 뒤 창문에서 들려온 목소리가 꽃의 목소리처럼 들린 거군. 아무것도 아니잖아.

오래된 큰 저택이었지만, 어딘지 모르게 황량하고 쓸쓸한 느낌이 드는 집이더군요. 서양식이고, 동그란 창문이 세 개 있었어요.

원래는 의원을 하던 집인지, 간판에 덧칠을 한 흔적이 있던데요.

난 정신을 차리고 다시 걷기 시작했어요. 더워 죽겠다 같은 생각을 하니까, '그럼 죽어버려' 하는 말만 또렷하게 들린 거다, 그렇게 나 자신을 설득하고 겨우 평정을 되찾았어요.

하지만 형이 들은 것도 분명히 그런 목소리였겠구나, 하는 생각이 들었어요.

죽어버려.

형은 그날 아침 그런 말을 들은 겁니다.

그런 식으로 밝고 또렷하게.

그런 목소리로 그런 식으로 시원시원하게 말하면, 누구라도 정말 그렇게 해야 할 것 같은 생각이 들걸요.

그래서 형은 네, 하고 집으로 돌아와서 스스로 목을 맨 겁니다.

9

몇 개의 단편

1

"사라졌네, 세계가."

"응. 이상하지. 가끔씩 파도 소리가 사라지는 순간이 있어."

"정말…… 정말 조용해져. 나한테는 꼭 세계가 사라져버린 것처럼 느껴져. 아, 또."

"응."

"이 세상에 단둘이 남은 것 같아."

"그러게."

"어머, 또. 이렇게 이어지는 것도 드문데."

"스페인에서는 이런 걸 '천사가 지나갔다'고 한다던데."

"어머, 예쁜 말이네. 이렇게 조용한 순간을 그렇게 말하는 거야?"

"그렇다기보다, 여러 사람이 이야기를 하다가 문득 모든 사람의 이야기가 동시에 끊어져서 조용해지는 순간을 그렇게 말한다나 봐.

271

그쪽 사람들은 일본 사람에 비해 훨씬 수다스러우니까, 분명히 그런 순간이 드문 거겠지."

"흐응, 그렇구나."

"기독교권다운 말이지."

"하지만 우리 집도 시끌벅적한데."

"그래? 대가족이군."

"늘 누가 있고, 늘 텔레비전이랑 라디오가 켜져 있어서 아주 시끄러워. 천사가 지나갈 시간이 없어."

"좋잖아. 늘 가족한테 둘러싸여 있다니."

"안 좋아. 우리 집은 천사가 지나갈 수 없는 집이야. 그러니까 그렇게……."

"그렇게?"

"아무것도 아니야. 천사가 지나갈 틈새도 없는 집이라고."

"혼자보다는 나아, 여러 사람이 같이 있는 게."

"혼자가 되고 싶어."

"응?"

"혼자가 되고 싶다고."

"왜?"

"그게 허락되지 않는다면 적어도, 없으면 곤란한 사람, 나하고 같이 있어줘야 한다고 생각하는 사람이 아니라 나하고 같이 있고 싶다고 생각하는 사람이랑 같이 있고 싶어."

"다들 널 소중하게 생각하는 거야."

"혼자가 되고 싶다고 생각하는 건 사치스러운 걸까. 하지만 난 나 혼자만의 나라에 가고 싶어. 적어도 둘만의 나라에."

"아, 또."

"천사가 아주 많이 지나갔네. 분명히 다들 우리 이야기를 듣고 있는 거야……. 우리 엄마처럼."

2

인간은 죄 많은 존재. 태어나면서 저지른 죄도 많아. 이 세상에 태어난 게 그 증거란다. 인간은 죄를 회개하면서 살아가는 거야. 보렴, 이 세상이 얼마나 고뇌로 가득 차고, 피와 폭력으로 가득 차 있는지. 이런 세상에 태어난 게 죄가 아니고 뭐겠니? 이게 인간이 죄 많은 존재라는 가장 큰 증거야. 기쁨은 한순간뿐. 고통의 바다에 한순간 비쳐드는 힘없는 햇살에 불과해.

회개해라. 고독하게 태어난 순간부터 죄는 죄. 자기가 짊어진 죄를 자각하는 게 중요해. 기도해라. 반드시 누군가가 보고 있어. 죄를 저지르는 걸, 누가 반드시.

죄 많은 타락을, 사악한 의지를.

그런 널 누군가가 반드시 보고 있어.

3

"유토피아 알아요?"

"응."

"중국의 무릉도원처럼 꿈나라래. 모두들 동경하는 이상향이라는 의미라고."

"응, 토머스 모어의 소설이지."

"토머스 모어? 그게 누군데?"

"16세기쯤에 살던 영국의 사상가야. 정치가이기도 했고. 헨리 8세의 이혼을 반대해서 반역죄로 사형당했어. 르네상스의 영향을 받아서 종교랑 왕권에 속박되지 않는 평등한 사회를 유토피아라고 이름 짓고 그걸 이상으로 삼았지."

"그렇구나."

"당시엔 공상으로, 이를테면 SF소설처럼 받아들여진 모양이야."

"어쩐지 내가 생각했던 거랑 다르네. 좀 더 아름답고 천국 같은 곳일 줄 알았는데."

"그러게. 서양은 종교 문제가 차지하는 비중이 높으니까."

"가고 싶었는데 그만둘래. 다른 나라로 해야지."

"다른 나라?"

"이름을 생각해보고 있었거든. 우리의 나라. 우리만의. 아, 누가 왔어."

"애들이야."

"삐 언니, 삐 언니."

"삐 언니, 이 아저씨 누구야?"

"누구야?"

"이 아저씨는 내 벗이야."

"벗?"

"벗이라고 해?"

"벗?"

"그래."

"벗, 벗. 벗, 같이 놀자."

"같이 놀자, 벗."

"그래. 그럼 저쪽으로 갈까. 교회 마당에서 놀자."

4

한 외로운 할아버지가 살았습니다.

할아버지는 쭉 혼자 살고 있습니다. 몸이 약해서 늘 잠만 자면서 어렸을 때 꿈을 꾸고 있습니다.

이상하지? 몇십 년씩 혼자 살다 보면 점점 어렸을 때 일이 어제 일처럼 생각난대. 예를 들면, 응, 맞다, 작년에 엄마한테 받은 비스킷 생각나니? 그거 굉장히 맛있는 냄새가 났지? 홍차 잎이 들어 있고 곰 모양을 한 비스킷. 이제 생각나지? 그 맛있는 냄새. 크리스마스의 신나는 기분. 바로 어제 일처럼.

이런 식으로 할아버지는 어렸을 때 일, 냇물에서 밀짚모자 쓰고 고기를 잡던 일이랑 바닷가에서 불꽃놀이를 하던 일을 굉장히 또렷하게 생각해낼 수 있는 거야. 그런 멋진 추억이 병에 시달린 긴긴 세월보다도 훨씬 소중하고, 또 아름다우니까.

할아버지는 불꽃놀이를 아주 좋아했거든. 여름방학이 되면 친척 아저씨랑 동네 친구들이랑 같이 자주 불꽃놀이를 하고 놀았어. 구경하는 것도 좋아해서, 불꽃놀이 축제가 있으면 조금 멀어도 맨 먼저 가서 밤하늘에 수놓은 커다란 꽃을 꼼짝 않고 바라보곤 했어. 아무리 봐도 질리지 않는 거야. 펑, 펑, 하고 뱃속에 울리는 소리를 들으면서 밤하늘에 흩어지는 불꽃을, 그 불꽃의 불빛으로 자기 뺨에 느껴지는 빛을 확인하는 걸 좋아했어. 왜, 너희도 본 적 있잖니? 불꽃을 구경하는 친구의 얼굴이 흑백으로 보이는 걸.

할아버지는 많이 외로워. 너희처럼 늘 같이 놀아주는 친구가 한 사람도 없거든. 어렸을 때 본 불꽃을 매일 잠을 자면서 추억하고 있을 뿐이야. 할아버지 불쌍하지 않니? 너희는 같이 놀아주는 친구가 늘 옆에 있지만, 그 할아버지한테는 아무도 없어.

있잖아, 이건 비밀인데, 할아버지랑 놀아드리러 가지 않을래? 할아버지가 좋아하는 불꽃을 들고 같이 재미있게 놀아드리는 거야. 어때, 좋은 생각이지? 다른 사람들한테는 비밀이야. 몰래 가서 할아버지를 놀래드리는 거야. 할아버지가 얼마나 놀랄까. 얼마나 좋아할까. 분명히 굉장히 좋아할 거야.

10

오후의
고서점 거리에서

1

8월 2일(토)

비. 갑자기 후텁지근해져서 고생. 부랴부랴 모자 구입.

느닷없이 2, 3, 5를 방문. K군도 금세 익숙해져서 순조롭게 진행. 다행이다. 각각 평균 한 시간 반쯤 걸렸으나 거의가 추억담. 볼만한 내용 없음. 하지만 다들 당시를 곧잘 기억하고 있다. 하나같이 당시를 그리워하는 눈인 게 재미있다.

숙소도 냉방이 안 돼서 덥다. 테이프가 늘어날 것 같다. 땀범벅이 돼서 녹취록 작성.

저녁에 혼자 M에 가봤으나 휴업을 알리는 종이가 붙어 있었다. 갑작스런 휴업인 듯.

8월 3일(일)

찌뿌드드한 날씨. 역시 후텁지근해서 잠을 못 자겠다.

1, 7, 8을 방문. 1은 이미 타계, 7도 입원 중. 병원으로 찾아가봐도 된다는 허락을 얻다. 저쪽에서 연락해둔다고. 8도 20분도 안 돼서 완료. 그러나 녹취록 작업이 여간 힘든 게 아니라 오늘은 그쪽에 전념하기로.

저녁에 뇌우. 비가 개니 좀 시원해졌다.

8월 4일(월)

갑자기 쾌청. 본격적인 여름 더위. 걷기도 힘들다. 자꾸 콜라만 마시게 된다. 반성.

K시민종합병원에서 7의 이야기를 듣다. 오랜만. 나를 기억하고 있었다. 21을 소개해줌. 다행. 연락해준다고 해서 부탁하기로 하다.

M에 들러봤으나 아직 휴업 중. 이웃 사람에게 묻자 친척이 상을 당했다고.

S와 T에 들러봄. G 과월호를 몇 권 발견.

밤에는 녹취록 작성. 전혀 진전 없음. 이야기하는 시간은 겨우 오 분이어도 받아 적으려면 엄청난 시간이 걸린다. 속기라도 배워둘걸 그랬다.

8월 5일(화)

쾌청. 무지막지한 더위. K군도 더위에 지친 것 같아 오늘은 관광.

정원을 둘러보고 중국 냉면을 먹다. K군, 파란 방에 대단히 감탄.

K군을 먼저 숙소로 돌려보내고 나는 4를 방문. 다소 험악함. 동기를 의심하는 듯. 도중에 양쪽이 모두 입을 다물어버린 장면이 있었다. 좀 피곤하다.

Y, A, H를 들여다봄. 좁아서 찾기 힘들다. G 같은 과월호는 없는 듯. 숙소로 돌아가 둘이 잠깐 술. K군, 혼자 떠들어댐. 피곤할 테지. 미안하다. 아르바이트비를 좀 더 얹어줘야겠다.

8월 6일(수)

맑고 한때 흐림. 9와 12는 계속 없음. 10, 11, 15, 16은 취재 거부. 11은 이른 여름휴가를 간다고 하나, 구실이 아닐지. K군, 숙취 때문인지 기운 없음. 숙소에서 쉬게 하고(되도록 녹취록 작성에 전념하도록), 13, 14를 방문. 기대하지 않았는데 뜻밖에 수확이 있었음. 밖에서 보는 것만으로는 어떻게 연결되어 있는지 알 수 없는 법.

M에 들러보니 열려 있었다. 피곤해서 안을 잠깐 둘러만 보고, 서가 위치만 확인.

8월 7일(목)

쾌청. K군은 여름 감기에 걸린 듯 컨디션 좋지 않음. 염천에 나가지만 않으면 괜찮다고 해서 내내 녹취록 작성. 그러나 방 안도 지옥. 주스를 사다가 벌컥벌컥 마셔버림. 주스값만 해도 꽤 나간다. 테이프도 눈 깜짝할 새에 다 써서 묶음으로 파는 걸 사왔으나 비싸다.

9는 타계. 12는 여전히 없음. 17, 18은 전화로만 취재.

8월 8일(금)

흐리고 한때 맑음. K군 회복. 테이프에 전념해줌.

21을 방문. 오전을 꼬박 들인 보람 있음.

여세를 몰아 20을 방문. 종잡을 수 없다. 헛걸음.

M에 들러 주인 이야기를 듣다.

8월 9일(토)

K군, 귀경. 테이프 일부를 들고 가서 집에서도 녹취록 작업을 해주겠다고. 감사.

오전 중에 19를 방문.

M에 들러 주인 이야기를 듣다. G 과월호를 벌써 몇 권 준비해줌.

밤에는 오랜만에 혼자서 멍하니.

21로부터 생각난 게 있다고 전화 옴.

내일 한 번 더 방문하기로.

8월 10일(일)

21을 다시 방문. 조금 충격. 예상한 일이기도 하고, 뜻밖이기도 함.

일단 돌아와 정보 정리. 다음에는 언제 올 수 있을까. 백중이 끝나고 사람들이 돌아올 때려나.

M에 들러 주인과 이야기. 함께 책을 찾다. 몇 권 구입.

밤에 혼자 녹취록 작성. 나머지는 숙제. 도와줄 사람이 있으면 좋겠으나, 사람 수를 더 늘릴 수는 없다. 직접 할 수밖에 없을 듯.

2

아, 그래요, 이 필적.

생각났습니다. 이런 글씨였어요.

딱딱하고, 무뚝뚝하고, 감정이 보이지 않는 균일한 터치.

이런 책을 만들었다는 걸 까맣게 잊고 있었군요. 벌써 몇 년 전에 현장을 떠났으니 더 그렇겠죠.

사실 책 만드는 일을 계속하고 싶었지만, 밑에서 점점 치고 올라오니까 재미없는 관리직으로 밀려난 거죠.

물론 제목을 들으면 바로 생각납니다. 자기가 만든 책은 죄다 기억하죠. 역시 다들 귀엽거든요. 팔렸나 안 팔렸나 그런 것하고는 상관없이.

전화 받고 놀랐습니다. 이렇게 몇 년씩 지나서 그 제목을 듣게 될 줄은 꿈에도 몰랐거든요. 하지만 이상하죠. 이름을 들은 순간, 당시 기억이 몸속에서 확 되살아나는 겁니다.

당시에는 많이 팔렸죠.

화제도 됐고요. 뉴스를 본 기억은 있지만 이렇게 엄청난 사건인 줄 몰랐다고, 하여튼 반향이 대단했습니다.

하지만 비난 전화도 참 많이 받았어요.

우선 제목에 대한 불만이 많았습니다. 그렇게 비참한 사건을 가지고 '축제'가 뭐냐는 질책이 대부분이었어요. 하지만 저는 좋은 제목이라고 생각했고, 내용과도 잘 맞는다고 생각했으니까요. '축祝'이라는 글자를 쓰긴 했지만, 그건 신에게 기도한다는 뜻도 있고, 그 글자를 통해서 작가한테 그 사건이 대단히 특별하고 엄숙한 것이었다는 게 전달된다고 생각했거든요. 그래서 그냥 그대로 밀어붙인 겁니다.

문고로는 안 나왔습니다. 본인이 허락하지 않은 탓도 있고, 이런 시사적인 소재를 쓴 책은 문고로 내기가 쉽지 않은 탓도 있어요.

책을 쓴 여성 말입니까?

묘한 사람이었습니다. 당시 아직 대학생이었는데 아주 침착하더군요.

책으로 낸다고 하면 대부분의 사람은 정도 차만 있을 뿐이지 흥분을 감추지 못합니다만, 그 사람은 놀라기는 해도 들뜬 것 같지는 않았습니다.

오히려 성가시게 됐다고 생각하는 것 같았어요. 처음에는 싫다고 거절하더군요.

하지만 설득해서 결국 승낙을 받아냈죠. 하는 수 없다, 자기가 이런 일을 하는 건 처음이자 마지막이다, 그런 분위기였습니다. '이런 일'이라는 건 그 사람이 타인에 관여해서 조사를 하고 글을 쓰는, 그런 일을 말합니다.

예정에 없던 일이라는 말을 여러 번 하더군요.

자료로 쓸 생각이었기 때문에 남들한테 보일 생각이 없었다고 말이죠.

겸손이 아니라 본심이라고 생각합니다.

막연히 알거든요. 앞으로 이 길로 나갈 사람인지, 이 한 번으로 끝날 사람인지는 이야기하다 보면 알죠. 그 사람은 이 한 번으로 끝나겠구나 싶었습니다. 본인도 그걸 강력하게 희망하고 있었으니까요.

실은 이게 책으로 나온 이래로 그 사람과는 통 못 만났습니다. 견본을 주고 나서는 손가락으로 꼽을 수 있을 정도밖에 안 만났을 겁니다. 책이 발매되고 취재 의뢰가 쏟아져 들어왔지만, 취재에 응할 생각은 없다, 다 거절해달라, 그러는 겁니다. 홍보부에서 난처해했죠. 작가에 대한 정보라고는 이쪽에서 작성한 짤막한 자료밖에 없었어요. 작가가 사건 관계자라 그다지 대외적으로 노출되고 싶어하지 않는다는 궁색한 변명을 해야 했습니다.

세간에서는 우리가 작가를 감춘다고 생각하는 모양이더군요. 오해도 그런 오해가 없죠.

그 사람은 판매량이나 평판에는 관심 없는 것 같았어요. 책이 나온 다음에는 이제 완전히 자기 손을 떠났다, 그런 느낌이었습니다.

3

처음에 읽었을 때는 흥분했어요.

도무지 스무 살 좀 넘은 젊은 여자가 쓴 것 같지 않더라 이 말입니다. 치밀하고, 냉정하고, 문장도 차분하고. 대학생이라는 이야기를 먼저 안 들었더라면 아마 몇 살 된 사람이 쓴 건지 몰랐을 겁니다.

게다가 뭐랄까요, 그…… 이런 말이 맞는 말인지 아닌지 모르겠습니다만, 일종의 불길함, 기이함이 느껴지는 겁니다.

음, 설명을 잘 못하겠군요. 작가의 것만이 아닌, 책 속에서만 생겨나는 냉철한 시선, 기묘한 자기장 같은 것. 그런 게 있었습니다.

아시다시피 이 세상에는 우연히 맞은 공이라는 게 존재하거든요.

요행이라고 할지, 초보자의 행운이라고 할지, 그런 게 분명 있죠.

누가 뭘 만들었을 때, 만든 사람의 의도와는 무관하게 우연히 거기에 뭔가가 깃드는 때가 있어요. 이 책이 우연히 맞은 공인지 아닌지는 그 사람이 다음 작품을 안 썼기 때문에 알 수 없습니다만, 아무튼 이 책에는 그런 게 있었습니다. 실제 사건도 제국은행 사건과 쌍벽을 이룬다고 이야기되는 흥미로운 사건이었고, 결말도 수수께끼 같았고요. 충분히 화제가 되지 않겠나 하는 계산은 있었습니다.

여기에 사건의 진상이 쓰여 있는지 아닌지 저는 알 수 없고, 이 작품에서 그건 문제가 아니라고 생각합니다. 굳이 말하자면, 카포티의 《인 콜드 블러드》에 가까운 느낌일까요. 논픽션이라고도 픽션이라고도 할 수 없는, 꼬리표를 붙이기 어려운, 완전히 문예 작품이라고는 하기 어려운, 불안한 느낌이 들어요. 그 부분이 이 작품의 매력이라고 할 수도 있습니다만.

지금까지 제가 만든 책 중에서도 상당히 이질적이고 이색적인 작품이랍니다. 다른 어떤 책하고도 달라요. 이것만 색깔이 다릅니다. 존재하는 세계가 다르다, 그런 느낌이 듭니다.

4

네, 이 상자를 제가 맡는다는 게 그 사람이 맨 처음에 내건 조건이었거든요.

맞습니다. 그 사람이 원고를 쓸 때 사용한 자료들입니다.

지금 그 사람한테는 아무것도 남아 있지 않을 겁니다. 이게 전부예요.

테이프도 아주 많아요. 지금은 다 늘어나서 들을 수 있을지 없을지 모르겠습니다만. 어렵지 않을까요, 아마. 제 개인 물품으로 회사 책꽂이에 내내 놓여 있었으니, 제가 보관을 잘못한 탓이라고 해도 할 수 없지만 말이죠. 그 사람은 버리든 태워버리든 맘대로 해라, 아무튼 자기는 갖고 있기 싫다고 했습니다. 아무런 미련도 없이 교정이 끝난 다음에 상자째로 보내버리더군요.

아뇨, 대충 훑어보기는 했지만 전부 꼼꼼하게 본 건 아닙니다. 저로서는 그 사람이 직접 조사해서 썼다는 것만 알면 그만이었으니까, 굳이 전부 살펴볼 필요성은 안 느꼈습니다.

하지만 처분하라고 해도 처분할 수는 없었어요.

그 공책, 취재 일지군요.

아주 담담하더군요. 본인도 담담한 사람이었습니다.

안에 적혀 있는 숫자는 취재 대상인 사람들한테 붙인 겁니다. 맨 뒤에 명단이 따로 만들어져 있어요. 최종적으로는 마흔 명 가까이 있었죠. 행방을 알 수 없는 사람도 있었고 안 만나준 사람도 있었으니까, 명단에 있는 사람들과 모두 접촉할 수 있었던 건 아닙니다만.

K군이라는 건 인터뷰 조사를 도와준 대학 후배라고 합니다. 호쿠리쿠 지방의 더위 때문에 고생깨나 한 것 같더군요.

네? 이 알파벳은 뭐냐고요?

헌책방입니다.

5

그 사람은 시내에 있는 헌책방을 머리글자로 부른 모양이더군요.

네, 《잊혀진 축제》에는 그 사람이 헌책방에 들어가는 부분이 전혀 안 나오죠.

르포와 픽션, 과거와 현재가 혼연일체가 된 작품이기는 하지만, 그 사람이 취재하는 장면은 나와도 헌책방에 들어가는 부분은 빠져 있어요.

글쎄요. 특별히 무슨 깊은 이유가 있다는 생각은 안 했습니다만. 그냥 작품의 효과를 생각해서 단순하게 한 게 아닐까요? 실제로 지금 형태가 좋다고 생각하기도 하고요.

아아, 일기에 나오는 'G'는 그겁니다. 그 얇은 잡지.

과월호가 몇 권씩 묶여서 들어 있잖습니까.

동인지라고 할지, 지역 정보지 같은 거죠. 뭐, 소위 가십 잡지 같은 겁니다. 그 지역 사람만 알 수 있는 가십이나 고발 기사를 실은, 지방색이 대단히 짙은 잡지라고 할까요. 그 사람은 사건 당시에 발행된 그 잡지를 찾고 있었던 것 같습니다.

당시에 유포됐던 소문이나, 수사 상황이 누설된 기사, 의료 관계자들 사이에서 피해자에 관해 돌던 소문 같은 게 없나 조사한 모양이더군요. 그런, 좁은 지역 내에서 도는 소문은 외부에서는 도통 알 수 없는 부분이니까요. 게다가 피해자가 지역 유지였다면 더 그렇죠. 그 사람은 피해자 일가의 과거나 평판을 알고 싶어한 것 같습니다. 그 사람이 의심하던 그런 부정적인 가능성을 시사하는 정보는 끝내 발견되지 않은 것 같습니다만.

별건 없지만 어쩐지 신경 쓰이는 잡지잖습니까?

내용도 사실 별것 없죠.

거의 어린애들 흉보는 수준인 것도 있고, 좌우지간 수제품 느낌이 팍팍 나죠.

광고도 유흥업 쪽이 많고요. 하지만 상업 잡지를 만드는 데 익숙해 있다 보면, 그런 잡지는 너무 원색적으로 느껴져서 흠칫하게 됩니다.

매스컴이라는 것의 원점을 보는 것 같아서요.

매스컴이라는 게 원래 동네 게시판이 커진 것뿐이잖습니까? 이런 잡지를 훑어보다 보면, 아아 처음에는 이런 거였구나, 이런 식으로 이야기가 전해지고 시민운동이라든지 신문사라든지 그런 게 생기는구나 하고 감개무량해져요.

흥미가 있었기 때문에 그 잡지는 구석구석 꽤 꼼꼼히 읽었는데, 피해자 의원에 관한 기사는 없더군요. 과월호가 전부 들어 있는 것도 아니니까 없다고 단정할 수는 없지만요.

그렇군요. 이렇게 보면 그 사람, 꽤나 열심히 헌책방을 돌아다녔군요.

K시는 오래된 성하城下 도시인 데다가, 과거에 구제舊制 고등학교도 있었고, 대학이 몇 개씩 있는 대학가이기도 하니까 헌책방은 많거든요. 헌책방은 몇 군데 모여 있었으니까, 돌아다니기 쉽지 않았을까요. 오래된 거리에는 헌책방이 어울리죠.

네, 지금 저희가 있는 곳도 세계에서 으뜸가는 고서점가지만, 몇 년 전부터 확실히 많이 달라졌어요.

요즘 또다시 젊은 사람들 사이에서 헌책방이 유행이라는 게 신기하더군요.

사람은 헌책방에 가는 사람하고 안 가는 사람으로 나뉘니까요.

네?

그 공책이 왜요?

취재 대상 중에 6번만 안 나온다고요?

호오, 대단한데요.

용케 눈치채셨군요. 아뇨, 당신을 시험하거나 그런 건 아닙니다.

실은 저도 처음에 그 공책을 읽었을 때 그게 마음에 걸렸어요. 무의식중에 머릿속에서 언급된 숫자를 지워나갔나 봅니다. 맞습니다, 6번만은 끝까지 안 나와요. 혹시 동업자이십니까? 아니에요?

저도 그 사람한테 물어봤죠, 6번이 누구냐고. 맨 뒤에 있는 명단에도 안 나오고.

그랬더니 사건 당시 생존한 여성이라고 하더군요.

외국으로 가버린 바람에 끝내 가장 묻고 싶었던 걸 못 물었다, 그것 하나가 못내 아쉽다, 그렇게 말했습니다.

6

평생 한 작품만을 쓴 작가로 말하자면, 역시 마거릿 미첼이죠.

트렁크 하나 가득한 원고를 편집자한테 보내고 나서 그 편집자한테 여러 번 전보를 보낸 마거릿 미첼. 하도 끈질기게 졸라대는 바람에 하는 수 없이 열차 안에서 마지못해 읽기 시작한 소설이 《바람과 함께 사라지다》였다는 편집자, 그 소설을 맨 처음 읽은 편집자가 부럽습니다.

상상이 되십니까, 그 소설을 세계 최초로 읽었다는 행운이. 소심한 저는 상상만 해도 무서워요. 혹시 무슨 착오가 있어서 원고를 잃어버렸다든지, 세상에 발표할 기회를 잃어버렸다든지 한다면. 아니면 시시한 많은 원고들 중 하나라고 생각해서 다른 편집자한테 넘겨

줘버렸다면.

어느 쪽이든 생각만 해도 끔찍하죠.

그리고 《바람과 함께 사라지다》에 모든 걸 쏟아부었으니 이제 두 번 다시 소설을 안 쓴다고 하고 그대로 실행에 옮긴 마거릿 미첼도 대단합니다. 확실히 그 작품은 미첼의 모든 게 들어간 최고의 작품이었어요. 그런 작품은 여러 번 쓸 수 있는 게 아니죠.

아, 아뇨, 이 책이 《바람과 함께 사라지다》에 필적하는 작품이라고 말할 생각은 털끝만큼도 없어요. 편집자라는 일에 대한 이야기입니다.

《바람과 함께 사라지다》 같은 게 있으니까, 편집자는 재미있고 또 무섭습니다.

평소에는 혹시나 하는 심정으로 책상 위에 산더미처럼 쌓인 봉투들 속에 묻혀 있을 걸작을 찾지만, 그런 기대가 보답받는 일은 거의 없거든요. 그런데 생각지도 못한 때, 생각지도 못한 방향에서 엄청난 게 툭 떨어질 때가 있는 겁니다. 그런 때는 꼭 처음부터 예정돼 있었던 것처럼 순식간에 책이 돼서 세상에 나갑니다.

그 사람이 이런 일은 이번 한 번뿐이라고 생각한다는 건 처음부터 느낌으로 알 수 있었지만, 그럼 어떤 일을 하고 싶으냐고 물어본 적이 있었어요.

그랬더니 글쎄요, 하는 겁니다.

원래 잘 웃지 않는 사람이었습니다. 진지한 표정으로 이쪽을 보더군요.

그건 모르겠지만 이 일이 아닌 건 확실하다, 그렇게 말했어요.

하고 싶은 일이 있느냐고 물었더니, 잠깐 생각해보고는 알고 싶은 게 있다고만 대답했습니다. 그리고 생각난 듯이 덧붙여 말했죠.

자기는 처음에 이 책을 낸다는 게 그리 달갑지 않았다, 하지만 지금은 고맙게 생각한다, 자기가 알고 싶은 걸 아는 데 이 책을 내는 게 도움이 될 거라고 생각한다. 그런 말을 했습니다.

그 알고 싶은 게 뭐냐고 캐물었지만, 그 사람은 개인적인 일이라고만 하고 결국 가르쳐주지 않았습니다.

7

그러고 보면 책이 나오고 1년쯤 지나서 기묘한 전화가 걸려온 적이 있었군요.

이상한 전화는 사실 드물지 않거든요. 그건 자기가 쓴 책이니까 이 은행 계좌로 인세를 입금해라, 몹쓸 도작이다, 그건 자기 이야기다, 어떻게 이렇게 자세히 아느냐, 라든지. 하여튼 놀랄 노자예요.

아뇨, 그 전화는 그런 의미에서 기묘한 건 아니었습니다. 그래서 되레 인상에 남았을 겁니다.

전화를 건 사람은 차분하고 품위 있는 중년 부인이었습니다.

귀사의 책을 읽었는데 혹시 작가는 사이가 마키코 씨 아닌가. 예전에 알던 사이인데 본인에게 연락을 하고 싶다. 그런 전화였어요.

특별히 이상한 분위기는 없었습니다.

이 책은 필명으로 발표됐고 사진도 내지 않았으니, 작가를 안다는 건 사실인 것 같았습니다.

하지만 작가 쪽에서, 만약 자기한테 연락을 하고 싶다는 사람, 특히 사건 당시에 알던 사이라고 하는 사람이 있으면 자기가 연락할 테니 연락처만 알아둬달라는 요청이 있었으니까요. 저는 작가의 연락처는 가르쳐주지 않고, 그쪽 연락처를 작가한테 전하겠다고만 대답했습니다.

그랬더니 상대방은 순간 입을 다물어버리는 겁니다.

그때, 상대방의 뒤쪽에서 무슨 소리가 들리는 걸 깨달았습니다.

통화를 하던 중에도 뒤에서 무슨 소리가 들리는군, 밖에 있나 보군, 싶었지만, 무슨 소리인지는 알 수 없었거든요.

상대방이 침묵하는 그 잠깐 동안에 문득 그 소리가 뭔지 알았습니다.

파도 소리예요.

그 부인은 어딘가 바닷가에서 이 전화를 걸고 있었던 겁니다. 게다가 꽤 바다에 가까운 곳입니다. 전 왜 그런지 그때 호쿠리쿠의 바다가 생각났습니다.

부인은 다시 입을 열었습니다.

사이가 씨는 당시 알던 사람들을 많이 만났겠군요. K시에도 여러 번 와서 취재했겠죠? 이만큼 조사하기가 쉽지 않았을 텐데 말이에요. 훌륭해요. 이렇게 옛날 일을 정확하게 써주다니.

갑자기 목소리 톤이 달라져 있었어요. 비위를 맞추는 것 같은 목소리로 뭔가를 캐내려는 분위기가 느껴졌습니다. 순간, 경계심이 일었습니다. 이 사람은 대체 뭘 알고 싶은 거지?

네, 아주 성실하게 취재하신 모양이더군요, 라고만 조심스럽게 대답했죠.

그래서 전화 거신 분의 성함과 연락처는 어떻게 되시는지요? 라고 사무적인 말투로 물었더니, 상대방은 또다시 잠깐 침묵하더니 갑자기 전화를 끊어버렸어요.

어쩐지 섬뜩하더군요.

전화를 끊기 직전의 침묵으로 알 수 있었어요.

전화를 건 여자 바로 곁에 또 한 여자가 있었던 겁니다. 전화를 건 여자보다 훨씬 젊은 것 같았습니다. 그 여자가 날카로운 목소리로 이야기하는 게 얼핏 들렸거든요.

그 여자가 전화를 걸게 시켰구나. 그렇게 직감으로 알 수 있었습니다.

작가를 진짜 아는 사람은 그 젊은 여자고, 전화를 건 쪽은 아는 사람이 아니다, 하는 생각이 들었습니다.

어쩐지 기분이 나빠졌어요.

아는 사람이라면 왜 그 여자가 직접 전화를 안 걸었나. 왜 이름을 안 밝혔나.

수화기를 내려놓은 다음에도 한참 생각했습니다.

그 여자는 대체 뭘 알고 싶었던 걸까, 하고.

당신도 뭔가 쓰시는 건가요?

혹시 그 사건을 다시 검증한다든지?

논픽션의 논픽션이라. 흐음, 재미있겠는데요. 요즘에 쇼와 시대의 검증이 다시 유행하는 중이거든요. 전쟁을 경험한 마지막 세대가 고령에 이르러서 위기감을 느끼는지도 모르죠. 저로서는 국제적 경험이 있는 아주 젊은 사람이 참신하고 객관적인 논증을 해주면 좋겠다고 생각합니다만.

아뇨, 대답 안 하셔도 됩니다.

그런 건 완성하기 전에 남한테 보여주거나 이야기하면 안 됩니다. 야심은 가슴속에 묻어둬야죠. 입 밖에 내면 마법이 풀려버려요. 아무한테도 말하지 말고 자기 안에서 천천히 키워나가야 합니다.

보세요, 오후가 되니까 거리에 사람이 점점 많아지죠?

학생이 있고, 시간을 때우려는 회사원이 있고, 학술 관계자가 있고, 외국인도 있어요.

저렇게 다들 자기 나름의 정신 활동, 지적 활동을 하고 있는 겁니다. 저 중에는 편집자와 프리랜서, 연구자도 있겠죠. 지금도 누군가가 가슴속에 야심을 감추고 몇 년 뒤를 내다보며 착실하게 일을 해나가고 있어요. 조사하고 있어요. 생각하고 있어요. 쓰고 있어요.

도중에 좌절하는 사람도 분명히 있겠죠. 아무한테도 읽히지 못하고 버려지는 원고도 있겠죠. 열매를 맺어서 훌륭한 업적을 남기는 사람도 있겠죠. 저기를 걷는 사람 중에 아직 머릿속에 막연한 구상이 있을 뿐인 사람도 수두룩할 겁니다. 자기가 앞으로 뭘 쓰고 싶은지 모르는 사람도.

이렇게 여기서 헌책방들이 늘어선 거리를 내려다보고 있으면 마음이 놓입니다.

이 세상이 책들이 빽빽하게 들어찬 도서관 같고, 그 책을 읽으려고 다들 착실하게 노력하고 있구나, 그렇게 생각할 수 있기 때문일 겁니다. 아무리 요즘 세상에 정보가 흘러넘친다고 해도, 정보를 입수하기 쉬워졌다고 해도, 어차피 혼자서 끈기 있게 한 줄, 한 줄, 한 쪽씩 읽어나갈 수밖에 없으니까요.

노인 한 명이 죽는 건 도서관 한 개가 없어지는 것과 같다는 말이 있습니다.

바로 이 거리에 있는 서점 하나하나에 해당되는 말이 아닐까 싶어요.

저는 학생 때부터 여기서 죽치고 살곤 했습니다만, 처음에는 문 열고 들어갈 때도 긴장했답니다. 주인한테 자기 지성이 평가당한다는 생각이 들어서요. 서가에서 무슨 책을 꺼낼지도 고민하곤 했죠.

겨우 익숙해졌더니, 이번에는 주인의 지식에 압도당했습니다.

자료용으로 어떤 외국 소설을 찾고 있었는데, 제목을 말했더니 주인은 아무렇지도 않게 그 책은 전전, 전후를 통틀어서 모두 세 차례 다른 출판사에서 번역되어 나왔다, 셋 다 절판됐지만 1944년 판은 거기 서가에 있다, 맨 나중에 나온 것도 있었는데 얼마 전에 팔렸다고 대답하더라 이 말입니다. 어안이 벙벙했죠.

비슷한 일은 그 뒤로도 여러 번, 여러 책방에서 경험했습니다. 덕분에 저도 꽤 많이 배웠고, 취직한 다음에도 내내 신세를 지고 있어요. 그때마다 축적된 지식, 하루하루 장사를 해오면서 쌓아온 지식이라는 것에 경외심을 품게 됩니다.

그러니까 여기는 앞으로도 계속 있어주면 좋겠어요. 지진이나 화재로 귀중한 지식을 잃어버리는 일이 없기를 진심으로 바랍니다.

네? 좀 감상적이었나요?

혹시 모르셨습니까? 그 취재 노트에 나오는 M서점 말이에요, 지금은 없어요.

불타버렸거든요.

9

저도 몰랐습니다.

지난주에 잠깐 K시에 출장 갈 일이 있었거든요. 그 전에 당신 연락을 받았기 때문에, 저도 옛날 생각이 나서 그 책을 들고 가서 열차에서 대충 훑어봤답니다. 그 취재 노트 생각도 했어요.

그래서 시간도 있고 해서 헌책방이 모여 있는 곳을 걸어봤죠.

M서점은 꼭 한 번 보고 싶었습니다.

그런데 아무리 찾아도 M서점이 안 보이는 겁니다.

이상하다 싶어서 동네 사람한테 물었더니 오래전에 불이 났다고 하더군요. 서점 뒤쪽에 노인이 혼자 사는 집이 있었는데, 그 집에 불이 나서 불이 번졌다고요. 노인은 불에 타 죽었다더군요.

서점을 경영하던 부부는 사는 곳은 따로 있었기 때문에 다치지는 않았고, 희귀본은 자택 금고에 들어 있었다고 하지만, 가게에 있는 게 불에 잘 타는 종이 아닙니까. 순식간에 가게에 있던 책이 거의 대부분 타버렸다죠.

보험에 들어 있기는 했어도, 같은 책을 손에 넣을 수 있는 건 아니니까요. 부부도 가게를 다시 여는 건 단념했다고 합니다.

여행이나 출장을 가서 각지의 헌책방을 돌아다니면 재미있거든요. 특히 M서점은 제가 만든 책하고 관계가 있는 서점이기도 했으니까, 어쩐지 분하고 아쉽더군요.

불이 난 해 말입니까?

그래요, 책이 나오고 1년쯤…… 네, 그러고 보니 마침 그 기묘한 전화가 걸려온 때를 전후해서 불이 난 셈이군요. 아뇨, 어느 쪽이 먼저인지는 지금은 잘 기억이 안 납니다.

10

사이가 씨와는 그 뒤로 한 번도 만난 적은 없지만, 연하장만은 주고받았군요. 인쇄된 글귀만 있는 의례적인 연하장이었습니다. 제약

회사에 취직했다는 것하고 결혼했다고 알리는 엽서는 왔어요. 이제 완전히 자기 인생을 걸고 있구나 싶어서, 제 쪽에서 특별히 접근하거나 하지는 않았습니다.

하지만 딱 한 번, 엽서가 문득 날아온 적이 있었어요.

책이 나오고 6년쯤 지났을 때였나요.

짤막한 엽서였습니다.

볼일이 있어서 오랜만에 K시에 와 있다. 올해도 백일홍 꽃이 활짝 피어 있었다. 그런 느낌의, 간결한 글귀였습니다.

네, 그 엽서는 상자에는 안 들어 있을 겁니다. 보고 싶으시다면 다음에 갖다드리죠. 하지만 정말 그것뿐이에요.

시?

아아, 현장에 남아 있었다는 시 말씀이죠?

책에 시 자체는 실려 있지 않았지만, 그 사람은 그 글귀를 알고 있는 것 같더군요. 다른 데 가서 말 안 한다는 약속을 받고 저한테도 그 시를 보여준 적이 있습니다.

당신도 역시 아시는군요?

시에 가타카나 이름이 나온다는 것만은 당시 신문에 발표됐습니다만, 결국 무슨 뜻인지는 지금도 모르고, 범인이 쓴 거라고 되어 있기는 해도 그게 진짜인지 아닌지 알 수 없어요.

이상한 시죠. 시인지, 편지인지.

경찰은 어디서 인용한 게 아닌지 꽤 철저하게 조사한 모양입니다만, 결국 편지를 쓴 사람의 창작일 거라고 결론이 내려졌죠. 그 이름도 무슨 의미가 있는 건지, 혹시 누군가의 애칭이 아닌지 관계자들을 상당히 끈질기게 조사했다고 하는데, 결국 어떤 이름인지 못 밝혀내고 말았습니다. 그렇게 흔히 듣는 이름도 아니고 말이에요.

문자 그대로 해석하면, 유지니아라는 건 그 댁 일가족이고, 보낸 사람은 원래부터 그 사람들을 알고 있었고 복수를 하러 온 거라는 식으로 읽을 수 있겠죠. 하지만 범인과 피해자 일가족의 접점은 끝내 발견되지 않았잖습니까.

고의적인 건지, 아니면 무슨 이유가 있는 건지 필적이 형편없이 고르지 않아서, 성별이나 연령을 단정하기 어려웠다나 봅니다.

이 편지는 식탁 위에 작은 꽃병으로 눌러놨었다고 하니까, 역시 다른 사람이 읽으라고 놔뒀다고 생각할 수밖에 없죠.

사이가 씨와 편지 글귀를 보면서, 대체 어떤 편지일까, 누가 무슨 이유로 쓴 걸까 하는 이야기를 한 적이 있거든요.

사이가 씨가 저더러 어떻게 생각하느냐고 묻더군요.

그래도 직업상 자필 원고나 다른 사람의 글씨에는 익숙한 편이라고 생각합니다만, 그때는 약간 망설여졌습니다. 하지만 저는 제 인상을 솔직하게 말했습니다.

이건 여자가 쓴 편지라는 생각이 든다. 문장의 분위기나 쓰는 표현이 남자 것 같지 않다. 아마 그런 말을 했을 겁니다. 솔직히 제가 맨 처음 받은 인상이 그랬거든요.

이거 연애편지라고도 볼 수 있지 않나요?

사이가 씨는 나지막이 그런 말을 했습니다.

아아, 그렇게 볼 수도 있겠죠, 하고 저는 대답했습니다.

다만 좀 협박 같은 연애편지라는 게 마음이 걸리는군요. 이걸 받는 사람은 꽤 무서울 것 같은데요.

그런 말도 했습니다. 요즘 같으면 스토커 같은, 다소 편집증적인 경향이 있는 여자가 아닐까, 그렇게 말했겠죠.

그 무렵에는 아직 스토커라는 말이 없었거든요.

이건 누구한테 보낸 편지일까요, 하고 저는 물었습니다.

역시 그 댁 가족한테 보낸 게 아닐까요.

그 사람은 비교적 시원스럽게, 그렇게 대답하더군요.

그렇다면 이 편지를 쓴 사람은 역시 그 댁 일가족한테 원한이 있었던 걸까요.

제가 그렇게 묻자, 그 사람은 고개를 흔들었습니다.

글쎄요, 그건 모르겠어요. 원한이 있었는지 없었는지 그건 모르지만 이 편지는 그 가족한테 쓴 거라고 생각해요.

그 사람이 담담히 대답했기 때문에, 저는 어쩐지 아무 말도 할 수 없었어요.

혹시 이 사람은 범인이 누군지 짐작하고 있는 걸까. 그때 그런 생각이 들었습니다.

그 사람은 잠시 생각에 잠겨 있더니, 문득 생각난 듯 입을 열었습니다.

이 편지를 쓴 사람은 어둠 속에 있죠.

어둠 속?

저는 되물었습니다.

네. 이 사람은 어두운 곳에 있다는 느낌이 들어요.

어두운 곳? 그건 환경이 그렇다는 건가요, 아니면 정신적으로 그렇다는 건가요?

모르겠어요. 막연히 양쪽 다가 아닐까 싶은데요.

그렇게 말하고는 그 사람은 글귀를 가리켰습니다.

여기 뒷부분 말인데요, 나의 입술에 떠오르는 노래, 나의 신발이 짓밟는 벌레들, 피를 내보내는 나의 작은 심장, 이라고 이어지잖아요? 이거, 소리를 듣고 있는 게 아닐까 싶거든요.

소리?

저도 덩달아 다시 한번 읽어봤습니다.

사이가 씨는 말을 이었습니다.

쓰는 사람이 보고 있는 게 아니라 듣고 있는 걸 나열했다는 생각 안 드세요? 쓰는 사람은 노래를 듣고, 발이 벌레를 짓밟는 소리를 듣고, 자기 심장이 뛰는 소리를 듣고 있어요. 보고 있는 게 아니라, 듣고 있는 거예요. 그래서 이 시에서 어둠이 느껴진다는 생각이 드는 거죠.

그렇군요, 하고 저는 고개를 끄덕였습니다.

하지만 앞부분의 먼 여명이라는 말에서는 시각적인 게 느껴지는데요.

제가 그렇게 말하자, 그 사람은 역시 고개를 흔들었습니다.

그 뒤에 뜬다, 라는 말이 있어요. 쓰는 사람은 시간의 변화를, 여명이 가까운 걸 기온 변화로 파악하고 있는 거예요. 그러니까 역시 어둠 속에서 피부로 시간의 변화를 느끼고 있는 거라고 생각합니다.

거기까지 들으면 저도 사이가 씨가 누굴 의심하는지 알 수 있죠.

살아남은 여자. 빛을 잃은 여자.

저는 조심스럽게 물었습니다.

사이가 씨는 그 사람이 이 편지를 썼다고 생각하시는 겁니까?

그 사람은 잠깐 침묵했습니다.

그건 모르겠어요.

그러더니 무표정한 얼굴로 중얼거렸습니다. 본심을 말하고 싶지 않아서 부정하는 게 아니라 정말 모르는 것처럼 보였습니다.

그 사람한테는 그런 부분이 있었어요. 이야기는 논리적이고 솔직한데, 무슨 생각을 하는지 알 수 없어요. 어떤 커다란 회색 안개 같은 게 늘 그 사람 저편에 자욱하게 껴 있어서, 상대방이 깊이 파고들려고 하는 걸 거부하는, 그런 분위기가 있었습니다. 그래서 같이 이야기하고 있으면 불안해지거든요.

하지만 그 시에 관한 해석에는 감탄했습니다. 이 사람은 복잡한 조사를 하는 게 적성에 맞는구나, 하고 생각했어요. 즉 그 책은 사이가 씨가 가진 자질이 최고로 발휘된 한 권이었던 겁니다.

11

사실이라는 건 뭘까요.

어느 날, 어느 장소에서 어떤 일이 일어났다는 걸 증명하려면 어떻게 해야 할까요.

산속에 있는 외딴 집에서 살인 사건이 일어났다.

네 사람이 있었는데, 그들 사이에는 복잡한 인간관계가 있었다. 그래서 서로가 서로를 죽였다.

당사자가 모두 죽어버리고 나서 몇 달이 흘렀다. 그 집은 원래 바깥세상과 단절되어 있었다. 그 집에 네 사람이 있었다는 것도, 그 집이 그곳에 있다는 것도 아는 사람이 아무도 없다. 이윽고 폭풍이 불어 닥치면서 산사태가 나서 집째로 파묻혀버리고, 그곳은 황량한 벌판이 됐다. 그리고 집도, 시체도 끝내 발견되지 않았다.

이래도 무슨 일이 일어난 걸까요? 물론 본인들한테는 비극이죠. 하지만 저희한테는? 세계한테는? 무지막지한 이야기이기는 하지만, 아무한테도 알려지지 않으면 아무 일도 없었던 것하고 똑같습니다. 어떤 의미에서는 기록되면서 처음으로 어떤 일이 일어났다고 인정을 받는 겁니다.

사이가 씨는 자료로서 썼다고 했습니다.

사건 당시, 그 사람은 아직 초등학생이었어요. 아마 그 사건에 관해 쓰는 걸로 그 사건의 존재를 인정한 거겠죠. 자기가 연관되어 있었다는 걸 겨우 인정한 겁니다. 그 책은 분명히 자기 자신을 위해 쓴 겁니다. 사이가 씨는 그 사건에 관해 쓰는 걸로 그 사건을 '발견'한 거예요.

그리고 그 과정에서 범인을 발견했겠죠. 자기가 범인이라고 생각하는 인물을.

그 사람이 공소시효에 대해 조사하던 기억이 나는군요.

특히 관심이 있었던 건 시효 정지였습니다. 예컨대 피의자가 외국에 나가 있었을 경우, 그 기간만큼 시효가 연장되는 사례가 있다는 이야기를 조사하고 있었어요.

그게 뭘 의미하는지 당신도 아시겠죠.

사이가 씨는 그 인물을 의심하고 있었습니다.

편지 건도 있지만, 아무래도 꽤 오래전부터 그 인물을 의심하고 있었던 것 같아요. 제 육감입니다만.

그리고 전 지금도 사이가 씨가 그 인물을 뒤쫓고 있다는 생각이 듭니다. 다만 이상하게도, 범인을 잡으려 한다든지 고발하려 한다든지 하는 것하고는 좀 다르다는 생각이 들거든요. 그 인물을 뒤쫓는 게 그 사람한테 평생의 업이라고 할까요. 그 책이 그랬던 것처럼, 어디까지나 자기 자신을 위해서 그러는 게 아닐까 싶습니다.

설사 진상을 발견한다 해도 이번에는 책을 안 쓸 테죠. 자기가 납득하면 그걸로 만족해버릴 테니까요. 그게 벌써부터 애석해 죽겠습니다. 제가 생각해도 이상한 습성이라고는 생각합니다만. 그렇게 해서 사실이 또 하나 묻혀버립니다. 기록되지 않으면 아무것도 없었던 걸로 돼버립니다.

그러니까 혹시 당신이 그 사람에 대해서, 그 사건에 대해서 책을 쓴다면 꼭 저한테 알려주십시오. 플로피디스크도 잊지 마시고요. 그리고 혹시 모르니까 저한테 자주 전화를 주시고요.

아셨죠? 약속한 겁니다.

11

꿈이 찾아드는 길 2

1

마침 작은아들네 손자들이 와 있어서요. 좀 전에는 시끄럽게 해드려서 죄송합니다.

저희 집안은 남자뿐이라 말이죠. 큰아들네도 아들만 둘입니다.

물론 귀엽기야 하지만, 뭐니 뭐니 해도 한창 개구쟁이 때니까요. 취조 같으면 지금도 몇 시간이고 계속할 수 있을 것 같지만, 손자하고 노는 건 삼십 분 만에 항복입니다. 올 때마다 점점 애들이 무거워지고 말이죠.

제가 손자를 안고 있는 모습은 한 번도 상상해본 적이 없었는데 말이에요.

문득 정신이 들어보니 눈앞에 어린애가 있고 그 애가 할아버지 하고 부르면 아연해집니다. 대체 어느새, 싶어요.

아뇨, 저도 이쪽이 마음이 편합니다. 걸으면서 이야기하는 게 더

쉽습니다.

테이블을 사이에 두고 있으면 전에 하던 일이 생각나서 되레 진정이 안 되거든요.

아뇨, 특별히 하는 일은 없습니다. 애들한테 일주일에 몇 번씩 검도를 가르치는 정도죠. 그냥 평범한 정년 퇴직자예요.

네, 저녁 바람이 상쾌하군요. 어떻습니까, 제가 가는 가게라도 괜찮으시다면 안내해드리겠습니다. 물론 지불은 각자 하고요. 맛있고, 싸고, 조용한 곳. 저는 그런 가게를 좋아하는데, 그런 데가 영 없더군요. 현역 때 다니던 데는 거의 없어졌어요. 새 가게를 뚫기는 귀찮고, 그저 지금 다니는 가게가 없어지는 일이 없기를 바랄 뿐입니다.

이쪽에는 여러 번 오셨나요?

그렇습니까. 꽤 여러 번 오셨군요. 그럼 시내 지리는 대강 파악하고 계시겠군요. 걸어보셨다고요? 아아, 그렇군요.

복닥거리는 길은 별로 안 좋아하니 제가 좋아하는 코스로 가겠습니다.

종이접기요?

지금은 전혀 안 합니다. 이상하게도 직장을 그만두고 시간이 남으니까 흥미가 싹 사라지더군요. 바쁘고 살벌한 직장에서 틈틈이 했으니 그렇게 열중할 수 있었던 거겠죠, 분명히.

2

요즘 가끔 생각하곤 합니다.

사람마다 문득 돌이켜보게 되는 인생의 한 시기라는 게 있는 것 같습니다. 그 사람한테 빛나는 시기라고 할까요, 잊을 수 없는 순간이라고 할까요. 꼭 좋은 때이기만 한 건 아닙니다. 울적하던 때라든지, 껍데기 안에 틀어박혀 있던 시기일지도 몰라요. 좋고 나쁜 걸 떠나서, 좌우지간 그 사람의 핵이 되는 시기라는 게 있거든요.

어렸을 때라는 사람도 있겠죠. 학교 다닐 때라는 사람도 있을 테고. 성공해서 유명해졌을 때라는 사람도 있을 겁니다. 시기는 저마다 다양하지만, 가끔씩 어떤 스위치가 켜지면 저도 모르게 그 무렵으로 돌아가게 됩니다. 문득 정신이 들어보면 그 무렵 생각을 하고 있어요.

그런 시기가 없으신가요?

제 경우엔 그게 그 사건이랍니다. 그 사건을 뒤쫓던 때가 제 인생의 하이라이트예요. 무슨 일을 하다 말고 문득 자기가 어디에 있는지 알 수 없게 되는 순간이 있잖습니까? 그런 때 뇌리에 거듭 떠오르는 게 그 사건을 뒤쫓던 제 자신이에요.

좀 더 정확하게 말하면, 병원에서 그 여자하고 처음 대면한 그 순간입니다.

그게 저의 영시零時인 겁니다.

잘 모르시겠다고요?

제 인생을 쓴 책이 있다고 생각해보죠. 그 책에서 가장 많은 분량이 할애되고, 동시에 나중에 가장 여러 번 펴볼 부분이 그 사건에 관한 페이지인 겁니다. 하도 여러 번 펴봐서 책장에서 손을 떼면 자연히 그 페이지가 펴져요. 그런 느낌입니다.

3

제 생각은 지금도 변함없습니다.

개인적인 편견이라고 하면 할 말 없고, 부정하지는 않겠습니다.

하지만 솔직하게 말씀드리죠.

당시 저는 그 사건의 범인을 찾고 있었던 게 아닙니다. 저는 그 여자가 범인이라는 걸 증명하기 위해서 매일 뛰어다녔던 겁니다. 그렇게 단언할 수 있습니다.

그렇죠. 형사로서는 있을 수 없는, 선입견에 얽매인 행위라고도 할 수 있겠죠. 게다가 근거는 전혀 없으니까요. 있는 건 제 육감뿐. 피의자의 입장에서 보자면 웃기지 마, 싶겠죠.

저도 보통은 그렇게 생각합니다.

하지만 그 사건만은.

그 여자에 관해서만은 그렇게 말할 수밖에 없어요.

그 확신은 지금도 전혀 약해지지 않았습니다. 오히려 이 나이가 돼서 점점 더 강해지기만 하는군요. 평소에는 잊고 삽니다만, 지금도 문득 분하고 원통해서 잠을 못 이룰 때가 있답니다.

저희는 그 여자한테 진 겁니다.

저는 그 여자한테 졌어요.

당시 저는 주위에서 무섭다는 말을 들을 정도로 끈질기게 수사를 했습니다. 대량 살인을 저지른 범인을 증오한다고, 일종의 미담처럼 이야기된 적도 있습니다. 하지만 제 본심은 다릅니다. 저는 처음부터 범인이 누군지 알고 있었으니까요. 범인을 밝혀내는 일은 염두에 없었어요. 그저 그 여자한테 지고 싶지 않았습니다. 그 여자가 이기게 내버려두고 싶지 않았습니다. 오로지 그 일념으로 움직인 겁니다.

뭣 때문에 그렇게까지 확신했느냐고요?

저도 여러 번 생각해봤지만 말이죠.

솔직히 말해서 지금도 잘 모르겠습니다. 좌우지간 처음 딱 보자마자 알았다고 할 수밖에 없어요. 사건 현장에서 느꼈던, 그 심상치 않은 투명한 악의와 똑같은 걸 그 여자한테서 봤다고 할 수밖에.

하하, 꼭 첫눈에 반한 것 같다고요?

그렇군요. 듣고 보니 그럴지도 모르겠는데요. 그 여자의 중심에 있는 아름다움에 반응할지, 그 아름다움 뒤에 존재하는 것에 반응할지 그 차이군요. 장점과 단점은 원래 종이 한 장 차이니까요. 실제로 저하고 같이 갔던 형사는 그 여자의 미모에 넋이 나가가지고 다른 의미에서 확신을 얻은 모양이더군요. 가엾은 소녀를 지켜줘야겠다, 소녀를 위해서 무슨 일이 있어도 범인을 잡아야겠다고 말이죠.

똑같은 걸 봤는데도 참 다르죠.

확실히 저는 비뚤어진 의미에서 첫눈에 반한 건지도 모르겠군요.
그 이래로 그 여자한테 사로잡혀서 내내 그 여자 생각을 하고 있으
니까요.

4

표면상으로는 노란 비옷을 입은 남자를 찾는 게 일차 목적이었습
니다만, 저는 초기 단계부터 그 여자를 염두에 두고 가족 내에서 그
여자가 처했던 입장과 그 여자의 교우 관계에 관해 조사했습니다.
그렇게 유서 깊은 집안이고 지역 명사니까 저항에 부딪힐 건 각
오하고 있었어요. 지역 의사회에서도 파헤치는 걸 싫어하겠거니 생
각했죠.
하지만 가족이 거의 대부분 죽는 바람에, 혼자 살아남은 그 여자
는 세간의 동정을 모았으니까요. 오히려 범인 체포에 협력하고 싶다
는 사람이 압도적으로 많았던 것 같습니다.
오랫동안 알고 지냈다는 사람부터 동네에서 말을 주고받은 적이
있다는 정도인 사람까지 육백 명도 더 되는 사람을 만나서 이야기를
들어봤거든요.
그런데 아무것도 안 나오는 겁니다.
의료 사고를 내서 원한을 샀다든지, 자식들이 불량한 친구들하고
어울렸다든지, 밥만 축내는 친척이 있다든지, 그런 대단한 집에 있

을 법한 스캔들이 전혀 안 나오더군요. 정말이지 기분 나쁠 정도로요. 아무리 털어도 먼지 한 톨 안 나와요.

그렇다면 가정 내에 뭔가 있을 거다, 하고 생각했습니다.

바깥으로 드러나지 않는 부분에 가족만이 연관된 뭔가가 있을 것이다. 그 여자가 범인이기 위해서는, 가정 내 불화라든지 생활환경에 대한 불만이라든지 뭔가가 분명히 속에서 썩고 있었을 것이다, 하고요.

저는 진중하게 명단을 만들어서, 고인이 다니던 학교와 직장, 친구들을 하나하나 찾아다녔습니다.

그런데 그쪽도 아무것도 없어요.

인격자인 부모. 사이좋은 형제. 하나같이 성적도 좋고, 밝고, 세련된, 동경의 대상.

말도 안 돼. 저는 조바심이 났습니다.

그렇게 되면 동기가 없어진다. 그 여자가 범인일 이유가 없어진다. 동기가 없는 살인? 발작적인 충동?

그건 제가 병실에서 본 그 여자와는 전혀 어울리지 않았어요.

그럴 리가 없다.

그 여자의 경우엔 절대로 그럴 리가 없다.

저는 날이면 날마다 필사적으로 생각했습니다.

혹시 가족들을 길동무 삼아서 죽으려다가 실패한 게 아닐까 하는 생각도 해봤습니다. 다른 사람들이 죽는 걸 확인한 다음에 뒤를 쫓을 생각이었다고.

그 편이 그나마 그 여자한테 어울리는 것 같았거든요.

그렇다면 그 여자가 죽으려 한 이유는 뭘까요.

장래를 비관해서?

하지만 그 동기는 거기서 막다른 골목에 부닥쳤습니다.

그 여자는 어렸을 때부터 앞이 안 보였으니 그 생활에 이미 익숙해 있었고, 아오사와 가는 유복한 집안이라 일을 안 해도 호사스럽게 살 수 있었을 겁니다.

그렇다면 가장 단순한 이유로서 아오사와 가의 재산을 독차지하기 위해서, 라는 건 어떨까.

그것도 납득할 수 없었습니다. 그 여자가 생활하기 위해서는 아무리 생각해도 비호해줄 가족이 있는 편이 훨씬 편할 것 같았거든요.

수사는 암초에 올라앉았습니다.

다들 초조해하기 시작했죠.

무차별 살인이라는 의견이 등장한 건 그 즈음이었습니다. 어느 집이라도 상관없었다는 거죠. 그저 사람이 많이 있는 집이라면 어느 집이라도 상관없었다고요.

하지만 그럴 가능성은 없었습니다. 전표가 남아 있기 때문이에요. 보낸 사람과 받는 사람의 주소와 이름이 적힌 전표. 그 존재가 그 가능성을 맨 먼저 부정하고 있었습니다. 그 전표가 있었기 때문에 피해자는 아무런 의심 않고 술과 주스를 입에 댄 거니까요.

수사 범위는 한층 더 넓어졌습니다. 피해자의 과거 교우 관계와 다른 현 의사회까지 범위를 넓혀, 저희는 한 가닥 희망을 품고 계속해서 동기를 찾았습니다.

정말이지 앞이 전혀 보이지 않는, 길고 힘든 수사였습니다. 뭘 찾아야 할지도 알 수 없는, 희망이 없는, 고통으로 가득 찬 수사였죠. 그해 여름은 영원히 끝나지 않는 게 아닐까 하는 생각이 들 정도였습니다.

그 사건을 생각할 때, 병원에서 그 여자를 만난 순간이 영시라고 한다면 나머지는 더위 속에 걸어 다니던 기억이 거의 대부분이군요. 헛수고라는 걸 알면서, 진저리를 내면서, 그래도 다른 방법이 생각나질 않아서, 반쯤은 절망하면서 다녔던 그해 여름.

오늘도 아침부터 돌아다녔는데 수확이 전혀 없다. 부하와 이야기를 나눌 기력조차 없을 정도로 녹초가 돼서, 작은 잡화점 차양 밑으로 들어가 부하 몫까지 단팥 아이스크림을 두 개 산다.

그런 제 자신이 거듭 머릿속에 떠오릅니다.

제 일부는 지금도 그해 여름의 거리를 걷고 있는 게 아닐까. 가끔 그런 생각이 듭니다.

5

그렇기 때문에 그 남자가 갑자기 시체가 돼서 나타났을 때는 거의 분노마저 느꼈습니다.

수사 범위 밖에서 유서까지 지참하고 나타난 범인.

우리 경찰의 손에 스치지도 않고 나타난 우주인. 그런 느낌까지 들더군요.

하지만 야구 모자를 비롯해서 물적 증거가 나왔기 때문에, 높으신 분들이 갑자기 활기를 띤 것도 당연하겠죠.

조사 결과, 독이 든 술과 주스를 그 남자가 운반한 건 확실한 것 같았습니다.

그렇다면 동기는? 그 전표는?

이번에야말로 철저하게 그 남자와 아오사와 가의 관계를 조사했습니다.

그리고 역시 또 그 부분에서 막다른 골목에 부닥친 겁니다.

아무리 찾아도 남자와 아오사와 가의 접점이 나오질 않았어요.

저희는 혈안이 돼서 찾았습니다. 그러니 그 남자의 이웃에 사는 아이한테 남자가 메모지를 들고 있었다는 이야기를 들었을 때는 정말 흥분했죠. 이거구나 싶었습니다.

그때처럼 철저하게 시궁창을 뒤진 적은 없을 겁니다. 거리가 깨끗해졌다고 이상한 데서 고맙다는 이야기를 듣기도 했습니다. 당시 저는 그 메모지에 홀려 있었다고 해도 될 정도였어요. 어디를 가도 길바닥에 떨어져 있는 종이 쪼가리가 그렇게 신경 쓰일 수 없었습니다. 어디를 가도 눈은 바닥에 떨어진 종이 쪼가리를 찾고 있는 겁니다. 그 남자의 집하고는 반대 방향이라는 걸 알아도, 작은 종이 쪼가리가 떨어져 있으면 꼭 뒤집어보고 확인해야 성이 찰 정도였어요.

하지만 결국 메모지는 찾지 못했습니다.

저는 그 아이가 거짓말을 한 게 아니라고 생각합니다. 그리고 그 남자가 아이가 봤다는 메모지를 보고 전표에 주소를 베껴 썼을 거라고 믿습니다.

하지만 끝내 실물은 찾지 못했습니다.

처음에는 상부에서도 그 메모지에 기대를 걸었지만, 이게 나와야 말이죠. 차차 체념하는 분위기가 되더니 아이가 잘못 본 거라는 의견이 힘을 얻었습니다. 그리고 상부의 의견은 서서히 단독범이라는 방향으로 기울기 시작했습니다.

그 남자가 범죄를 실행에 옮긴 정범이라는 건 틀림없으니까, 확대될 대로 확대된 수사를 중단하고 이제 그만 사건을 종결시키고 싶었던 거겠죠.

저는 반대했습니다.

그 전표는 공범의 존재를 뒷받침하고 있는 겁니다. 범행 당시 정범의 정신 상태를 생각하면 오히려 주범은 그쪽이 아니겠느냐는 게 제 주장이었습니다.

저와 생각이 비슷한 수사원도 많이 있었지만, 윗사람들의 생각은 달랐습니다.

상부에서는 사건을 끝내고 싶어했습니다. 결국 단독범이라는 결론으로 사건을 끝냈습니다.

6

또 한 사람의 생존자, 그러니까 아오사와 가에서 가정부로 일하던 그 여자분은 정말 안됐더군요.

오랜 세월 후유증으로 고생한 데다가, 한동안 그분이 범인일지도 모른다는 무책임한 소문까지 나돌았지 뭡니까.

의식을 되찾은 다음에도 줄곧 죄송스러워하시면서 같이 죽었어야 했는데, 하고 몇 번이고 되뇌셨습니다. 가족 분들도 세간의 곱지 않은 시선 때문에 힘드셨을 텐데도 온 가족이 단결해서 그분을 지탱해주셨습니다.

제가 그 사건의 범인한테 인간적인 노여움을 느낀 건 그분과 그분 가족을 만났을 때뿐이었습니다. 그분들을 대할 때만은 내가 제대로 된 인간으로서 일을 하고 있다고 느낄 수 있었습니다.

퇴원하신 다음에도 그분은 심한 죄책감에 시달리고 계셨습니다.

수사본부가 해산하게 됐을 때 뵈러 갔는데, 저도 같이 죽었어야 했어요, 하면서 따님하고 흐느껴 우셨습니다. 그때도 저는 거센 노여움을 느꼈어요.

그날로 저는 또 한 사람의 생존자도 만나러 갔습니다.

노여움을 잊기 전에 만나고 싶었거든요.

이제 가족이 없는 집으로 돌아간 그 사건의 생존자를.

지금도 가끔씩 생각하곤 합니다.

사실은 앞이 보이는 게 아닐까. 똑같은 생각을 했다는 사람을 여럿 만났는데, 저도 자꾸만 그런 생각이 드는 겁니다.

그날도 그랬어요.

제가 들어갔을 때, 그 여자는 마치 제가 문을 열기를 기다렸다는 듯이 현관 안쪽에 서 있었습니다.

그리고 제가 이름을 밝히기도 전에 제 이름을 부르더군요.

감색 원피스를 입고 있었습니다. 그게 상복처럼 보여서, 일종의 처연한 아름다움이 느껴졌습니다.

그 여자는 제가 자기를 의심하는 걸 알고 있었습니다.

아마, 처음 만났을 때부터.

무섭게 눈치가 빠른 여자였어요. 제가 처음 본 순간부터 그 여자가 범인이라고 생각한 것처럼, 그쪽에서도 저와 이야기를 한 순간 자기를 의심한다는 걸 눈치챈 거예요.

저희는 여러 번 만났습니다. 거듭 증언을 받았고, 가족에 대한 이야기도 이것저것 물었습니다. 물론 제가 의심한다는 건 그 여자나 저나 절대로 입 밖으로 내서 말하지 않았죠. 하지만 저희 둘 다 알고 있었어요. 저희가 쫓는 자와 쫓기는 자라는 걸. 그걸 알고 있는 건 저희 둘뿐이었습니다.

저는 사건이 종결됐다고 보고했습니다.

유감입니다, 라고만 했습니다.

그 말의 의미를 그 여자도 잘 알고 있었을 겁니다.

전 그 여자의 손을 잡고 종이학을 쥐여줬습니다. 연못에 내려앉은 학이 수면에 비친 것처럼 한 쌍이 마주 붙은 '꿈이 찾아드는 길'이라는 종이학입니다. 또 한 사람의 생존자한테도 드렸습니다.

그렇게 설명했더니, 그 여자는 종이학을 손으로 만져보더군요.

그리고 나지막이 웃었어요.

형사님, 저희 이 학하고 비슷하네요.

그 여자는 갑자기 말했습니다.

왜죠?

저는 그렇게 물었습니다.

글쎄요, 어쩐지 그런 생각이 들었어요.

그 여자는 고개를 갸웃하면서 그렇게 대답했습니다.

저희는 얼마 동안 꼼짝도 않고 가만히 있었습니다. 그 여자가 대단히 중요한 말을 한 것 같은데, 그게 뭔지는 알 수 없었습니다.

꿈은 이어져 있죠?

좀 지나서 그 여자가 그렇게 물었습니다.

마음이 통하는 사람들의 꿈은 그렇죠.

저는 그렇게 대답했습니다.

좋겠다. 그 여자는 그렇게 말했습니다.

그게 끝이에요.

그 뒤로는 한 번도 안 만났습니다.

7

그 책이 나왔을 때 저는 일본에 없었어요.

말레이시아 경찰에 연수와 정보 교환을 겸해서 가 있었거든요. 교관으로 간 거였습니다만, 큰 조직에서 주기적으로 만들곤 하는, 성격이 불분명한 교육제도의 일환이었죠.

그리고 돌아온 다음에도 한동안은 그 존재를 몰랐습니다.

가르쳐준 사람은 예전 동료였어요. 그 사건을 같이 수사했던 동료입니다. 그 사건에 대해 쓴 소설이고, 당시에 이웃에 살던 아이가 썼다고 하더군요.

그래도 별로 보고 싶은 마음은 안 들었습니다. 갖은 고생을 한 끝에 결국 패배를 맛본 사건이 괴상한 픽션 취급을 받는 것도 싫었고, 괜한 걸 읽고 싶지 않다는 불쾌감마저 있었습니다.

하지만 마음 한구석으로는 신경이 쓰였던 거겠죠.

경시청에 출장을 가게 돼서 열차에서 읽을 책을 찾다가 그만 그 책을 사버린 겁니다. 하지만 그때는 가면서 내내 회의를 하느라고 읽을 시간이 없었어요.

결국 그 책을 읽은 건 그 뒤로 몇 달도 더 지난 다음이었습니다.

솔직히 말씀드리면 저는 지금도 말레이시아가 원망스럽습니다.

아뇨, 말레이시아한테는 아무런 감정도 없습니다만, 그때 일본에 없었던 게 원통해 못 견디겠습니다.

만약 그 책이 나왔을 때 바로 읽었더라면.

적어도 반년 뒤라도 좋으니까 좀 더 일찍 그 책을 읽었더라면.
그랬더라면 지금 이렇게 분해서 밤잠을 못 이루진 않았을 텐데요.

8

그 책을 읽었을 때 처음 느낀 건, 작가는 사건 당시에 아직 어렸을 텐데도 그때 분위기를 참 잘 살리고 있다는 거였습니다.

조사를 상당히 많이 한 건 틀림없었어요. 당시의 거리 모습이나 풍속까지 꽤 상세하게 그려져 있더군요. 책을 읽다 보니, 과거에 돌아다녔던 거리의 풍경이 기억 밑바닥에서부터 되살아났습니다.

일본에서 거리 모습이 얼마나 빠른 속도로 바뀌는지 아시죠. 끊임 없이 어딘가를 허물고 새 건물을 짓고 있죠. 점포도 쉴 새 없이 바뀌고 그때마다 외장도 바뀌니까, 전에 뭐가 있었는지 기억이 나지 않는 일도 일상다반사잖습니까.

소설로서의 완성도는 어찌 됐든, 당시의 풍경이 머릿속에 그대로 재현된다는 점에서는 그 책을 읽었을 때 같은 체험은 달리 해본 적이 없습니다.

그 사건을 다루기는 했지만, 결론이나 추리 같은 게 따로 없는 소설이니까요, 내용은 그다지 기억나지 않는군요.

다만 읽다 보니 몇 군데 걸리는 부분이 있었습니다.

이유는 잘 알 수 없었어요. 막연한 불안 같은 것이라, 그때는 그렇게 깊이 생각하지 않았습니다.

그런데 며칠 지나서 우연히, 아마 거리를 걷던 중이었던 것 같은데, 그 이유를 문득 깨달은 겁니다.

부랴부랴 집으로 돌아와서 다시 한번 그 책을 꼼꼼히 읽어봤습니다.

이번에는 걸리는 부분에 차례대로 표시를 했습니다.

마지막까지 다 읽은 다음에, 표시해둔 부분을 다시 한번 체크했죠.

틀림없다.

저는 확신했습니다.

작가는 의도적으로 현실과 다르게 묘사하고 있다. 그걸 깨달은 겁니다.

당시의 지리와 거리 모습에 그렇게까지 신경을 쓰고 되레 불필요할 정도로 상세히 묘사를 하면서, 명백히 사실을 일부러 고쳐놓은 데가 있었어요.

뭐겠습니까?

헌책방이었어요.

K시는 헌책방이 많은 곳입니다. 대학도 많고, 문화적으로도 역사가 길고, 학문도 번성한 지역이니 당연하다고 할 수 있겠죠.

그런데 그 책에는 헌책방이 한 군데도 안 나오는 겁니다. 아니, 그렇다기보다 헌책방이 있어야 할 곳에 일부러 다른 가게를 집어넣어요. 전통 있는 상점들이 늘어선 번화가를 당시 지도대로 정확하게 묘사하면서, 헌책방만은 빼놓는 겁니다.

어떻게 된 걸까.

저는 고개를 갸웃했습니다.

다른 부분은 무섭게 정확하니까, 작가가 의도적으로 그렇게 한 게 분명하죠. 왜 그랬을까. 장난일까.

기묘한 이야기예요. 그런 걸 눈치챌 사람은 별로 없을걸요. 적어도 K시를 모르는 사람, 당시 거리 모습을 모르는 사람은 알 수 없을 테고, 설사 안다고 해도 그래서 어쨌는데? 하고 말 이야기니까요.

이유를 생각해봤지만, 알 수 없었습니다. 작가의 개인적인 사정일지도 모른다고 생각했어요. 석연치 않았지만, 자질구레한 일에 쫓기느라 잊어버렸습니다.

그리고 몇 주가 더 지났습니다.

아들아이가 결혼해서 집에서 나가게 됐기 때문에 이사 준비를 거들던 중이었습니다.

복도에 끈으로 묶은 책 무더기가 놓여 있었습니다.

이건 어떻게 할 거냐고 아들아이한테 물었더니, 처분할 거라 헌책방에 연락해놨다고 대답하더군요. 워낙 책을 좋아하는 녀석이라 도통 못 버렸는데, 신혼집이 좁아서 전부 들고 갈 수는 없었던 거죠.

그러냐고 대답하는데, 그 순간 뭔가가 번득했습니다.

복도에 쌓여 있는 책을 빤히 쳐다보았습니다.

다음 순간, 저는 엄청난 사실을 깨달았습니다.

사건 수사에서 제가 중대한 걸 놓쳤던 겁니다.

9

범인이었던 청년은 깨끗한 걸 좋아하는 성격이었습니다.

방에는 물건이 거의 없고 늘 깨끗하게 청소되어 있었다. 가진 옷은 별로 없었지만, 셔츠는 깨끗하게 빨고 바지도 주름을 똑바르게 잡아서 다려 입고 다녔다. 모두들 그렇게 증언했습니다.

그렇기 때문에 방 안이 텅 비어 있고 일용품이 심하다 싶을 정도로 얼마 없어도 신경 쓰지 않은 겁니다. 메모지도 버렸다고 생각해서 쓰레기통하고 시궁창을 뒤진 거고요.

하지만 생각해보면 청년이 메모지를 버렸을 리가 없거든요.

이웃집 소년의 증언에 따르면, 청년은 그 메모지를 소중하게 받들고 있었다고 했습니다. 청년은 자기한테 살인을 교사한 사람을 맹목적으로 숭배하고 있었다고 생각할 수 있죠. 그렇다면 그 메모지를 보관하고 싶지 않았을까.

저는 다시 한번 당시 소년의 증언을 읽어봤습니다.

그리고 그렇게 여러 번 읽고 또 읽었는데도 놓친 부분이 있었다는 걸 깨달았습니다.

소년은 청년이 공부를 가르쳐줬다고 했어요. 가끔씩 자기가 갖고 있는 책을 꺼내놓고 어린아이도 알기 쉽게 풀리나 수학 이론을 설명해줬다고요.

청년은 국립대학에서 화학 쪽을 전공했습니다.

다니던 직장도 농약 같은 걸 만드는 공장이었으니까 나름대로 학술 서적 같은 것도 갖고 있었을 겁니다. 학술 서적은 값이 나가니까 그렇게 간단히 버릴 것 같지는 않죠.

그런데 그 방에는 책이 없었어요.

그 청년은 자살하기 전에 신변 정리를 했습니다.

그래요. 자기가 갖고 있던 책을 헌책방에 판 겁니다.

그리고 그 메모지는 그중 어느 한 권에 끼워져 있었던 게 분명합니다.

10

그때 제가 받은 충격이 상상이 되십니까?

아뇨, 아마 상상 못 하실 겁니다.

순간 눈앞이 캄캄해지고 숨을 못 쉬었을 정도였습니다. 또 폐에 이상이 생겼나 착각했을 정도였죠.

저는 순간적으로 공소시효를 계산해봤습니다.

아오사와 히사코가 결혼해서 외국으로 간 건 알고 있었습니다. 이제는 미성년이 아니죠.

시효도 정지되어 있었으니까, 시간은 아직 충분했습니다.

물론 헌책방에 아직 그 책이 있다고 장담할 수는 없었습니다.

다른 사람한테 팔렸을 수도 있고 처분됐을 수도 있어요.

하지만 헌책방이라는 데는 다른 곳에 비해 훨씬 주기가 길고 시간이 오래 보존되는 곳이니까요. 같은 책이 몇 년씩 같은 서가에 꽂혀 있는 일도 있거든요.

몇 년 만에 그렇게 가슴이 뛰었는지 모릅니다.

저는 옛날 지도를 찾아내서 당시에 영업하고 있었고 지금까지 남아 있는 헌책방을 찾았습니다.

그리고 그 청년이 살던 곳에서 비교적 가까운 곳에 자연과학 서적을 전문으로 하는 헌책방이 있다는 걸 발견한 겁니다. 청년이 책을 처분했다면 그곳이 틀림없다고 직감했습니다.

하지만 그 헌책방의 이름을 본 순간, 묘한 기시감 같은 걸 느꼈습니다. 최근에 어디서 이름을 본 것 같았거든요.

기분 탓인가도 생각해봤지만, 기묘한 불안감은 사라지지 않았습니다.

저는 이튿날 아침 일찍 그 헌책방으로 갔습니다.

그곳에 이르러서야 기시감의 이유를 깨달았습니다.

두 달쯤 전에 불이 나서 타버린 곳이었던 겁니다. 뉴스를 텔레비전과 신문에서 봤기 때문에 이름을 기억하고 있었던 거죠.

폐허를 덮은 비닐 시트를 올려다보면서 소름이 돋았습니다.

저 말고도 그 책을 읽고 똑같은 생각을 한 사람이 있었던 겁니다.

그리고 그 사람은 주저하지 않고 증거를 인멸하기로 했습니다. 그곳에 그 책이 있을지 없을지도 모르면서, 만의 하나의 가능성을 생각해서 선수를 친 겁니다.

그 신속함, 대담함에 저는 한기를 느꼈습니다.

화재에 대해 조사해보니, 가게 뒤쪽에 있는 가정집에서 불이 나 연소됐다고 하더군요. 그 집에는 몇 년 전부터 입원과 퇴원을 반복하던 병약한 노인이 혼자 살고 있었는데, 본인도 화를 당했기 때문에 구체적인 화재 원인은 알 수 없다고 했습니다.

저는 또다시 한기를 느꼈습니다.

참 '자연스러운' 화재죠. 헌책방을 없애는 게 목적이라는 건 아무도 모를 겁니다.

그자한테는 헌책방을 없애기 위해서 노인이 사는 집까지 같이 불태우는 것 따위는 아무렇지도 않았던 겁니다.

잊고 있었던 노여움이 되살아나서, 저는 화재가 일어났을 무렵 그 여자가 어디에 있었는지를 조사해봤습니다.

그랬더니 화재 당일에는 일본에 없었지만, 그 직전에 반년쯤 귀국해 있었다는 걸 알게 됐습니다.

저는 그 여자가 귀국한 이유를 알 것 같았습니다.

아마 그 여자도 어디선가 그 책 소문을 들었겠죠. 그 책을 입수하려고 왔는지, 아니면 그쪽에서 책을 구해서 읽고 나서 온 건지는 알 수 없지만, 아무튼 그 여자도 저하고 같은 결론에 도달한 건 틀림없습니다.

온몸에서 힘이 빠지는 것 같았습니다. 저는 또다시 그 여자한테 진 겁니다.

그렇게 되고 나니까 그 책을 쓴 작가의 의도가 궁금해지더군요.

그 작가도 저하고 같은 결론에 도달해서 그걸 암시하기 위해 그런 식으로 묘사한 게 아닐까. 어쩌면 작가는 어떤 증거를 쥐고 있는 게 아닐까. 그런 생각이 들었어요.

저는 작가한테 편지를 썼습니다.

용건을 직접적으로 밝히지는 않고, 그저 당시 수사에 관련되어 있던 사람인데 옛날 생각이 나서 그 책을 읽었다, 그런데 왜 헌책방 부분만 바꿨는지 궁금하다, 그런 소박한 의문을 담은 편지였습니다.

얼마 있다가 답장이 왔는데, 기대에 어긋나는 내용이었습니다.

취재할 때, 당시 풍속을 조사하기 위해서 시내에 있는 헌책방을 여러 군데 돌아다녔다. 주인들한테 신세를 많이 졌기 때문에, 자기 소설 속에 등장시키려니까 어쩐지 너무 빤한 것 같아서 마음이 내키지 않았다. 그래서 개인적인 감상感傷으로서 고쳤을 뿐 깊은 의미는 없다. 그런 답변이었습니다.

저쪽에서 그렇게 나오는 이상, 더 어쩔 도리가 없죠. 게다가 혹시 무슨 증거를 쥐고 있다면 그렇다고 쓰는 편이 빨랐을 테고, 작가한테 범인을 감쌀 이유는 없으니까 거짓말을 한다고 생각할 수도 없었습니다.

그 작가에 관해서는 이것저것 이상한 점이 많았습니다. 정말 개인적인 감상에서 헌책방에 대한 묘사를 고쳤나. 애초에 왜 그 책을 썼

나. 도무지 알 수가 없었어요.

하지만 지금 와서 생각해보면, 작가 자신도 잘 모른 게 아니었을까 하는 생각이 드는군요. 그 작가는 어렸을 때 겪은 사건의 의미를 이해할 수 없었다. 사건의 충격만 남고 이해는 하지 못했다. 하지만 의미는 이해가 안 됐어도 그 사건의 영향에서 못 벗어난 게 아니었을까. 그걸 그런 형태로 표현할 수밖에 없었던 게 아닐까. 그런 생각이 듭니다.

12

이렇게 해서 저는 또다시 그 여자한테 졌습니다.

두 번째도 몹시 굴욕적인 패배였습니다.

그걸 아는 사람도 그 여자와 저뿐. 그 여자가 지금 어디에 사는지는 모르지만, 이 넓은 세상에서 진실을 아는 사람은 저와 그 여자뿐입니다. 그런 생각을 하면 어쩐지 기분이 이상합니다.

하지만 이번 패배로 저는 심경의 변화를 겪었습니다.

그때까지 그건 과거의 사건이었습니다. 잊을 수는 없지만 잊어버리고 싶은 과거의 실패. 그런 거였어요.

하지만 두 번째 패배로 깨달았습니다.

아직 모른다.

그 사건은 아직 끝나지 않았다, 라고요.

실제로 그 여자는 그만큼 시간이 지났는데도 책을 읽고 신속하게 대처했습니다. 즉 그 여자도 아직 사건이 끝나지 않았다는 걸 알고 있는 겁니다. 다음에 어떤 새로운 사실이 나타나면 자기 손에 수갑이 채워질 가능성도 있다고 판단하고 있어요.

그렇다면 세 번째도 있을 수 있죠.

시효 정지가 계속되는 한, 그 여자를 잡을 수 있는 기회도 계속되는 겁니다.

저는 그 부분에 희망을 걸고 있습니다. 어쩌면 언젠가 그 여자가 체포되는 모습을 볼 수 있을지도 모르죠.

하늘이 악인을 잡기 위해 쳐놓은 그물은 그물코가 크고 성기지만 절대 놓치는 법이 없다.

요즘 그런 말을 생각하곤 합니다. 세 번째는 분명히, 전혀 생각지도 못한 형태로 찾아올 겁니다. 제가 모르는 새에 어떤 우연에 의해 그 여자의 죄가 밝혀질 순간이 틀림없이 옵니다.

저는 그렇게 믿고 있습니다.

마지막으로 만났을 때, 그 여자가 저한테 한 말이 실감이 납니다.

꿈이 찾아드는 길. 그 종이학이 저희와 닮았다고 한 그 여자.

그래요, 저희는 닮았습니다. 생각하는 것, 느끼는 것. 서로 마주 보는 학처럼, 서로의 행동이 거울처럼 상대방을 비춥니다.

저희는 어떤 의미에서 세상 그 어느 누구보다도 마음이 통하는 거죠.

저는 어떤 부분에서 그 여자를 세상 그 어느 누구보다도 이해하고 있습니다.

그러니까 꿈으로 이어져 있겠죠. 어쩌면 그 여자가 꾼 꿈이 저한테 헌책의 진상을 가르쳐준 건지도 모릅니다.

그러니까 기회는 또 있습니다.

다음에도 그 여자의 꿈이 저한테 뭔가를 가르쳐줄 겁니다.

언젠가 꼭 그 여자를 다시 만날 수 있다. 그런 예감이 듭니다.

13

그러고 나서 얼마 있다가 그분 전화를 받았습니다.

또 한 사람의 생존자였던 여자분. 그 집에서 가정부로 일했던 그분 말이죠.

제가 퇴직하기 직전이었을 겁니다.

그분이 그 책을 쓸 때 도와주셨다는 건 책을 보고 짐작하고 있었거든요. 취재에 협조한 다음에 사건에 관해서 몇 가지 생각난 게 있다고 하시더군요.

저희는 그분의 생가 근처에서 만났습니다.

그때는 이미 생가는 없어진 다음이었는데, 바닷가에 있는 초등학교에 다니셨다더군요. 매일 파도 소리를 들으며 자라셨죠.

저희는 그 바닷가를 천천히 걸었습니다.

연세가 드시기는 했지만 꽤 온화한 표정이었기 때문에, 고요한 만년을 맞으신 것 같아서 그나마 마음이 놓였습니다.

요즘 들어 어렸을 때 생각만 자꾸 나네요, 라고 하셨습니다.

교실 창가에서 바다를 바라보면서 멍하니 파도 소리를 듣던 일이랑, 바다에 공을 던지고 나서 물가에 돌아오는 공을 누가 먼저 줍는지 친구랑 경쟁하던 일이랑 말이에요.

옛날을 그리워하는 눈이었습니다.

저 말이죠, 이 바다에 재를 뿌려달라고 딸아이한테 부탁해놨어요.

웃으면서 그런 말씀도 하셨죠.

그러고는 사건 당일에 걸려온 전화 이야기를 하셨습니다. 젊은 여자가 범행을 확인하는 것 같은 전화를 걸었다는 겁니다.

저는 놀랐습니다.

그런 중요한 증언이 나올 줄은 꿈에도 몰랐거든요.

대체 누굴까. 공범이 또 한 명 있었나.

저는 혼란스러워하면서 그분이 기억하는 말을 받아 적었습니다.

하지만 그것만으로는 아무 도움이 안 될 것 같았습니다.

그때는 미처 몰랐지만, 어디서 들은 목소리 같거든요. 하지만 누구 목소리인지 모르겠어요. 당시 앨범이랑 명부랑 이것저것 뒤져봤지만 생각이 안 나는군요.

그분은 송구스럽다는 얼굴로 말씀하셨습니다.

생각나면 꼭 연락 주십시오, 하고 저는 저희 집 전화번호를 가르쳐드렸습니다. 혹시 연락을 주신다 해도 그때는 제가 퇴직하고 난 다음일 테니까요.

이 근처에 작은 교회가 있거든요. 마님이 1년에 몇 번씩 그곳 일을 거들러 오시곤 하셨어요.

그분은 소나무 숲 너머를 가리켰습니다.

오갈 데 없는 아이들이 몇 명 그곳에 맡겨져 있었거든요. 크리스마스와 설에 마님과 함께 과자랑 장난감을 들고 찾아가곤 했죠. 근처에 보육원이 있어서, 그곳에서 교회를 다니면서 청소와 카드 만들기를 도와주는 사람도 있었답니다. 마님은 그런 사람들 몫의 선물도 준비하셨어요.

그분은 눈을 반짝반짝 빛내면서 즐겁게 이야기를 하셨습니다.

당시에 관해서 그런 식으로 이야기하실 수 있게 된 데 대해 저는 안도감과 연민을 동시에 느꼈습니다.

히사코 아가씨도 여기 온 적이 있어요, 라고 하시더군요.

히사코 아가씨는 파도 소리 듣는 걸 좋아했어요. 가끔씩 기미 씨 바다에 데리고 가줘요, 하고 조르곤 했죠. 제 바다가 아니에요, 라고 해도, 히사코 아가씨는 그건 기미 씨 바다예요, 하고 웃곤 했답니다.

바닷가 산책길 도중에 소나무 숲으로 둘러싸인 작은 공원이 있거든요. 히사코 아가씨는 그곳에 있는 벤치를 좋아했어요. 그곳에 앉아서 파도 소리를 듣곤 했죠.

저희는 그 공원에 갔습니다.

그곳에 있는 벤치는 돌 벤치인데, 재미있게 생겼더군요. 외국의 러브체어처럼 마주 보고 이야기할 수 있게 S자 모양을 하고 있는 겁니다. 다만 러브체어하고는 달리, 왜 그런지 상대방의 모습이 안 보이게 등받이가 아주 높았어요.

위쪽에 스테인드글라스처럼 두꺼운 불투명 유리가 끼워져 있었습니다. 빨간 꽃무늬 유리였다는 기억이 나는군요. 누가 앉아 있으면 유리 너머로 머리가 흐릿하게 보이는 거죠.

재미있는 벤치죠?

그분은 그 벤치가 마치 자기 거라도 되는 것처럼 자랑하셨습니다.

히사코 아가씨랑 저는 이 벤치에 앉아서 등받이 너머로 이야기를 하곤 했답니다. 히사코 아가씨는 앞이 안 보이니까 멀리 갈 때는 누가 같이 가야 할 때가 많았거든요. 그래서 혼자 있을 수 없다는 걸 짜증스럽게 생각할 때가 있었어요. 여기선 사이에 벽이 있으니까 혼자 있는 것 같은 기분이 들었겠죠. 저는 되도록 히사코 아가씨를 방해하지 않고 내버려뒀어요. 히사코 아가씨가 혼자 멍하니 있을 수 있게 책도 읽고, 뜨개질도 하면서 말이에요.

그렇습니까, 하고 저는 말했습니다.

저는 그 여자가 앉았던 벤치에 앉아볼 생각은 안 했습니다.

그 여자한테 동화될 것 같아서 어쩐지 무서웠습니다.

그분도 벤치에 앉으려고 하지는 않으시더군요.

저희는 한동안 나란히 서서 파도 소리를 듣고 있었습니다.

그 여자가 듣던 파도 소리. 그리고 지금도 이 바다 저편에서 듣고 있을지도 모르는 파도 소리.

바다는 세계와 이어져 있습니다. 그 여자가 있는 곳과 이어져 있는 겁니다.

히사코 아가씨는 지금쯤 어떻게 지낼까요. 외국으로 시집을 가다니, 라고 생각했지만, 지금 와서 생각하면 그 편이 나았는지도 모르겠네요.

그분도 바다 저편에 있는 그 여자 생각을 한 모양입니다.

그렇군요, 하고 저는 맞장구를 쳤습니다.

그 편이 나았는지 아닌지는 아직 알 수 없지만 말이죠.

저는 속으로 그렇게 중얼거렸습니다.

그 여자도, 저도, 그걸 알게 되는 건 훨씬 나중 일이라고요.

그때 주신 종이학, 아직도 갖고 있어요.

헤어질 때, 그분은 그렇게 말씀하셨습니다.

아오사와 히사코는 제가 준 종이학을 아직 갖고 있을까, 하고 생각했습니다.

결국 그분이 전화를 주시는 일은 없었습니다.

전화를 준 건 그분 따님이었어요. 그분이 돌아가셨다고 장례 일시를 알리는 전화였습니다.

12

파일에서 발췌

1

일사병으로 인한 사망?

26일 오후, 시내 K공원 벤치에서 의식을 잃은 여성을 공원 직원이 발견하고 시내 병원으로 옮겼으나, 이미 심정지 상태로 사망이 확인되었다.

여성의 신원은 도쿄 도 히노 시에 거주하는 주부 요시미즈 마키코 씨(43세)로 판명. 가족을 두고 혼자 후쿠이 시로 전근 온 남편을 만나고 돌아가는 길이었다. 26일은 막바지 더위가 심해, 시내 최고 기온이 37.7도를 기록. 요시미즈 씨는 시내 관광 중에 일사병으로 인해 사망한 것으로 보인다.

시민이 탄원서

K 시내 나카오가키 1번가에 있는 아오사와 저택의 해체가 결정

됐다는 소식에 시민이 보존을 요구하는 서명운동을 벌이고 있다.

아오사와 저택은 쇼와 32년(1957년)에 근대건축의 위인으로 일컬어지는 무라노 겐조가 만년에 설계한 개인 주택으로, 당시의 개인 주택으로는 이례적으로 철근콘크리트를 사용했으며, 의원과 살림집을 일본식과 서양식으로 나누는 대신 전체를 두 가지 양식이 융합된 건물로 설계해 그 특징적인 외관으로 시민들에게 널리 사랑받아왔다.

그러나 쇼와 48년(1973년)에 일어난 나카오가키 사건을 계기로 사람이 살지 않게 된 한편, 이후의 땅값 상승으로 인해 유지 관리가 어려워졌으므로 아오사와 가에서는 매각을 추진하고 있었다. 저택이 헐린다는 이야기를 들은 이웃 주민은 '귀중한 건축 유산이 사라지는 것을 보고만 있을 수 없다'며 문화재로 인정, 보호할 것을 현에 요구하는 서명운동을 개시했다.

3대에 걸쳐 아오사와 의원에 다녔다는 '둥근 창 댁 모임' 대표 가와타키 교시로 씨(73세)는 "지역의 상징으로 친숙할뿐더러 건축학적으로도 귀중한 문화유산이다. 건축사도 건물 본체는 아직 충분히 쓸 만하다고 하니 부디 이대로 남겨놓아주면 좋겠다"고 했다.

2

전략

344

일전에 문의하신 건에 대해 답신드립니다.

26일 오후는 아침부터 막바지 더위가 심했거니와 여름방학이 끝나갈 무렵이기도 했기 때문에 원내園內 관광객은 평소보다 적었던 것 같습니다.

저는 다른 볼일이 없으면 세 시간마다 원내를 둘러보는데, 오후 1시에는 요시미즈 씨라 보이는 분을 보지 못했습니다. 다른 직원들에게도 확인해봤습니다.

그때는 이미 해가 중천에 떠 있었으므로, 열 반사가 심한 포장된 곳이나 건조한 통로 같은 곳은 아마 온도가 50도 가까이 되지 않았을까 싶습니다. 물 뿌리기 작업도 얼마간 했지만 그리 효과는 없었습니다.

요시미즈 씨라 보이는 분을 처음 본 것은 3시 반쯤이었던 것 같습니다.

벤치에 앉아 있는 여자분과 어린아이를 데리고 있는 여자분이 말씀을 나누는 것을 저희 여성 청소원이 목격했습니다. 청소원의 인상으로는 아는 사이가 아니라 우연히 그 앞을 지나가던 아이 어머니와 몇 마디 주고받는 듯한 느낌이었다고 합니다.

원내가 워낙 넓고 늘 많은 사람이 드나들다 보니 직원의 기억도 확실치는 않습니다. 이 점 양해 부탁드립니다.

그다음에는 4시경에 두 정원사가 레모네이드 병을 들고 벤치에 앉아 있는 여자분을 봤습니다. 그때는 혼자였고, 앞서 말씀드린 아이를 데리고 있는 어머니는 없었습니다. 특별히 이상한 점은 없었다고 합니다.

그리고 제가 의식을 잃은 요시미즈 씨를 발견한 것은 4시 반경입니다. 폐원할 때가 되어, 직원들이 원내를 둘러보던 참이었습니다.

처음에는 졸고 있나 생각했습니다. 벤치에 기댄 채로 꾸벅꾸벅 조는 것처럼 보였습니다.

그래서 가까이 다가가서 말을 걸어봤는데, 대답이 없었습니다. 그 침묵이 어쩐지 이상하게 느껴져서, 이번에는 어깨에 손을 얹고 다시 한번 '손님, 손님' 하고 부른 순간 몸이 휘청하고 기울더니 그만 쓰러진 것입니다.

깜짝 놀라서 다른 직원을 부르고 구급차를 불렀지만, 그때는 이미 의식이 없었던 것 같습니다. 결국 한 번도 의식을 되찾지 못했다고 나중에 들었습니다.

아직 어린 자녀분이 있다는 이야기를 들었습니다. 좀 더 일찍 발견하지 못한 것이 한스럽습니다. 앞으로 두 번 다시 이런 일이 일어나지 않도록 직원 일동이 더욱 노력할 생각입니다.

별 정보를 드리지 못해서 면구스럽습니다만, 이상으로 요시미즈 씨의 임종 시 상황에 관한 보고를 마칩니다.

이만 총총

3

교육위원회가 아오사와 저택을 시찰

시내 나카오가키 1번가에 위치한 아오사와 저택의 보존을 요구하는 시민의 서명이 1만 가까이 달하자, 현縣 교육위원회는 식자들을 모아 아오사와 저택을 시찰하고, 보존 운동을 추진하는 시민단체와도 회동을 가졌다. 시민단체 및 향토사가, 건축가 등은 아오사와 저택의 희소가치를 강조했다. 두 시간에 걸친 열띤 회동에서 교육위원회 측은 재검토 의향을 전달하는 데 그쳤다.

아오사와 저택 해체 결정

보존 운동이 계속되어온 나카오가키 1번가 아오사와 저택에 관해 현 교육위원회는 문화재로 인정, 보존하지 않는다는 방침을 발표했다.

현 교육위원회는 그 외에도 우선적으로 보존해야 할 문화재가 있다는 점, 시내 일등지에 위치하는 아오사와 저택의 유지 비용이 현 예산을 초과한다는 점, 당사자인 아오사와 가 측에서 해체를 원한다는 점을 고려했다고 설명했다.

시민단체 측은 '이런 서민들의 생활과 기억에 뿌리를 내린 것을 보존하지 않으면서 무슨 문화재인가. 그렇지 않아도 무조건 헐고 새로 짓는 것을 전제로 하는 일본 건축업계의 현 상황 탓에 거리 모습이 날마다 바뀌고 귀중한 역사적 건축물이 차례차례 사라지고 있다.

좋은 것을 수고를 들여 남기기보다 손쉽게 새것을 짓고 싶어하는 건축업계와 행정이 유착한 결과 그런 결정을 내린 것이 아닌가' 하며 강하게 반발했다.

이르면 다음 달 중순에 해체가 시작될 예정이나, 시민단체 측은 '실력 행사도 배제하지 않겠다'며 주장을 굽히지 않고 있다.

4

전략

일전에 문의하신 건에 대해 답신드립니다.

제가 요시미즈 씨에게 말을 걸 때, 레모네이드 병은 없었습니다.

요시미즈 씨가 쓰러졌을 때 벤치에 거의 드러눕다시피 했으니, 만약 레모네이드 병이 있었다면 봤을 것입니다. 발밑에 놓여 있지도 않았다고 생각합니다.

청소원에게도 확인해봤는데, 그날은 쓰레기가 매우 적었는데 근처 쓰레기통에 병은 없었다고 합니다. 원내는 사방이 훤히 트인 곳이고 청소도 부지런히 하기 때문에, 병이 있었다면 눈에 띄었을 것입니다. 요시미즈 씨가 다 마시고 나서 빈 병을 매점에 돌려준 것이 아닐까 싶습니다. 매점에 확인해보니, 빈 병을 넣는 나무함은 바깥에 있기 때문에 누가 돌려주러 와도 안에서는 모른다고 합니다.

요시미즈 씨와 말을 주고받았다는 아이 어머니의 신원은 모릅니다. 우연히 지나가던 사람처럼 보였다는 말씀밖에 드릴 수가 없습니다.

목격한 직원에 따르면, 살집이 있는 중년 여성과 두 살쯤 되는 여자아이 같았다고 합니다. 얼굴은 못 봤고, 가벼운 옷차림이라 관광객은 아닌 것 같다고 생각했다고 합니다.

문의하신 건에 대한 대답이 됐을까요.

기온 변화가 심한 계절에 건강에 유의하시기를 바랍니다.

이만 총총

5

그리고 《축제》마저도 잊혀졌다
— 나카오가키 사건으로부터 25년

세상에는 기묘한 인연이라고 할 수밖에 없는 일이 있다.

과거에는 나도 세상 많은 사람이 그러하듯 그런 생각을 경멸했고, 진지하게 여기지 않았다. 그러나 이 나이쯤 되자 도저히 다른 말로는 바꿔 표현할 수 없는 사실과 조우하게 되었고, 최근에 알게된 사실에 이르러서는 드디어 이 진부한 말을 쓰지 않을 수 없게 된 것이다.

며칠 전, 우리 신문 한구석에 작은 기사가 실렸다.

도쿄에 거주하는 주부가 홀로 지방 근무를 하는 남편을 만나러 갔다가 돌아오는 길에 K공원에 들러, 그곳에서 일사병으로 사망했다는 기사였다. 나는 이 기사를 읽었지만 특별히 마음에 두지는 않았다.

그러나 며칠 뒤, 우연히 예전에 알던 사람을 만났을 때 이 여성이 과거에 《잊혀진 축제》라는 책을 쓴 사람이라는 이야기를 듣고 갑자기 흥미가 일었다.

예전에 알던 사람이란 과거에 '나카오가키 사건'이라 불린 대사건의 수사를 현장에서 지휘했던 전직 경찰이다. 당시 젊은 기자였던 나는 반년 이상 아침저녁으로 그를 쫓아다녔다.

당시 '가가加賀의 제국은행 사건'이라고까지 일컬어졌던 미증유의 대량 살인 사건은 용의자의 자살로 종결되었으나, 당시에 이미 일각에서는 범인이 달리 있다는 목소리가 끊이지 않았다. 지금도 진상은 어둠 속에 묻혀 있으며, 사반세기가 지난 지금 사건 자체가 시민들의 기억에서 사라지려 한다.

그런데 몇 주 전부터, 사건의 무대가 된 아오사와 저택의 보존 운동이 화제가 되면서 나카오가키 사건까지 관심을 받게 된 모양이다. 내가 예전에 알던 사람을 오랜만에 만나보려 한 것도 이 보존 운동으로 기억이 되살아났기 때문이다.

《잊혀진 축제》.

이 제목을 기억하는 사람은 얼마나 될까.

사건으로부터 10년 이상 지나 과거에 사건 현장에 있었던 소녀가 사건을 소설로 써낸 이 책이 베스트셀러가 되면서, 출판 당시에 나카오가키 사건이 다시 한번 각광을 받았던 기억이 선명하다. '축제'라는 말을 쓴 데 대해 상당한 비판을 받았으나, 작가는 신원을 드러내지 않은 채 침묵을 지키고 그 이래로 다른 책은 발표하지 않았다.

그 작가가 바로 지금 사건의 무대가 사라지려 하는 이곳에서 숨을 거두었다는 사실에서 나는 시계태엽이 되감긴 것 같은 인연을 느끼지 않을 수 없다.

작가는 두 오빠와 함께 나카오가키 사건의 현장에 있었다.

이번에 그녀의 오빠에게 연락해서 이름을 밝히지 않는다는 조건으로 전화 인터뷰를 했는데, 동생이 그 사건의 무대인 K시에서 죽었다는 사실에 관해 묻자 "결국 동생은 그 사건에서 벗어날 수 없었던 것이겠죠"라고 대답했다. "동생은 그 책을 쓴다는 이야기도 저희에게 안 했습니다. 그 책이 나오고 나서는 그 사건에 대한 이야기를 두 번 다시 안 했지만, 역시 그 뒤로도 줄곧 잊지 못했던 게 아닐까요." 그는 담담한 목소리로 그렇게 말했다.

그들 가족은 사건이 있고 나서 아버지의 전근으로 다른 곳으로 이사했으나 얼마 안 있어 부모가 이혼했다. 바로 밑 남동생은 20대 때 자살했다고 한다.

"특별히 의식한 적은 없었지만, 요즘에는 역시 어렸을 때 그 현장에 있었던 것과 관계가 있을지도 모른다는 생각이 드는군요. 동생의 책은 《잊혀진 축제》였습니다만, 저희에게는 '잊을 수 없는 축제'가 되고 말았습니다."

그런 그의 말에 나는 아무 말도 할 수 없었다.

'축제'마저도 잊혀진다.

그때 문득 그런 문장이 떠올랐다.

과거에는 물의를 일으키고 세상 사람들의 입에 오르내리던 사건조차도 세월에 의해 매장된다. 이 세상에서 가장 잔인한 것, 그것은 잊혀진다는 것이다.

원래 사건 그 자체로 관계자 대부분이 목숨을 잃었는데, 이제 사건을 아는 사람들마저 하나 둘 세상을 떠난다.

'진실은 시간의 딸'이라는 말이 있지만, 과연 시간은 이 사건의 진실을 가르쳐줄 것인가.

6

시민단체와의 신경전 계속

해체가 결정된 아오사와 저택 앞에서는 연일 시민단체가 연좌 농성을 벌이며 해체 작업을 개시하려는 건설업자와 신경전을 계속하고 있다.

18일 아침에는 집 안에 발을 들여놓으려던 인부와 시민 간에 몸싸움이 벌어져 경찰까지 출동했다.

해체 작업을 맡은 업자 측은 이대로 가다가는 양측 모두에게 위험할 수 있다며 작업을 중단하고 현에 시민단체를 설득할 것을 요구하고 있으나, 현 측에서는 '해체를 의뢰한 것은 아오사와 가이며 현

은 더 이상 관여하지 않는다'며 난색을 표하고 있으므로 교착 상태
는 당분간 계속될 것으로 보인다.

7

근계謹啓, 라고 쓰기는 했는데, 어쩐지 어색하네.

생각해보면, 너에게 편지를 쓰는 게 이번이 처음이군.

아니, 난 글 쓰는 걸 싫어하니까 편지 자체에 익숙지 않거든. 그러
니까 이런 말로 편지를 시작하는 일 자체가 거의 없긴 해.

너도 이상하게 생각할 테지. 만나서 이야기하면 될 텐데 왜 이런
편지를 쓰고 있는 건지 나도 잘 모르겠어. 하지만 지금 기분을 말로
는 절대로 설명할 수 없을 거라는 확신이 있기 때문에 이렇게 편지
를 쓰고 있어.

전에도 언제 이야기를 한 적이 있지만, 나는 옛날부터 나 자신에
익숙해질 수 없었어.

나라는 사람의 그릇과 속 내용이 전혀 일치하지 않는다고 할까.

물론 다른 사람들에게 내가 어떤 식으로 보이는지는 잘 알아. 어
렸을 때부터 까불까불하고 산만하고, 아무에게도 존중받지 못하고,
그럴듯한 말도 한마디 못하고, 존재감이 없는 사람.

늘 누군가의 똘마니. 수선스럽고 떠들썩하지만, 실은 친구는 한
명도 없어. 있든 없든 결국 아무도 신경 쓰지 않아. 나는 그런 녀석

이었고, 앞으로도 그런 녀석일 테지.

어쩐지 이상하게 자학적인 기분이 드는 건 동생의 책을 읽은 탓인지도 몰라.

너에게도 그 책 이야기는 했지?

우리가 어렸을 때 그 사건에 관여되어 있었다는 것도.

나는 수선스럽고 튀는 걸 좋아하는 성격이니까, 처음에는 동생의 책으로 나 자신이 유명해진 기분이 들었다는 건 인정하지.

하지만 어느 날 밤부터 갑자기 정체를 알 수 없는 커다란 공포와 불안에 시달리게 됐어.

밤마다 꿈을 꿔.

그 사건 꿈.

꿈속에서 나는 웃고 있어. 사람들이 고통스러워하면서 바닥을 뒹구는 모습을 보면서 웃고 있어.

꿈속에서 범인은 나야. 나는 나를 늘 업신여기는 눈으로 보던 그 집 아들, 명문가의 부엌을 책임지고 있다고 잘난 척하던 가정부, 자기네 가족의 위대함을 모르는 타지 사람이라고 우리 가족을 소외시키던 그 집 사람들이 바닥에서 몸부림치는 걸 보면서 비웃고 있어. 나는 그 집 아이들을 동경하고 있었기 때문에 뻔질나게 그 집에 드나들면서 주위를 맴돌았지만, 그 아이들이 나를 받아들인 것도, 좋아하는 것도 아니라는 건 알고 있었어. 업신여김을 당하는 나 자신을 미워하고, 나를 업신여기는 그 아이들도 미워했어.

그래서 그날 그 집에 갔어.

나는 지금 망설이고 있어.

이다음을 써야 할지 말아야 할지.

너는 이상하게 생각할 테지. 대체 뭘 망설이는 건지. 어째서 이런 편지를 쓰는 건지.

그곳에서 내가 살던 집은 오래된 일본식 가옥이었는데, 뒤에 좁은 마당이 있었어. 습기 찬 마당에 팔손이나무라든지 애기동백 같은 침 침한 정원수들이 심어져 있었지.

옆집하고 사이에 블록 담장이 있었는데, 그 담장은 동네 고양이들 의 통로였거든.

방에서 숙제를 하다가 문득 고개를 들면 담장 위를 걷는 고양이 하고 유리문 너머로 눈이 마주칠 때도 있었어. 고양이는 가끔씩 팔 손이나무 밑 포석에 앉아서 느긋하게 몸단장을 하곤 했어.

내가 그날 맨 처음 그 집에 갔을 때, 마침 주스하고 맥주가 배달된 참이었어. 내가 그걸 보고 마시고 싶어하는 티를 냈겠지. 가정부가 주스를 하나 주더군. 뚜껑까지 따줬어.

그 자리에서 내가 그걸 마셨더라면 이야기는 달라졌겠지. 어쩌면 나 한 사람만 죽고 다른 사람들은 모두 살았을지도 몰라. 그랬더라 면 내 이름은 불운한 영웅으로서 사람들에게 기억됐을지도 몰라.

하지만 그렇게 안 됐어.

나는 수선스럽고 산만하기는 하지만, 실은 대단히 소심하고, 의심 이 많고, 도망치는 데는 일가견이 있는 녀석이라 말이야. 가정부가 병뚜껑을 따는데 뚜껑이 너무 쉽게 열리는 걸 보고 이상하게 생각했어. 마침 일주일쯤 전에 콜라를 한 번에 한 병씩만 마신다는 약속을 어기고 세 병째 마시려다가 어머니에게 들켜서 혼쭐이 난 적이 있었어. 그래서 병뚜껑을 도로 열심히 씌워놔야 했지. 겉으로 보기에는 아무 문제 없어 보였는데, 며칠 있다가 냉장고에서 그걸 꺼내서 마셔보니까 뚜껑이 너무 쉽게 열리고 김은 다 빠져 있었어.

그걸 몸속 어딘가에서 기억하고 있었던 모양이야. 누가 뚜껑을 땄다가 도로 막은 게 아닐까. 순간적으로 그런 의심을 품은 거야.

나는 병을 들고 일단 집으로 돌아갔어. 냄새를 맡아보니까 어쩐지 시큼한 것 같기도 하고 쓴 것 같기도 한, 묘한 냄새가 났어.

현관 안으로 들어가려는데, 담장 위로 하얀 고양이가 걷는 게 보였어.

고양이에게 먼저 먹여봐야겠다는 생각이 들었어. 좁은 처마 밑을 지나 뒷마당으로 가서는, 아니나 다를까 그곳에서 몸단장을 하고 있던 고양이 앞에 주스를 조금 부어봤어.

효과는 직방이었어. 조금 핥았을 뿐인데도 비틀거리더니 경련을 일으키기 시작했어.

위험을 감지한 건지 고양이는 위협하는 울음소리를 내고는 꼭 술 취한 사람처럼 갈지자걸음으로 비틀비틀 그곳을 떠났어.

나는 내가 본 것의 의미를 생각해봤어.

아니, 과연 생각했을까. 모르겠어. 지금 돌이켜 생각해봐도 그때 일은 잘 모르겠어.

나는 주스를 마시지 않기로 했어. 집 앞 하수구에 쏟아버리고 그 집으로 돌아가서, 아무도 없는 틈을 타서 부엌 뒷문 옆에 있던 상자에 병을 넣어놨어. 입고 있던 셔츠로 병을 잘 닦아서.

나는 그 이야기를 아무에게도 안 했어. 그 집 사람들이 그 주스를 마실 걸 알면서도. 그게 어떤 결과를 가져올지 예상하고 있었다고도 할 수 있고, 예상 못 했다고도 할 수 있어.

나는 다시 한번 집으로 돌아가서 동생을 불렀어.

그때 내가 무슨 생각을 하고 있었는지, 지금도 돌이켜 생각해보곤 해. 왜 고양이 이야기를 안 했는지. 왜 병뚜껑과 이상한 냄새 이야기를 안 했는지.

모르겠어.

정말 모르겠어.

그리고 꿈속에서 나는 웃고 있어.

사람들을 보면서 웃고 있어. 몸부림치면서 바닥을 뒹구는 사람 가운데 하얀 고양이도 있어. 이상한 모양으로 네 다리를 뻗고 누워서 부들부들 경련하고 있어.

이런 편지라 미안해.

이런 편지를 너에게 남겨서 정말 미안해.

나는 잠을 자기가 너무나도 무서워. 꿈속에서 그 사람들과 하얀 고양이를 만날 게 지금도 무서워서 못 견디겠어.

8

시민단체, 협상을 제안

여전히 교착 상태가 계속되고 있는 아오사와 저택 보존 문제에 관해 시민단체가 새로운 제안을 내놓았다. 아오사와 저택의 실질적 상속자인 히사코 슈미트 씨(현재 미국 거주)를 넣어 아오사와 가의 최종적인 의사를 확인하고 싶다는 것.

아오사와 가의 변호사에 따르면, 이미 이런 취지가 히사코 씨에게 전달되어 히사코 씨도 승낙했다고 한다. 이르면 16일에 귀국해서 시민단체와의 협상에 참가할 예정이다.

13

파도 소리 들리는 마을

1

그리고 지금 나는 그녀와 이곳에 서 있다.

해가 기울기 시작한 초가을 오후.

인적 없는 바닷가 작은 마을에서 눈 아래 펼쳐진 바다를 보며 이렇게 바람을 맞고 있다.

아직 햇살은 강하고 열기가 남아 있는 것처럼 보이지만, 여름 초입의 싱싱함은 이미 오래전에 빛을 잃고 겨우 그 윤곽이 남아 있을 뿐이다.

기나긴 여정이었던 것 같기도 하고, 짧은 시간이었던 것 같기도 하다.

여기에 이르기까지 꽤 고생했건만, 지금 와서는 모든 것이 그저 꿈결 같다.

지금까지 만난 사람들이 어쩐지 아득하게 느껴진다. 지금 눈앞에서 있는 그녀가 마치 태어나서 처음 만난 사람 같다. 그러면서도 그녀는 다른 어느 누구보다도 아득히 먼 곳에 있는 것 같다.

땅울림 같은 파도 소리가 오후의 언덕에 차오른다.

세계를 메우는 그 소리 덕에 침묵이 고통스럽지 않았다.

지금의 나는 기다릴 뿐이었다. 바람에 흔들리는 방풍림을 바라보며 천천히 걷는 그녀가 언젠가 입을 열기를 기다리는 것. 내가 할 일은 이제 그것밖에 남아 있지 않았다.

그나저나 그녀의 인상이 분명치 않아 아까부터 곤혹스럽다.

바다에 반사되는 빛 때문인가. 아니면 지금까지 내가 만들어낸 온갖 이미지가 내 눈에 편견을 부여하는가. 그것을 가리려고 줄곧 그녀를 눈으로 뒤쫓고 있건만, 그녀의 모습이 잘 보이지 않았다.

생각했던 것보다 훨씬 자그마하고 가냘팠다. 상상했던 것보다 훨씬 선이 가늘고 소극적이었다. 여전히 살빛이 하얗고 얼굴도 아름다웠지만, 살갗이 얇고 목과 어깨에 살이 없어서 어쩐지 측은하고 쓸쓸한 분위기가 감돈다.

이럴 리가 없는데. 머릿속으로 강하게 부정하는 내가 있었다.

내가 알던 그녀, 사람들이 이야기하던 그녀는 이렇지 않았다.

나 자신도 어째서 동요하는지 잘 모르겠다.

갑자기 그녀가 나를 향해 돌아서더니 이렇게 말했다.

그렇군요. 준의 대학 때 친구였군요. 그 이상한 남자아이. 이웃집 삼남매 중 가운데 아이. 그리운데요. 한시도 가만히 있지 않고 늘 사람들을 웃기던 아이였죠.

그녀는 기억을 더듬듯 아련한 눈으로 나를 보았다.

나는 그녀의 눈을 마주 바라보았다.

역광이라 잘 보이지 않지만, 그녀의 눈동자는 분명 나를 비추고 있을 것이다.

아오사와 히사코는 시력을 되찾은 것이다.

2

몰랐네요. 준지가 죽었다니. 몇 살이었죠?

나와 그녀는 나란히 산책로를 걷고 있었다.

스물일곱이었어요. 정말 갑작스러운 일이었죠.

나는 대답한다. 남의 목소리 같았다. 그녀와 이렇게 말을 주고받고 있다는 사실 자체가 이상한 일 같았다.

그녀는 놀란 듯이 탄성을 질렀다.

그렇게 오래전에? 젊은 나이였군요.

나는 파도 소리 가운데 생각한다. 여기에 이르기까지의 여정. 그리고 그 기나긴 여정의 맨 처음에 있었던, 그가 보낸 편지를. 쓴 사람은 더 이상 나이를 먹지 않지만, 서랍 속에 있는 그 편지와 더불어 나는 나이를 먹었다.

몇 번을 읽었을까. 그 편지의 의미를 그에게 묻고 싶다고 몇 번을 생각했을까. 물론 그 기회가 영원히 오지 않을 것은 알고 있었지만.

애석한 일이네요.

아오사와 히사코는 정중하게 그렇게 말했다. 그 말투로 그녀가 나와 그가 그런 관계였다고 생각하고 있다는 것을 알 수 있었지만, 굳이 부정은 하지 않았다.

두 사람의 침묵이 파도 소리에 묻혀버린다.

우리는 결코 특별한 사이가 아니었다. 오히려 대학 시절, 같은 세미나에 소속된 학생 중에서도 소원한 편이었다고 할 수 있을 것이다.

그러나 우리는 우리가 닮았다는 것을 알고 있었다. 이 세계가 자신에게 불편한 곳이라는 것을 아는 사람. 특별히 저항은 하지 않고 타협하며 살아가지만 어딘지 모르게 위화감을 느끼고 있는 사람. 자신의 상냥함과 선량함을 믿지 않는 사람. 이 세계의 표층과 다른 세계가 존재한다는 것을 깨닫고 있는 사람.

우리는 자신이 그런 사람이라는 것을 알고 있었다. 그렇기 때문에 우리는 서로에게 접근하지 않았다. 닮았다고, 상대방의 모습이 곧 자기 모습이라고 인정하기 무서웠기 때문이다.

명랑하고 말재주가 있는 그는 세미나에서도 인기가 있었지만, 나는 그의 정체를 알고 있었으므로 거리를 두었다. 그도 그 사실을 눈치채고 있었다.

기억 속의 그는 늘 혼자다. 얼굴에 난처한 미소를 띠고 이쪽을 돌아보고 있다.

넌 알지? 너도 이런 기분이지?

그는 그렇게 나에게 말을 붙인다. 나에게 동의를 구하고 있다.

그 편지를 읽었을 때도 나는 당혹스러웠다. 그가 나에게 뭔가 대단히 무서운 것에 대해 동의를 구한다는 생각이 들었기 때문이다. 실제로 그것은 대단히 무서운 것이었다.

묵직한 바닷바람이 머리카락을 희롱한다.

이상하다. 이 몇 년간 내가 생각한 것은 오로지 아오사와 히사코뿐이었다. 출발점이었을 그는 얼굴도 잊어버리고 기억 한구석으로 밀어놓은 채, 오로지 그 사건과 그 뒤에 일어난 일만 생각했다. 그런데 눈앞에 아오사와 히사코가 있는 지금, 어째서 이렇게 그의 생각만 나는 걸까.

언제 시력을 되찾으셨나요?

나는 물었다.

2년쯤 됐어요, 라고 그녀는 대답했다.

내내 임상 실험에 참가하고 있었거든요. 신경세포를 배양해서 재생시켜서 이식하는 수술을 받았어요. 성공률이 낮다고 했고 실제로 실패한 사람도 많았지만, 난 기적적으로 회복한 거죠.

그녀는 조용하게 대답했다. 그러나 그 어조가 어두워, 도무지 '기적적'인 일처럼 들리지 않았다.

어떤 기분이셨죠? 몇십 년 만에 시력을 되찾는다는 건.

나는 그녀의 어두운 목소리를 눈치채지 못한 척했다. 함정일지도 모른다고 몸속 어느 한구석에서 경계하고 있었던 것이다.

그러게요. 너무 아름다워서 환멸을 느꼈어요.

나는 내 귀를 의심했다.

환멸? 환멸이라고 하셨나요?

그렇게 되묻자, 그녀는 희미하게 웃었다.

그래요, 환멸을 느꼈어요. 그때까지 내가 살던 세계가 훨씬 재미있었기 때문에 한동안 익숙해지질 못했답니다.

그녀의 목소리에는 조용한 절망이 어려 있었다.

그때까지 살던 세계. 보이지 않았던 세계 말씀이신가요?

나는 경계하며 물었다.

네.

그녀는 바다 쪽으로 고개를 돌렸다. 어쩐지 내 질문에 이미 흥미를 잃은 것 같았다.

빛의 입자에 윤곽이 흐트러진다.

결국 아오사와 저택은 해체하기로 했다. 그녀가 그것을 바랐기 때문이다.

그 사건을 잊고 싶다. 그 사건을 생각나게 하는 것이 남아 있기를 바라지 않는다. 여러분이 애착을 가져주시는 마음은 고맙지만, 이제 아오사와 가는 재정적으로도 힘든 상황이라 사실상 집을 유지 관리할 비용을 마련하기 어렵다.

그녀가 그렇게 말하는 이상, 시민들도 심정적으로 그 이상 보존을 요구하기가 어려워졌다. 곧 해체 공사가 재개될 것이다.

나는 다른 생각을 하면서 그 기자 회견을 듣고 있었다.

그녀가 그 사건을 잊고 싶은 것은 다른 이유 때문이 아닌가. 몇몇 증인이 의심했듯, 그녀가 사건의 주모자였기 때문이 아닌가.

과거에 이야기로 들은 장면이 머릿속에 차례차례 떠오른다.

놀이터에서 그네를 타는 히사코, 조소하는 히사코, 백일홍을 올려다보는 히사코, 다른 사람들의 시중을 받는 히사코, 여왕처럼 행세하는 히사코, 종이학을 받아 드는 히사코.

내가 가졌던 그런 이미지들은 틀렸나. 모두가 황홀하게 이야기하는 그녀가 정말 눈앞에 있는 여자와 동일 인물인가.

눈앞에 있는 이 빈약한 중년 여자와.

나는 흘깃 그녀를 보았다.

환멸. 환멸을 느낀 사람은 나다.

나는 화가 났다.

실망한 사람은 나다. 전설의 여주인공을 끌어내봤더니 어디에나 있을 법한 평범한 중년 여자였다니. 내가 매료되었던 그 신비한 악녀는 어디에 있나.

속았다는 기분이 들었다.

나는 그녀에게 매료되어 있었다. 모두가 이야기하는 그녀에게 강하게 이끌리고 있었다. 오늘에 이르기까지 조사를 계속해온 것도, 그녀를 꼭 만나고 싶다는 일념으로 버텨온 것도 그 때문이었다.

바다가 밀려왔다.

아니면, 그것은 모두가 지어낸 환상이었나.

한층 더 큰 파도의 울림이 나의 사고를 집어삼킨다.

모두가 그녀를 바라고 있었다면. 정신이 병들어 즉흥적으로 범행을 저지른 범인이 아니라, 악마적인 간계와 미모를 갖춘 범인을 바라고 있었다면.

그런 생각이 들어 경악했다.

증거는 전혀 없다. 그녀의 미소와 의미심장한 말과 요사스러운 외모뿐. 헌책방은 불에 타 없어지고, 사이가 마키코도 죽었다.

아무것도 없다. 그녀를 주모자로 지목할 것은. 모두의 억측과 희망을 제외하고는.

내 옆을 걷는 것은 모두의 망상을 받아내는 그림자에 불과했다.

어떤 부조리한 일이 일어났을 때, 사람들은 이유를 구하게 마련이다. 커다란 음모, 사악한 계략. 약하디약한 우리는 그런 것을 지어내지 않고는 견디지 못한다. 자기들보다 훨씬 뛰어난 존재에게 설명을 구하고 책임을 전가하려 든다.

나는 쓸쓸한 실망을 맛보며 걷고 있었다.

3

다들 그런 눈으로 봐요.

갑자기 그녀가 그렇게 말하고는 웃었다.

비굴한 웃음이 순간 그녀를 늙은 여자처럼, 또 얼굴에 금이 간 것처럼 보이게 해서 흠칫했다.

보이게 된 눈으로 그런 눈만 보게 되다니 얄궂은 일이죠.

그녀는 비뚤어진 웃음을 띤 채 말을 이었다.

나는 아무 말도 할 수 없었다. 그녀는 나의 환멸과 실망을 감지한 것이다.

그녀는 노래하듯 말했다.

뭐야, 이게 그 아오사와 히사코야? 예전의 그 아가씨야? 이거 실망인데. 어렸을 때는 그렇게 총명하고 아름답더니만 지금은 이렇게 초라한 아줌마라니. 동네 사람들의 눈이 그렇게 말해요.

나는 얼굴이 붉어지는 것을 느꼈다. 나도 속으로 그렇게 중얼거리고 있었기 때문이다.

그녀는 입을 다물고 바다로 눈을 돌렸다.

후텁지근한 공기와 함께, 그녀가 느끼는 굴욕이 소용돌이치는 것 같았다.

조금씩 날이 저물어, 흐릿한 먹빛 구름이 하늘에 피어오르고 있다. 맑게 갠 날에도 저물녘의 구름은 어느새 슬그머니 다가와 있다. 저 구름은 늘 어디서 오는 걸까.

옛날에 난 특별했어요. 세상은 내 것이었어요.

그녀는 노기 어린 목소리로 중얼거렸다.

그런 특별한 느낌이랑 충족감이 지금은 전혀 없어요. 눈을 떠봤더니 세상은 다 남의 것이었다, 나에게는 처음부터 아무것도 주어져 있지 않았다. 그걸 깨달은 거죠.

목소리에 서린 노기는 서서히 체념으로 바뀌었다.

색깔도 그래요.

그녀는 길가에 핀 시든 달개비를 무심히 뽑았다.

오래전에, 어렸을 때 본 색깔만으로도 충분했는데. 기억 속의 색깔만으로도 살 수 있었는데. 내 안의 파란색, 빨간색은 아주 선명하고 아름다웠어요. 싱싱하고, 맑고, 에너지가 가득했어요. 현실 속의 꽃보다도 더, 훨씬 더.

그렇게 중얼거리는 그녀는 어린아이 같았다. 자기 집에 있는 것을 자랑해서 자신의 우위를 주장하려는 어린아이의 허세.

남편도 그래요. 모르는 여자를 보는 눈으로 나를 봐요.

그녀는 나직이 중얼거렸다. 목소리에 다시 어두운 노기가 서린다.

그이도 나한테 환멸을 느끼고 있어요. 다른 사람한테 말하는 걸 들은 적이 있어요.

그녀는 손에 든 달개비로 주위의 풀을 거칠게 후려치기 시작했다.

앞을 못 보던 시절의 나는 여신 같았다. 모든 일에 자신이 있고 뭐든지 다 아는 것처럼 보였다. 그런데 앞을 보게 된 순간, 쭈뼛쭈뼛, 흘금흘금 눈치만 살피게 되고 한꺼번에 늙어버렸다. 마치 마법이 풀린 것처럼, 이라고.

마법! 마법이라고? 사람을 바보 취급하고 있어. 어떻게 그렇게 제멋대로 말할 수 있지? 미국에 간 것도, 몇 년씩 귀찮은 검사도 참아가며 임상 실험에 참가한 것도 다 그이를 만족시키기 위해서였는데.

분노가 치민 듯이 달개비를 내던진다.

나는 가만히 그 모습을 보고 있을 수밖에 없었다. 어디서 이야기를 끝맺을까 마음 한구석으로 생각하기 시작한 자신을 깨달았다. 돌아갈 기차 시간이 신경 쓰이기 시작한다.

그것을 꿰뚫어 본 것처럼 그녀가 이쪽을 홱 돌아보았다.

눈치가 빠른 것은 확실한 모양이다.

당신도 내가 범인이라고 생각하죠?

비굴하게 번득이는 눈이 나를 보고 있었다.

그 형사나 그 책을 쓴 마키처럼 당신도 내가 그 사건의 범인이라고 생각해서 나한테 접근한 거죠? 눈을 보면 알아요. 공소시효도 정지되어 있었으니까요. 여기서 내가 고백이라도 하길 기다리는 건가요? 무슨 특종이라도 노리는 거예요? 아니면 준의 죽음에 대해 복수라도 할 생각인가요?

노여운 척하지만, 그 표정에는 아양이 어려 있었다.

히사코의 천박한 목소리에 거센 혐오감이 일었다.

이런 여자였나.

과거의 신비한 소녀는 이제 타인의 환심을 사기 위해 자신의 스캔들을 파는, 사양길에 접어든 연예인이 되어버렸다. 이런 목소리를 듣기 위해서 그 기나긴 세월을 바쳤나 생각하니 노여움과 허탈감이 동시에 밀려왔다.

그러나 나의 경멸을 눈치채자, 그녀는 허리를 곧게 펴고 표정을 달리했다.

나는 흠칫했다.

그 순간, 세월의 벽이 갈라지고 자부심 강하고 당당한 소녀의 눈초리가 되살아났기 때문이다.

나도 허둥지둥 자세를 바로하고 다시금 그녀의 얼굴을 보았다.

고요하고 총명한 눈이 나를 보고 있었다.

그녀는 엄숙하게 말했다.

좋아요. 선물로 내가 아는 진상을 이야기해주죠.

4

해변을 내려다보는 산책로는 완만한 커브를 그리며 내리막길에 접어들었다.

멀리 시커먼 소나무 숲이 보인다.

저쪽에 작은 공원이 있거든요. 어렸을 때 자주 가곤 했답니다.

히사코는 그렇게 말하며 소나무 숲을 가리켰다.

그 이야기는 들은 적이 있었지만 실제로 보는 것은 처음이었으므로, 반가운 것도 같고 감개무량한 것도 같은 묘한 기분이 들었다.

우리는 천천히 그쪽으로 갔다. 히사코가 조금 전에 보였던 어린아이 같은 노여움과 비굴함은 흔적도 남아 있지 않았다. 고요한 태도에서 그녀의 예전 모습이 보이는 것 같았다.

또다시 혼란스러움을 느끼면서, 잊고 있던 경계심이 되살아났다.

그 비굴함은 연기였나.

지금까지 갖고 있던 이미지와는 다른 것을 느끼며 나는 생각한다.

그것 역시 함정이었다면?

설마 아무도 없는 곳으로 유인해 나까지 제거하려는 건 아니겠지?

등골이 싸늘해졌다.

여기에 온 이래로 아무도 만나지 않았다. 우리를 본 사람이 있었을까. 먼발치에서 본 사람은 있어도, 그게 나와 그녀라고 알 수 있었을 것 같지는 않다. 내가 오늘 여기서 실종되더라도, 나의 행선지와 목적을 아는 사람은 아무도 없다. 그리고 히사코는 증거를 또 하나 처분하고 미국으로 돌아가는 것이다.

저쪽에 교회가 있었거든요. 지금은 없지만.

나의 경계심을 눈치챘는지 아닌지, 히사코는 과거에 높다랗게 솟아 있었을 교회를 머나먼 하늘에 그리고 있었다.

교회는 보육원도 겸하고 있었어요. 어머니가 자주 그쪽에 가서 아이들한테 크리스마스 선물이랑 과자를 주곤 했죠. 난 늘 어머니와 같이 오곤 했어요. 파도 소리를 듣는 게 좋아서, 기미 씨와 함께 저 공원에 와서 몇 시간씩 앉아 있었답니다.

작은 공원이 보이기 시작했다.

하얀 돌 벤치가 눈에 띄지 않게 놓여 있다. S자 모양을 한 커다란 러브체어.

지능 발달이 늦은 아이들이 대부분이었어요. 몸은 커다래서 겉으로 보기에는 어른인데, 속은 순박한 어린아이. 내가 가면 다들 좋아하면서 다가와서 이런저런 이야기를 하고 싶어했어요. 명랑하고 천진한 아이들. 그 아이들이랑 이야기를 하고 있으면 오색 풍선이 돼서 두둥실 떠오르는 것 같아서 즐거웠죠.

히사코는 말재주가 있었다. 부드럽고 차분한 목소리를 한없이 들고 있고 싶은 기분이 든다.

이 벤치예요. 특이하게 생겼죠? 등받이가 높으니까 반대쪽에 앉은 사람이 안 보이죠. 하지만 색유리가 끼워져 있으니까 누가 있으면 알 수 있어요.

우리는 그 벤치에 나란히 앉았다.

하얗고 건조한 돌은 태양열을 흡수해서 따뜻해져 있었지만, 참을 수 없을 만큼 뜨겁지는 않았다. 의자에 앉고 나서 내가 얼마나 긴장하고 있었는지, 지쳐 있었는지를 깨달았다.

난 죽 여기에 앉아 있었어요. 기미 씨는 저쪽에서 뜨개질을 하고요. 가끔씩 유리 너머로 이야기를 하곤 했지만, 대부분은 조용히 앉아서 파도 소리를 듣고 있었어요. 바닷바람을 볼에 느끼면서 파도 소리를 듣고 있노라면 어쩐지 마음이 차분해졌죠.

우리는 나란히 앉아서 아득한 수평선을 보고 있었다.

과거의 그녀는 저 수평선을 본 적이 없었을 것이다.

나는 눈을 감아보았다.

사방팔방에서 파도 소리가 밀려오고 세계는 너무나도 막연하게 느껴져서, 순식간에 불안에 휩싸여 눈을 뜬다.

옆을 흘깃 보자, 히사코의 냉정한 옆얼굴이 보였다.

그 눈은 몇 년씩 봐온 풍경을 보듯 바다 저편을 응시하고 있었다.

언젯적 일이었는지 이제는 기억이 안 나네요.

냉정한 옆얼굴이 입을 열었다.

가끔씩 기미 씨가 어머니를 거들러 가서 나 혼자 여기 남아 있었던 적이 있거든요. 혼자가 되는 건 싫지 않았어요.

히사코는 손을 살짝 뻗어 색을 넣은 불투명 유리를 어루만졌다.

이런 그림이었구나. 그래서 그 사람은 그렇게 말했던 거구나.

그곳에는 검은 테두리를 두른 붉은 꽃무늬가 있었다. 히사코의 손가락은 그 검은 테두리를 천천히 더듬는다.

그 사람은 저쪽에서 왔어요.

그녀는 우리가 걸어온 산책로를 가리켰다.

아주 조용하고 지적인 목소리였어요. 내 지팡이를 보고 앞을 못 본다는 걸 알았겠죠. 내가 놀라지 않게 말을 걸었어요.

안녕하세요. 산책을 하는 사람인데, 저는 저쪽에 앉겠습니다. 그렇게 말하고 기미 씨가 앉아 있던 곳에 앉는 걸 알 수 있었어요.

느낌이 괜찮은 사람이었어요. 당시 난 눈치 하나는 빨랐기 때문에, 그 사람이 나쁜 사람이 아니라는 걸 직감으로 알 수 있었어요. 과거에 가슴 아픈 일을 당하고 상실감에 시달리는 사람이라고요.

히사코의 목소리에 아련한 감정이 되살아났다.

그때부터 여기서 이야기를 주고받게 됐죠. 그 사람은 이 유리 너머로 이야기하는 걸 좋아했어요. 누구의 눈에도 띄고 싶지 않다, 사라져버리고 싶다. 자주 그렇게 중얼거리곤 했답니다.

그래요. 그 사람은 나를 '꽃의 목소리'라고 부르게 됐어요.

5

기묘한 랑데부였다.

남자는 소녀의 얼굴을 별로 보려 하지 않았다. 그녀와 마주 보는 것보다 그 목소리를 듣는 것을 좋아하는 것 같았다. 공원에 오면, 인사를 한 다음 가만히 반대쪽 자리에 앉아 유리 너머로 이야기를 하곤 했다.

그런 일이 몇 달에 한 번씩, 이따금 생각난 듯이 반복되었다.

세계의 구석에서, 아무도 관심을 갖지 않는 곳에서, 파도 소리와 바닷바람에 둘러싸여 소소한 이야기를 띄엄띄엄 주고받았다.

남자도, 소녀도 그 짤막한, 언제 찾아올지 모르는 소극적인 만남의 시간을 마음에 들어하고 있었다. 남자는 소녀가 다른 사람과 같이 있을 때는 접근하지 않았으니, 두 사람이 이야기하는 것을 본 사람은 거의 없었을 것이다.

두 사람 모두 자기 이야기는 거의 하지 않았다. 알고 싶다고 생각하지도 않았다.

최근에 들은 음악 이야기. 별의 운행이나 나팔꽃 덩굴의 방향 같은 과학 이야기. 그리스신화와 고지키古事記의 유사성. 현실과 대면할 필요가 없는, 이성과 지성의 세계. 그런 형이상학적인 세계가 엮어내는 견고함과 아름다움이 두 사람이 나누는 이야기의 주된 테마였다.

시간은 천천히 흐르고, 두 사람의 나지막한 목소리와 파도 소리가 조용히 녹아든다.

우연히 대화가 끊기고 파도 소리도 사라져, 신비스러운 정적이 찾아드는 때가 있었다.

두 사람은 그 순간에 관해 이야기했다.

세계가 사라지고 그들 둘만이 남는, 더할 나위 없이 행복한 그 순간에 관해.

소녀는 저도 모르게 마음속으로 줄곧 품고 있던 바람을 입 밖에 냈다.

입 밖에 낸 순간, 그것은 화상을 입을 것처럼 뜨거운 홍수가 되어 그녀와 청년 사이에 흘러넘쳤다.

청년은 그 생각지도 못한 뜨거운 말을 잠자코 듣고 있었다.

갑자기 침묵을 깨고 거대한 파도 소리가 밀려들었다.

두 사람을 에워싸며 위협하는, 섬뜩한 소리였다. 두 사람은 동시에 몸을 부르르 떨었다.

그리고 아마도 이 순간이, 소녀가 무심코 중얼거린 이 순간이 모든 것의 시작이었던 것이다.

6

우연이에요, 불행한 우연.

그녀는 담담한 목소리로 중얼거렸다. 내가 납득할 수 없다는 표정인 것을 깨달았는지, 짐짓 덧붙여 말한다.

우연이라는 말이 마음에 안 든다면, 불행한 운명이었다고 하죠.

그녀는 나를 흘깃 보았다. 짧은 한순간의 시선이었으나, 바늘로 찔린 것처럼 따끔했다.

난 아무것도 모르고, 내가 뭘 한 것도 아니죠.

목소리에서 뻔뻔함마저 느껴졌다.

그 사람이 종이 같은 게 없느냐고 했어요.

그녀는 가식적인 태도로 무릎 위에 손가락을 깍지 꼈다.

뭔가 생각난 게 있어서 적어놓고 싶다고 한 적이 있었거든요. 그게 뭐였는지는 기억 안 나요. 내가 갖고 있던 종이가 마침 교회에 갖고 온 과자를 싼 종이였고, 그게 기미 씨가 쓴 전화 메모지였고, 거기에 아버지 친구 주소가 쓰여 있었다는 걸 내가 어떻게 예상할 수 있었겠어요? 뭣보다도 난 그 메모지에 뭐가 쓰여 있었는지 볼 수 없었으니까요. 안 그래요?

그 목소리에는 내 마음을 술렁이게 하는 뭔가가 있었다.

불안을 자극하는, 신경을 긁어놓는 뭔가가.

우리 의원에서 쓰는 약봉지도 메모지로 썼거든요. 우리 의원 주소랑 전화번호가 적힌 약봉지. 어쩌면 그 약봉지 종이를 줬는지도 모르죠.

그녀는 나를 도발하듯 두 팔을 벌렸다.

난 독을 손에 넣을 수도 없고, 음료에 타는 일은 더더군다나 불가능했어요. 그래요, 그 사람이 정신적으로 문제가 있다는 건 알고 있었어요. 여기에 와서도 자꾸만 혼잣말만 하게 돼서 점점 말이 안 통하게 된걸요. 솔직히 말해서 좀 무서워졌었어요. 당연하잖아요? 무슨 일이 일어나도 난 내 몸을 지킬 수가 없으니까.

그녀의 옆얼굴을 몰래 보았다. 그 표정을 보고 가슴이 철렁했다.

그래서 그 사람을 마지막으로 만난 건 사건이 일어나기 반년도 더 전이었어요. 설마 내 말을 그런 식으로, 그런 식으로 해석했을 줄은 꿈에도 몰랐어요.

그 얼굴은 만족스러워 보이고, 자랑스러워 보였다. 반짝이는 눈에 뜨겁게 달아오른 수평선이 비친다.

나한테는 아무것도 안 보였어요. 무슨 일이 일어나는 건지 볼 수 없었어요. 나한테는 무리죠. 그렇게 어리고 무력한 여자아이였던 나한테 가능했을 리가 없잖아요.

그러나 그녀가 부정하면 할수록 다른 목소리가 또렷이 들려온다.

나에게는 가능했다. 나는 모든 것을 알고 있었다. 전부 내가 꾸민 일이다, 라고.

내 머릿속에는 그녀의 의기양양한 목소리가 울려 퍼지고 있다.

교회에 있는 아이들은 나를 많이 따랐어요. 그 사람도요. 그 사람을 아주 좋아했죠. 그 사람도 기미 씨나 수녀들은 피하면서 아이들하고는 곧잘 놀아줬어요. 이상하죠. 그 사람의 무구함이 똑같이 무구하고 불쌍한 아이들을 끌어당겼나 봐요.

그녀는 이제 웃음을 띠고 있었다. 아득한 수평선에서 과거의 영광을 보며.

그러니까 그 아이들이 그 사람 말을 들었어도 이상할 거 없죠. 그 사람이 전화를 걸라고 하면 걸었을 거고, 내가 혼자 쓸쓸히 사는 노인의 집에 가서 같이 불꽃놀이를 하고 오렴, 하면 그렇게 했을 거예요. 물론 난 아무것도 안 했고, 그 사람이 아이들한테 뭘 부탁했는지 알 도리도 없지만요.

그녀가 갑자기 돌아보았다.

안 그래요?

이제는 얼굴에 만면의 웃음을 띤 그녀가 나를 보고 있다. 나도 모르게 그 눈을 뚫어지게 쳐다본다. 이 얼마나 대단한 미소인가. 마치 화를 내는 듯한…… 아니, 우는 듯한 처절한 미소. 이 사람은 역시 살인귀인가. 이건 살인귀의 승리 선언인 걸까. 아니면 좀 특이한 고백인 걸까. 그녀는 나에게 고발당하고 싶은 걸까, 아니면 포섭하려는 걸까, 아니면…….

사람의 미소는 때때로 쪼개진 나무처럼 보인다는 것을 알았다.

물론 증거는 아무것도 없다. 지금 이야기에 범인만이 알 수 있는 이야기가 들어 있었다 해도, 그것을 입증할 수단은 아무것도 없다.

그 청년도 그랬겠죠. 결국 모두 당신을 사랑했겠죠.

나는 쉰 목소리로 말했다.

당신이 죽으라고 하면, 그 사람은 그대로 했겠죠?

7

어느 날 아침, 소녀는 평소보다 일찍 잠을 깼다.

여느 때와 다름없이 웅성거림과 음악과 라디오와 텔레비전 소리가 흘러넘치는 집 안에서.

그녀의 각성은 늘 선명하다. 달칵 스위치가 켜지고, 소리가 단번에 몸속으로 흘러들어온다. 그리고 높다란 천장이 느껴진다.

방 안은 몹시 후텁지근했다. 온몸이 이미 땀으로 흠뻑 젖어 있고, 몇 시간 움직인 것처럼 피곤했다. 기압이 낮다. 살갗에 들러붙는 불길한 기운에 그녀는 폭풍을 예감한다.

아아, 아직 이 세계는 계속되고 있구나.

잠에서 깰 때마다 느끼는 실망과 권태. 이미 익숙해져버린 감각.

그러나 소녀는 평소의 웅성거림에 화사한 긴장이 곁들여져 있음을 깨닫는다. 순식간에 각성하는 머리. 그날이 특별한 아침이라는 것이 생각난다.

폭풍이 온다.

그래, 일족에게도 이날은 특별한 날이 될 예정이었다. 그러나 지금은 이 집에서 오로지 소녀 한 사람만이 오늘이 가족과 동네 사람들이 생각하는 것과는 다른 의미에서 특별한 날이 될 것을 알고 있었다.

8

유지니아라는 건 뭐죠?

바싹 말라붙은 목소리로 나는 그렇게 물었다.

다들 알고 싶어하던 그 이름. 그건 누구 이름이었죠? 그 시를 쓴
건 누구예요?

그녀는 문득 입을 다물었다. 고양되어 있던 공기가 싸늘하게 식어
버리고, 기온이 뚝 떨어진 것 같았다.

형사님도 여러 번 물었지만 난 몰라요. 예쁜 이름이죠.

목소리도 돌연 무표정해졌다. 그녀는 다시 바늘처럼 날카로운 경
멸의 시선을 나에게 던졌다. 나도 모르게 몸을 움츠린다.

왜 그런 걸 묻죠? 내가 알 리가 없잖아요? 난 종이에 쓰인 시를 읽
을 수가 없었어요. 아무리 멋진 시가 쓰여 있어도, 누가 읽어주지 않
는 한 나한테는 없는 거나 다름없었어요. 그게 얼마나 잔인한 일인
지 알아요? 도서관에 있어도 나 혼자 있으면 의미가 없는 거랑 마찬
가지예요.

그녀의 새침한 옆얼굴을 보자, 뭔가가 울컥 솟구쳤다.

시치미 좀 작작 떼요.

나는 가시 돋친 목소리로 그렇게 소리쳤다.

당신한테는 죄의식이라는 것도 없나요?

나는 그만둘 수 없었다. 내 목소리가 바보처럼 떨리는 것을 듣는
다. 내 안에서 솟구쳐 나온 것은 이제 봇물 터지듯 흘러넘치고 있었

다. 난처한 미소를 짓고 나를 보는 그의 얼굴이 뇌리에 떠오른다.

왜 그런 짓을 했죠? 어째서 가족을 죽인 거예요? 이웃집 아이들까지. 그렇게 많은 사람을 대체 왜? 하나같이 당신을 사랑해준 사람들 아닌가요?

급기야 그런 말까지 하며 비난해도 그녀의 표정은 변함이 없었다. 나의 말은 그녀를 건드리지도 못했다. 그녀는 태연한 얼굴로 그냥 그곳에 존재하고 있다.

가르쳐줘요. 난 그냥 알고 싶을 뿐이에요. 고발 같은 건 안 해요. 아무한테도 말 안 할 거예요. 증거가 있는 것도 아니고, 당신이 한 일을 입증할 방법이 없다는 건 당신도 알잖아요.

그녀를 대신해서 기나긴 파도 소리가 대답한다.

9

뭔가를 안다는 건 죄일까. 무슨 일인가가 일어날지도 모른다는 걸 알고 있다는 건?

소녀는 좀처럼 일어나려 하지 않았다.

분명히 죄겠지. 어디선가 목소리가 들려왔다.

그 목소리를 소녀는 냉정하게 분석했다.

그럼 나는 악한 걸까, 하고 소녀는 생각했다. 여기서 이렇게 입을 다물고 가만히 있는 나는 악한 걸까.

그 질문에 답하는 목소리는 없었다.

착각일지도 모른다. 단순한 망상일지도 모른다. 아무 일도 일어나지 않을지도 모른다. 그냥 떠들썩한, 기념할 만한 하루일지도 모른다. 이대로 이 세계가 계속될지도 모른다.

소녀는 가만히 잠자리에 누워 생각하고 있다.

그러나 무슨 일인가가 일어날 경우에는?

떠들썩한 목소리가 교차하고 복도를 바삐 뛰어다니는 슬리퍼 소리가 들려온다.

소녀는 갑자기 얼굴을 일그러뜨리고 두 손으로 얼굴을 가린다. 절망과 낙담이 문득 그녀를 참을 수 없는 충동에 몰아넣는다.

아아, 이 집은 늘 이렇다. 고요함과 침묵과는 인연이 없는 집.

소녀가 오랜 세월 꿈꾸고 갈망하던 세계와는 너무나도 달랐다. 귀에 들어오는 잔소리와 불평, 아첨과 추종, 노골적인 현실 이야기, 문 뒤에서 벌어지는 책략, 터 닦기라 불리는 음모, 위선과 저주로 가득 찬 어머니의 기도 소리, 저속한 음악, 요란한 교성.

소녀의 오감은 시각을 제외하고 대단히 민감했다. 온갖 것을 듣고, 온갖 것을 느끼고 있었다. 다른 사람들도 그것을 알고 있기는 했지만, 그녀가 실제로 느끼는 정도로는 몰랐던 것이다.

10

슬롯머신 오락실을 광고하는 요란한 소리가 바람에 실려 왔다가 금세 사라졌다.

그녀는 얼굴을 찌푸렸다.

아아, 정말. 어째서 세상은 저렇게 추한 소리로 가득한 거죠? 소란스럽고, 시끄럽고, 위압적이고, 꼭 사람들한테 생각할 여유를 안 주려는 것 같아요. 다들 남의 목소리, 자기 목소리를 듣기 싫은 것처럼 다른 소리로 세상을 메워버리려고 해요.

그녀는 몸을 부르르 떨고는 두 팔로 자기 몸을 끌어안는 척한다. 그 태도에 강렬한 혐오감이 불끈불끈 일었다.

제발 부탁이에요, 얼버무리지 마요. 이게 내 마지막 기회란 말이에요. 죽어버린 그 친구를 위해서라도 가르쳐줘요. 사건이 있은 다음에도 피해자는 계속 늘어나고 있잖아요.

나는 애원하며 그녀의 어깨를 잡았다. 뼈가 앙상한, 어이가 없을 정도로 야윈 어깨.

그러나 그녀는 역시 내 말을 전혀 듣고 있지 않았다.

들어봐요. 라디오나 나팔 소리가 없어도 세상은 이렇게 음악으로 가득 차 있는데.

그녀의 목소리는 공허했다. 내 손을 뿌리치고 조용히 일어서더니 혼자 휘청휘청 걷기 시작했다.

11

그것은 그녀의 소원이었다.

언제부터 그것이 그녀에게 으뜸가는 소원이 됐는지 더 이상 기억도 나지 않을 만큼 오래된 소원이다.

혼자가 되는 것. 이 집에서 혼자만의 시간을 맞이하는 것. 조용한 시간을 즐기는 것. 그리고 조용한 시간 속에 충만한, 세계의 진정한 음악을 듣는 것.

불길한 비가 내리기 시작했다. 굵은 빗방울이 유리문을 때리고 빗소리가 다른 소리를 삼켜버린다. 그것은 이윽고 집 뒤쪽에서 노는 아이들의 목소리까지 지워버릴 만큼 커졌다.

바람을 동반한 비는 점점 강해진다.

폭풍이 온다. 모든 것을 앗아갈 폭풍이. 그리고 나에게 모든 것을 가져다줄 폭풍이.

그것을 손에 넣기 위해서는 강해져야 한다는 것을 그녀는 알고 있었다.

그것을 손에 넣기 위해 포기해야 할 것은 너무나도 컸다. 그러나 그녀가 살아가기 위해서는 무슨 일이 있어도 반드시 그것을 손에 넣어야 했다.

그녀는 조용히 숨을 들이쉬고 호흡을 가다듬는다. 몇 번씩 되풀이해온 말을 마음에 새긴다.

나는 누구보다도 강하고 똑똑해져야 한다. 누구보다도 교활하고 사악해져야 한다. 이 세상을 손에 넣기 위해서는 모든 것을 받아들이는 강함이 필요하다.

그것이 그녀의 소원을 이뤄줄 청년에게 해줄 수 있는 유일한 일이었다. 그녀는 그에게 응해줄 생각이었다.

유지니아, 나의 유지니아.

그녀의 머릿속에 그의 조용한 목소리가 들려온다.

나는 당신을 만나기 위해 외로운 여행을 해왔다.

청년과 소녀는 해변의 의자에 앉아 유리 너머로 함께 그 시를 지었다. 몇 번이고 읊으며 그날을 꿈꾸었다.

교회의 아이들. 청년의 이름을 알고 싶어하던 아이들에게 그녀는 '내 벗'이라고 소개했다. 그들은 그것이 그의 이름이라고 생각했다. 벗일본어로 유진友人, 벗, 이라고 그들은 신이 나서 청년을 불렀다.

지금도 소녀는 그의 이름을 모른다. 알고 싶지도 않았다.

그녀는 또 하나의 나라를 찾고 있었다. 아무도 모르는 꿈나라. 세계가 사라지고 영원의 정적으로 가득 찬, 둘만의 나라.

두 사람은 그 나라에 유지니아라는 이름을 붙였다.

12

순간, 파도 소리가 사라졌다.

불안해질 만큼 고요한 침묵이 세계를 지배한다.

천사가 지나갔네요.

그녀는 노래하듯 중얼거렸다.

천사? 대체 무슨 소리예요?

나는 울컥해서 물었으나, 역시 대답은 돌아오지 않았다.

그녀는 춤을 추듯 손을 팔랑거렸다.

세계가 사라졌어요. 하지만 이상하죠, 지금도 여전히 이렇게 존재하고 있어요. 그럼 난 어디에 있는 걸까요.

무슨 말을 하는지 잘 알 수 없었다. 그녀는 완전히 자기만의 세계에 몰입해 있었다.

그 사람은 꿈나라에 다다랐을까. 그럼 난? 난 지금 꿈나라에 있는 걸까? 그럼 내 여행도 끝났을 텐데. 내 여행은 정말 끝났을까?

중얼거리며 걸어가는 야윈 중년 여자.

나는 그래도 그녀를 따라간다. 가르쳐줘요, 부탁이에요, 하고 주문을 외우듯 입속으로 되뇌며.

그 사람들은 시끄러웠어요, 늘. 어렸을 때부터 늘. 가만히 입 다물고 있지를 못해요. 늘 말을 하거나 소리를 내지 않으면 불안해서 못 견디는 거예요. 자기 존재 가치에 자신이 없으니까 그런 거예요.

그녀는 바다를 향해 두 팔을 벌렸다.

그렇게 생각 안 해요? 세계는 이렇게 아름다운 음악으로 가득 차 있는데 말이에요.

파도는 어느새 붉어져 있었다. 여름에 곪아 지칠 대로 지친 공기가 저물녘 바다 위를 떠돌고 있다.

한 중년 여자가 병든 고양이처럼 붉은빛에 싸여 걷고 있다.

어머, 예쁜 꽃이네.

그녀는 환성을 지르며 갑자기 발걸음을 멈추었다.

우리 집에 있던 꽃이랑 같은 거예요. 반가워라. 무슨 꽃이에요?

그녀는 먼 곳을 가리키고 있다. 나를 돌아보는 것 같지만, 눈물과 역광으로 비쳐드는 저물녘의 햇살 탓에 그 얼굴도, 그녀가 가리키는 꽃도 보이지 않는다.

안 보여요. 나한테는 안 보여요. 나는 고개를 저으며 중얼거린다.

안 보인다. 아무것도 안 보인다. 그의 얼굴도. 그녀의 얼굴도.

그녀의 윤곽이 붉은 바다에 녹아든다.

나한테는 보여요.

먼 곳에서 자신에 찬 목소리가 들린다.

봐요, 저 꽃. 왜 그럴까. 어쩐지 굉장히 친숙한 느낌이 드네요.

14

붉은 꽃, 하얀 꽃

1

날카로운 매미 울음소리가 들려온다.

기력을 앗아가는 더위는 여전하지만, 햇살은 서서히 힘을 잃어가고 있었다.

잔향殘響 같은 매미 울음소리에는 뇌의 일부를 마비시키는 마취 효과가 있는 것 같다. 그 소리를 듣고 있으면 늘 머리가 멍해지고 머나먼 계절로 몸이 도로 끌려가는 것 같다.

거리도, 사람도 소리 내어 변해간다. 똑같은 세계는 두 번 다시 존재하지 않는다. 사람은 매 초, 매 순간 다른 세계를 살고 있다.

그녀는 어렸을 때 살던 거리를 홀로 걷고 있다.

목적도 없고, 계획도 없다.

정말 그저 회유하는 물고기처럼 천천히 번잡한 거리를 걷는다.

지리는 막연히 몸이 기억하고 있다. 과거에 여기를 걷던 자신과 지금의 자신이 미묘하게 겹쳐져 있어, 몸속에서 발소리가 이중으로 울려 퍼진다.

겨우 몇 시간.

혼자 지방으로 전근 온 남편을 만나고 가는 길에 문득 들러본 것이다.

이곳에는 늘 여름의 찌꺼기만 남았을 때 오게 된다.

지면에서 피어오르는 아지랑이와 찜통 속 같은 시큼한 공기 중에 있다.

왜 이런 곳에 내렸는지 솔직히 잘 알 수 없었다. 이 거리의 기억에 대해 책을 쓴 적도 있었지만, 그것도 이미 그녀에게는 과거였기 때문이다.

난 뭘 하고 싶은 걸까.

그녀는 이상스레 거리를 둘러본다. 마치 거리 어딘가에 답이 쓰여 있기라도 한 것처럼.

번화가의 간판은 요란스럽게 존재를 주장하고 있지만, 어딘지 모르게 낡고 피부처럼 거리와 일체화된 것처럼 느껴진다. 매일 똑같은 햇빛을 쬐고 똑같은 비를 맞다 보니 비슷한 색으로 동화된 것 같다.

꼭 가족 같다.

그녀는 그런 생각을 한다. 한 사람 한 사람은 별개의 인격인데, 같은 집에서 호흡하다 보니 세월이 지나면서 비슷한 색으로 물든다.

우리 같은 부부조차도 이제는 비슷한 색을 띠고 있으니.

그녀는 방금 헤어진 남편 생각을 한다. 타인에 대해 무관심한 정도가 이만큼 비슷한 부부도 또 없을 것이다. 그것은 서로에 대해서도 마찬가지다. 상대방에 대해 무관심한 정도가 비슷하기 때문에 지금까지 별문제 없이 이어져온 것이다.

막연히 자식이 독립할 때까지가 한계일까 하고 생각해왔으나, 요즘 들어 이대로 끝까지 이어질지도 모른다는 생각이 들기 시작했다. 서로에게 쓸데없는 노력을 들이지 않아도 된다는 점에서 두 사람은 실로 호흡이 척척 맞는 부부였기 때문이다. 이 이상 저열량으로 부부 관계를 유지할 수 있는 상대는 도통 있을 것 같지 않다. 그러니까 이건 이것대로 운명의 만남이었던 걸까.

그녀는 속으로 쓴웃음을 짓는다.

문득 선량한 청년의 모습이 눈앞에 떠오른다. 무더운 방 안에서 몇 번씩 녹음기를 돌리면서 캔 주스를 마시며 묵묵히 공책에 증언을 받아 적던 청년. 과거에 며칠씩 함께 지내곤 하던 마음씨 좋은 연하의 청년이.

어째서 생각이 났을까. 역시 감상일까. 그때 그에게 부탁한 건 그를 좋아했기 때문일까.

혼란스러운 기분으로 그녀는 천천히 걷는다.

평일 오후의 소음이 나른하고 기분 좋다.

그녀는 눈에 띄지 않는다. 어디에나 있을 법한, 이른 오후의 거리를 걷는 주부다. 돌아보는 사람도 없고, 주목받지도 않는다. 그녀는 그 사실에서 마음의 평안을 얻는다.

2

타인과의 관계란 기묘하다.

그녀는 그런 생각을 한다.

무엇이 사람과 사람을 잇는지, 무엇이 떼어놓는지 아무도 모른다.

그녀의 발은 저도 모르게 시내 중심부에 있는 일본 정원으로 향하고 있다. 단체 관광객 틈에 섞여 홀로 어슬렁어슬렁 들어가, 코스를 벗어나 그 건물로 향한다.

담으로 둘러싸인 고요한 공간.

커다란 목조건물 안에 들어서면 온도가 갑자기 낮아지고 곰팡내가 코를 찌른다.

정원 쪽을 도는지, 이리로 오는 관광객은 그리 많지 않다. 몇 안 되는 관광객들이 나지막이 소곤거리는 목소리가 잔물결처럼 건물 속에 흡수된다.

어두운 일본 가옥. 훤히 트인 툇마루가 네모나게 잘린 풍경에 시선을 모은다.

이 정밀靜謐과 정결한 공간에 그녀는 늘 희미한 공포를 느낀다.

일본의 정원은 보는 사람과 보이는 사람이 뚜렷하게 구분되기 때문에 강한 긴장감이 감돈다. 그곳에는 생사를 건 승부와도 비슷한 살기가 서려 있다.

보는 사람과 보이는 사람. 난 역시 보는 사람이었나.

그녀는 툇마루에 꼼짝 않고 서서 네모난 공간을 바라본다.

그 사람은 늘 보이는 쪽이었다. 그걸 그 사람도 알고 있었다.

그녀는 차츰 색을 달리해가는 정원의 녹음을 주시한다.

보는 사람이 존재하지 않으면 보이는 사람 또한 존재하지 않는다.

정원을 보고 있으려니 그런 생각이 머리에 떠오른다. 모든 시선이 완벽하게 계산된 정원, 보는 사람을 철저하게 의식한 정원을 보고 있으려니, 감상자가 없는 정원은 존재하지 않는다는 생각이 든다.

보는 사람과 보이는 사람은 공범자지만, 그 선이 만날 일은 없다.

나는 감상자가 되고 싶었다.

그녀는 정원에서 눈길을 돌린다.

죄가 있느니 없느니 그런 문제가 아니라, 올바른 감상자가.

어두운 복도를 걸어 2층으로 올라간다. 계단이 삐걱거리는 소리가 나지막이 뒤를 쫓아온다.

그 무렵, 그 사람의 존재는 일종의 기적이었다. 나는 그걸 알고 있었다. 하지만 나를 제외하고 그걸 아는 사람은 거의 없었다. 단순히 명문가의 아가씨, 예쁜 아가씨로 받들어 모시던 사람들은 있어도, 그냥 그뿐이었다.

바깥에 푸르른 소나무가 보인다.

나는 알고 있었다. 나만이 이해하고 있었다.

기적이 존재하고, 그걸 이해할 수 있는 사람이 존재할 때, 그는 어떻게 해야 하나? 다른 사람에게 이야기해야 하지 않나? 그걸 기록에 남겨야 하지 않나?

바람이 들어와 그녀의 뺨을 살며시 어루만진다.

애석한 건 나에게 기록하는 능력이 부족했다는 점이다. 능력이 좀 더 있었더라면 더 완벽한 형태로 남길 수 있었을 텐데. 나에게는 그것이 고작이었다.

그녀에게 그것은 씁쓸한 후회다. 기적을 표현하는 일은 너무나도 어렵다. 시대를 막론하고 예술가들도 애를 먹지 않았던가. 자신을 그들과 비교할 생각은 조금도 없지만.

작은 방이 보인다.

짙은 청색의 방. 싸늘하고 청량한, 소리가 없는 방. 매우 귀한 청색 안료를 벽에 바른, 정밀한 세공품 같은 방이다. 보고 있기만 해도 살갗이 싸늘해진다.

과거에 이곳에 서 있던 어린 소녀가 떠오른다.

누군가의 손에 이끌려 이 방을 보고 있는 소녀.

그녀는 싸늘한 복도에 서 있는 소녀를 본다. 하얀 블라우스에 감색 멜빵 치마.

소녀도 그녀를 본다.

두 사람은 복도에 나란히 서서 차가운 색의 방을 본다.

총기 어린 큰 눈을 크게 뜨고 열심히, 그러면서 어딘지 모르게 쭈뼛거리며 안을 보는 소녀.

시력을 잃기 전의 히사코를 그녀는 잠자코 보고 있다.

3

어머, 혹시 그때 그분 아닌가요? 맞죠? 그 사건에 대해 책을 쓰신 분이죠?

무섭게 기억력이 좋은 사람이었다.

전에 만난 건 결혼하기 전이었으니, 복장이나 머리 모양도 전혀 달랐을 것이다. 그러나 한순간 눈이 마주쳤을 뿐인데, 나보다 먼저 저쪽에서 알아봤다.

생김새는 포동포동하고 사람 좋은 아줌마 같지만, 그녀는 매우 우수한 경찰관이었다. 그 점에 관해서는 전에 만났을 때도 혀를 내둘렀던 기억이 있다.

머리 회전이 빠르고, 적확한 말을 골라 쓴다. 기억은 세부에 이르기까지 정확하고, 모호한 말이나 억측은 절대 입에 담지 않는다. 물론 다른 사람의 이야기도 주의 깊게 듣고, 모순이나 얼버무림에 절대 현혹되지 않는다. 게다가 정서가 안정되어 있고 눈앞에 있는 상대방에게 공감할 수 있는 능력이 있기 때문에, 이 사람이라면, 하고 누구나 신뢰하는 타입의 여자다. 그렇기 때문에 이 뜻하지 않은 재회 때도, 그녀는 금세 긴장을 풀고 고개 숙여 인사했다.

역 한구석에 서서 잠깐 이야기를 했다.

책에 대한 감상과 사건 이후에 대해. 잠깐 동안이었지만 대화 내용은 충실했다. 자신의 시간도 타인의 시간도 허비하지 않는 사람이라고 다시금 감탄했다.

이때 그 이야기가 나온 것이다.

전에는 그녀가 아직 학생이기도 했고, 상대방도 책을 쓰는 데 필요한 이야기라고 생각하지 않았는지도 모른다. 그러나 이때는 그 이야기가 불쑥 나왔다.

사건 직후에 형사들이 살아남은 그 사람을 처음 만났을 때 이야기다.

이제 와서 그런 이야기를 듣게 될 줄은 몰랐기 때문에 그녀는 내심 놀라기는 했지만, 별생각 없이 듣고 있었다.

물론 그 아이는 자기가 굉장히 무서운 상황에 처해 있다는 걸 이해하고 있었어요. 가족이 거의 대부분 죽었다는 것도 어렴풋이 눈치챈 것 같았죠. 주위가 아비규환이었으니 말이에요.

번잡한 역 한구석에서 그녀는 이야기하기 시작했다.

병원으로 실려 갔을 때 처음에는 공황 상태였어요. 심하게 흥분해서 뭔가를 줄곧 빠른 말투로 중얼거리고 있었지만, 본인도 자기가 말하고 있다는 걸 깨닫지 못하는 것 같았어요. 간호사도, 저도 무슨 말인지 알아들을 수 없었답니다.

침대에 누운 소녀의 모습이 눈앞에 떠오른다.

그 사람…… 살아남은 히사코.

우수한 경찰관은 말을 잇는다.

주사를 놓고 한동안 쉬게 한 다음에 이야기를 들었어요. 상당히 신경을 써서, 주의하면서.

몇 번이고 천천히 이야기를 하게 했어요. 좌우지간 가슴속에 있는 걸 쏟아놓게 하는 게 중요하다고 생각했거든요. 그 속에 사건의 진상을 캐낼 단서가 있을지도 모르고요.

끈기 있게 말을 거는 여경. 자애 어린 태도로, 그러나 아무것도 놓치지 않게 온몸을 긴장시키고.

무슨 말을 하는지 좀처럼 알 수 없었어요.

질문에 반응하기는 하는데, 이쪽에서 이야기하는 내용에 반응하는 것 같지는 않더군요.

의사와 얼굴을 마주 보는 경찰들.

저희는 당황하기는 했지만 끈기 있게 말을 걸었어요.

드디어 그 아이가 무슨 이야기를 하는지 알았을 때는 다들 픽 놀랐답니다.

색채 이야기.

그 아이는 자기가 어렸을 때 이야기를 하고 있었어요.

시력을 잃기 전 이야기를 반복해서 중얼거리고 있었던 거예요.

왜 그런 이야기를 하는지는 알 수 없었어요. 무의식중에 인상이 선명했던 시대로 도피했는지도 모르죠. 의사 선생님은 보이지 않는 세계에서 일어난 참사를 이해하기 무서워서 아직 눈으로 보고 이해할 수 있었던 시절로 퇴행했는지도 모른다고 하셨어요.

인상적이었어요.

그 아이가 녹음기처럼 같은 이야기를 반복하는 걸 듣고 어쩐지 섬뜩했던 기억이 나네요. 도장으로 찍은 것처럼 똑같은 말을 되풀이하지 뭐예요. 정말 망가진 레코드 같았어요.

누군가와 파란 방 앞에 있다. 하얀 백일홍 꽃이 무섭다.

그 아이가 한 이야기는 이게 다예요. 그저 그 말만 끝도 없이 되풀이하고 있었어요.

저도 그게 무슨 뜻인지 여러 가지로 생각해봤지만 끝내 알 수 없었고, 나중에 그 아이한테 물어보니까 그렇게 끝없이 되풀이해서 한 말인데도 전혀 기억을 못 하더군요.

그 아이는 가족이 죽어가는 걸 들으면서 대체 뭘 보고 있었을까요. 행복한 어린 시절로 도망가 있었던 걸까요.

기분으로는 꽤 오래 이야기를 한 것 같았지만, 실제로는 이십 분쯤이었을까.

포동포동한 여경은 거기까지 이야기하더니 아득히 먼 곳을 바라보는 눈이 되었다.

당시의 일을, 색채 이야기를 되풀이하는 소녀를 생각하는지도 모른다. 나이를 가늠할 수 없는 얼굴이 그때만은 늙어 보였다.

아, 맞다, 그 아이는 그 이야기를 할 때 쉴 새 없이 손을 움직이고 있었어요. 뭔지 몰라도 손을 빙빙 돌리는 것 같은 그런 동작을 하더군요. 뭘 하는 거였을까요.

여경은 오랜 세월 생각해온 그 문제에 대해 다시금 생각에 잠기는 듯하더니, 의견을 구하듯 그녀를 얼핏 보았다.

그러나 그녀는 그럴 상황이 아니었다.

이야기 내용에 강한 충격을 받았던 것이다.

4

그녀는 건물에서 나와 녹음이 짙은 정원을 향해 걷기 시작했다.

어떤 식으로 여경과 헤어졌는지 잘 기억이 나지 않는다. 아마 고 개를 까딱 숙이고 무슨 말인가를 했을 것이다. 그러나 그녀는 그때 들은 이야기에 완전히 정신이 팔려 있었다.

그 충격을 어떻게 해소했는지도 잘 모르겠다.

파란 방과 하얀 꽃. 하얀 백일홍 꽃.

그 여름에도 탐스럽게 피어 있던 꽃…….

매미 울음소리가 몸속에서 메아리친다.

부엌에 남아 있던 메모의 글귀와 겹쳐져 왕왕 울린다.

나는 당신을 만나기 위해 줄곧 외로운 여행을 해왔다…….

히사코는 무슨 생각으로 그 메모를 남겼을까. 그건 누구에게 쓴 편지였을까. 히사코가 모든 걸 바치고 싶었던 상대는 사실은 누구였 을까.

갑자기 그녀의 마음속에 불만과 노여움이 끓어오른다.

내가 감상자일 텐데. 내가 모든 걸 알고 있을 텐데.

잊은 줄 알았던 감정이 되살아난다.

자신이 올바른 감상자라는 걸 아는 사람은 그것을 다른 사람에게 인정받고 싶어진다. 우선은 세상 사람들에게. 다음으로는 감상하는 대상 그 자체에게.

히사코는 내 메시지를 받았을 것이다. 그 책은 히사코 한 사람에게 내가 감상자라는 걸 전하는 메시지였으니까. 히사코만 읽어주면 그 외에 그 책을 읽는 사람이 아무도 없어도 상관없었다.

또다시 열심히 녹음 내용을 받아 적던 청년의 모습이 떠오른다.

애정과 경멸이 뒤섞인 감정이 솟는다.

그는 오해하고 있었다. 내가 자신에게 접근하기 위해서 그 일을 부탁한 게 아닐까 의심하고 있었다. 돌이켜 생각하면, 꼭 오해라고 할 수만은 없다. 그런 일을 부탁할 수 있는 사람은 그밖에 없었다. 그의 반듯하게 잘 자란 성품이 눈부시게 느껴지고, 그가 나에게 호감을 가져주어 기뻤다. 나는 그의 선량한 성품을 시기하고 있었다. 사건에 관해 아무것도 모르는 그 앞에서 과거에 일어난 참사의 관계자라는 걸 뽐내고 있었다.

그녀는 얼굴 위로 드리워진 나무 그림자에 눈을 반쯤 감는다.

이제 우리는 영원히 헤어지지 않으리.

물방울무늬 블라우스를 입은 히사코가 태연한 얼굴로 나지막이 그 시를 읽는 소리가 들려온다.

히사코의 진짜 모습을 아는 사람은 이 세상에서 나 하나뿐. 하지만 그녀를 고발할 생각은 없다. 그런 시시한 일, 멋대가리 없는 일은 사양이다.

그녀는 관광객들의 소음을 들으며 생각한다.

관광객들이 자갈을 밟는 소리 속에서 오랜만에 생각한다.

그래, 나는 히사코가 왜 그런 일을 했는지 안다.

자갈 밟는 소리. 관광객의 웃음소리. 아득한 매미 울음소리.

머리 한구석이 마비되는 것 같다.

아주 오래전부터 알고 있었던 것 같다. 그 시를 읽기 전부터. 그 사건이 일어나기 훨씬 전, 태어나기도 전부터 히사코에 대해 알고 있었던 것 같다.

그녀는 나뭇잎 새로 비쳐드는 햇살을 올려다본다.

히사코는 뭔가를 할 사람이었다. 어떤 큰일, 중요한 일을 이루어야 했다. 어쩔 수 없었다. 그 사건이 일어나지 않았더라면 훨씬 큰일이 일어났을 테니까.

나뭇잎 새로 비쳐드는 햇살이 눈부시다.

마치 나를 향해 누가 빛의 총알을 쏘는 것 같다.

나를 비난하는 건가. 책망하는 건가. 왜 나를?

그녀는 휘청휘청 나무 그늘로 들어가 벤치에 앉는다.

핸드백에서 손수건을 꺼내 땀을 닦는다. 불쾌한 식은땀이 등을 타고 흘러내린다.

그러고 보면 그 여경은 땀을 전혀 흘리지 않는 사람이었다. 얼굴이 늘 보송보송하고, 화장이 망가지는 법이 없었다. 꼭 인형 같았다. 이상한 사람. 인조인간 같다.

아득히 먼 곳을 바라보던 옆얼굴이 불현듯 떠오른다.

나는 줄곧 누군가가 되려고 했다. 내가 아닌 누군가. 내가 아닌 사람이 대체 어떤 기분으로 사는지 알고 싶었다.

히사코.

하지만 결국 내가 감상자였다는 걸 통감했을 뿐이다.

그녀는 손수건을 움켜쥔 채, 그 얼굴을 추억한다.

히사코가 바다 건너에 사는 걸 나는 기뻐하고 있다. 공소시효가 정지된 것도 내 기쁨의 하나. 아직 나와 그 사람의 관계가 이어지고 있다는 걸 의미하니까.

그녀는 자신이 생각했던 것 이상으로 지쳐 있음을 깨닫는다. 무더운 오후의 거리를 헤맨 탓이다.

어쩐지 눈앞이 어둡다. 일사병일까.

그녀는 마실 것을 사기 위해 매점을 찾는다.

여경을 만나지 않았더라면 좋았을 텐데.

그녀는 치밀어 오르는 욕지기와 싸우면서 씁쓸하게 생각한다.

그 여자가 그렇게 기억력이 좋지만 않았더라면…… 나를 발견하지 못했더라면.

한동안 잊고 있던, 잊으려 했던 회한이 가슴속에 생생하게 되살아난다.

그랬더라면 나의 기적은 영원히 계속됐을 텐데.

5

걸음을 떼려던 그녀는 순간 현기증이 나 벤치로 돌아가 쉬기로 했다.

몸이 무겁다. 잠깐 쉬었다가 마실 것을 사러 가자.

그녀는 벤치에 앉아 작게 한숨을 내쉬었다.

하얀 백일홍 꽃.

경찰관은 모른다. 그리고 아마 앞으로도 모를 것이다.

그녀는 관자놀이를 천천히 마사지한다.

히사코가 그 꽃을 봤을 리가 없다.

나뭇잎 새로 흘러드는 햇살을 성가시게 여기며 그녀는 생각한다.

볼 수 있을 리가 없다.

히사코가 얼굴을 들고 활짝 핀 꽃을 보던 모습이 생각난다.

그림 같은 광경이었다. 화가라면 그 장면을 떼어내서 그림으로 남기고 싶다고 갈망할 것이다.

히사코는 풍경에 변화가 생기면 바로 알았다.

특히 소리와 향기에 민감했다. 꽃이 있으면 바로 알았고, 봉오리인지, 어느 정도 피었는지, 지기 직전인지 느낌으로 분명하게 알 수 있었던 것 같다.

아아, 햇살이 따갑다.

그녀는 눈을 비빈다. 눈 속에 둔한 아픔이 느껴졌다.

그러나 히사코는.

물방울무늬 블라우스. 바람에 나부끼는 머리카락.

히사코는 백일홍이 어떤 꽃인지 몰랐다.

집 앞 나무에 핀 꽃을 본 적은 있지만, 그게 백일홍인지는 몰랐다.

나는 당시에 이미 그 사실을 눈치채고 있었다.

히사코는 착각하고 있었다. 집 앞 나무에 핀 꽃을 다른 꽃이라고 생각하고 있었다.

어떻게 그런 일이 있을 수 있었을까. 가족도, 주위 사람도 그 사실을 몰랐다. 나는 우연한 기회에 눈치챘다.

그 사람은 아직 앞을 볼 수 있을 때 집 앞의 꽃을 본 적이 있었다. 그러나 이름을 알게 된 건 시력을 잃은 다음이었다.

아마 그 사람에게 이름을 가르쳐준 인물이 '백일홍百日紅'을 옳게 읽지 못했을 것이다.

그 인물은 '백일홍[사루스베리]'이라 읽지 못하고 한자를 한 자 한 자 그대로 읽어 '햐쿠니치코'라고 한 것이다.

백일홍은 꽃 피는 기간이 길고, 붉은 꽃도 있다. '햐쿠니치코'라는 이름은 그 사람의 뇌리에 새겨졌다. 집 앞 나무에 피는 꽃은 '햐쿠니치코'라는 꽃이라고 믿었다.

그러나 히사코는 다른 한편으로 '백일홍'이라는 꽃이 있다는 것도 알고 있었다. 히사코는 과거에 본 적이 있는 다른 것을 '백일홍'이라는 이름으로 기억하고 있었다…….

나는 그걸 알고 있었다. 아마도 나 한 사람만이.

그녀는 발밑의 자갈을 응시한다. 하얗게 빛나고 뜨겁게 달아오른, 둥근 돌멩이. 그 돌이 부쩍부쩍 커져 하얀 물방울무늬가 된다.

물방울무늬 블라우스. 바람을 향해 눈을 가느스름히 뜨는 히사코.

가끔씩 과거에 있었던 일이 깜짝 놀랄 만큼 선명하게 되살아날 때가 있다. 지금 이 순간이 그렇다. 왜 지금 와서 이렇게 선명하게 옛날 일이 생각나는 걸까. 이곳을 찾아왔기 때문일까. 하지만 나는 어디에도 애착을 느낀 적이 없었다. 이곳에 관해서도 그 책을 쓰고 난 뒤로 관심을 잃었을 텐데.

하지만 지금 이렇게 여기 와 있잖아?

마음 한구석에서 그런 냉랭한 목소리가 들려온다.

관심을 잃었다면 왜 이런 데 와 있지?

그 물음에 대답할 마음이 없는 그녀는 가볍게 고개를 젓는다.

모르겠다. 하지만 어렸을 때 본 히사코의 모습은 아직도 이렇게 선명하다. 머리털의 감촉과 그 사람이 호흡하는 공기까지 생각날 것 같다.

그리고 그 이야기를 한 히사코의 목소리도…….

6

파란 방에 있었어. 아주 어렸을 때.

이상한 이야기지?

차가운 청색. 싸늘하고, 공기도 움직이지 않아.

아직 앞을 볼 수 있었던 때였거든. 바로 옆에 어른이 있었어. 누구였는지 잘 모르겠어.

어쩐지 무서웠어. 이유는 기억이 안 나. 겁에 질려 거기 서 있었어.

박쥐의 기척이 느껴졌어.

무서웠어. 아주아주 무서웠어.

누가 가까이 있는데 외톨이인 거야.

파란 방. 싸늘한 파란색 방. 보기만 해도 점점 기온이 내려가는 것 같아. 어쩐지 오싹하고 한기가 느껴졌어.

난 잠자코 계속 거기 서 있어. 꾹 참고 그 파란 방에 계속 서 있어.

난 계속 눈앞에 있는 파랗고 싸늘한 방을 보고 있어. 사실은 당장 그곳을 벗어나고 싶은데, 그럴 수가 없는 거야.

옆에 있는 사람한테 도움을 청하고 싶은데, 그것도 안 돼. 목소리도 낼 수 없어. 움직일 수 없어. 이상한 긴장감이 있어서 무서웠어.

옆에 있는 사람도 움직이지 않아. 그냥 내 뒤에 꼼짝 않고 서 있기만 해. 꼭 내가 못 도망치게 감시하는 것처럼.

그게 다야.

그다음에 어떻게 됐는지는 기억이 안 나.

기억나는 건 파란 방에 누군가랑 같이 있었고 아주 무서웠다는 것뿐.

7

차가운 바람이 분 것 같았다.

히사코의 그 목소리, 그 이야기가 생각날 때마다 몸이 싸늘하게 식는 것 같았다. 지금도 그렇다. 이렇게 무더운, 진절머리가 날 것 같은 여름날 오후에 차가운 바람을 느꼈다.

박쥐의 기척.

히사코는 가끔씩 그런 알 수 없는 말을 썼다.

어린 나이에 시력을 잃은 탓에, 이미지와 본 적이 있는 사물이 뒤섞여 가끔씩 보이지 않는 것을 보이는 것처럼 대하는 것이다. 그 반대일 때도 있었다. 그러나 그런 표현은 되레 히사코를 신비스럽게, 기적처럼 보이게 했다. 히사코의 말을 이해할 수 없는 쪽이 이상하고 못났다는 생각이 들게 했다.

그렇기 때문에 히사코가 '백일홍'을 몰라도, 혹시 다른 것을 그렇게 불렀다 해도, 그 사실을 눈치챈 사람이 있다 해도, 착각을 지적하려 한 사람은 아무도 없었다. 어쩌면 히사코가 옳을지도 모른다고 마음속으로 생각한 것도 무리가 아니었다.

이상하지? 노여움이랑 슬픔은 부풀어 오르는 것처럼 느껴져.

히사코는 그런 말도 했다.

보이지는 않지만 크기가 느껴져. 어둠 속에서 풍선을 부는 느낌이라고 하면 될까. 여기저기서 노여움의 풍선이랑 슬픔의 풍선이 부풀어 오르는 게 느껴지거든. 풍선의 질감이랑 양감도 알 수 있어. 좌우지간 뭔가가 부풀어 오르는 감촉이 머릿속에 느껴지는 거야. 즐거운 기분은 반짝거려. 보이지는 않지만 뭔가가 공기 위쪽에서 반짝반짝 빛나는 걸 알 수 있어. 좋아한다는 감정이랑 동경은 공기의 흐름이랑 열.

히사코는 자기가 느끼는 걸 곧잘 설명해주었지만, 가끔씩 답답해지는지 갑자기 입을 다물어버릴 때도 있었다.

우리 집에 백일홍이 있어.

히사코는 가끔씩 그렇게 말했다.

우리는 모두 집 앞에 심은 나무 이야기라고 생각하고 있었다.

보통 누구든지 그렇게 생각할 것이다. 다들 둥근 창이 있는 집, 배의 창문이 있는 집 앞에 심은 커다란 백일홍 나무라고 생각했다.

그랬다. 우리는 늘 듣는 쪽이었다. 그 사람과 대등하게 이야기를 할 수 있는 사람은 거의 없었다. 그 사람이 이런저런 이야기를 한다. 그에 관해 우리가 질문한다. 그 사람이 설명한다. 우리는 고개를 끄덕인다. 그 사람이 웃는다. 우리는 황홀한 기분으로 그 웃음소리를 들이마신다. 우리의 대화는 늘 그런 식이었다.

우리 집에 백일홍이 있어.

그게 뭔지 아는 사람은 아무도 없었다.

나를 제외하고.

그리고 나도 그게 뭔지를, 그 얼굴이 보송보송한 경찰관을 오랜만에 만날 때까지 몰랐던 것이다.

8

그녀는 벤치에 축 늘어져 앉아 있다.

얼굴빛은 새파랗고, 이마에서 땀이 줄줄 흘러내린다.

눈을 감고 앉아 있는 그녀의 얼굴은 일그러져 있다.

파란 방.

그녀의 닫힌 눈꺼풀 뒤에 방금 나온 일본 가옥 안쪽의 작은 방이 떠올라 있다.

조금 전, 그녀는 복도에 서 있던 하얀 블라우스를 입은 어린 소녀와 마주 보지 않았나.

지금 또다시 그녀는 그 복도에 서 있다.

어느새 소녀는 물방울무늬 블라우스를 입은 히사코가 되어 싸늘하고 어두침침한 복도에 서 있었다.

그녀는 복도 한가운데에서 히사코와 마주 바라본다.

두 사람 사이에는 거리가 있었다.

난 이 방인 줄 알았어요, 라고 그녀는 말한다.

그랬어? 라고 히사코는 대답한다.

네. 유명한 이 방. 문호가 에세이에 쓴 이 파란 방. 진귀한 안료를 쓴, 어딘지 모르게 타인을 거부하는 이 방. 보석상자 같은 방. 정밀하게 세공된, 빈틈 없는 방. 이 지역 아이들이 단체로 소풍 오는 이곳. 유명한 정원 한구석에 있는 건물. 이 지역을 찾는 관광객의 목적지.

하지만 경찰관의 이야기를 들은 순간 알았어요.

그녀는 히사코를 보며 말한다.

여기에는 하얀 백일홍이 없어요. 당신이 말한 파란 방은 여기가 아니었어요.

그녀는 주위를 둘러보며 싸늘한 복도에서 그렇게 중얼거린다.

그러게, 하고 히사코는 대답한다.

파란 방이 또 하나 있었던 거죠.

그녀는 그렇게 말하고 다시 히사코를 본다.

그래, 하고 히사코는 대답한다.

그녀는 떠올린다. 어린 시절, 학교에서 돌아오는 길에 친구와 봤던 집.

당신의 집, 배의 창문이 있는 집. 둥근 창 집.

둥근 창문이 세 개 나란히 있어, 멀리서 보면 배 같았다.

아무도 그 집을 거기 사는 사람들의 성으로 부르지 않았다. 어른들은 '둥근 창 댁'이라고 했던가. 처음에는 그게 이름인 줄 알았을 정도다.

나는 당신의 집에 들어간 적이 몇 번 있었다. 그 훌륭한 저택. 모두의 중심, 지역의 중심이었던 그 집에. 당신 동생은 나에게 잘해주었다. 나를 보면 곧잘 집으로 데리고 들어가 과자를 잔뜩 주곤 했다. 청량과자가 혀 위에서 녹는 쌉쌀하고 달콤한 느낌, 몸이 가볍게 부르르 떨리는 그 감각을 나는 지금도 기억하고 있다.

늘 클래식 음악이 흐르고, 품위 있는 공기가 감돌던 그 집.

이쪽이야. 내 방으로 가자. 잠깐만 기다려, 주스 가져올게.

당신 동생이 복도를 다다다 뛰어가는 소리가 들린다.

나는 긴장해서 집 안을 두리번거리며 그의 뒤를 따라간다.

쓸데없는 물건이 놓여 있지 않고, 복도는 반짝반짝 잘 닦여 있고, 천장이 높아 마치 영화에 나오는 저택 같았다.

나는 그 창문을 찾고 있었다. 이 집에서 가장 특징이 있는 그 창이 안에서는 어떻게 보일지 궁금했다.

저기, 그 창문은 어디 있어?

나는 그에게 묻는다. 그는 '아아' 하고 고개를 끄덕이고는 복도 안쪽을 가리킨다.

그 창문이 난 곳은 세 개의 쪽방으로 나뉘어 있었다. 한 방은 전화실, 한 방은 세면소. 그리고 또 한 방은…….

마님의 방.

그의 어머니가 기도를 드리는 작디작은 방이었다.

처음에 그 말을 들었을 때, 그 방의 문은 닫혀 있었다.

기도를 드리기 위한 방이 이 세상에 존재한다는 것을 나는 그때 처음으로 알았다.

흐응, 하고 중얼거리며 나무문을 보고 있었다.

그 방은 대개 문이 닫혀 있었지만, 단 한 번 그 방을 들여다본 적이 있었다. 언젠가 우연히 문이 조금 열려 있었던 것이다.

나는 별생각 없이 안을 들여다보았다.

그러나 다음 순간, 오싹해서 반사적으로 몸을 뺐다.

그곳은 파랬다.

새파란 공간.

나는 조심조심 다시 한번 안을 보았다. 그리고 방 안이 파란 이유를 알았다.

창문에 파란 유리가 끼워져 있기 때문이었다. 유리를 통해 비쳐드는 빛은 방 안을 고요한 파란색으로 물들이고 있었다.

유리뿐만이 아니다. 옛날 미장이가 솜씨를 발휘했다는 파란 타일
도 벽에 붙어 있었다. 그 방에서는 파란 시간이 다른 곳과는 다른 속
도로 흐르고 있었다.

정적. 오로지 정적만이 그 작은 방을 메우고 있었다.

왜 그런지 말을 잃게 되는 방이었다. 나는 봐서는 안 되는 곳을 봤
다는 기분이 들었다.

문득 방 안에 있는 선반에 시선이 끌렸다.

꽃이 한 송이 꽂혀 있었다. 작은 꽃병에 하얀 백합이 한 송이.

하얀 백합. 신에 의해 정화된 순결한 꽃. 마님은 그 꽃을 좋아했다.

그래, 나는 그 방을 봤다. 그러나 내내 그 사실을 잊고 있었다.

또 하나의 파란 방. 당신이 그날, 되풀이해 이야기했던 파란 방을.

그리고 당신에게는 그 방에 있는 꽃이 '백일홍'이었던 것이다.

백합이 그랬다는 것이 아니다. 당신은 백합이 뭔지는 알고 있었
다. 그 파란 유리창에는 중앙에 백합에서 딴 플뢰르 드 리스라는 문
장이 들어 있었다. 백합을 단순화한 서양의 오래된 문장. 당신은 그
것을 '백일홍'이라고 부르고 있었다. 어디서 그런 오해가 비롯되었
는지는 모른다. 그러나 당신에게 그것이 '우리 집 백일홍'이었던 것
은 틀림없다.

그렇죠?

그녀는 싸늘한 복도에서 히사코에게 묻는다.

그러나 히사코는 대답하지 않는다.

두 사람 사이에는 기나긴 침묵이 흐른다.

히사코는 수수께끼 같은 미소를 띠고 그녀를 보고 있을 뿐이다.

그녀는 입속으로 중얼거린다.

즉 당신이 말한, 곁에 있던 사람이란…….

9

마님은 훌륭한 분이셨다.

예나 지금이나 누구나 그렇게 말한다.

경건한 기독교 신도로, 딸의 불운을 한탄하는 남편을 격려하고, 늘 지역을 위해 희생적으로 봉사하고, 각지의 교회를 돌며 불우한 사람들을 위해 헌신적인 활동을 계속했다.

히사코도 곧잘 마님을 따라 각지의 교회를 돌곤 했다. 여러 동네의 소리를 듣는 것이 즐거움이었다고 한다. 어느 동네에 가는지 소리로 바로 알 수 있었다고 했던가.

딸을 사랑하고, 누구보다도 딸의 행복을 기원했던 마님.

눈에 띄는 사람은 결코 아니었다. 말수도 많지 않았고, 늘 소극적으로, 그림자처럼 가족 곁에 있었다.

물론 히사코 곁에도.

자기 감정을 절대 드러내지 않는 사람이었다. 그러나 어떤 신념이 마님을 지탱하고 있었다. 그 신념이 어떤 것이었는지 이제는 아무도 알 수 없다.

기적이 일어나기를 바라던 사람은 마님이 아니었을까? 딸은 뭔가를 위해 희생되었다고 생각한 게 아닐까? 어떤 속죄가 필요하다고? 어떤 크나큰 희생이 필요하다고?

아니면, 하고 그녀는 생각한다.

불운하지 않은 사람들을 미워했을 가능성은?

그녀는 무릎 위로 팔짱을 끼고 이마를 얹는다.

눈 속의 아픔이 견딜 수 없을 만큼 심해졌다.

히사코의 존재 자체가 기적이 아니었던가. 나에게는 기적이었어도 마님에게는 기적이 아니었던가.

모르겠다.

그녀는 힘겹게 고개를 든다. 해가 기울어, 관광객이 떠나기 시작한다.

파란 빛이 들이비치는 방에 하얀 블라우스를 입은 소녀와 소녀를 꼼짝 않고 지켜보는 기모노를 입은 여자가 서 있다. 그리고 그들 뒤에 그녀가 서 있었다.

자, 기도하렴.

소녀의 등을 향해 여자는 낮은 목소리로 재촉한다.

소녀의 등이 움찔한다.

하느님께 모든 걸 털어놓는 거야.

여자는 말을 잇는다. 얼굴은 무표정하지만, 목소리는 엄하다.

소녀의 어깨는 바르르 떨리고 있다.

어째서죠? 두 사람 사이에 무슨 일이 있었던 거예요?

그녀는 여자의 등을 향해, 소녀의 어깨를 향해 묻는다. 그러나 두 사람 다 그녀의 물음에 답하려 하지 않는다.

난 알아야 해요. 난 감상자니까.

그녀는 애원한다. 울면서 주의를 끌려 한다.

그러나 두 사람의 하얀 등은 그대로다. 하얀 등, 파란 빛, 창문 중앙의 플뢰르 드 리스.

히사코는 어린 시절, 그 방에서 무엇을 고백하고, 무엇을 참회하고, 무엇을 기도했을까. 애초에 히사코를 그 방으로 데려간 마님은 무슨 생각을 하고 있었을까.

경찰관은 히사코가 손을 빙빙 돌리고 있었다고 했다.

아마도 그 방에서 성호를 긋던 어린 시절의 기억을 재현하고 있었을 것이다.

그렇게 어린 아이가 대체 무슨 죄를 지었기에 용서를 빌어야 했나. 또 마님은 그런 어린 딸에게 무엇을 참회시키려 했나.

모르겠다.

그녀는 휘청휘청 일어나 한산한 매점을 향해 걷기 시작한다.

목이 말랐다. 몸이 무겁다. 시야가 심하게 좁아져, 주위가 전혀 보이지 않았다.

피가 머리까지 올라오지 않는다. 하반신에만 피가 통하고 있다.

움직여야 해. 뭔가를 마시고 여기서 빠져나가야 해.

그녀는 땅거미가 젖어드는 정원을 걷고 있다.

하늘에서 빛의 총알이 계속해서 날아든다. 그녀는 필사적으로 그 아픔을 견딘다.

어느새 총알은 파란 빛이 된다.

그녀는 이미 아무것도 생각하고 있지 않다. 어린 소녀가 되어 용서와 물을 구해 파란 방 안을 방황하고 있다.

그날로부터 이어지는 기나긴 여름을. 그녀의 끝나지 않는 영원한 여름을.

옮긴이의 말

옮긴이가 이 책을 처음 읽기 시작했을 때 느낀 것은 살인적인 무더위, 비 오듯 줄줄 흘러내리는 땀, 그러면서 살갗을 싸늘하게 스치는 막연한 공포, 막연한 불안감이었다.

원래 독자에게 사적 감상 혹은 작품을 '읽는 법'을 강요하는 일은 되도록 피하려 하지만, 이번만은 은근히 부탁을 드려볼까 한다.

선입견 없이 이 책을 읽으면 좋겠다. 이 이야기는 어떤 이야기일 것이다, 어떤 방향으로 전개될 것이다, 이런 확고한 개념 없이 읽으면 좋겠다. 혹은 바꿔 말해서, 그런 개념을 갖고 읽되 그 개념에 들어맞지 않는 부분이 나오더라도 당혹감을 즐겨주면 좋겠다. 《유지니아》는 어떤 의미에서 확고부동한 진실을 거부하는 책이기 때문이다. 이 책은 고전적인 추리소설과 달리 범인이 누구인지, 동기가 무엇인지를 밝혀내는 것이 목적이 아니다. 물론 이 책에도 범인과 동기는 존재하며, 사실 범인의 정체는 도입부에서부터 암시된다. 그러나 이 책이 이야기하는 것은 기억의 불확실성, 사실의 불확실성이다. 어느 등장인물의 말대로 "사실은 어느 한 방향에서 본 주관에 불과하다".

첫 페이지를 읽기 시작했을 때, 우리는 말하는 사람이 누구인지, 어떤 사람인지, 누구에게 어떤 상황에서 이야기하고 있는지 전혀 모른다. 판단을 유보하고 읽어나갈 수밖에 없다. 읽다 보면 서서히 상황이 파악된다. 서서히 그림이 그려진다. 이런 그림이었구나 하고 납득하려는 순간, 이야기가 중단되고 다른 사람의 다른 이야기로 넘어간다. 다시 처음부터(완전히 처음은 아니지만) 그림을 그려나가는 과정을 시작해야 한다. 그런데 이번에 그려지는 과정은 먼저 그림과는 미묘하게 다르다. 먼저 그림을 다른 각도에서 보는 것 같기는 한데, 단순히 보는 각도가 달라졌다는 것만으로는 설명할 수 없는 미묘한 차이가 있다. 그다음 장은 느닷없이 3인칭 서술이다. 게다가 어라? 심지어 **까지 다르다(혹시 후기부터 읽는 분들이 있을지 몰라 가린다). 계속 읽다 보면 그 외에도 세부가 모순되는 부분들이 꽤 있다. 옮긴이가 워낙 덜렁대는 성격인 탓도 있겠지만, 이 책을 읽을 때마다 그런 모순들이 새로 한두 개씩 발견돼서 놀라곤 했다.

명확한 사실이 존재하지 않는다는 것은 어떤 의미에서 꽤 불편하고 불안한 일이다. 그러나 따지고 보면 우리가 사는 세상, 우리의 인생에는 명확한 사실이라는 것이 존재하지 않는다. 그렇기 때문에 명확한 사실을 찾아, 그것이 주는 안심감을 구해 소설을 읽는 게 아닐까 싶을 때가 있다. 특히 미스터리라는 장르를 지그소퍼즐에 비유한다면, 퍼즐 조각이 하나하나 제자리에 맞아 들어가 마지막에 그림이 완성됐을 때의 그 쾌감을 맛보기 위해 미스터리를 읽는 면이 있지 않을까(물론 모두가 그렇다는 이야기는 절대 아니다). 그런데《유지니아》는 한 조각을 끼우고 다음 조각을 끼우려 하면 둘이 미묘하게 맞지 않는다. 하나하나는 각각 맞는 자리에 있는 것 같은데, 둘을 같이 끼우려 하면 어딘지 모르게 뻑뻑해서 잘 맞춰지지 않고 어색하다. 억지로 꾸겨 넣으면 이럭저럭 무슨 그림인가 그려지는데, 그 그림도 어딘지 모르게 삐뚤삐뚤하고 불안하다.

이런 당혹감, 작중에 등장하는 늦여름의 무더운 거리를 끝도 없이 헤매고 다니는 형사들의 기분과도 비슷한 이 불안감, 막연함.《유지니아》의 매력은 그런 것이 아닐까 싶다. 그것을 구현하기 위해 다양한 시점을 어우를 수 있는 인터뷰 형식을 취한 것이 아닐까. 그렇지 않아도 작가는 인터뷰 등에서 처음부터 끝까지 한 사람의 일인칭 시점으로 진행되는 소설을 꺼린다는 이야기를 여러 번 한 바 있다. 내내 한 사람의 시점에 갇히는 것이 자기에게 잘 맞지 않는다고. 그래서 다각적인 시점에서 서술되는 형식을 몇몇 작품에서 실험해온 결과 태어난 것이 이《유지니아》다. 부디 그 불안감을 즐기며 읽어주면 좋겠다.

이번에도 역시 몰라도 별로 상관없는 배경 지식 하나.

《유지니아》의 무대가 되는 K시는 이시카와 현의 현청 소재지인

가나자와 시다. 전국시대 이래로 '가가 백만 석'으로 유명한 마에다 가문, 가가 번藩의 성하 도시로 번성해왔으며, 많은 문인을 탄생시켜 곳곳에 시비詩碑 등이 남아 있다. 그래서 그런지 가나자와 시를 무대로 한 소설이 꽤 많다. 일본 3대 정원 중 하나라는 K 공원은 겐로쿠 원園. 그 한 모퉁이에 세이손 각이 있다. 백일홍과 더불어 이 작품의 주요 이미지가 되는 군청의 방이 있는 곳이다. 군청의 방도 인상적이지만, 군데군데 정교하고 아름답게 장식되어 있어 시간을 들여 찬찬히 살펴볼 만한 곳이다.

온다 리쿠의 작품 중에는 실존 지역을 무대로 하는 것이 꽤 있다. 우리나라에 이미 소개된 작품들만 들어봐도 이즈모와 마쓰에, 야쿠 섬, 나가사키, 그리고 이번에 가나자와. 비채를 통해 앞으로 소개될 작품 중에는 나라와 아스카를 터벅터벅 걸어 다니는 소설도 있다. 그녀의 작품을 읽고 있노라면 자신이 그 풍경을 보고 그 공기를 마시며 그 땅을 걷고 있는 것 같다. 심지어 여행의 흥분과 기분 좋은 피로감까지 생생하게 느껴진다. 《유지니아》는 즐거운 여행이라 하기에는 너무 더울지도 모르겠지만, 이 책이 나오는 시기도 마침 여름. 땀범벅이 되어 늦여름의 가나자와 시를 걸어 다니는 기분을, 싸늘한 복도에 서서 군청의 방을 들여다보는 기분을 더욱 실감나게 맛볼 수 있을 것 같다.

2007년 권영주

개정판 옮긴이의 말

10여 년 사이에 꽤 늘어난 백일홍 나무. 우리말로는 꽃 백일홍과 구분해 '목백일홍'이라고도 하고 '배롱나무'라고도 부른다. 일본에서는 소설에 나오는 것처럼 '사루스베리'라는 이름이 일반적인데, 나무를 잘 타는 원숭이[사루]도 미끄러질[스베리] 것처럼 줄기 표면이 반들반들 매끄럽다고 해서 그렇게 부른다.

산책길의 배롱나무(비록 죄 진달래 같은 분홍색이고 아쉽게도 흰꽃은 본 적이 없지만)를 볼 때마다 늘 떠오르는 게 이 책《유지니아》다. 처음 책을 읽은 게 2005년, 한국어판이 나온 게 2007년. 그 뒤로 15년 세월이 지났는데, 지금도 배롱나무를 보면 자연스레 이 책이 생각난다.

배롱나무만이 아니다. 하늘에 구멍이 뚫린 것처럼 비가 무섭게 쏟아지는 여름날이면 아직까지도《유지니아》가 생각난다. 요새는 볼 기회가 거의 없기는 하지만 노란 비옷이라든지 빨간 미니카를 떠올릴 때도 그렇다. '유토피아'라는 단어를 접할 때도.

처음 읽었을 때, 그 뒤 작업했을 때는 이 책의 구조가 인상적이었다. 여러 사건 관계자의 서술과 증언, 서로 다른 시각, 저마다 숨기고 있던 진실. 사실은 주관적이라지만 그 주관적인 사실을 거듭함으로써 드러나는 진실. 이 이야기에서 어떤 위치에 서 있는지 마지막에 와서야 비로소 알게 되는 인터뷰어의 정체. 개인적으로는 '누에고치'의 의미가 소소하게 충격이었다. 이번에 다시 원고를 읽으면서도 이전 못지않게 감탄했다. 책을 읽어나갈수록 생각지도 못한 부분에서 치고 들어오는 새로운 사실에 짜릿한 스릴마저 느꼈다.

하지만 그 뒤로 책과 떨어져 있는 일상 속에서조차, 그것도 이렇게 긴 시간이 지나도록 이 책을 떠올리게 되는 것은 분명 작품 곳곳에 등장하는 강렬한 이미지 때문일 것이다. 흰 꽃, 빨간 미니카, 노란 비옷, 검은 야구모자, 파란 방, 우레 같은 파도 소리, 세찬 빗줄기. 심지어 '女'와 '苦'라는 평범한 한자마저도 《유지니아》와 떼려야 뗄 수 없을 만큼 굳게 이어져 머릿속에 들러붙어 있다. 잘 짜인 구조, 강렬한 스토리보다도 어쩌면 더더욱 근원적인 차원에서. 아마 앞으로도 오래도록 배롱나무를 볼 때마다 이 책을 기억하게 될 것 같다.

세상에는 참 많은 책이 있고 새 책도 끊임없이 나오는데, 《유지니아》는 15년 가까운 세월이 지나 새로운 얼굴로 독자를 만나는 고마운 기회를 갖게 됐다. 이전에 이미 접했던 독자에게도, 이번에 새로

접할 독자에게도 마음속에 오래도록 지워지지 않을 상처를 이 책이
남기리라 믿는다.

2021년 권영주

유지니아 블랙&화이트 003

1판 1쇄 발행 2007년 7월 13일
1판 9쇄 발행 2014년 10월 27일
개정판 1쇄 인쇄 2021년 11월 18일
개정판 1쇄 발행 2021년 12월 10일
지은이 온다 리쿠 **옮긴이** 권영주
펴낸이 고세규
편집 박규민 **디자인** 조은아
마케팅 이헌영 **홍보** 이혜진

발행처 김영사
주소 경기도 파주시 문발로 197(문발동) 우편번호 10881
등록 1979년 5월 17일(제406-2003-036호)
주문 및 문의 전화 031)955-3200 **팩스** 031)955-3111
편집부 전화 02)3668-3290 **팩스** 02)745-4827 **전자우편** literature@gimmyoung.com
비채 카페 cafe.naver.com/vichebooks **인스타그램** @drviche **카카오톡** @비채책
트위터 @vichebook **페이스북** www.facebook.com/vichebook
ISBN 978-89-349-8018-6 03830 책값은 뒤표지에 있습니다.

비채는 김영사의 문학 브랜드입니다.